HÉRITIERS DE LA PASSION
est le cent quatre-vingt-unième livre
publié par Les éditions JCL inc.

D1714483

Données de catalogage avant publication (Canada)

Gagnon, Hélène, 1956-
    Héritiers de la passion
    ISBN 2-89431-181-8
    I. Titre.
PS8563.A327H47 1998   C843'.54   C98-940296-7
PS9563.A327H47 1998
PQ3919.2.G33H47 1998

© **Les éditions JCL inc., 1998**
Édition originale: mars 1998

Héritiers de la passion

Roman

De la même auteure:

À chacun son destin, roman, Chicoutimi, Éditions JCL, 1984, 522 p.

© **Les éditions JCL inc., 1998**
930, rue Jacques-Cartier Est, CHICOUTIMI (Québec) G7H 7K9 Canada
Tél.: (418) 696-0536 – Téléc.: (418) 696-3132 – C. élec.: jcl@saglac.qc.ca
ISBN 2-89431-181-8

HÉLÈNE GAGNON

Héritiers de la passion

LES ÉDITIONS JCL

Le Conseil des Arts | The Canada Council
du Canada | for the arts
depuis 1957 | since 1957

*Notre maison d'édition bénéficie du soutien
du ministère du Patrimoine canadien,
du Conseil des Arts du Canada
et de la Sodec.*

À mes beaux-parents, Annie et Lucien,
pour leur confiance et leurs encouragements.

À ma mère, Anne-Marie,
de qui j'ai hérité la passion d'écrire.

À Gaétan,
qui m'appuie dans la réalisation de mes rêves.

Prologue

Éric Martin releva légèrement son pied de l'accélérateur et tourna le volant vers la droite pour prendre la sortie 67 conduisant à Sainte-Adèle. La dernière fois qu'il avait emprunté cette route remontait déjà à un peu plus de dix ans. Éric poussa un soupir en réalisant tout ce qui s'était passé depuis. Dix ans! Dix années depuis le décès subit de son frère David. Cet événement avait grandement affecté Éric, tout autant que ses frères Daniel et Benoît, d'ailleurs. Mourir si jeune! À quarante-six ans, ce bourreau de travail qu'était David Martin avait succombé à une crise cardiaque. Outre ses frères, il laissait dans le deuil son épouse Marie-France et son fils François, à l'époque âgé de douze ans. Marie-France, à l'image de son défunt époux, s'était consacrée à son travail sans compter les heures, afin d'oublier. François n'avait pourtant pas souffert de cette situation puisque Marie-France lui accordait tout le reste de son temps, nullement intéressée à refaire sa vie avec un autre homme. Pour elle, David Martin resterait son unique époux. Attachée à son souvenir, elle imaginait le reste de sa vie ainsi. Elle voyait les membres de la famille Martin occasionnellement, surtout lors des rassemblements organisés pour souligner un événement quelconque.

L'entreprise Martin & Fils avait, depuis le décès de David, un nouveau président en la personne de Daniel Martin. Éric eut un sourire à cette pensée. Daniel, président de l'entreprise familiale! On lui aurait dit cela vingt ans plus tôt et il ne l'aurait jamais cru. Certes, à cette époque, et bien qu'il fût marié, Daniel laissait encore son entourage sceptique quant à son avenir. Lui qui en avait fait voir de toutes les couleurs à ses proches, s'était pourtant bien assagi depuis. Toujours marié à Cindy Fergusson avec qui il n'avait jamais eu d'enfant, Daniel menait une vie des plus rangées. Son fils Danny, né d'une liaison survenue vingt-quatre ans plus tôt, ne vivait plus chez son père depuis bien des années. Il avait quitté la maison paternelle à l'âge de seize ans pour aller jouer au hockey à Beauport. Puis, repêché par la Ligue nationale quelques années plus tard, il avait tout d'abord joint les rangs d'une équipe des États-Unis avant d'être échangé pour celle de Toronto. Daniel prenait l'avion de temps à autre pour assister à une partie, mais voyait Danny le plus souvent l'été, alors qu'il passait ses mois de vacances à la demeure de Sainte-Adèle.

Éric passa devant la rue du cinéma et sourit de nouveau. Que de souvenirs! Pour la plupart, des bons, sauf peut-être la fois où Benoît et lui s'étaient querellés parce qu'Éric n'avait pas réussi à assister à la représentation en raison de son jeune âge. Benoît l'avait renvoyé seul à la maison, pénétrant dans la salle obscure et oubliant son frère du même coup. Benoît! C'était toujours celui de ses frères avec qui Éric n'arrivait pas à s'entendre. Bien qu'il l'ignorât, Benoît était la cause directe du départ d'Éric, quinze ans plus tôt. Ce dernier avait ouvert une étude d'avocats à Toronto avec son ex-épouse Johanne. Éric y travaillait toujours et Johanne aussi, d'ailleurs. Leurs différends ne s'étendaient pas, semble-t-il, jusqu'à leur association professionnelle. Johanne s'était remariée depuis, mais pas Éric. Il avait repris sa vie de célibataire qui, bien qu'elle ne le comblât pas totalement, le satisfaisait. À l'aube de ses cinquante ans, Éric Martin en paraissait dix de moins. Sans doute, tout le conditionnement physique, auquel il s'adonnait depuis sa plus tendre enfance, avait-il porté fruit.

La longue rangée d'érables bordant la cour privée des Martin apparut bientôt. Éric y dirigea sa voiture et eut un pincement au cœur. L'imposante demeure se dressait à travers le paysage enchanteur. Éric immobilisa la voiture et en descendit lentement. N'eût été du mariage de sa filleule Mélissa, il ne serait pas revenu ici. Pourtant, il en avait rêvé tant de fois! Combien cette maison lui avait manqué depuis quinze ans. Il s'était permis une seule visite pendant tout ce temps et cela remontait au décès de David. Et encore, il avait fait un très bref passage après les funérailles, préférant habiter à l'hôtel et ne sortir que pour aller au salon funéraire. Une seule personne connaissait les vrais motifs qui l'avaient poussé à quitter Montréal. Et cette personne, Éric la reverrait dans quelques minutes et s'en trouverait bouleversé, même après tout ce temps...

Chapitre 1

Éric ouvrit lentement la porte et s'immobilisa dans le vaste hall d'entrée. Les lieux semblaient déserts. Aucun son n'arrivait à ses oreilles, sauf le tic-tac de la vieille horloge grand-père. Il avança, toujours lentement, pénétra dans le grand salon, remarqua le changement radical de décoration et se dit que Cindy avait laissé ses talents de décoratrice refaire cette pièce pour le mieux. Les hauts murs autrefois de couleur foncée arboraient maintenant des teintes aux tons de rose clair et framboise, alors que la tapisserie s'ajustait à ces couleurs. L'épaisse moquette vert menthe, qui avait succédé au tapis brun d'antan, rendait le tout moins austère. Éric apprécia. Il jeta un dernier regard à la pièce et en sortit pour passer à la salle à manger. Là, il entendit des voix venant de l'extérieur. Il avança vers une des portes-fenêtres et vit tout le monde rassemblé sur le patio. Lorsqu'il ouvrit la porte, quelques têtes se tournèrent vers lui et, bientôt, tous remarquèrent sa présence.

— Éric! s'écria Daniel avec surprise en se dirigeant vers lui. On ne t'attendait pas avant ce soir.
— Je sais, oui. J'avais un rendez-vous à Montréal mais il a été reporté, alors me voici.
— Bonjour, Éric, fit Cindy en s'avançant à son tour. Ça fait du bien de te voir ici!

Éric embrassa sa belle-sœur en se demandant si cela lui faisait du bien, à lui, de se retrouver en ces lieux. Bientôt, les neveux et nièces présents vinrent saluer leur oncle, puis ce fut au tour de Benoît. Il avait pris du poids et perdu beaucoup de sa chevelure, maintenant plus blanche que blonde. Il se tenait devant son frère cadet et affichait un visage que le temps avait beaucoup marqué depuis les dix dernières années. Éric en fut quelque peu secoué.

— Bonjour, fit Benoît sans sourire. Tu as fait bon voyage?

— Oui, merci. Et toi, tu vas bien?

— Pas mal, répondit simplement son frère en s'éclipsant déjà.

— Bonjour, Éric, fit la voix douce d'Amélie.

— Bonjour, répondit-il, incapable d'ajouter autre chose.

Amélie s'éloigna à son tour, saisissant parfaitement l'embarras que sa présence causait à son beau-frère. Après toutes ces années, elle n'aurait pourtant pas cru l'intimider à ce point. Elle rejoignit sa belle-sœur Cindy, espérant que personne n'avait remarqué ce sentiment de nostalgie qui venait de l'atteindre et qui, elle l'aurait parié, avait également frappé Éric. Ce dernier se mêla bientôt au groupe et conversa avec tous et chacun, sa bonne humeur coutumière reprenant le dessus.

⚜

La salle à manger, également décorée au goût de Cindy et dans laquelle on retrouvait une touche de finition digne des talents artistiques d'Amélie, grouillait d'agitation. Il y avait longtemps que cette grande pièce n'avait pas servi. On mangeait plutôt dans la petite salle attenante qui pouvait contenir au plus une douzaine de convives. Aidée de Daniel, Cindy pénétra dans la pièce et déposa quelques bouteilles de vin rouge sur la table. Éric jeta un coup d'œil vers sa belle-sœur. Contrairement à Benoît, les dix dernières années ne semblaient pas avoir

14

eu d'emprise sur elle. Cindy était souriante et sereine comme toujours. Ses cheveux bruns, coupés carré, ainsi que la frange descendant jusqu'à ses yeux pétillants, lui donnaient un air taquin. Cindy surprit le regard d'Éric et ébaucha un sourire de tendresse. Elle l'aimait bien et appréciait grandement sa présence. Elle ignorait la raison pour laquelle Éric se tenait loin de cette demeure mais, comme les autres, ne croyait pas que le seul motif fût le manque d'occasions d'y venir. Pourtant, elle ne posait pas de questions. Et personne n'en posait, d'ailleurs. Elle trouvait cependant dommage que son beau-frère ne les visite pas plus souvent. C'était toujours Daniel et elle qui s'étaient déplacés pour voir Éric. Pendant les dernières années surtout, alors que Danny évoluait pour l'équipe de Toronto où habitait son oncle. Danny, quant à lui, le voyait régulièrement et lui donnait des nouvelles de la famille. Éric ne manquait pas une partie de hockey locale et en profitait pour aller manger une bouchée avec son neveu après le match. Ils s'entendaient bien et appréciaient se retrouver ensemble malgré leur différence d'âge.

❧

Mélissa vint s'asseoir près d'Éric pour souper. Une fois installée, elle se tourna vers lui et l'embrassa sur les deux joues.

— Tu m'as manqué! s'exclama-t-elle en faisant une légère moue.
— Toi aussi, répondit-il en imitant sa mimique. Alors, tu es nerveuse?
— Le mot est faible! Je suis stressée comme ce n'est pas possible.
— Ton fiancé n'est pas ici ce soir?
— Non. Il paraît que ça porte malheur de se voir la veille du mariage.

— Et tu crois ça? demanda Éric en ricanant devant cette croyance qu'il jugeait puérile.

— Je ne sais pas si j'y crois vraiment, mais je ne prends pas de chance.

— Eh bien! Ce n'est certes pas ce côté superstitieux que tu tiens de ton parrain, déclara-t-il en riant à nouveau.

— Ne te moque pas de moi, demanda-t-elle en affichant un air triste. Je suis superstitieuse, c'est vrai, mais je suis sensible également.

— Je sais, dit Éric en la serrant contre lui. De ce côté-là, tu ressembles à ton parrain.

Le souper se passa bien, chacun y allant d'une anecdote ou d'une histoire pour faire rire les autres. Benoît parla peu mais se montra tout de même de compagnie agréable. Amélie se sentait heureuse d'avoir ses quatre enfants à sa table, chose qui arrivait si peu souvent. Jonathan, l'aîné, bien qu'il fût de nature aussi sombre que son père, ne causa ni querelle ni scandale, ce soir-là. Sarah-Ève, la jumelle de Mélissa, se montra très enjouée, elle qui habituellement était plutôt sérieuse, ne pensant qu'à ses études de médecine qui lui prenaient le plus clair de son temps. Alexandra, la cadette, s'ennuyait un peu à l'écoute des souvenirs de ses aînés. Quant à Mélissa, à la veille de son mariage et entourée de tous ceux qu'elle chérissait, elle semblait au comble du bonheur. Amélie jeta un regard furtif vers Éric. Que de souvenirs! pensa-t-elle en plongeant à nouveau son regard dans son assiette. Éric! En quinze ans, c'était la deuxième fois seulement qu'elle le voyait. Il lui avait fallu cinq années pour revenir à Sainte-Adèle une première fois lors du décès de David. Ils s'étaient très peu parlé, sachant que la tristesse qu'ils éprouvaient n'était pas simplement due à la disparition du frère aîné du clan Martin. Pourtant, ils n'avaient pas évoqué les raisons du départ d'Éric cinq ans plus tôt. Eux seuls savaient et il valait mieux oublier!

✤

Daniel entra dans la bibliothèque. Il savait qu'il allait y trouver Éric. Autrefois, alors qu'il habitait cette demeure, son frère avait l'habitude de se retrouver dans cette pièce quand il voulait réfléchir ou étudier. Il en avait passé des heures ici! Encore plus que dans la piscine intérieure où il se détendait régulièrement. Les hauts murs, garnis d'étagères contenant des milliers de volumes de toutes sortes, envahissaient la place. Au centre de la pièce, deux tables d'acajou, sur lesquelles reposaient des lampes de style, ne servaient que très rarement à présent. Dans un coin, quatre fauteuils de cuir brun entouraient une table basse sur laquelle étaient soigneusement empilés des magazines. Éric était calé dans l'un des fauteuils et faisait tourner le cognac dans le petit ballon de cristal qu'il tenait à la main.

— Je savais que je te trouverais ici! lança Daniel en venant le rejoindre.
— Ce n'était pas très sorcier!
— En effet! Mais que fais-tu, seul ici? Tout le monde est au salon et François vient d'arriver.
— Marie-France est là aussi?
— Non. Elle viendra demain seulement, pour le mariage.
— Seule?
— Eh oui! On dirait bien qu'elle va rester veuve le reste de sa vie. Pauvre Marie-France! Elle n'a vraiment pas supporté la mort de David. Par chance qu'elle a eu François et son travail.
— François... je l'ai vu au printemps dernier à Toronto. Il était venu assister à une partie de hockey. On a

17

lunché ensemble avec Danny. Il a l'air de plutôt bien se débrouiller. Il m'a dit qu'il étudiait en administration et qu'il réussissait bien. Comment faire autrement quand on est le fils de David Martin!

— David serait fier de lui. Autant que je suis fier de Danny, certainement!

— Tu as raison d'être fier de lui. Il ne vous a jamais causé de problème, à Cindy et à toi.

— Un peu, tout de même. Il n'aimait pas vraiment l'école et ne rêvait qu'à une carrière de joueur de hockey. On avait de la difficulté à lui faire comprendre qu'il ne percerait peut-être pas dans la Ligue nationale et qu'il aurait besoin d'un diplôme à ce moment. Surtout quand il avait treize ou quatorze ans. On était loin de croire en ses possibilités. Il y a tellement peu de jeunes qui réalisent ce rêve. À vrai dire, on a commencé à croire en ses chances quand il a fait le junior majeur. On voyait bien qu'il avait du talent et on entendait beaucoup parler de lui par la voix des médias. Quand il a été repêché par une équipe professionnelle, je crois bien qu'il a éprouvé une certaine satisfaction à l'idée qu'il avait réussi malgré toutes nos mises en garde.

— Les enfants sont tous pareils! Mais Danny vous aime beaucoup. Il considère Cindy comme sa propre mère et parle de vous très souvent.

— C'est une chance qu'on ait eu cet enfant, étant donné que Cindy et moi ne pouvions en avoir. Et toi? La paternité ne t'a jamais manqué?

— À vrai dire, oui. Souvent. Pendant les cinq années où j'ai été marié à Johanne, notre réussite professionnelle comptait beaucoup trop pour penser à faire des enfants. Après, c'était trop tard puisqu'on s'est séparés. Ça fait quinze ans déjà! Tu imagines! Il me semble que le temps a passé si vite!

— C'est vrai, oui. À moi aussi, il me semble que je n'ai pas vu passer le temps. Surtout au cours des dix

dernières années. Je te jure que la présidence de l'entreprise Martin & Fils n'est pas de tout repos!

— Je te crois. Mais ne fais surtout pas comme David.
Continue de vivre un peu en dehors de cela. Tu vois où
ça l'a mené.

— Ne t'en fais pas. J'en suis bien conscient. Et puis,
je n'ai jamais été un bourreau de travail comme David.
Quand j'en ai assez et que je peux me le permettre, je
pars en voyage avec Cindy et j'oublie tout.

— C'est bien! En tout cas, ta femme n'a pas l'air trop
en manque de toi. Elle semble heureuse et épanouie.

— Je l'aime toujours autant, tu sais. Nous sommes
devenus vraiment complices au fil des ans. Et je lui ai
toujours été reconnaissant d'avoir accueilli Danny comme
s'il était son fils. On mène une vie plutôt rangée mais on
se sent bien comme cela. Cindy a pris le contrôle de la
maison et tout le monde s'en porte bien. Elle fait de la
peinture et du bénévolat et ne se plaint pas de son sort.
Quand Emma nous a quittés, on a pensé engager une
nouvelle gouvernante, mais Cindy s'y est opposée. De
toute façon, elle donnait un coup de main à Emma depuis
déjà quelque temps et se sentait prête à prendre les
choses en main. Et Amélie ne se sentait nullement offus-
quée même si elle restait ici depuis plus longtemps que
Cindy. Avec sa boutique d'artisanat, elle occupe la ma-
jeure partie de son temps et semble s'en porter très bien.

Cette déclaration affecta Éric. Il espérait qu'Amélie
soit heureuse, certes. D'ailleurs, n'était-ce pas la principale raison pour laquelle il avait quitté cette demeure?
Pourtant, la savoir heureuse lui donnait un pincement
au cœur. Se pouvait-il qu'elle ait tout oublié?

— Bonsoir! lança François Martin du seuil de la porte.

— Bonsoir, répondirent ses deux oncles en se tournant vers lui.

François s'avança et vint s'asseoir avec eux. Il ressemblait de plus en plus à David en vieillissant. Sa haute taille élancée, ses manières élégantes, sa chevelure noire, dont quelques mèches rebelles retombaient sur son front, et son visage aux traits réguliers rappelaient son père à tous ceux qui l'avaient connu.

— Ça fait longtemps qu'on ne t'a pas vu ici, Éric!

— Plutôt, oui! Et toi, tu viens souvent ?

— Moins qu'avant, quand Danny habitait ici, mais je fais un détour de temps à autre pour voir comment se porte mon vieil oncle Daniel, ajouta-t-il avec un regard moqueur à l'adresse de ce dernier.

— Il essaie de m'avoir par les sentiments, se moqua à son tour Daniel. Il veut que je lui donne un poste à l'entreprise, à l'automne.

— J'espère bien que tu lui en donneras un! fit Éric avec conviction.

— Tiens! Tiens ! Voilà qu'Éric se range de ton côté. Il faudra bien que je fasse de toi un employé de Martin & Fils, à ce qu'il me semble.

— Un employé, pour commencer, rectifia François. Je compte bien devenir un associé, avec le temps.

— C'est vraiment le fils de son père! lança Daniel en ricanant.

— Je ne crois pas que ce soit un défaut d'après ce que ma mère m'en a dit.

— Certainement pas! reprit Daniel. Ton père était un homme admirable.

— Je le pense, oui. J'aurais aimé le connaître plus longuement, ajouta-t-il avec un brin de nostalgie. Mais enfin! Il me reste mon vieux grincheux d'oncle Daniel!

— Hé! C'est de moi dont tu parles... pas de Benoît. Excusez-moi, se reprit-il aussitôt, mes paroles ont dépassé ma pensée.

— Tu en es certain? demanda François.

— Eh bien, disons que j'ai parlé trop vite.

— Alors tu le pensais, s'avança Éric.

— Je ne tiens pas à parler de cela, reprit Daniel. Notre conversation était amusante jusque-là. Ce serait dommage de passer à un sujet plus triste.

— J'avoue que tu m'intrigues, déclara Éric.

— Mais non, je ne t'intrigue pas. Tu ne peux pas avoir oublié comment est ton frère. Il n'a pas changé, tu sais. Ou plutôt, il ne s'est pas amélioré. J'aurais même tendance à dire le contraire. Mais je ne veux pas parler de lui, d'accord?

— O.K. Je veux bien respecter ton silence. Pour le moment, ajouta-t-il, un brin malicieux.

La conversation allait bon train, les sujets variant selon l'inspiration de chacun, quand Amélie fit irruption dans la pièce. Son visage défait marquait la stupeur. Les trois hommes remarquèrent immédiatement son teint pâle et s'en inquiétèrent. Amélie restait sur le seuil de la porte, incapable de prononcer un son.

❦

Amélie jeta un regard circulaire à la pièce avant que ses yeux ne se posent à nouveau sur ses beaux-frères et son neveu.

— Benoît n'est pas ici? questionna-t-elle d'une voix brisée.

— Non, répondit François. Il sortait alors que j'arrivais, tout à l'heure. Je l'ai croisé en voiture.

— Vous ne savez pas où il allait? redemanda Amélie.

— Aucune idée! lança Daniel. Mais qu'y a-t-il? Tu sembles bouleversée.

Cindy arriva à ce moment et vint à la rescousse de sa belle-sœur.

— Mélissa est montée à sa chambre, dit-elle à l'adresse d'Amélie. Tu devrais aller la trouver.

— Oui, bien sûr, fit cette dernière en quittant rapidement la pièce.

— Mais que se passe-t-il ici? demanda encore Daniel en élevant le ton.

— Quelque chose de grave, répondit tristement Cindy. Maxime vient de téléphoner à Mélissa. Il a rompu.

— Quoi? s'écrièrent les trois hommes simultanément.

— Vous avez bien entendu. Il lui a annoncé, par téléphone en plus, qu'il ne serait pas au mariage, demain. Il remet sa vie en question, à ce qu'il paraît.

— Le salaud! ne put s'empêcher de s'exclamer Éric. Si jamais je le rencontre...

— Tu n'auras probablement pas cette opportunité, le calma Daniel. Il va se tenir loin d'ici, s'il est un brin sensé.

— Et Mélissa? reprit Éric. Elle doit être complètement anéantie, la pauvre.

— C'est le moins qu'on puisse dire, renchérit Cindy. Elle a réussi à se contenir pendant qu'il lui parlait au téléphone, mais elle a éclaté en sanglots aussitôt après avoir raccroché.

— Il faut que je lui parle, lança Éric en se précipitant hors de son fauteuil.

❧

Éric s'immobilisa sur le seuil de la porte. Le spectacle qui s'offrait à lui le désolait. Au centre du lit, étendue sur le ventre, le visage enfoui dans son oreiller, Mélissa laissait libre cours à ses pleurs. Penchées sur elle, Amélie et Sarah-Ève tentaient de la réconforter en lui caressant la tête et les épaules. Au pied du lit, Alexandra regardait la scène d'un air désemparé. C'est elle qui vit Éric en premier. Elle regarda longuement son oncle. Son visage ne trahissait aucun sentiment. Elle le regardait simplement, curieuse de le voir aussi affecté. Il était pourtant vrai que, si elle-même ne l'avait vu qu'une seule fois auparavant et il y avait si longtemps qu'elle s'en souvenait à peine, Mélissa, elle, lui rendait visite une à deux fois l'an. Elle semblait adorer son parrain et devenait fébrile chaque fois qu'un voyage à Toronto s'annonçait. Alexandra s'était demandé à plusieurs reprises ce que pouvait bien avoir cet homme pour se mériter tant d'admiration de la part de sa sœur. La jeune fille continuait de regarder Éric et ce dernier n'en remarquait rien puisqu'il était complètement annihilé par ce qu'il voyait. Sa haute stature et son physique athlétique laissaient à peine entrevoir Cindy qui, depuis peu, était apparue près de lui. Alexandra remarqua les tempes quelque peu grisonnantes d'Éric, qui faisaient contraste avec l'épaisse chevelure châtain aux reflets blonds. La même couleur que ses propres cheveux, pensa-t-elle, un peu surprise d'avoir trouvé une personne qui lui ressemblait sur ce point. Combien de fois l'avait-on complimentée pour cette riche chevelure! Je suis bien de cette famille, pensa-t-elle encore, elle qui en avait toujours douté étant donné les relations tendues qu'elle remarquait chez ses parents. Elle se demandait s'ils avaient déjà été amoureux l'un de l'autre et n'arrivait pas à les imaginer dans le même lit. D'autant plus que, depuis belle lurette, ils faisaient chambre à part!

Éric s'approcha du lit et Sarah-Ève lui céda sa place. Elle en profita pour essuyer ses yeux rougis et quitter la chambre. Éric caressa doucement la joue de Mélissa et vint y déposer un léger baiser.

— Oncle Éric! prononça-t-elle d'une voix à peine audible. J'ai si mal! Si tu savais!

— Je sais, dit Éric en croisant le regard d'Amélie sans le vouloir.

Cette dernière eut un soubresaut et détourna le regard.

— Pourquoi m'a-t-il fait cela? reprit Mélissa de sa voix brisée, en se tournant vers Éric qui la prit dans ses bras. Pourquoi? répéta-t-elle en recommençant à pleurer.

— Il ne te méritait pas, répondit Éric d'une voix douce. Tu es trop bien pour lui, mon ange. Tu vas l'oublier. Ça va prendre un certain temps, mais tu vas finir par l'oublier. Et tu rencontreras quelqu'un qui te mérite.

— Je ne veux plus jamais être amoureuse! s'exclama-t-elle entre deux sanglots. Je ne pourrai plus jamais faire confiance à un homme de toute ma vie! Jamais! Ils sont menteurs et égoïstes! Sauf toi, se reprit-elle en réalisant à qui elle parlait.

— Moi et bien d'autres, Mélissa. Tu verras.

— Je ne l'ai jamais aimé, ce type, lança Jonathan en pénétrant dans la pièce.

De toute évidence, ce dernier avait un peu trop festoyé pendant le souper et avait continué par la suite, se portant volontaire pour voir le fond des bouteilles de vin. Éric le dévisagea avec surprise. Il lui rappelait Benoît, plusieurs années avant. Même taille, même cheveux blonds frisés, mêmes yeux bleus affichant pourtant une sévérité qui les rendait plus sombres. C'était curieux comme les fils Martin pouvaient ressembler physiquement à leur paternel. Éric se surprit à se demander comment aurait été son propre fils s'il en avait eu un.

— Je lui trouvais un air bizarre, reprit Jonathan en s'avançant, son verre à demi plein à la main. Je t'avais prévenue, dit-il encore en s'adressant directement à sa sœur.

— Tais-toi! fit Éric en colère. Elle n'a pas besoin de ça en ce moment.

— Oh! Tonton Éric défend sa petite Mélissa! C'est beau de vous voir! Après la mère, c'est la fille...

— Jonathan! s'exclama Amélie d'une voix désolée.

— Sors d'ici, ordonna Éric à son neveu. Je n'ai pas l'intention de me quereller avec toi. Pas pour le moment, en tout cas.

— Je n'ai pas envie de me quereller, moi non plus. Je passais juste une remarque, précisa Jonathan avant d'avaler une gorgée d'alcool.

— Tu as trop bu, dit Amélie. Va te reposer, Jon, ça va aller mieux demain.

— Chère maman! Je ne suis plus un petit garçon, tu sais. J'ai vingt-sept ans. Je peux bien aller au lit quand ça me plaît... et avec qui ça me plaît. Comme oncle Éric!

— Ça suffit! s'exclama celui-ci avec colère avant de se lever pour empoigner son neveu et le tirer hors de la chambre. Une fois là, il fit appel à Danny qui vint prendre la relève et, du haut de son mètre quatre-vingt-dix, posa son bras autour des épaules de son cousin pour le conduire à sa chambre. Jonathan se laissa pousser sur le lit et s'endormit aussitôt.

༄

Seule dans la cuisine à cette heure matinale, Amélie laissait errer son regard par la fenêtre à carreaux donnant sur l'arrière-cour. Au loin, se découpaient les montagnes qu'elle dévalait jadis en ski. Il y avait si longtemps qu'elle n'avait pas pratiqué ce sport. Outre le conditionnement physique qu'elle s'obligeait à faire trois fois par semaine afin de garder la forme, les activités d'Amélie

25

se résumaient à ses déplacements entre sa boutique et la maison.

Elle ferma les yeux et se revit, en pensée, quinze ans plus tôt. C'était un soir de mars. Il avait fait un froid de canard pendant toute la journée et elle n'avait pas mis les pieds dehors. Benoît avait emmené les enfants en ville, chez David et Marie-France qui célébraient l'anniversaire de naissance de François. Daniel et Cindy étaient allés, eux aussi, mais pas Amélie. Elle préférait rester au domaine et profiter d'un moment de solitude. Elle en avait grandement besoin. Depuis plusieurs mois, les relations entre elle et Benoît recommençaient à se détériorer. Depuis leur mariage, à vrai dire, leur cheminement semblait un éternel recommencement. Rapprochement, éloignement, séparation se répétaient sans cesse dans le même ordre. Si bien qu'Amélie ne savait plus trop pourquoi elle ne quittait pas définitivement son mari. Pourtant, après toutes ces années, elle vivait encore avec lui et espérait que les choses s'arrangent. Mais l'idée qu'elle en était rendue à la phase éloignement, une fois de plus, la rendait malade. N'eût été des enfants encore trop jeunes, elle serait partie pour de bon ce soir-là.

Depuis quelques années déjà, Benoît avait recouvré l'usage total de ses membres inférieurs. La paralysie à laquelle il avait été soumis pendant des années n'avait pratiquement pas laissé de séquelles, sauf peut-être une petite hésitation à hâter le pas. Après plusieurs mois de convalescence, Benoît avait finalement retrouvé le goût de vivre et s'était montré très affectueux envers celle qu'il avait privée si longtemps de son amour. Au début, ils avaient eu l'impression de commencer une nouvelle relation, s'intéressant l'un et l'autre à leurs activités et désirs réciproques. Puis, au fil des jours, leur union était devenue plus routinière et les mauvais souvenirs avaient refait surface, entraînant des querelles de plus en plus courantes. Parfois, ils passaient des jours entiers sans s'adresser la parole, préférant s'ignorer plutôt que se déchirer davantage. La communication entre eux allait au plus mal jusqu'à ce qu'ils rencontrent un conseiller matrimonial et tentent un nouveau rapprochement, leur but commun étant de donner une vie de famille agréable aux enfants. Cela fonctionna pendant quelque temps, puis tout recommença.

Amélie se revoyait donc dans le boudoir du domaine, assise par terre devant un feu de foyer qu'elle tenait allumé depuis quelques heures. Détendue après avoir pris un bain chaud, elle faisait la lecture d'un livre et buvait une coupe de vin rouge. C'était à ce moment qu'Éric avait fait irruption dans la pièce. Amélie se rappelait clairement son entrée. Grand, musclé, bronzé par tout le soleil auquel il s'était exposé au cours des deux dernières semaines passées à Hawaï, ses cheveux châtains aux reflets encore plus blonds encadraient son visage souriant. Il semblait si bien dans sa peau et si sûr de lui qu'Amélie l'envia un moment. Éric vint s'asseoir par terre près d'elle et tendit le bras pour ajouter une bûche sur le feu. Amélie le regardait. Les gestes qu'il faisait lui semblaient sensuels et presque provocants. Éric bougeait de façon paresseuse comme s'il gardait le rythme de ses récentes vacances. Il ne ressemblait en rien à un homme qui venait de divorcer. Bien sûr, Johanne et lui n'avaient pas d'enfants et comme leur séparation était le fruit d'un commun accord, ils avaient su rester en bons termes. Amélie était tout de même surprise de la sérénité qu'affichait son beau-frère. Elle-même en aurait eu pour des mois et peut-être des années à accepter une telle défaite. Lorsqu'elle avait épousé Benoît, elle s'était juré, à elle-même autant qu'à lui, qu'elle l'aimerait toujours et ne le quitterait jamais. Pourtant, elle l'avait fait une fois. Mais Benoît avait réussi à l'amadouer et à se montrer si tendre et rassurant, qu'elle avait cédé et était revenue vivre avec lui.

— Tu es seule? avait demandé Éric en s'asseyant à l'indienne devant le foyer.

— Oui. Tout le monde est allé à l'anniversaire de François. D'ailleurs, Benoît a téléphoné tout à l'heure pour dire qu'il ne rentrerait pas avant demain. Il fait tempête dehors et les routes ne sont pas recommandables.

— Je sais, oui. J'ai eu de la misère à me rendre ici. Mais je n'avais plus d'électricité chez moi depuis deux heures et je commençais à trouver le temps long. J'ai pensé venir faire un tour ici pour voir si tout le village était privé de courant.

— Comme tu vois, ici on a tout ce qu'il faut!

— Je vois, oui, répliqua-t-il subtilement.

— Tu veux un peu de vin? questionna Amélie pour changer le cours intime que semblait vouloir prendre la conversation.

— Juste une gorgée, répondit Éric. Tu me passes ta coupe?

Amélie lui tendit sa coupe et sentit sa main trembler à son contact. Éric était tout à fait conscient de l'effet qu'il produisait sur elle et ne faisait rien pour y changer quoi que ce soit. En fait, cela lui rappelait un certain soir, près de la piscine, alors qu'Amélie et lui avaient échangé un baiser rempli de passion jusqu'alors retenue. Il n'avait pas oublié ce soir-là. Pas plus que les remords que cela lui avait causés à l'époque. Désirer la femme de son frère était contre ses principes et il se demandait, à ce moment même, pourquoi il ne s'en allait pas chez lui immédiatement. Pourtant, il resta et, ce qui devait arriver depuis longtemps, arriva. Au milieu de la soirée, il se retrouva étendu sur Amélie, l'embrassant et laissant libre cours à sa passion. Elle répondit avec ardeur à ses caresses, elle qui en était privée depuis trop longtemps. Elle se laissa aimer et fit tout afin de rendre à Éric l'affection dont il la couvrait. Le bruit sec d'une bûche qui roula sur le côté les sortit soudain de leur état second. Éric se leva lentement après avoir déposé un baiser sur la bouche d'Amélie, et mit d'autres bûches dans le foyer afin de raviver la flamme. Il vint ensuite s'asseoir et fit blottir la jeune femme contre lui. Il la berça longuement, caressant ses cheveux et son corps en lui murmurant des mots tendres. Ils étaient encore là à la tombée de la nuit, incapables de se soustraire au bien-être qu'ils éprouvaient en sentant leurs corps enlacés. Après un moment d'hésitation, Éric se leva pourtant et entraîna Amélie dans sa chambre. Là, il la porta jusque sous la douche et s'y installa avec elle. Il prit la barre de savon et la passa doucement sur ce corps auquel il venait de se lier. Amélie frissonnait de plaisir en caressant ce visage viril posé sur elle avec tendresse. Ils firent l'amour une autre fois avant de se blottir l'un contre l'autre dans le lit.

Le lendemain matin, Amélie se retrouva seule à la cuisine, comme c'était le cas présentement. Elle attendit le réveil d'Éric pour lui demander de partir et ne plus revenir en ces lieux. À vrai dire, c'était une supplication plutôt qu'une demande. Il l'avait écoutée longuement pendant qu'elle lui avouait tout ce que signifiait pour elle son mariage avec Benoît et l'importance de demeurer avec ses enfants. Et finalement, il avait respecté son choix et l'avait quittée. Mais quelque part au fond de lui, il savait que tout n'était pas terminé...

— Salut! fit la voix retentissante d'Alexandra.

Amélie eut un sursaut et faillit échapper sa tasse.

— Eh! Tu es bien nerveuse, ce matin. Où étais-tu rendue? Tu avais l'air à des milles d'ici.
— Je réfléchissais, répondit Amélie en affichant un sourire qui dissimulait sa tristesse.

— À quoi? reprit sa fille.

— Tu es bien curieuse, ma chérie. J'ai tout de même le droit d'avoir des pensées bien à moi, non?

— Je suppose que oui, répondit Alexandra en se servant un verre de jus d'orange. Dis, maman, pourquoi Jonathan déteste Éric?

— Il ne le déteste pas. Il avait un peu trop bu, hier soir. C'est tout.

— Pourquoi il a dit qu'après la mère, c'était la fille? Qu'a-t-il voulu dire par là?

— Je ne sais pas trop, mais ne t'en fais pas avec ça. Je te dis que Jon avait trop bu.

— Voyons, maman! Je ne suis plus un bébé! Éric était furieux et toi, tu ne savais plus où te mettre. Tu ne vas pas me dire que vous ne savez pas de quoi Jon parlait!

— Bon! Si tu tiens vraiment à le savoir! fit Amélie d'un air résigné. Ça remonte à bien des années... Éric demeurait ici et ton père et lui ne s'entendaient pas très bien. Quand ton père a eu l'accident qui l'a rendu invalide pendant des années, il n'acceptait pas son sort. Il est devenu très désagréable avec le temps. Beaucoup de gens auraient réagi comme lui, tu sais. Ton père était un homme actif avant de se retrouver dans un fauteuil roulant. Au bout d'un certain temps, j'ai moi-même perdu patience et je suis devenue dépressive. Éric voyait tout cela et en était peiné. Alors il s'est querellé avec ton père et cette chicane a été la première de bien d'autres altercations. Ils se sont réconciliés à quelques reprises mais sont restés distants. C'est pourquoi Jon a dit qu'après avoir défendu la mère, Éric le faisait maintenant pour la fille. Jon était assez vieux, à l'époque, pour se rappeler tout cela. Et malheureusement, acheva-t-elle avec tristesse, on ne s'est pas aperçus que ça pourrait le marquer.

— Les autres frères de papa ne s'en mêlaient pas, eux?

— De temps à autre, mais ils le faisaient de façon

plus conciliante qu'Éric. Ton père et lui ont toujours eu de la difficulté à communiquer ensemble.

— Et c'est juste pour cela qu'Éric ne vient jamais ici? demanda Alexandra avec surprise.

— C'est suffisant, je suppose, mentit Amélie en espérant que sa fille change de sujet.

— Bonjour, vous deux! lança Cindy en pénétrant dans la pièce.

— Bonjour, répondirent la mère et la fille en même temps.

— Ça sent le bon café! reprit Cindy. Comment vas-tu? ajouta-t-elle aussitôt à l'adresse d'Amélie.

— Plutôt triste, répondit cette dernière. Dire que ça aurait pu être une si belle journée! Pauvre Mélissa! Je ne sais pas comment elle va faire pour s'en remettre.

— Ça va être dur, c'est certain. Mais elle finira par rencontrer quelqu'un de bien qui lui fera oublier tout cela.

— Je l'espère, oui. Et en attendant, il faut essayer de communiquer avec les invités qu'on n'a pas pu rejoindre hier soir. C'est une épreuve, ça aussi. Contacter les gens pour leur dire que le futur marié nous a laissé tomber et leur demander de passer reprendre leur cadeau. Quelle histoire!

— Il y a sûrement des choses plus agréables à faire, approuva sa belle-sœur.

— Moi, je ne me marierai jamais, déclara Alexandra entre deux bouchées de rôties.

— Tu as bien le temps de changer d'idée, répliqua Cindy.

— Je ne changerai pas. Tu verras bien.

— O.K. On verra, dit Cindy en affichant un sourire sceptique.

❧

Éric se tourna entre les draps, s'étira longuement et rabattit les couvertures afin de se lever. Il passa à la salle de bain, regarda un moment son visage dans le miroir et se frotta le menton avant de retirer le rasoir de son sac de voyage. Tout en suivant machinalement du regard les courbes du petit instrument électrique, Éric se préparait mentalement pour les heures à suivre. La veille, il avait finalement accepté l'invitation de Daniel et avait regagné son ancienne chambre pour la nuit. Comme si l'on s'attendait à ce qu'il revienne s'installer en ces lieux, personne n'occupait la pièce qui jadis lui était réservée. Elle demeurait intacte comme au moment où il l'avait laissée presque vingt ans plus tôt. Le bas des murs, à demi couverts de chêne, contrastait avec le papier peint et le plafond crème. Au centre de la pièce, le grand lit rappelait à Éric une certaine nuit où il avait connu un bonheur intense.

Une fois rasé, Éric se doucha, enfila un jeans et un chandail de coton, puis quitta sa chambre. Il passa devant celle de Mélissa et ralentit le pas. Il entendait des voix venant de la pièce. Il frappa légèrement à la porte et attendit qu'on l'invite avant d'ouvrir et de pénétrer dans la chambre. Mélissa était assise dans son lit et Sarah-Ève se tenait en face d'elle. Elles se tournèrent vers leur oncle et esquissèrent un sourire. Éric les voyait rarement ensemble et se surprenait toujours de voir à quel point elles étaient identiques. Toutes deux laissaient leurs cheveux blonds tomber en cascades sur leur dos, les yeux bleus s'ouvraient sur des cils très longs et fournis alors que les bouches découvraient des dents blanches et bien plantées que les appareils dentaires de leur adolescence avaient savamment replacées. Le nez légèrement retroussé leur donnait un petit air taquin qui s'harmonisait bien avec le sourire qu'elles affichaient si facilement. Pourtant, ce matin-là, les jumelles n'avaient vraiment pas le goût de sourire et leur regard triste faisait pitié à voir.

— Bonjour! lança Éric, ne sachant pas trop quel ton adopter.

— Bonjour! répondirent les jumelles.

— Tu as réussi à dormir? demanda-t-il à l'adresse de sa filleule.

— Oui, mais pas beaucoup. J'ai juste le goût de partir d'ici, à vrai dire.

— C'est une bonne idée, reprit Éric. J'y pensais justement, tout à l'heure. Tu devrais repartir avec moi, cet après-midi.

— Tu t'en vas déjà? demanda Mélissa avec tristesse.

— Oui. J'avais l'intention de partir demain, mais...

— Arrête! fit Mélissa de peur d'entendre le reste de la phrase. J'ai compris que tu n'as plus rien à faire ici, à présent.

— Ce n'est pas exactement ce que je voulais dire, mais c'est vrai que je ne tiens pas à rester ici.

— Tu ne peux pas enterrer tes vieilles rancunes envers mon père?

— C'est plus compliqué que ça, ma chérie. Crois-moi, je n'ai plus rien à faire ici. Et tu devrais venir avec moi à Toronto. Ça te changerait les idées.

— C'est vrai que ça te ferait du bien, renchérit Sarah-Ève, en caressant la joue de sa sœur.

— Ce qui me ferait du bien, ce serait de me réveiller et de me rendre compte que tout cela n'était qu'un affreux cauchemar.

— Malheureusement, reprit Éric, ça n'arrivera pas.

— Je sais, dit-elle d'une voix à peine audible, une larme roulant sur sa joue et s'arrêtant sur la commissure de ses lèvres.

— Oh! Éric! s'exclama Sarah-Ève d'un air désespéré. Fais quelque chose, je t'en prie. Je pars après-demain en camping avec des amis et je ne veux pas que Mélissa reste dans cet état-là. Ce n'est certainement pas mes parents qui vont s'occuper d'elle. Ils sont comme chien et chat et ne voient pas autre chose que leurs problèmes conjugaux.

— Sarah! fit Mélissa. Tu es dure envers eux. Ce n'est pas si pire que ça!

— Je regrette, ma chouette, mais je ne pense pas comme toi. Je viens ici à l'occasion seulement, et je vois bien que ce n'est pas rose.

— Ça ne donne rien de parler de ça, dit Éric en espérant détourner la conversation. Alors, Mel, tu pars avec ton vieux parrain?

— Vieux! répéta Mélissa en esquissant un sourire. C'est bien la dernière chose que tu m'inspires. Tu fais trente-cinq ans, à peine.

— Oh! Quel compliment! À bien y penser, je devrais venir ici plus souvent. Tu me fais vraiment du bien, toi!

— Et bien, reste. Tu es en vacances, non?

— Oui, mais je ne reste pas. C'est toi qui vas venir avec moi, termina-t-il sur un ton décidé.

— O.K. Je te suis. De toute façon, je n'ai pas le goût de rester ici, moi non plus. À vrai dire, je n'ai le goût d'aller nulle part...

— Prépare tes bagages. On part après dîner, précisa Éric avant de quitter la chambre.

⁂

Quand Éric se présenta dans la cuisine, Amélie y était toujours. Elle leva les yeux vers le nouvel arrivant et les baissa immédiatement. Il regarda autour de lui, constata qu'il n'y avait personne à part eux et avança lentement vers sa belle-sœur. Il s'arrêta face à elle, tendit la main vers son menton et le releva doucement. Amélie posa ses yeux bleus sur lui et découvrit un regard chargé de désolation. Éric lui sourit tristement et passà derrière elle pour se servir un café. Amélie se retourna et le regarda faire. Ses gestes étaient lents. Il semblait détendu, comme

34

toujours. Pourtant, si elle avait pu entendre les battements de son cœur, elle aurait compris les sentiments qui se bousculaient dans son for intérieur. Il prit une tasse, nonchalamment, empoigna la cafetière, versa le liquide fumant, lentement, y ajouta une petite touche de sucre et de lait avant de faire tourner la cuiller dans le mélange. Puis, il but une gorgée, puis une deuxième, et reposa finalement la tasse sur le comptoir. Il sentait le regard d'Amélie dirigé vers lui et en éprouvait une tension intense, bien que cela ne parût pas.

— Tu pars quand? demanda soudain Amélie pour rompre cette atmosphère invivable.
— Tu as déjà hâte que je parte? questionna Éric d'une voix quelque peu cynique.
— Je demandais ça, comme ça, se défendit Amélie. Juste pour dire quelque chose.
— Tu n'es pas obligée de me parler si tu n'en as pas le goût, tu sais.
— Oh! Éric! Cesse d'être sarcastique! Il me semble que je n'ai rien fait pour mériter cela.
— C'est vrai. Excuse-moi, reprit-il d'un air désolé. Je pars après dîner, avec Mélissa. Je crois que ça lui fera du bien de changer d'air.
— Tu crois qu'on n'est pas capables de s'occuper d'elle ici?
— C'est toi qui deviens sarcastique, Amélie.
— Excuse-moi. Oh! Mon Dieu! Pourquoi est-ce que tout ça nous est tombé sur la tête! On avait bien assez de problèmes sans cela!
— Tu as des problèmes, Méli?

Amélie le regarda droit dans les yeux et son regard se chargea à nouveau de tristesse. Méli! Lui seul l'appelait ainsi et personne ne connaissait ce sobriquet affectueux qu'il utilisait pour s'adresser à elle. En un instant, Amélie repassa dans sa tête des moments au cours desquels Éric l'avait appelée ainsi et elle se sentit encore plus nostalgique. Elle lui jeta un dernier regard et quitta aussitôt la pièce. Danny la croisa et remarqua son air abattu. Il entra à son tour dans la cuisine et regarda Éric d'un air interrogateur. Ce dernier ignora volontairement l'entrée de son neveu et prit une nouvelle gorgée de café.

— Tante Amélie ne va pas bien? questionna Danny.
— C'est un peu normal, non? Avec ce qui est arrivé à Mélissa...
— Oui, c'est vrai. Je voudrais bien l'avoir dans les pattes, le Maxime!
— Tout le monde voudrait bien l'avoir dans les pattes! Mais ça n'avance personne!
— Tu repars quand?
— Décidément, tout le monde s'intéresse à mon départ! lança Éric avec impatience.
— Hé! Si ça ne va pas, ne t'en prends pas à moi, O.K.
— C'est ça! Je vais m'en prendre à moi-même! lança à nouveau son oncle avant de quitter précipitamment la cuisine.

Danny le regarda sortir, les yeux arrondis par la surprise. C'était la première fois qu'il voyait Éric ainsi. Lui qui habituellement rayonnait de bonne humeur, semblait vraiment perturbé en ce moment. Loin de se douter de ce qui troublait son oncle à ce point, Danny mit cela sur le compte de ce qui se passait avec Mélissa. Son parrain le prenait mal, très mal, et cela le rendait d'une humeur exécrable.

Chapitre 2

Danny fit le tour de la piscine et ouvrit l'une des portes-fenêtres. Il jeta un coup d'œil dehors et fronça les sourcils en remarquant les nuages noirs qui couvraient le ciel. Le vent soufflait avec force, faisant tomber les chaises et tournoyer les plantes suspendues à la véranda. Dans l'immense rocaille donnant sur l'arrière-cour, les fleurs tourbillonnaient et laissaient s'échapper leurs pétales les plus fragiles. Danny eut un frisson et referma la porte. Il frotta ses bras pour se réchauffer et fit à nouveau le tour de la piscine pour ramasser la serviette qu'il avait laissée sur le plancher avant d'entrer dans le grand bassin d'eau chauffée. Il sécha ses cheveux et donna un coup de tête vers l'arrière pour replacer sa chevelure qui retomba le long de son cou. Puis il s'enveloppa de l'épais drap de bain de ratine qui le réchauffa sur le coup. Une fois de plus, il regarda dehors. Les grosses gouttes de pluie, qui tombaient à présent, semblaient danser sur les dalles du patio. C'était la première pluie en ce mois de juillet. Quelques jours de plus et l'on aurait connu un mois de sécheresse.

Danny laissa retomber la serviette sur la céramique et se dirigea vers le bar installé dans un coin de la pièce. Il prit la bouteille de cognac et en versa un peu dans un petit ballon qu'il porta à ses lèvres. La première gorgée le fit grimacer mais les autres pénétrèrent dans sa gorge avec plus de douceur. Bientôt, un éclair traversa le ciel, suivi d'un coup de tonnerre plutôt impressionnant. Pendant plusieurs minutes, le ciel se déchaîna, déchiré par la foudre. Puis, aussi vite qu'il était venu, l'orage disparut et céda la place à un soleil rayonnant. Danny se dirigea à nouveau vers la porte-fenêtre et en franchit le seuil pour se retrouver, pieds nus, sur les dalles mouillées. Il fit quelques pas, offrant son torse bronzé et musclé au soleil brûlant. Il passa ses doigts dans ses cheveux pour dégager son front et leva le visage vers le ciel. Soudain, une autre porte s'ouvrit derrière lui et Amélie sortit de la maison.

— Tu étais dans la piscine? demanda-t-elle à son neveu.

— Oui. Et toi? Tu n'es pas à ta boutique?

— On est dimanche! précisa-t-elle en souriant.

— C'est pourtant vrai! On dirait que je perds le fil du temps à force de ne rien faire. J'ai hâte de recommencer le hockey. Ça va être une vie plus normale.

— Tu appelles ça une vie normale, toi? questionna-t-elle en ricanant. Tu passes ton temps à remplir et vider tes valises...

— C'est la vie que j'aime! D'ailleurs, tu le sais. Je ne voudrais pas faire autre chose que jouer au hockey. C'est ce que j'ai toujours voulu alors il ne me viendrait pas à l'esprit de me plaindre.

— Je sais, oui! Tu aimes ça et ça se voit dans tes performances. Huitième compteur de la Ligue nationale, la saison dernière. C'est pas mal pour une quatrième année.

— Pas mal!!! Juste ça!!! Attends de voir la saison prochaine. Je vais finir dans les cinq premiers!

— J'ai confiance en toi. Tu as du talent.

— Merci, chère tante Amélie! Je suis très heureux de voir que tu es une grande spécialiste.

— Cesse de te moquer de moi. J'essaie de t'encourager.

— Mon coach t'en serait éternellement reconnaissant!

— Ton coach, c'est l'ami d'Éric, n'est-ce pas? se risqua-t-elle en espérant en savoir un peu plus long sur les relations de son beau-frère.

— Qui t'a dit ça?

— Oh! Il me semble avoir entendu cela quand Éric est venu l'autre jour...

— C'est son ami, en effet. Éric a traité quelques dossiers pour lui et comme ils adorent tous les deux les sports, disons qu'ils se sont bien entendus. Mais pourquoi demandes-tu ça?

— Oh! Comme ça, simplement. J'essayais d'imaginer le cercle d'amis de ton oncle.

— Il est plutôt restreint, à vrai dire. Éric a plus de collègues que d'amis. Il n'aura pas beaucoup de personnes de qui s'ennuyer quand il va revenir à Montréal...

— Il ne reviendra probablement jamais.

— Tu n'es pas au courant? demanda-t-il d'un air surpris.

— Au courant de quoi?

— À propos d'Éric. Il va probablement s'associer à d'anciens collègues dans une étude de Montréal.

— Comment ça? demanda-t-elle avec stupeur. Je n'ai rien entendu à ce sujet.

— Il faut dire qu'Éric n'en parle pas trop pour le moment. Mais je sais que c'est un projet qui l'intéresse beaucoup et que, si ça marche, il s'installera ici dès l'automne.

— Voyons donc! Personne n'est au courant de ça, ici.

— Peut-être pas toi, mais mon père le sait sûrement.

— Eh bien! On ne peut pas dire qu'on me tienne informée des dernières nouvelles!

— C'est un peu normal, avança Danny avec embarras. Tu n'as pas l'air de très bien t'entendre avec Éric.

— Moi! Mais c'est faux! Je m'entends très bien avec lui.

— Ce n'est pas évident, en tout cas. Vous vous parlez à peine et on dirait même que vous vous évitez.

— Tu te fais des idées. C'est à cause de ton oncle Benoît. Éric et lui ne s'entendent pas et je ne veux pas faire l'objet de critiques de la part de Benoît, alors je préfère me tenir loin d'Éric.

— De toute façon, ça ne me regarde pas. Maintenant, tu vas m'excuser mais je vais aller faire un tour de bicyclette à présent que le soleil est revenu.

Sans plus attendre, Danny regagna l'intérieur de la maison et monta à sa chambre pour enfiler un T-shirt et des bermudas.

⚜

Danny stationna sa bicyclette à la porte d'un dépanneur et jeta un coup d'œil à sa montre. Quinze heures dix! Il avait parcouru plusieurs kilomètres depuis les deux dernières heures et sentait son estomac tiraillé par la faim. En passant devant ce dépanneur, une publicité de crème molle avait attiré son attention et lui avait donné le goût de se payer un petit festin de calories. Il entra dans l'édifice et commanda la crème glacée. La serveuse lui fit un grand sourire avant de lui tendre un bout de papier et un stylo afin qu'il y mette son autographe. Danny était habitué à ce genre de situation et n'avait nullement envie de s'en plaindre. Après quatre années comme joueur de la Ligue nationale, il lui arrivait de plus en plus souvent de se faire reconnaître et aborder dans la rue ou ailleurs. À vrai dire, partout où il passait, il y avait des gens qui s'intéressaient à sa carrière et à sa vie privée. On le questionnait sur les saisons passées, sur celles à venir, sur sa famille, ses amis, et bon nombre de sujets qui surprenaient quelquefois le jeune homme. Il se prêtait à ce jeu avec plaisir et ne refusait jamais de s'entretenir avec ses fans. Ceux-ci étaient d'âges bien différents, allant des enfants jusqu'aux personnes du troisième âge. Sans oublier les jeunes filles, naturellement, qui, elles, s'intéressaient souvent au joueur bien plus qu'au jeu lui-même.

Danny n'avait cependant pas de petite amie attitrée. Non pas qu'il n'eût pas d'occasions d'en rencontrer une mais il préférait avoir plusieurs bonnes amies plutôt qu'une seule de façon régulière. Il lui arrivait d'avoir des aventures d'un soir lors de certains déplacements avec l'équipe mais il était plutôt tranquille de ce côté-là. Son sport passant avant toute chose, il préférait se garder en pleine forme la veille des parties. Outre sa ressemblance physique avec son père, il n'avait rien de lui au même âge. Il était beaucoup plus rangé et, depuis très longtemps déjà, il savait ce qu'il voulait faire de sa vie. Daniel, lui, avait expérimenté les drogues et les mauvais coups avant de devenir plus sérieux et engagé. Son fils, par contre, avait toujours placé sa santé et sa forme physique avant le reste dans l'ordre de ses priorités. Il avait quitté la maison très jeune pour pratiquer son sport et se réjouissait chaque fois qu'il rendait visite aux siens. Souvent, il avait regretté de ne pas avoir connu sa mère mais il affectionnait grandement Cindy qui avait su se montrer très proche de lui. Quant à son père, il lui était également très attaché et ce, même s'ils avaient eu quelques différends au niveau de ses études au moment de son adolescence. Bien qu'il ne lui eût jamais avoué, Danny comprenait, même à ce jeune âge, les préoccupations de son père face à sa future carrière. Mais il voulait tant réaliser ses ambitions que, plutôt que le décourager, le scepticisme de ses proches l'avait motivé à multiplier les efforts pour réussir. Et il avait réussi! Si bien que sa vie lui semblait encore plus merveilleuse qu'il l'avait imaginée. L'année précédente, il avait acheté un luxueux condominium à Toronto et Cindy lui avait donné un coup de main pour le choix des meubles et de la décoration intérieure. Le tout était de style moderne dans les tons de blanc et noir, agrémenté de quelques touches lilas. Danny se déplaçait dans une voiture de sport noire, pour laquelle il avait eu un véritable coup de cœur dès le premier instant où il l'avait vue dans le salon d'un concessionnaire de voitures haute gamme. Bien qu'il ne portât pas les choses matérielles au premier rang de ses priorités, le jeune homme appréciait le confort. Il avait vécu toute son enfance et son adolescence dans un univers douillet où il n'avait manqué de rien. Malgré tout, il demeurait un être sensible et pas un brin snob. De nature sociable, il parlait à tous ceux qui lui adressaient la parole et se montrait même familier avec plusieurs d'entre eux. Surtout les jeunes hockeyeurs qui voyaient en lui une idole. Pour rien au monde il n'aurait voulu les décevoir et leur donner l'impression que les joueurs professionnels ne les prenaient pas au sérieux. Il les encourageait à continuer l'exercice de leur sport et leur conseillait de croire en leurs rêves.

— Tu es Danny Martin? demanda soudain une voix féminine derrière lui.

Danny se tourna et fit un sourire à la nouvelle venue. C'était une jeune fille d'environ quinze ou seize ans qui semblait fascinée à la vue du hockeyeur. Près d'elle, un garçon d'une douzaine d'années déballait en toute hâte un paquet de cartes de hockey qu'il venait d'acheter.

— Pas de chance! fit-il d'un air désolé. Il n'y a aucune carte de toi.
— Il aurait fallu que tu sois pas mal chanceux avec un seul paquet, dit Danny en lui souriant. Mais attends, je vais t'arranger ça.

D'un pas rapide, il se dirigea vers une poubelle et y jeta le reste de son cornet. Puis, il prit son sac à dos et en sortit une photo de lui, habillé aux couleurs de son équipe. Il demanda le nom du jeune garçon et signa une dédicace au bas de la photo.

— Merci! fit son admirateur en souriant à pleines dents alors que Danny lui tendait la photo.

— Ça me fait plaisir. Tu aimes le hockey?

— Si j'aime ça? J'adore! Je joue depuis que j'ai l'âge de cinq ans. Je vais faire ma deuxième année pee-wee.

— À quelle position joues-tu?

— Je suis gardien de but, répondit fièrement le garçon.

— Oh! C'est un poste difficile, ça!

— Tu peux le dire! Mais j'aime ça. Ça énerve plus ma mère que moi, je crois.

— Ah! Oui! fit Danny en riant. Elle aime le hockey, ta mère?

— Je crois que oui. En tout cas, elle te trouve beau. Elle va être jalouse quand elle va savoir que je t'ai parlé.

— Pas à ce point-là, quand même! lança sa sœur d'un air exaspéré.

— Oh! Oui! Je le sais, moi! Tu ne la vois pas faire quand Danny est à la télévision. C'est les seules fois où elle regarde les parties de la Ligue nationale.

— Eh bien, tu diras bonjour à ta mère de ma part, reprit Danny d'un air amusé par ces commentaires.

— Tu peux être sûr! Viens, Mélanie. Il faut que j'aille montrer ça à mes amis, acheva-t-il en faisant tournoyer la photographie devant lui.

— Et moi, reprit la jeune fille à l'intention de Danny, je peux en avoir une?

— Bien sûr!

Danny sortit une autre photo de son sac et y inscrivit: «À la jolie Mélanie», signé Danny Martin.

Elle lui fit un sourire éclatant et sortit du dépanneur pour rejoindre son frère. Danny les imita bientôt et enfourcha sa bicyclette pour regagner la maison. Il eut droit à plusieurs saluts sur son passage et répondit à tous par un sourire.

Mélissa sortit de la douche et s'enveloppa dans un drap de ratine. Elle sécha ses cheveux et quitta la salle de bains. Une fois habillée, elle se rendit au salon et s'étendit nonchalamment sur le sofa. Depuis quelques jours, Éric avait recommencé à travailler et la jeune fille commençait à trouver le temps long. Pourtant, elle ne voulait pas retourner chez elle. Du moins pas tout de suite. Elle ne se sentait pas prête à se retrouver nez à nez avec Maxime si le hasard les faisait se rencontrer. Sa peine était encore trop grande. Depuis les dernières semaines, elle avait passé par toute une gamme de sentiments, allant de la tristesse à la colère, du désespoir à la révolte. Elle se culpabilisait par moments, se disant qu'elle n'avait pas su comprendre son amoureux. Il avait probablement laissé paraître certains de ses états d'âme et elle n'avait rien remarqué. Elle s'en voulait d'avoir manqué de perspicacité, mais refusait de s'attribuer tout le blâme. Maxime s'était montré lâche. Il avait attendu la dernière minute pour mettre un terme à leurs relations. Quelle humiliation! Se faire rejeter ainsi, la veille des noces! Mélissa croyait bien qu'elle ne s'en remettrait jamais et se jurait qu'il n'était plus question pour elle d'accepter une demande en mariage. Plus jamais elle ne pourrait faire confiance à ce point et aimer avec autant d'abnégation. La douleur était trop profonde pour risquer de la vivre une seconde fois.

Il y avait bien une demi-heure que Mélissa laissait errer ses pensées quand elle décida de se lever pour prendre un verre de jus d'orange. Elle entra dans la cuisine, remarqua en souriant l'assiette à déjeuner qu'Éric avait laissée traîner sur le comptoir, la tasse de café à demi pleine qui était posée tout près, les graines de pain sec qui s'étalaient du grille-pain jusqu'à l'assiette et le pot de confitures dont le couvercle n'était pas resserré.

Elle ramassa le tout en se disant qu'elle disputerait son parrain lorsqu'il reviendrait du travail. Elle ouvrit ensuite le réfrigérateur, y déposa le pot de confitures et prit le contenant de jus. Elle en versa dans un verre et le but à petites gorgées. Puis, une fois sa soif étanchée, elle retourna au salon et se laissa à nouveau tomber sur le sofa qu'elle avait quitté quelques minutes plus tôt. Elle se replongea bientôt dans ses idées noires. Il lui faudrait bien revenir chez elle prochainement et cette éventualité ne lui plaisait pas. La peur de revoir Maxime y était certes pour quelque chose, mais le fait de retourner vivre chez ses parents l'angoissait davantage. Sarah-Ève n'avait pas exagéré quant elle avait laissé entendre à Éric que leurs relations étaient pour le moins tendues. Mélissa n'avait pas voulu que sa sœur en dise plus, par respect pour eux, mais elle savait bien que tout n'allait pas très bien dans leur couple. Ils faisaient chambre à part, se parlaient peu, vaquaient à leurs activités respectives sans jamais provoquer d'occasions pour être ensemble. Mélissa se demandait parfois pourquoi ils ne se quittaient pas définitivement. Elle se doutait, comme les autres membres de la famille, que Benoît avait une maîtresse. Le soir, il disparaissait souvent pendant des heures, et parfois même ne rentrait pas avant l'aube. Amélie ne faisait jamais de reproches, comme si cela l'arrangeait. Elle-même, de son côté, avait des amies avec qui elle allait souper de temps à autre. Rien n'indiquait cependant qu'il y eût d'autres hommes dans sa vie. Du moins, si tel était le cas, cela semblait moins évident que pour son mari.

Mélissa eut encore au moins une heure de réflexion avant qu'Éric ne revienne. Elle se mit soudain à penser à son travail. Physiothérapeute depuis deux ans, elle aimait bien l'atmosphère de la clinique où elle travaillait. C'était une petite entreprise où quatre employés se partageaient la clientèle avec le propriétaire des lieux. Mélissa avait des clients réguliers et d'autres qui venaient pour quelques traitements seulement, mais qu'elle finissait toujours par revoir de façon sporadique. Elle aimait bien ce métier qui lui permettait de soulager la douleur et de détendre les autres. C'est d'ailleurs à cet endroit qu'elle avait connu Maxime. Elle avait commencé à travailler depuis seulement quelques semaines quand le jeune homme s'était présenté, suite à une blessure à une épaule. Ils avaient tout de suite sympathisé et s'étaient liés d'amitié en peu de temps. Mélissa se souvenait de la première fois où le jeune homme l'avait invitée à prendre un verre après le travail. Ils avaient finalement soupé au restaurant et s'étaient donné rendez-vous pour le lendemain soir. Depuis cette époque et jusqu'à la veille de leur mariage, ils s'étaient vus de façon régulière. Maxime semblait amoureux et vraiment décidé à passer le reste de ses jours avec celle qu'il avait choisie. Il parlait même d'avoir des enfants le plus tôt possible. Une larme roula sur la joue de Mélissa et elle l'essuya avec rage. Comment avait-il pu lui jouer la comédie à ce point? Comment avait-elle pu le croire? La seule pensée de retourner à la clinique la bouleversait. Elle ne pourrait plus travailler là sans penser à lui et revoir le lit sur lequel il s'étendait pour recevoir ses traitements. Une idée lui traversa soudain l'esprit. Et si elle cherchait un autre emploi? Avec ses deux années d'expérience et les références que son patron accepterait sûrement de lui donner, elle pourrait recommencer ailleurs, se faire d'autres amis, voir de nouveaux visages, évoluer dans un nouveau décor. Oui, cela lui paraissait génial! Il fallait qu'elle quitte Sainte-Adèle, la clinique, ses parents, et qu'elle donne un autre sens à sa vie. Elle louerait un appartement ou achèterait un condominium et serait pour la première fois complètement autonome. Cette pensée la rassurait, lui redonnant un peu d'espoir en l'avenir. Malgré tout, elle se sentait encore vulnérable et demeurait consciente que si une autre épreuve s'abattait sur elle en ce moment, elle serait à nouveau plongée dans la noirceur.

— Ohé! fit la voix d'Éric parvenant du hall d'entrée. Y a-t-il une jolie jeune femme qui m'attend ici?

— Je ne sais pas, répondit Mélissa. Je ne me suis pas regardée dans le miroir depuis des siècles.

— Je crois que tu es en train de faire un gros mensonge, reprit son oncle en s'approchant d'elle pour déposer un baiser sur sa joue. Tu t'es maquillée, hier, pour venir souper au restaurant avec moi. Il a bien fallu que tu te regardes un peu, non?

— Tu m'espionnes, à présent, remarqua-t-elle d'un air faussement outragé.

— Pas du tout! Mais c'était plutôt remarquable puisque c'était la première fois depuis des semaines que tu te donnais cette peine.

— C'est bien ce que je disais. Tu m'espionnes.

— Appelle ça comme tu voudras, c'est pourtant la vérité. Tu recommences à penser un peu à toi et ça me soulage. Qu'as-tu fait, aujourd'hui?

— J'ai pensé à moi, répondit-elle d'un air moqueur.

— Ah oui! Et on peut savoir quel genre de pensées tu as eu?

— Tu es vraiment trop curieux, cher Éric! C'est personnel!

— C'est bien. Alors, je ne te dirai pas qui est venu me voir au bureau aujourd'hui...

— Qui? demanda-t-elle avec curiosité.

— C'est personnel!

— Oh! Je t'en prie! Dis-le-moi!

— Tu verras un peu plus tard puisque j'ai invité la personne en question à venir souper. Au fait, qu'est-ce qu'on pourrait bien préparer à manger?

— Dis-moi d'abord pour qui on doit préparer à souper?

— Je crois bien que j'ai encore des steaks au congélateur, continua Éric en se dirigeant vers la cuisine, faisant exprès pour ignorer les questions de sa filleule.

— Tu es détestable! lança-t-elle en lui donnant une petite tape sur l'épaule. Je devrais te laisser faire le souper tout seul.

— Tu crois que j'en serais incapable?

— Ce serait moins bon que si je te donne un coup de main.

— Eh bien! Ce n'est pas la modestie qui t'étouffe!

— Tu réussis à faire brûler tes rôties tous les matins. D'ailleurs, j'ai encore ramassé tes traîneries, aujourd'hui.

— Tu n'as qu'à les laisser traîner, mes traîneries. Je finirai bien par les ramasser.

— Quand il n'y aura plus de place sur le comptoir, oui. Non, merci! Moi, ça m'énerve!

— Tu deviens vieille fille, ma chère! Excuse-moi, reprit-il en la voyant s'attrister. Je ne voulais pas te rappeler cela.

— Je sais. Mais je suis encore fragile, tu sais. Tout me rappelle Maxime, à vrai dire. Et c'est à lui à qui je pensais, aujourd'hui. À lui, mais aussi à moi. J'ai décidé de chercher un autre travail. Je veux m'installer à Montréal. J'achèterai probablement un condo et je changerai mon cercle d'amis. De toute façon, il n'y a plus beaucoup de gens que je fréquente puisque j'ai consacré les deux dernières années presque exclusivement à Max.

— Ça me paraît une bonne idée. Ça te ferait probablement du bien de changer d'air. Et dire que moi, au même moment, je pense à retourner à Sainte-Adèle.

— Est-ce que c'est confirmé, ton affaire?

— Pas encore, mais presque. Je vais le savoir la semaine prochaine. D'ailleurs, il faut que j'aille à Montréal pour rencontrer les gens avec qui je veux m'associer. On a encore quelques points à régler et je prendrai la décision finale à partir de là.

— Tu vas retourner vivre à la maison familiale?

— Tu veux rire? Jamais de la vie! Je vais m'en acheter une bien à moi, une maison.

— À présent que je t'ai dit à quoi j'ai pensé aujourd'hui, vas-tu finir par me dire qui vient souper?

— Ton cousin Danny! Il est revenu hier et il m'a rendu visite aujourd'hui. Il a l'air en grande forme.

— Danny! Je suis contente de le revoir. J'ai l'impression que ça fait une éternité avec tout ce qui s'est passé! Tasse-toi, fit-elle en poussant un peu Éric. Je vais t'aider à préparer le souper. Je n'ai pas envie que tu empoisonnes Danny.

Éric se laissa bousculer et sortit les légumes du réfrigérateur en ricanant. Il aimait bien la nouvelle attitude de sa filleule. Au cours des dernières semaines, il l'avait vue si souvent pleurer qu'il avait fini par se demander si elle se remettrait un jour de sa peine. Et aujourd'hui, pour la première fois, elle semblait reprendre goût à la vie...

⚜

François balança le document qu'il tenait à la main depuis un bon moment. Il n'arrivait pas à se concentrer et relisait sans cesse les mêmes phrases. Impatienté, il se leva et fit le tour de sa table de travail avant de s'appuyer finalement dessus en regardant la porte d'entrée de son petit bureau. Il avait le goût de la franchir et de ne plus jamais remettre les pieds en cet endroit. Il faisait partie des effectifs de Martin & Fils depuis dix jours seulement et cela lui semblait une éternité. Sa formation était assurée par un senior qui avait vingt-deux ans d'expérience à son actif. L'homme se montrait patient et savait transmettre sa matière de façon plus que satisfaisante. Cependant, François ne démontrait aucune motivation pour son travail et son formateur s'en rendait bien compte. Surtout depuis les deux derniers jours. La jeune recrue avait peine à se concentrer sur les paroles de son confrère. Si bien que ce dernier demanda un entretien avec le président et lui fit un compte rendu des événements. Daniel se montra surpris et promit de rencontrer son neveu le plus tôt possible. Cet avant-midi-là, il lui fut cependant impossible de tenir sa promesse car il devait assister à une réunion. Mais il avisa sa secrétaire de ne prendre aucun rendez-vous en fin d'après-midi car il comptait rencontrer François et tirer les choses au clair sans plus attendre.

François regarda à nouveau la porte et revint s'asseoir à son bureau. Il posa ses pieds sur la table de travail et se cala dans son fauteuil. Sa tête appuyée au dossier, il dirigea son regard vers le plafond. Décidément, il n'en pouvait plus! Seize années d'études pour se retrouver entre quatre murs et parler de chiffres et de publicité! À vingt-deux ans, François avait l'impression de n'avoir vécu que pour les autres. Ses douze premières années pour plaire à son père, ensuite pour ne pas faire de peine à sa mère qui en avait déjà suffisamment avec la perte de son mari, puis maintenant, il lui fallait plaire à ses oncles en se montrant digne du nom qu'il portait. Il lui semblait légitime de vouloir se construire une vie agréable et à l'image de sa personnalité et de ses désirs. Une vie qui n'aurait rien à voir avec celle qu'il menait depuis des années. Une vie à lui, pour lui. Mais comment réussir cela et ne pas blesser les autres par la même occasion? François savait pertinemment que s'il dévoilait ses secrets, il ferait beaucoup de mal à sa mère et il n'en avait pas du tout envie. Il la respectait trop pour cela. Mais que faire!

Deux coups frappés à la porte le sortirent de ses tristes pensées. Il posa ses pieds à terre et se redressa dans son fauteuil au moment où Daniel faisait irruption dans la pièce.

— Bonjour! lança ce dernier avec bonne humeur.

— Bonjour! répondit le jeune homme en ébauchant un sourire.

— Comment ça va?

— Bien, mentit François.

— Et alors, le travail? Tu t'en tires bien?

— Pas mal, je crois. Tu n'as pas parlé avec André Tremblay?

— À vrai dire, oui, avoua Daniel. Et il s'inquiète un peu pour toi.

François regarda son oncle un bon moment, puis décida de se vider le cœur. Depuis la mort de son père, le jeune homme s'était souvent tourné vers Daniel pour demander conseil. Ce dernier s'était toujours montré intéressé et compréhensif. François savait qu'il l'affectionnait et qu'il pouvait lui faire confiance.

— Ça ne va pas, déclara-t-il d'un air abattu.

— Je vois bien ça, oui. Mais qu'est-ce qui ne va pas, exactement? Tu n'aimes pas ton travail?

— Non.

— Laisse-toi le temps, François. Ça ne fait même pas deux semaines que tu as commencé. C'est normal de trouver ça difficile au début. Mais André est là pour t'aider et il est la meilleure personne que je connaisse pour le faire.

— Ça n'a rien à voir avec André. Il est très bien, je sais, mais c'est moi le problème. Je n'ai pas envie de travailler ici.

— Là, j'avoue que je ne te comprends plus. Depuis le temps que tu sais que tu vas faire partie de nos rangs. Tu as fait tes études en fonction de cela. Tu voulais même devenir associé. Peux-tu m'expliquer tout cela?

— Je peux bien essayer, mais je ne sais pas si tu vas comprendre davantage.

— Essaie toujours! On verra bien.

51

— J'ai l'impression d'avoir vécu dans un moule, Dan. Depuis que je suis tout jeune, j'entends les autres décider pour moi. Je me souviens que mon père se plaisait à dire que j'étais doué pour les affaires. Il me trouvait débrouillard et disait à qui voulait l'entendre que j'allais faire une bonne relève. J'aimais assez l'école, surtout les cours de français et d'arts plastiques. Je réussissais bien dans les autres matières parce que je travaillais fort. Je ne voulais pas décevoir mes parents, tu comprends. Puis, quand papa est mort, on aurait dit que maman voulait que je devienne un second David Martin. J'avais tout pour cela, selon elle, et comble de malheur, je lui ressemble comme deux gouttes d'eau, physiquement. Mais je n'ai jamais eu le goût de devenir un deuxième David Martin! acheva-t-il en élevant la voix.

— Jusque-là, je peux comprendre, le rassura Daniel en s'asseyant sur la chaise devant lui. Mais pour le reste... Pourquoi as-tu fait des études en administration si ça ne te plaisait pas?

— Parce que ça aussi, ça faisait partie du moule. Je devais à mon tour devenir un dirigeant de l'entreprise, me promener en complet-cravate alors que j'avais envie de mettre mes vieux jeans et un chandail deux fois trop grand pour moi. Je devais parler affaires et assister à des cocktails de bienfaisance, me marier et avoir deux ou trois enfants et finir ma vie sans ne jamais l'avoir vécue finalement.

— Mon Dieu! fit Daniel d'un air abasourdi. Viens-tu de réaliser tout cela ou est-ce que ça te travaille depuis longtemps?

— Ça fait des années que j'y pense, en fait. Mais là, c'est devenu insupportable. Surtout depuis que je suis ici. C'est tellement comme je l'imaginais que ça me rend malade, termina-t-il d'une voix à peine audible.

— Mais, dis-moi, qu'est-ce que tu aurais le goût de faire?

— Je ne sais pas trop. Une chose est certaine, en tout cas, j'aime écrire. Je ne l'ai jamais dit à personne mais j'ai écrit des centaines de poèmes. Et depuis quelques mois, je me suis lancé dans l'écriture d'un roman.

— Écrivain! Eh bien! Je n'aurais jamais pensé cela!

— Je sais bien. Personne ne me voit comme je suis, en réalité. J'ai toujours caché ma vraie personnalité parce qu'elle ne cadrait pas avec l'image que l'on s'était faite de moi.

— Mais pourquoi as-tu tellement peur de déplaire, François? Je suis sûr que ta mère serait fière de toi, peu importe la carrière que tu choisirais.

— Tu crois?

— Mais bien sûr, voyons! Marie-France t'adore. Tu es tout ce qu'elle a de plus cher au monde. Elle serait sans doute surprise, comme moi, mais elle comprendrait, j'en suis certain.

— Ça me fait du bien de te parler, Dan, déclara le jeune homme en affichant un sourire malgré tout incertain. Tu as toujours su m'écouter et m'encourager.

— C'est normal, François. De ton côté, tu t'es toujours montré proche de moi.

— Alors, qu'est-ce que je fais finalement?

— C'est à moi que tu demandes ça? lança son oncle d'un air moqueur. Tu veux que je te mette à la porte, peut-être? Ça t'enlèverait la responsabilité de prendre toi-même la décision, c'est ça?

— Non. Je ne veux pas que tu me mettes à la porte, répondit François en affichant une mine plus rassurée. Mais je n'ose pas non plus te remettre ma démission.

— Et pourquoi? Tu veux t'ennuyer ici pendant les quarante prochaines années?

— Surtout pas! fit le jeune homme en grimaçant.

— Alors, tu sais ce qu'il te reste à faire.

— Tu dois penser que j'agis comme un enfant gâté, n'est-ce pas?

— C'est si important pour toi, ce que j'en pense?

— Oui.

— Et si, effectivement, je pensais que tu agis comme un enfant gâté?

— Alors, je m'en irais quand même et je ferais tout pour réussir ma vie afin de te prouver le contraire.

— Dans ce cas, je dois te dire que tu agis comme un homme.

— Merci. Mais tu peux tout de même me dire ce que tu penses de mes projets.

— Tes projets? Tu n'as pas l'air d'en avoir vraiment, ou alors tu ne m'as pas tout dit.

— Je voudrais écrire à plein temps. Et peut-être faire un peu de peinture, aussi.

— Tiens! Tiens! De la peinture, à présent! Tu pourrais peut-être devenir chanteur aussi, et comédien pour finir.

— Cesse de te moquer de moi, reprit François en riant. Je ne chante même pas sous la douche de peur de casser les robinets. L'écriture et la peinture, ça me suffit amplement. Mais je voudrais pouvoir le faire à plein temps, tu comprends.

— Je ne vois pas ce qui pourrait t'en empêcher. Tu as un avantage que bien des écrivains n'ont pas en commençant puisque tu n'as aucun problème financier.

— C'est vrai que mon père m'a légué suffisamment d'argent pour me payer du papier jusqu'à la fin de mes jours.

— Tu pourrais même t'acheter une papetière, oui.

— Ah non! Pas d'entreprise, je t'en prie!

— C'est vrai, j'oubliais. Mais dis donc, veux-tu venir souper à la maison? Cindy sera sûrement très intéressée par tes projets, elle qui se passionne pour tout ce qui touche le domaine artistique.

— C'est une bonne idée, oui. J'accepte. Je parlerai à

ma mère plus tard. Je voudrais bien qu'elle comprenne aussi facilement que toi.

— Tu vas peut-être avoir une surprise. En tout cas, je te le souhaite. En ce qui me concerne, je me souviens trop bien comment j'étais à ton âge pour te faire la morale. Je faisais tout ce que je voulais. Moi aussi, je rêvais de vivre ma vie selon mes critères personnels. Et finalement, je n'ai pas trop mal réussi, comme tu vois.

— Tu aimes ce que tu fais?

— Honnêtement, oui. J'ai fait la fête et j'ai expérimenté toutes sortes de choses pendant longtemps, mais à présent, je ne voudrais pas que ma vie soit différente.

— J'espère en dire autant, un jour.

— Tu le feras, je ne suis pas inquiet. Tu as beau dire que tu as tout fait pour les autres mais ça n'effacera jamais le fait que tes acquis te donnent une bonne base.

— Merci encore, Dan. Je comprends pourquoi Danny aime autant son père.

— Ne t'en fais pas, il me trouve des défauts à l'occasion et il ne se gêne pas pour me le dire. Mais ça ne m'empêche pas de trouver les hivers longs et d'avoir hâte que l'été revienne pour le revoir à la maison.

— S'il ne faisait pas ce qu'il aime, il trouverait les hivers longs, lui aussi.

— Tu es en train d'essayer de te convaincre que tu fais le bon choix, ou quoi?

— Peut-être bien, oui.

— Allez! Ramasse tes affaires; on sort d'ici. Je t'emmène souper chez tes ancêtres faiseurs d'affaires! On finira bien par en trouver un de qui tu peux tenir tes talents artistiques.

François se leva, réconforté, et plaça dans une petite boîte les quelques affaires personnelles qu'il avait apportées au bureau. Daniel le regarda faire en se demandant si cette révolution intérieure qui animait son neveu durerait bien longtemps. Toutefois, cela ne l'inquiétait pas outre mesure puisqu'il y aurait toujours une place au sein de l'entreprise pour lui, si un jour il découvrait qu'il s'était trompé. À vrai dire, la situation arrivait même à l'amuser un peu. François, qui s'était toujours montré obéissant et conciliant, affichait maintenant un trait de personnalité tellement inattendu que Daniel était curieux de voir où cela le mènerait.

Une fois ses effets personnels rassemblés, le jeune homme se tourna vers son oncle et lui sourit en se dirigeant vers la porte. Il n'avait plus qu'un seul secret, mais celui-là, il n'était pas prêt de le dévoiler...

⁕

— Alexandra Martin! cria Amélie du salon. Reviens ici immédiatement!

— Laisse-moi tranquille, répondit Alexandra avant de sortir.

Amélie hâta le pas et s'arrêta devant la porte close. Elle jeta un coup d'œil à l'extérieur et vit sa fille qui enfourchait sa bicyclette et se dirigeait vers la rue. Amélie revint au salon et regarda Benoît qui n'avait pas bronché.

— Dis quelque chose! lança-t-elle avec impatience.

— Que veux-tu que je dise? Tu t'es encore énervée...

— Je me suis énervée! Non, mais tu le fais exprès ou quoi? Ta fille me traite comme du poisson pourri et tout ce que tu trouves à dire, c'est que je m'énerve.

— Elle te traite comme tu la traites.

— Tu sembles oublier que je suis sa mère.

— Il est difficile de l'oublier! Tu lui remets toujours cela sur le nez! C'est d'ailleurs pour cela qu'elle en a assez. Essaie donc de te rappeler comment tu étais à son âge; ça t'aidera peut-être à la comprendre.

— J'étais beaucoup plus tranquille qu'elle à quatorze ans. D'ailleurs, tu le sais puisque tu me connaissais déjà à cette époque.

— Tu as bien changé, oui.

— Et toi, tu crois peut-être que tu n'as pas changé?

— J'ai changé, oui, mais je ne passe pas mon temps à crier après tout le monde, moi.

— Tu es vraiment odieux, Benoît Martin! Je me demande pourquoi je continue à te parler.

— C'est ça, tais-toi. Je vais pouvoir regarder la télévision tranquille.

— Je te déteste! lança Amélie en quittant la pièce.

꧁꧂

Alexandra laissa tomber sa bicyclette sur la pelouse devant la maison où habitait son amie Marianne. Elle monta les quelques marches menant sur la galerie et frappa à la porte. Marianne ouvrit elle-même et fit entrer son amie. Sans dire un mot, elles montèrent à la chambre de la jeune fille.

— Je n'en peux plus! explosa Alexandra.

— Tu t'es encore chicanée avec ta mère?

— Oui. Elle ne voulait pas que je sorte parce qu'elle dit qu'il est trop tard. Neuf heures! Tu imagines! Je ne suis plus un bébé, quand même!

— C'est vrai que c'est quand même tôt, neuf heures! Moi, j'ai le droit jusqu'à dix, au moins.

— Je sais. Mais elle ne veut rien comprendre! Elle dit qu'elle s'inquiète quand je sors seule, le soir. Elle ne me fait pas confiance. J'en ai assez! Je veux partir de chez moi.

— Où veux-tu aller?

— Je ne sais pas. Si j'avais de l'argent, je partirais à l'autre bout du monde! Mais j'ai à peine trois cents dollars à la banque, alors je n'irai pas bien loin.

— De toute façon, tu ne pourrais pas partir comme ça, voyons donc! Ta mère n'est pas si pire, après tout.

— Tu prends pour elle, maintenant!

— Non, mais avoue-le, Alex. Ta mère est plutôt gentille. Tu ne peux pas lui demander de tout comprendre; ça fait trop longtemps qu'elle a vécu son adolescence pour s'en rappeler.

— Elle n'est pas à bout d'âge, quand même! Elle devrait avoir encore un peu de mémoire!

— Les mères sont toutes comme ça. Et les pères sont encore pires, par moments. Ils ont l'air plus affectueux et compréhensifs mais quand c'est le temps de défendre quelque chose, ils sont intraitables. Ils ont tellement peur qu'il arrive quelque chose à leur petite fille! acheva-t-elle d'un air exaspéré.

— Mon père ne se mêle pas de mes affaires, lui. De toute façon, il n'est jamais à la maison, alors même s'il voulait s'en mêler...

— Eh bien, ça t'en fait un de moins sur le dos! Tu es bien chanceuse, finalement!

— Chanceuse! Non, mais qu'est-ce qu'il ne faut pas entendre!

— C'est vrai que tu es chanceuse, Alex. Tu vis dans une maison de rêve, non, encore mieux que ça, dans un château! Tu as tout ce que tu veux, tu es habillée comme une carte de mode, tu ne manques jamais d'argent de poche...

— Et tu crois que c'est ça qui devrait me rendre heureuse?

— En tout cas, ça ne peut pas nuire.

— L'argent ce n'est pas tout, ma chère.

— C'est facile à dire quand on n'en manque pas.

— Tes parents ne sont pas à plaindre, toi non plus.

— Comparés aux tiens, ils sont pauvres. Et moi, je n'ai pas tout ce que je veux.

— Es-tu jalouse de moi?

— Mais non! Et tu le sais. J'essaie juste de te faire apprécier ce que tu as et te remonter un peu le moral.

— Tu es plutôt en train de m'achever. Moi qui croyais que tu allais me comprendre.

— Bon! Allez! On change de sujet. Si on appelait Rebecca. Elle pourrait venir faire un tour et on jouerait au *Monopoly*.

— Je n'ai pas envie de jouer. Mais tu peux l'appeler quand même. On verra bien ce qu'elle fait.

⋘⋙

Alexandra demeura chez son amie jusqu'à onze heures et enfourcha à nouveau sa bicyclette pour revenir à la maison. Une fois rendue dans la rue où elle habitait, elle fut surprise par une automobile qui prenait un détour trop rapidement et, pour éviter de se faire renverser, elle fit une manœuvre qui la fit chuter. Le chauffard ne s'arrêta même pas. L'avait-il seulement vue? Alexandra grimaça sous la douleur. Sa jambe et son bras gauche étaient éraflés et marqués de sang. Heureusement, elle ne semblait pas avoir plus de mal. Elle se releva avec peine et constata que la roue de la bicyclette était faussée. Elle rentra donc à pied, en boitant.

Amélie n'était pas couchée. Assise au salon avec un livre sur lequel elle n'arrivait pas à se concentrer, elle se rendit à la rencontre de sa fille en l'entendant ouvrir la porte.

— Mon Dieu! Que t'est-il arrivé? demanda Amélie avec affolement.

— Rien de grave, mais ça fait mal. C'est un imbécile qui a pris le détour à toute vitesse. J'ai pratiquement

59

sauté en bas de ma bicyclette pour ne pas me faire écraser.

— Seigneur! Tu comprends, maintenant, pourquoi je m'inquiète quand tu sors à bicyclette le soir.

— Oh! Je t'en prie! Épargne-moi les reproches, au moins.

— Je le fais pour ton bien. Si je ne t'aimais pas, ça ne me dérangerait pas qu'il t'arrive n'importe quoi. Mais ce n'est pas le cas.

— Étais-tu aussi mère poule avec les plus vieux?

— Je ne suis pas mère poule, Alex. Je prends soin de toi, c'est tout.

— Tu ne peux pas prendre un petit peu moins soin de moi? demanda la jeune fille d'une voix plus affable.

— Je peux toujours faire une concession. Si tu sors le soir, je vais te reconduire chez tes amies en voiture et je vais te chercher à dix heures trente, au plus tard.

— Le samedi aussi?

— Oui. À moins qu'il y ait un événement spécial et qu'on s'entende pour que tu rentres plus tard.

— C'est pas si mal comme arrangement. Mais je vais avoir l'air d'un bébé avec ma mère qui me conduit où je vais.

— C'est à prendre ou à laisser.

— Tu es dure avec moi.

— Une marâtre, oui, répliqua sa mère en ricanant. Maintenant, viens, on va aller désinfecter ces plaies-là. Tu aurais pu te faire tuer, acheva-t-elle en fronçant les sourcils.

⁂

Éric engagea sa voiture dans la cour privée des Martin. Deux visites en l'espace de trois semaines! Décidément, on aurait pu croire qu'il y prenait goût! Pourtant, tel n'était pas le cas. S'il venait ici, aujourd'hui, c'était tout simplement pour ramener Mélissa. Cette dernière était assise près de lui dans la voiture et regardait les arbres défiler sous ses yeux sans les voir réellement tant elle avait les idées ailleurs. Sainte-Adèle lui rappelait Maxime et toutes ses pensées se dirigeaient maintenant autour du jeune homme.

— On est rendus, précisa Éric à sa filleule, une fois la voiture stationnée. Mélissa? Tu rêves ou quoi?

— Oh! Excuse-moi! J'étais dans la lune...

— J'ai bien vu cela, oui. Alors, tu descends?

— Tu ne viens pas avec moi?

— Je vais t'aider à porter tes bagages jusqu'à l'entrée. Je suis attendu à Montréal pour souper.

— Si ce n'était pas cela, ce serait autre chose. N'importe quoi pour ne pas coller ici, hein, Éric?

— J'ai vraiment un rendez-vous à Montréal pour souper, répéta son oncle, un brin impatienté.

— Il est seulement deux heures. Tu pourrais bien entrer un peu.

— Ça va, tête de mule! Juste le temps de prendre un verre d'eau.

Éric ouvrit le coffre de la voiture et en tira les deux sacs de voyage de sa filleule. Il passa la bandoulière de l'un d'eux sur son épaule et empoigna l'autre avant de se diriger vers la maison. Il ne voyait pas la voiture de Daniel ni celle de Benoît. Étaient-elles dans le garage ou ses frères étaient-ils absents? Il venait à peine de se poser la question quand la porte principale s'ouvrit sur Amélie. Elle s'élança vers sa fille et la serra longuement dans ses bras en l'embrassant. Puis, elle se tourna vers Éric et son regard devint plus embarrassé.

— Bonjour, Éric, dit-elle poliment.

— Bonjour, Amélie. Tu vas bien?

— Oui, pas mal. Et toi?

— Pas mal, se contenta-t-il de répéter.

— Tu entres?

— Juste deux minutes pour faire plaisir à Mélissa, précisa-t-il sans plaisir.

— C'est un vrai sauvage, se moqua sa nièce en s'adressant à sa mère. On dirait qu'il a peur de voir des fantômes quand il entre ici.

Éric et Amélie se jetèrent un regard complice et pénétrèrent dans la maison à la suite de la jeune fille. Cette dernière se rendit directement à la cuisine où elle ouvrit le réfrigérateur pour en sortir des boissons froides. Elle en offrit une à Éric et à sa mère et en prit une pour elle-même.

— J'avais soif, déclara-t-elle après avoir littéralement calé le contenu de son verre. L'air climatisé est brisé dans la voiture d'Éric et on crevait là-dedans.

— Je vais aller au garage, demain. Je ne ferai pas le voyage de retour dans les mêmes conditions, tu peux en être sûre! Dan n'est pas ici? continua-t-il à l'intention de sa belle-sœur.

— Non. Il est parti ce matin avec Cindy. Je crois qu'ils faisaient un pique-nique quelque part dans la nature.

— Oh! C'est romantique, ça! s'exclama Mélissa en souriant. Mais ce n'est pas pour moi, continua-t-elle en prenant un air plus triste.

— Voyons, chérie! tenta de la rassurer sa mère. Ça t'arrivera bien encore un jour de faire des balades romantiques.

— Je ne sais pas, maman. Mais pour le moment, ma vie sentimentale passe après tout le reste. J'ai fait des projets...

— Ah oui! C'est intéressant! De quoi s'agit-il?

— Je vais quitter la clinique et essayer de trouver un emploi à Montréal. J'ai le goût de changer de décor. Et je vais m'installer ailleurs, aussi...

— Tu veux dire que tu ne vivras plus ici? demanda Amélie avec appréhension.

— C'est ça, oui. Je veux repartir à zéro, maman. J'ai besoin d'avoir une place bien à moi.

— Tu ne te sens pas chez toi, ici?

— Ce n'est pas ça, rassure-toi. Je me sens très bien ici, mais j'ai besoin d'un petit coin juste à moi. Tu comprends?

— Je comprends, oui. Mais ça va faire un grand vide.

— Tu viendras me visiter. Ça va te faire sortir un peu. Tu passes ton temps ici quand tu n'es pas à la boutique.

— Salut, tout le monde! lança Alexandra en entrant dans la pièce. J'avais reconnu la voiture d'oncle Éric et j'en ai déduit que tu étais revenue, précisa-t-elle pour sa sœur. Comment vas-tu?

— Bien, répondit Mélissa. Et toi?

— Moi? Regarde, dit-elle en montrant les éraflures de sa jambe et son bras.

— Comment tu t'es fait ça?

— Je suis tombée de ma bicyclette, hier soir. J'ai mal partout.

— Tiens! Tiens! Je sens que tu vas réclamer mes services pour un massage.

— Ce serait génial, à vrai dire. J'ai les épaules en compote.

— Laisse-moi une petite demi-heure pour me remettre du voyage et j'irai te soigner après. D'accord?

— Super! lança Alexandra qui quittait déjà la pièce en boitant légèrement.

Le regard d'Amélie passa rapidement de sa plus jeune fille à Éric. La même couleur de cheveux, les mêmes yeux. Était-elle seule à remarquer la ressemblance?

— Papa n'est pas ici? questionna Mélissa, une fois sa sœur disparue.

— Non, répondit Amélie. Il est parti au golf ce matin et n'est pas encore revenu. Il ne devrait pas tarder, il a l'habitude de passer le dimanche après-midi ici.

— Il va bien?

— Oui, se contenta de répondre Amélie qui n'avait pas envie de parler de Benoît.

— Et comment vont les autres?

— Jonathan est parti pour la semaine avec des amis et Sarah-Ève est encore en camping. Elle y prend goût, je crois. Et d'après ce que j'ai pu comprendre, le sauveteur est pas mal de son goût.

— C'est pas vrai! Sarah-Ève est en train de se faire un «chum»?

— Je ne sais pas si c'est très sérieux mais elle n'a pas l'air pressée de rentrer chez elle.

— Tant mieux! Ça lui fera du bien de penser à autre chose qu'aux études. Je lui souhaite juste de frapper mieux que moi! Et Érika? Tu as de ses nouvelles? s'informa-t-elle en pensant soudain à son amie d'enfance.

— Elle est venue faire un tour, hier. Elle a demandé que tu lui téléphones en arrivant.

— J'y vais tout de suite, reprit Mélissa en se dirigeant vers le salon.

— Je vais m'en aller, à présent, dit Éric en se rendant compte qu'il était maintenant seul avec Amélie.

— Tu es chez toi, ici, Éric. C'est la maison de tes parents, pas des miens. J'ai l'impression de te priver de quelque chose en demeurant ici.

— Ne t'en fais pas pour moi. Pense plutôt à toi. Je trouve que tu n'as pas très bonne mine. Tu as l'air triste,

Méli, et ça, ça me fait beaucoup plus de peine que de ne pas demeurer ici.

— Je ne sais plus très bien où j'en suis, Éric. Mais ça va passer, comme les autres fois. Ne t'en fais pas.

— Benoît, il est correct avec toi?

— Oui. Mais je ne tiens pas à parler de cela avec toi.

— Ça va. Je voulais juste me rassurer. Et ta boutique?

— Ça ne pourrait pas mieux aller, de ce côté. Avec la saison touristique, les gens achètent de nombreux souvenirs et cadeaux. Je n'ai vraiment pas à me plaindre. J'ai même une employée qui travaille le dimanche. Et toi? Danny m'a dit que tu songeais à revenir t'installer à Montréal?

— C'est presque fait, à vrai dire. Je soupe avec mes futurs associés, ce soir, et on va s'entendre sur les derniers arrangements. Je conserve tout de même une partie de mes parts dans le cabinet de Toronto.

— Tu t'ennuyais de ton coin de pays?

— Pas juste de mon coin de pays, précisa-t-il en la regardant avec tendresse. Je n'ai rien oublié, tu sais, Méli.

— Arrête, Éric. Je t'en prie. J'ai fait une croix là-dessus il y a longtemps.

— Vraiment?

— Vraiment.

— Je croyais t'avoir rendue heureuse, cette nuit-là. Je me suis trompé. Je regrette.

— Chut! fit Amélie d'un air craintif. Mélissa et Alex pourraient revenir et t'entendre, reprit-elle à voix basse.

— Ne t'en fais pas, dit-il sur le même ton. Je ne t'embarrasserai plus avec ça.

— Tu m'as rendue heureuse, cette nuit-là, avoua-t-elle alors qu'il se préparait à quitter les lieux.

Éric s'arrêta net et revint se planter devant elle. Il la regarda droit dans les yeux et sourit tristement.

— Mais tu m'as fait de la peine, aussi. Je ne voulais pas quitter ma famille et tu le savais. Ça m'a pris des mois avant de m'en remettre.

— Moi, Méli, je n'en suis pas encore revenu.

— Il faut que tu t'enlèves ça de la tête, Éric. Ça ne pourra jamais marcher entre nous. Je suis la femme de ton frère.

— Je t'aime, Méli. Et ça, tu ne pourras jamais rien y changer, acheva-t-il en se tournant pour quitter la pièce.

Amélie le regarda partir et se retint pour ne pas courir à sa suite. Elle aurait voulu se réfugier dans ses bras et sentir à nouveau le souffle chaud de sa respiration sur son cou. Elle aurait voulu qu'il la berce contre lui, qu'il l'étreigne de ses bras puissants et qu'il la caresse et l'embrasse jusqu'à ce qu'ils s'épuisent l'un et l'autre. Elle aurait voulu l'entendre répéter «je t'aime» et lui répondre par la réciproque, couvrir son corps de baisers et se perdre dans ce regard qu'il posait sur elle avec tant de tendresse qu'elle en brûlait de désir. Plutôt que tout cela, elle se rendit à la fenêtre et le regarda partir. Il franchit le seuil de la porte sans se retourner et marcha d'un pas rapide vers sa voiture. Ses épaules semblaient encore plus larges dans son T-shirt blanc. Le bas de son corps bougeait de façon presque provocante dans les shorts sport marines qui mettaient en évidence ses longues jambes musclées et bronzées. Il monta à bord de sa voiture et disparut bientôt derrière la longue rangée d'érables. Amélie soupira sans vraiment en être consciente et retourna à ses activités en se demandant quand elle le reverrait. Le lendemain, dans un mois, dans un an? Le plus tard serait le mieux pour elle puisque chacune de leurs rencontres la troublait longuement par la suite.

Chapitre 3

Mélissa sortit de la maison et se dirigea vers sa voiture. Au même moment, un autre véhicule qu'elle connaissait très bien entra dans la cour. Abasourdie, la jeune fille regarda Maxime ouvrir la portière et descendre avant de s'avancer vers elle. Il semblait un peu mal à l'aise mais trouvait tout de même la capacité de sourire.

— Que veux-tu? demanda Mélissa d'une voix froide.

— Te parler, répondit-il simplement.

— Nous n'avons plus rien à nous dire, trancha-t-elle sur un ton cinglant.

— Je sais que tu m'en veux, Mélissa, commença-t-il en s'approchant d'elle, mais je dois t'expliquer.

— Il est trop tard pour les explications, Max. Retourne d'où tu viens; jamais je ne te pardonnerai.

— Écoute-moi, Mélissa, je t'en prie!

— Je n'ai pas le temps. Laisse-moi tranquille, acheva-t-elle en se dirigeant vers la voiture.

Maxime la retint par un bras. Mélissa le bouscula pour se défaire de son emprise et lui jeta un regard fulminant.

— Lâche-moi, Max, et ne me touche plus jamais. Tu entends?

— Oui, j'entends, cria-t-il à son tour, mais je ne te laisserai pas tranquille tant que tu ne m'auras pas écouté.

— Eh bien, tu vas devoir attendre car j'ai un rendez-vous à l'île des Sœurs dans une heure et si tu continues à me retenir, je vais le manquer.

— Bon! Ça va! Mais je vais revenir, Mélissa. Sois-en certaine.

La jeune femme s'installa dans sa voiture et quitta la cour à la hâte. Ses pensées furent axées sur son ex-fiancé tout au long du trajet. Il en avait du culot de venir se présenter chez les Martin! Comment pouvait-il croire que Mélissa l'écouterait calmement alors qu'il lui remémorerait les événements qui avaient brisé son cœur deux mois plus tôt? Pourtant, et même si elle lui en voulait terriblement, la présence de Maxime l'avait bouleversée. Pendant un instant, elle avait souhaité que tout cela ne soit qu'un mauvais rêve. Mais c'était la triste réalité!

Mélissa regarda l'adresse de l'immeuble à condominiums et stationna sa voiture. Elle en descendit en continuant d'examiner les lieux. Tout était neuf et accueillant. Le vaste hall d'entrée était décoré avec des matériaux des plus modernes. Juste en face des portes principales, deux ascenseurs permettaient de circuler parmi les dix étages. À gauche, des fauteuils de cuir noir, posés çà et là autour de quelques tables basses, donnaient à l'endroit un air d'hôtel plutôt que d'un immeuble à logements multiples. C'était d'ailleurs assis là que le courtier attendait Mélissa. Il se leva en la voyant et vint la saluer. Il lui confirma que, comme prévu, il lui ferait visiter les lieux ainsi que trois condos qui étaient encore inhabités. Tous les autres avaient été vendus au cours des derniers mois. Ils montèrent ensemble au dixième étage et visitèrent un logement qui plut immédiatement à la jeune femme. Un petit couloir donnait sur un salon et une salle à dîner, une cuisine des plus modernes se juxtaposait à ces pièces alors que l'une des deux chambres communiquait avec la salle de bains. Il y avait même une petite pièce de rangement munie de nombreuses tablettes pour rendre les lieux encore plus fonctionnels. Satisfaite, Mélissa revint au salon et ouvrit les portes-fenêtres pour se rendre sur le balcon. Il y avait là suffisamment de place pour y installer une table, une ou deux chaises longues et un barbecue. Elle se pencha quelque peu au-dessus de la rampe pour voir en bas et sentit un vertige la saisir. Non, décidément, c'était trop haut! Elle ne pourrait pas vivre à pareille hauteur et circuler librement sur ce patio. Elle en avisa le courtier qui la rassura aussitôt en lui disant qu'il y avait un logement tout à fait identique au deuxième. Avant de s'y rendre, il lui proposa de visiter les commodités qui se trouvaient au dixième étage. Au bout d'un corridor, deux grandes portes vitrées menaient à une piscine et un bain à remous. D'autres portes conduisaient, elles, à une salle d'exercice très bien équipée. Un peu plus loin, une pièce abritait un billard ainsi que six petites tables à cartes et plusieurs fauteuils et causeuses de cuir noir, rappelant celles du hall d'entrée. Mélissa apprécia le tout et suivit le courtier au deuxième étage. L'appartement était identique à celui qu'elle avait visité quelques minutes plus tôt. Elle signa l'offre d'achat avant que le courtier lui donne les coordonnées de la décoratrice qu'elle devrait rencontrer pour choisir la peinture et les autres éléments de décoration. Mélissa voulait s'installer le plus tôt possible et elle s'assura qu'elle pourrait le faire d'ici les deux prochaines semaines. Une fois les dernières formalités réglées, elle quitta aussitôt la place pour se rendre à son second rendez-vous. Elle fit le trajet à pied puisque la clinique de physiothérapie où elle devait se rendre était située à deux coins de rue. Elle y arriva bientôt et, là encore, se trouva satisfaite de ce qu'elle avait sous les yeux. C'était en fait un mini-centre où l'on retrouvait un dépanneur, une pharmacie, une pâtisserie, un salon de coiffure et d'esthétique, une clinique de dentiste, une autre de médecine ainsi que la clinique de physiothérapie. Cette dernière était grande et moderne. À la réception, la secrétaire lui sembla gentille et accueillante et le patron des lieux, un homme dans la cinquantaine, la reçut avec beaucoup d'amabilité. Elle lui avait été référée par son ancien employeur, un ami de longue date, et avant même de la rencontrer, il savait qu'il l'embaucherait. D'après les références qu'il avait eues à propos de Mélissa, il ne pouvait en être autrement. Aussi s'entendirent-ils pour qu'elle débute la semaine suivante. Cela lui laisserait quelques jours pour régler les derniers arrangements relatifs à l'achat de son appartement, ainsi que pour se procurer des meubles puisqu'elle n'en possédait aucun.

Mélissa quitta donc la clinique, jeta un coup d'œil à sa montre et se rendit compte que l'après-midi tirait à sa fin. Elle décida de rentrer chez elle et de revenir le lendemain pour magasiner le mobilier. Sa mère serait sûrement heureuse de l'accompagner pour faire ces achats!

⁂

Danny se frotta les cheveux et les rinça sous le jet d'eau de la douche. Il versa un peu de revitalisant dans la paume de sa main, l'étendit sur sa chevelure et frotta à nouveau avant de passer sa tête sous l'eau. À sa droite, Jimmy Davidson faisait les mêmes gestes sans en être conscient. À sa gauche, Braddley Cooper se savonnait en chantonnant. Danny se mit à rire en l'entendant fausser et lui administra une tape sur l'épaule.

— Hé! fit Braddley. Laisse-moi chanter tranquille!
— Ah! Tu chantes, dit Danny. Je pensais que tu avais mal au ventre.
— Très drôle, Martin! fit Braddley en grimaçant.

Braddley Cooper était un des meilleurs défenseurs de son équipe. Très grand et costaud, il n'avait pas peur de donner des coups et d'en prendre. Son lancer frappé était très redouté car il était souvent à l'origine d'un point. Derrière ce physique redoutable se cachait un jeune homme de vingt-six ans qui, depuis quelques années, avait accepté son orientation sexuelle dirigée vers les personnes de son sexe. Braddley avait gardé son secret pendant bien longtemps, n'osant l'avouer de peur qu'on le retire des équipes auxquelles il avait été rattaché. Depuis l'âge de quinze ou seize ans, époque pendant laquelle il avait pris conscience de son attirance pour les garçons, et jusqu'à ses premières années dans la Ligue nationale, il n'avait donc divulgué cette facette de sa personnalité à aucune âme qui vive. Puis, un jour, il s'était livré à un de ses amis en lui faisant promettre de garder le secret. Cet ami, c'était Danny. Les deux hockeyeurs faisaient partie de la même équipe depuis trois ans et s'entendaient très bien. Avant de devenir le confident de Braddley, Danny s'était posé des questions à propos de l'orientation sexuelle de celui-ci. Non pas que le jeune homme eût certaines attitudes ou comportements féminins. Bien au contraire, il semblait des plus virils, mais ne s'intéressait pas aux femmes, du moins pas de la même manière que ses compagnons. Il avait plusieurs copines avec qui il aimait bien discuter mais leurs relations s'arrêtaient là. À vrai dire, bien des joueurs se doutaient des tendances de leur coéquipier mais personne n'en parlait ouvertement. On avait bien fait quelques allusions, à l'occasion, mais jamais en présence du principal intéressé. Certains s'en fichaient totalement alors que d'autres se contentaient de respecter le joueur concerné tant qu'il en faisait autant. Danny avait donc appris, par la bouche même de son ami, ce secret qu'il savait si bien dissimuler. Braddley ne comprenait pas lui-même pourquoi il avait choisi de se confier à Danny en particulier, alors qu'il ne l'avait jamais fait auparavant. Il lui faisait confiance et n'allait pas plus loin dans son questionnement. Une chose était cependant certaine, le jeune homme était pour lui un très bon ami, son meilleur sans doute, mais rien de plus. Et il l'avait clairement dit à Danny afin qu'aucune confusion n'existe entre eux. De nature plutôt ouverte et tolérante, Danny avait accepté cette confession avec une certaine facilité. En aucun temps il n'avait remis en question son amitié pour son coéquipier et avait continué à le fréquenter comme avant. Il arrivait même à lancer quelques blagues sur les tendances homosexuelles de Braddley, quand ils se retrouvaient seuls. Ce dernier le prenait en riant puisqu'il savait que son ami le respectait sincèrement.

Danny sortit de la douche et se sécha. Il regagna sa place dans le vestiaire et commença à s'habiller. Il enfila ses jeans, mit des bas blancs et passa un coton ouaté par-dessus sa tête avant de le faire glisser sur son torse musclé. Braddley sortit à son tour de la douche et s'installa lui aussi à sa place, juste devant Danny. Il écouta une blague lancée par un autre joueur à propos des attraits sexuels féminins, jeta un regard complice et amusé à son ami, et continua à s'habiller.

— Tu viens souper avec nous au pub? demanda un joueur à Danny.

— Ce n'est pas une mauvaise idée, répondit ce dernier. Qui y va?

— On est six, jusqu'à présent. Les autres, ça m'étonnerait. Leurs femmes les attendent à la maison.

— Tu es jaloux, Turner, lança l'un des joueurs mariés. Tu voudrais bien avoir une petite femme qui t'attend à la maison, toi aussi.

— Oh! Mon Dieu! Non, merci! répondit Turner. Je préfère en avoir plusieurs qui ne m'attendent pas. Alors, Martin, tu viens?

— Oui. Je n'ai pas le goût de me faire à souper.

— Et toi, Cooper?

— O.K. Je peux bien me permettre une bière ou deux après les kilos que je viens de laisser sur la glace.

Danny se retrouva donc dans un pub du centre-ville de Toronto. Il mangea avec sept autres joueurs de son équipe, signa une multitude d'autographes, tout comme ses coéquipiers, avala quelques bières, répondit à plusieurs sourires féminins dont un l'impressionna plus que les autres. Il s'agissait d'une jeune femme qui devait avoir à peu près son âge. Cheveux bruns aux reflets roux, épais et tombant en cascades le long de son dos, yeux verts légèrement maquillés et très expressifs, bouche fine s'ouvrant sur des dents blanches qui offraient un sourire des plus charmants, elle était assise seule à sa table et feuilletait un magazine en mangeant un hamburger et en buvant une bière pression. À vrai dire, c'était Danny qui l'avait remarquée le premier. Il l'avait si longuement examinée qu'elle avait fini par lever son regard vers lui et c'est à ce moment qu'elle avait répondu à son sourire. Puis, n'ayant aucune idée à qui elle avait affaire puisqu'elle ne s'intéressait pas du tout au hockey, elle avait baissé à nouveau les yeux sur son magazine avant de prendre une gorgée de bière. Au bout d'un moment, alors que quelques fans s'étaient approchés de la table des joueurs et avaient réclamé des autographes, elle s'était posé la question à savoir qui pouvaient bien être ces grands gaillards. Mais sans plus. Elle avait bien d'autres tracas pour le moment.

Danny et ses copains étaient au pub depuis une heure et le petit manège continuait. Les fans allaient et venaient, demandant des autographes et profitant de l'occasion pour faire un brin de jasette avec leurs idoles. Entre-temps, les hockeyeurs faisaient des blagues et

trinquaient pour toutes les raisons qu'ils pouvaient imaginer. La situation finit par intriguer la jeune fille aux
cheveux brun roux. Elle regarda à nouveau Danny,
droit dans les yeux, et lui fit un sourire. Il n'en fallut pas
plus pour qu'il se dirige vers elle.

— Bonsoir! lança-t-il d'une voix amicale.
— Bonsoir! fit-elle sur le même ton. Je devrais te
demander un autographe, peut-être? À regarder tout le
monde ici, on croirait bien qu'il y a une raison de le
faire.
— Tu es francophone? demanda Danny avec sur-
prise en remarquant son accent pendant qu'elle s'adres-
sait à lui en anglais.
— Ça se remarque tant que ça? demanda-t-elle en
français, d'un air embarrassé.
— Non, pas tant que ça, la rassura-t-il. Mais ça se
reconnaît, cet accent-là. Tu viens de quel endroit?
— De Québec. Et toi?
— Des Laurentides. Je peux m'asseoir?
— Oui, si tu me dis ton nom.
— Danny. Danny Martin. Et toi?
— Karen Tremblay.
— Tremblay? Originaire du Lac-Saint-Jean peut-être?
— Mon père, oui. Pas moi. Je suis née à Québec et
j'y suis restée jusqu'à l'an dernier.
— Tu travailles ici, à Toronto?
— Je travaille, oui, mais plus pour longtemps. J'avais
décroché un emploi de commis à la comptabilité pour
remplacer un type qui a pris une année sabbatique
pour se lancer en affaires. Mais il semble que ça n'a pas
marché puisque mon patron m'a avisée tout à l'heure
que le type en question revient dans un mois. Résultat:
je perds mon job et je n'en ai pas d'autre en vue.
— Tu es comptable?
— Non. J'ai un bac en administration. Un compta-

74

ble n'aurait probablement jamais accepté le salaire qu'on m'offre ici, précisa-t-elle en ricanant.

— Et, toi, tu l'as accepté, pourtant.

— J'avais envie de parfaire mon anglais. Et je ne trouvais rien à Québec, de toute façon, alors je n'avais rien à perdre.

— En tout cas, tu n'as pas l'air d'un comptable.

— Ah non! Et j'ai l'air de quoi alors?

— Je dirais plus, d'un mannequin.

— Tiens! Tiens! C'est un compliment ou simplement une tactique de drague?

— Oh! On peut dire que tu es plutôt directe, toi, constata-t-il avec amusement.

— Alors sois-le, toi aussi, et réponds à ma question, reprit-elle en adoptant son ton amusé.

— Eh bien, je dirais que je pense vraiment que tu as l'air d'un mannequin mais ça n'exclut pas que je suis peut-être en train de draguer...

— Je n'aime pas vraiment les dragueurs, mais j'aime bien les personnes franches. Tu viens donc de marquer un point et d'en perdre un.

— On débute une nouvelle partie, alors?

— Une nouvelle partie? Tu as de ces expressions, toi!

— Déformation professionnelle! Je suis joueur de hockey.

— Ah bon! C'est pour cela, tous ces autographes. Je ne connais rien au hockey. Désolée!

— Je pourrais t'apprendre.

— À jouer? demanda-t-elle en riant.

— Non. À connaître le jeu.

— Ça ne m'intéresse pas vraiment. Je dirais même pas du tout.

— C'est moi qui suis désolé, à présent. Je ne sais pas quoi dire pour t'intéresser.

— Parle-moi de toi, tout simplement. Tu dois bien faire autre chose dans la vie que jouer au hockey.

— Je suppose que oui, mais ce n'est pas évident.

— Alors, tu passes ton temps à t'amuser, si je comprends bien. Tu as une famille, des amis, une petite amie, une épouse peut-être?

— Hé! Dis donc! Pour qui tu me prends? Si j'avais une épouse, je ne serais pas là à essayer de faire des pieds et des mains pour attirer ton attention.

— Belle déclaration! J'apprécie tes efforts. Mais ça n'ira pas plus loin car il faut que je parte.

— Déjà?

— Oui, déjà. Je travaille tôt demain matin et j'ai envie de retrouver mon pyjama et de passer la soirée devant le téléviseur. Tes amis nous regardent, ajouta-t-elle en jetant un œil à la table à côté. Et ils ont l'air de bien s'amuser.

— Ils vont s'amuser bien plus quand ils vont voir que tu me plantes là.

— Ça te dérange, ce qu'ils pensent?

— Pas à ce sujet-là. Mais, dis-moi, je peux avoir ton numéro de téléphone?

— Non. Je n'ai pas le téléphone. En fait, je loue une chambre et il y a seulement par la concierge qu'on peut me rejoindre, et encore, il faut que ce soit urgent car elle n'apprécie pas beaucoup être dérangée.

— Je peux te reconduire chez toi?

— Non, merci. Je vais prendre l'autobus.

— Décidément, tu ne veux rien savoir de moi! déclara Danny en réalisant qu'il était à court d'arguments pour la retenir.

— Je n'aime pas le hockey! se contenta-t-elle d'ajouter en se levant.

Danny la regarda s'éloigner et eut une idée qu'il jugea farfelue mais à laquelle il ne put résister. Sans plus attendre, il quitta lui aussi l'établissement mais par une autre porte. Il regagna sa Porsche noire et vint se poster au coin d'une rue en attendant qu'un autobus passe et que Karen y monte. Cela prit près de dix minutes et le jeune homme se fit klaxonner au moins dix fois car il était stationné en double. Il se mit à suivre l'autobus, rue après rue, arrêt après arrêt, et vit finalement sortir la jeune femme devant un immeuble de chambres à louer. Elle y pénétra et il nota l'adresse sur un bout de papier avant de retourner au pub. Ses amis y étaient toujours. Ils se moquèrent un peu de lui et cherchèrent à savoir où il avait pu se rendre mais il se garda bien de leur avouer. Il aurait fait le sujet des blagues pendant au moins une semaine dans le vestiaire des joueurs s'il avait raconté sa randonnée à travers les rues de Toronto. D'autant plus qu'il était gêné lui-même à la pensée de ce qu'il venait de faire car cela ne lui ressemblait pas du tout. Jamais auparavant il n'avait agi de cette façon avec une fille. Il était plutôt du genre indépendant et préférait se faire séduire que de le faire lui-même. Bien sûr, il y avait certaines exceptions, mais de là à faire la course derrière un autobus...

⋖⋗

Karen entendit de légers coups frappés à sa porte. Elle déposa le journal qu'elle consultait à la rubrique des annonces classées, puis se dirigea vers l'entrée en se demandant qui pouvait venir chez elle puisque personne ne venait jamais la visiter. Devant elle se tenait un jeune livreur qui disparaissait sous l'immense gerbe de fleurs qu'il venait lui livrer. Karen eut un choc en le voyant et se dit qu'il s'était sûrement trompé d'adresse. Pourtant, le nom de la destinataire était bien le sien. Elle prit son portefeuille, donna un pourboire au jeune homme et referma la porte en vitesse, pressée de savoir de qui provenait ce magnifique bouquet. Sur la carte, on pouvait lire: «Je ne savais pas quelle était ta fleur préférée. J'en ai donc pris de chaque sorte! Désolé que tu n'aimes pas le hockey; j'espère au moins que tu aimes les fleurs! (verso)» Amusée, Karen tourna la petite carte pour y lire la suite: «Je serai à la porte de ton immeuble, ce soir à dix-neuf heures. Si tu veux souper avec moi, je t'attendrai. Danny.»

Karen lut à nouveau le message et le trouva trop amusant pour ne pas y donner suite. Elle n'était pas du genre à accepter les invitations des inconnus mais Danny Martin lui semblait sans malice et elle n'avait pas de raison de s'en méfier. De plus, c'était un beau jeune homme et le fait de passer une soirée avec lui la changerait de sa routine ennuyeuse. La façon romantique qu'il avait utilisée pour envoyer son invitation l'intriguait et lui donnait le goût de le connaître davantage. Toutefois, elle se promettait de garder la tête froide car il n'était pas question qu'elle retourne à Québec en laissant derrière elle une histoire d'amour inachevée. Non! Il n'en était pas question! Danny Martin aurait son souper et rien d'autre. Quant à elle, cette invitation inattendue lui permettrait de passer une belle soirée. Aussi, déposa-t-elle les fleurs dans trois grosses bouteilles vides à défaut de pots appropriés, avant de regarder autour d'elle pour décider où elle les placerait. Cela ne fut pas très difficile vu la petitesse de la pièce. Elle en posa un sur le téléviseur, un autre sur la commode et le troisième sur la petite table ronde qui lui servait de coin salle à dîner. Cela fait, elle consulta sa montre et se dit qu'il lui faudrait faire vite puisqu'il lui restait moins d'une heure pour se préparer. Elle prit une douche, lava son épaisse chevelure, la fit sécher et laissa retomber les mèches ondulées sur ses épaules. Elle se maquilla légèrement, axant sur le mascara qu'elle étendit sur ses cils, marquant ainsi le contour de ses yeux. Elle hésita un moment devant la

penderie, quoiqu'elle n'eût pas suffisamment de vêtements pour perdre beaucoup de temps à se demander
ce qu'elle pourrait porter. Elle opta finalement pour
une jupe brune, courte, un chemisier blanc crème et
une veste de lainage aux tons d'automne qui mettaient
sa chevelure en valeur. Elle mit des souliers bruns à
hauts talons – elle pouvait bien se le permettre vu la
haute taille de son compagnon.

À sept heures une minute, Karen ouvrait la porte
d'entrée de l'immeuble. Sur le trottoir, devant elle,
Danny faisait les cent pas. Il se tourna et lui sourit.

— Alors, tu es venue! fit-il d'un air satisfait.
— Tu en doutais?
— À vrai dire, oui.
— Ça me rassure, déclara-t-elle en affichant à son
tour un air satisfait.
— Ah oui? Pourquoi?
— Parce que je n'aime pas les gars qui sont trop sûrs
d'eux.
— Ah bon! Il va falloir que je me souvienne de tout
cela. Tu n'aimes pas le hockey, tu n'aimes pas les dra-
gueurs, tu n'aimes pas les gars trop sûrs d'eux. Est-ce
que tu aimes les fleurs?
— Non. C'est une blague! reprit-elle aussitôt en
voyant son air déconfit. J'adore les fleurs, toutes les
fleurs. Merci pour le magnifique bouquet.
— Ouf! J'ai eu chaud! Si tu n'avais pas aimé les
fleurs, en plus...
— Alors, tu veux qu'on aille souper ensemble?
— J'aimerais bien, oui. Tu veux?
— Oui.
— Quel genre de restaurant, tu aimes?
— N'importe quoi. Ou plutôt non. Japonais.
— Japonais? C'est une bonne idée! J'avais peur que
tu dises italien.

— Tu n'aimes pas les pâtes?

— Oui, mais pas quand j'ai le choix. J'en mange à l'année.

— C'est vrai. J'oubliais que tu es un joueur de hockey.

— Tiens! Tiens! Il me semblait que tu ne connaissais rien au hockey, toi?

— C'est vrai que je n'y connais rien, mais tout le monde sait que vous êtes des mangeurs de spaghetti.

— On ne mange pas que ça, quand même! reprit Danny d'un air amusé.

— J'espère bien que non!

— Alors, vous venez, douce demoiselle? demanda-t-il en imitant une révérence. Je meurs de faim.

— Je vous suis, mon prince! répondit-elle en ricanant. Oh! ajouta-t-elle en le voyant ouvrir la portière de la Porsche. Vous avez un bien beau carrosse!

꧁꧂

Contrairement à ce qu'elle avait prévu, Karen vit à nouveau Danny les jours suivants. Le premier souper s'étant déroulé dans la gaieté et la camaraderie, le jeune couple décida en effet de se revoir le lendemain soir, puis le jour suivant et, finalement, au terme de chaque rendez-vous, ils s'entendaient pour en fixer un prochain. Si bien qu'au bout de quinze jours, ils s'étaient vus une dizaine de fois. Pourtant, la jeune femme restait sur ses gardes et tenait la promesse qu'elle s'était faite de ne pas s'amouracher du hockeyeur. Elle repoussait ses avances et lui répétait qu'elle ne désirait que son amitié. Elle gardait présent à son esprit qu'elle le quitterait dans quelques semaines et que leur histoire s'arrêterait là, faute d'occasions de se revoir étant donné la distance entre Québec et Toronto. Danny, quant à lui, voyait les choses différemment. Il s'attachait de plus en plus à Karen et se montrait toujours impatient de la revoir. Bien que cela lui parût incroyable après si peu de temps, il était certain de ses sentiments envers elle et désirait approfondir leur relation. Par ailleurs, la distance ne lui faisait aucunement peur, lui qui avait l'habitude de voyager constamment. Mais pour le moment, il gardait ces pensées secrètes, ne voulant pas troubler celle qu'il convoitait en lui parlant prématurément de l'avenir. Aussi, acceptait-il sans broncher le fait qu'elle n'ait pas encore voulu qu'il pousse l'intimité plus loin qu'aux simples baisers. Il lui arrivait parfois de tenter un rapprochement mais il se faisait repousser doucement et n'en demandait pas plus. Après tout, Karen en valait bien la peine...

⁂

François versa du café dans une tasse, y ajouta un peu de lait et vint s'asseoir devant son ordinateur. Depuis le début de l'après-midi, il n'arrivait plus à quitter l'écran des yeux tant il était passionné par le travail qu'il faisait. Des mots qui devenaient des phrases, puis des paragraphes et des chapitres. Une histoire qui prenait forme et dans laquelle il était plongé jusqu'à l'âme. Une histoire qui le prenait aux tripes et qui, il l'espérait, en ferait autant avec ses futurs lecteurs. François se sentait transporté à l'idée de voir un jour son livre sur les tablettes des libraires et de pouvoir enfin croire que l'écriture deviendrait pour lui une carrière. Plus d'oncle Benoît qui le regarderait avec un sourire en coin en lui disant qu'il ne pensait qu'à s'amuser. Plus d'amis incrédules face à son supposé talent d'écrivain. Plus de doutes face à lui-même et à ses aptitudes. Ce serait un beau jour que celui où il lancerait son premier roman. Un roman policier dans lequel on cherchait l'auteur d'une série de meurtres. François cessa de penser à son avenir et plongea à

81

nouveau dans son histoire. Il en était à la cent troisième page et il avait de la matière pour en écrire
encore quelques centaines.

Il était près de cinq heures quand on sonna à la porte.
Sachant que sa mère n'était pas à la maison, François
quitta son ordinateur avec regret pour aller ouvrir. Il fut
surpris de voir sa cousine Mélissa. Il la fit entrer dans le
bureau où il travaillait et lui offrit de s'asseoir.

— Alors, commença la jeune femme, en regardant
en direction de l'écran, ça avance?

— Ça va bien, oui. J'ai écrit plus de cent pages et je
n'ai pas encore manqué d'inspiration.

— Oh là là! Il y a longtemps que j'en aurais manqué,
moi!

— Peut-être pas. Il suffit d'essayer.

— Non, merci! Je n'ai pas du tout le goût de me
lancer dans l'écriture. Par contre, j'aime bien lire. Je suis
peut-être un peu paresseuse, après tout. Je laisse travailler les autres.

— Toi, paresseuse? Ne me fais pas rire! Mais, au fait,
j'ai su que tu as trouvé un travail à l'île des Sœurs.

— Oui. J'ai commencé cette semaine et je crois que
je vais bien aimer. Je déménage la semaine prochaine.
Tu as su que j'ai acheté un condo?

— Oui. Oncle Dan me l'a dit. Je suis bien content
pour toi, Mel. Tu le mérites.

— Merci, François. Tu sais que j'ai revu Max?

— Non, ce n'est pas vrai! Comment est-ce arrivé?

— Il est venu chez mes parents; il voulait s'expliquer.

— S'expliquer? Non, mais il croit que ça peut s'expliquer une telle façon d'agir?

— Je ne sais pas vraiment ce qu'il croit. Je me prépa-
rais à partir quand il est venu, alors je ne me suis pas
attardée. Je ne l'ai pas revu depuis mais je sais que ça va
venir.

— Il a du culot, en tout cas. J'espère que tu ne te laisseras pas amadouer.

— Sois sans crainte. J'ai eu ma leçon. Mais parle-moi un peu de toi...

— Moi, c'est formidable, ce que je suis en train de vivre. Pour une fois, je me sens libre. Libre de faire ce que je veux, de penser ce que je veux, d'aimer ce que je veux! Libre d'être moi-même. C'est merveilleux!

— Eh bien! Tu as l'air heureux, oui. Ça fait plaisir à voir. Et ta mère, comment elle a pris ta remise en question?

— Oh, ça, c'est un peu moins merveilleux! Elle ne l'a pas très bien pris, en fait. Elle croit que c'est un coup de tête, que je vais le regretter, que je suis en train de briser mon avenir. En plus, je l'ai prévenue que je veux prendre un appartement. J'aurais mieux fait d'attendre, je crois.

— Tu lui as annoncé tout cela du même coup?

— Oui. Tant qu'à être parti, je me suis dit que j'étais mieux de lui donner un seul choc. Elle ne me parle plus beaucoup, enfin juste pour le nécessaire. Je crois qu'elle est en train de digérer tout cela.

— Ça va s'arranger, j'en suis certaine.

— Je sais. Je connais ma mère. Elle va bouder quelque temps et ça va revenir comme avant. Un bon matin, elle va se remettre à me parler comme si rien ne s'était passé.

— Ma mère ne va pas très bien, non plus, de ce temps-ci.

— Elle est malade?

— Non. Triste, je dirais. Je ne sais pas ce qu'elle a; elle ne veut pas en parler. Je crois qu'Alex lui donne du fil à retordre. Ce n'est pas facile, l'adolescence!

— Ta sœur n'est pas si pire, quand même! C'est vrai que je ne vis pas avec elle, donc, je suis mal placé pour en juger, mais elle n'a pas l'air d'une fille à problèmes.

— C'est une ado normale, ni meilleure ni pire. Elle tient tête à maman et lui parle un peu trop franchement parfois, mais il y a plus que cela: j'ai l'impression que mes parents ne seront plus ensemble longtemps.

— Ils t'en ont parlé?

— Jamais de la vie! Ils ne parlent jamais de leur couple, enfin, si on peut appeler ça un couple. J'ai l'impression qu'ils ont passé leur vie ensemble pour nous, les enfants.

— Ils se sont sûrement déjà aimés.

— Sûrement, oui. Enfin! On devient tristes, là. Parle-moi de ton roman...

— Je ne sais pas quoi te dire. Je préférerais que tu le lises.

— C'est une excellente idée! Tu me prêtes les premières pages?

— Tu aurais le temps de les lire malgré ton déménagement?

— Je crois bien que oui. J'en suis même certaine, à vrai dire. Je lirai avant de me coucher.

— J'aimerais bien que quelqu'un m'en fasse la critique, tu sais. C'est difficile pour moi de voir si je vais chercher l'intérêt du lecteur.

— Tu me le prêtes?

— Avec plaisir. J'en fais imprimer une copie et tu pars avec, aujourd'hui même. Ne remarque pas les fautes d'orthographe, je n'ai pas encore fait la correction.

— Ce n'est pas la grammaire qui m'intéresse. J'ai bien plus hâte de découvrir ton talent.

— Et si je n'en avais pas...

— Cesse de te sous-estimer, François. J'ai confiance en toi, moi.

— Merci. Ce ne sera pas long pour la copie. As-tu faim?

— Un peu, oui. J'ai juste mangé une soupe pour dîner.

— Et moi, je n'ai rien mangé du tout.

— Ce n'est pas raisonnable, ça. On pourrait aller manger une bouchée quelque part. Ça te tente?

— Pourquoi pas? J'aurai toute la nuit pour écrire, après.

— Hé! Tu vas en faire une maladie!

— Je crois bien que j'en fais déjà une!

— Bon! Alors, tu vas suivre ta physio préférée et manger avant que je ne te soigne pour une tendinite.

— O.K.! Je ne discute pas avec toi; tu es trop têtue.

❧

Alexandra répéta encore une fois à Marianne ce qu'elle devrait dire à Amélie si cette dernière lui téléphonait. Depuis le début de la semaine, Alexandra préparait ces deux jours au cours desquels elle serait seule avec son petit ami. Les parents de celui-ci s'absentaient de leur demeure et le jeune couple avait bien l'intention d'en profiter. Alexandra connaissait Yannick depuis quelques mois et, jusqu'à présent, leur relation se limitait à des conversations et des baisers passionnés. Aussi, quand la mère de Yannick annonça à son fils qu'elle et son père allaient passer tout le week-end à Québec, le jeune homme pensa aussitôt à inviter Alexandra à la maison. Étant fils unique, Yannick savait que personne ne les dérangerait et qu'ils pourraient passer deux merveilleuses journées ensemble. Et surtout deux nuits! Il fit donc part de son intention à la jeune fille qui trouva l'idée excellente. Cependant, elle était bien consciente que ses parents ne voudraient jamais lui donner la permission de passer la fin de semaine, seule avec son copain. Il lui fallait donc imaginer quelque chose pour avoir leur assentiment. Elle pensa immédiatement à son amie Marianne. Elle lui téléphona et lui fit part de son plan. L'intention d'Alexandra était de dire à sa mère qu'elle allait dormir chez Marianne. Amélie lui donnerait certainement son accord. Puis, si jamais l'idée lui venait de téléphoner à sa fille, Marianne lui ferait croire qu'elle avait dû s'absenter pour un moment.

Ainsi donc, Amélie accepta sans aucune méfiance que sa fille passe la fin de semaine chez son amie. Alexandra quitta la demeure familiale vers vingt heures, en compagnie de sa mère qui la déposa en face de la résidence qu'habitaient Marianne et sa famille. Alexandra entra pour saluer sa complice et appela un taxi pour se rendre chez Yannick. Ce dernier l'attendait au salon, assis à l'indienne devant un feu de foyer qu'il avait allumé pour rendre l'atmosphère plus romantique. La jeune fille lui sourit en entrant et le regarda longuement en enlevant sa veste et ses chaussures. Elle le trouvait vraiment attirant avec ses cheveux châtains dont certaines mèches rebelles tombaient sans cesse sur son front, juste au-dessus d'une paire d'yeux vifs et d'un nez bien droit. Yannick se leva et se dirigea vers elle. Il prit sa main et elle le suivit devant le foyer. Ils se retrouvèrent bientôt étendus devant l'âtre, se regardant mutuellement et se désirant avec ardeur. Yannick caressa la joue de la jeune fille, laissant errer sa main le long de son visage puis de son cou. Alexandra sentait sa respiration s'accélérer à mesure que le désir montait en elle. Les lèvres du jeune homme touchèrent les siennes avant de s'y écraser dans un baiser rempli de passion. Ils s'embrassèrent ainsi longuement avant de se regarder à nouveau dans les yeux. Ceux de la jeune fille étaient à demi ouverts et n'en étaient que plus provocants. Yannick couvrit son visage de petits baisers tout en descendant le long de son cou. Il releva la tête pour la regarder à nouveau avant d'enfouir l'une de ses mains sous le chandail de la jeune fille. Alexandra eut un frisson quand elle le sentit à la hauteur de sa poitrine. Il caressa doucement le sous-vêtement avant de laisser ses doigts en parcourir l'intérieur. Il continua l'exploration de ce corps si longuement désiré avant de s'asseoir pour retirer son chandail. Torse nu, il prit la main d'Alexandra et l'invita à s'asseoir à son tour. Là, il lui retira doucement les vêtements qui habillaient le haut de son corps et la regarda un moment avant de poser sa bouche à la hauteur de son buste. Alexandra se sentait quelque peu intimidée puisque, pour elle, c'était la première fois. Quand il lui avoua qu'il en était de même pour lui, elle se détendit. Ils apprirent donc les gestes de l'amour ensemble, avec douceur et passion, se pardonnant facilement certains mouvements incertains ou maladroits. Malgré les quinze ans et l'inexpérience de son jeune amant, Alexandra le trouva merveilleux et particulièrement doué. Ils s'endormirent, blottis l'un contre l'autre, devant le feu qui n'était plus qu'un amas de braises...

Ce fut Yannick qui se réveilla le premier, attiré par un rayon de soleil qui traversait la fenêtre et se postait directement à la hauteur de ses yeux. Il déposa un léger baiser sur le front d'Alexandra et elle se réveilla à son tour. Ils se sourirent et échangèrent quelques caresses avant que le jeune homme se lève et aille en direction de la fenêtre.

— C'est une journée superbe! lança-t-il avec bonne humeur. On va prendre une douche et on se fait un petit déjeuner en tête-à-tête. Qu'est-ce que tu en dis?
— Ça me convient parfaitement!
— Alors, viens! ajouta-t-il en lui tendant la main.

Alexandra venait d'enfiler sa tenue de nuit et se dirigeait vers le salon en repensant à la journée magnifique qu'elle venait de passer avec son amoureux. Après le déjeuner, ils avaient fait l'amour à nouveau, cette fois-ci dans le lit du jeune homme. Ils s'étaient ensuite habillés pour aller faire une longue marche dehors. La température était superbe en cette fin de septembre. Le soleil balançait ses chauds rayons et le ciel bleu rappelait l'été. À l'heure du souper, ils avaient décidé d'arrêter dans un petit restaurant et d'y commander la spécialité des lieux avant de revenir à la maison. Là, ils avaient pris un bain ensemble en se disant que c'était une fin de semaine de rêve.

Alexandra passait devant la porte d'entrée principale quand elle entendit sonner. Elle jeta un regard affolé en direction de Yannick et regagna la salle de bains en toute hâte. Yannick, vêtu simplement d'une paire de boxeurs, se précipita vers sa chambre pour enfiler ses jeans avant de revenir au salon et d'ouvrir la porte. Il eut un choc en voyant Amélie. Cette dernière entra sans se faire inviter.

— Où est ma fille? demanda-t-elle d'un ton froid.
— Alexandra? fit le jeune homme en ne sachant plus quoi répondre.
— Bien sûr, Alexandra. Je ne vois pas laquelle autre de mes filles pourrait être ici.
— Elle, elle n'est pas ici.
— Ah non? C'est drôle, je suis certaine du contraire.
— Et pourquoi?
— Parce que j'arrive de chez Marianne et que sa mère m'a dit qu'elle n'avait pas mis les pieds chez elle de la fin de semaine. On a questionné Marianne et il a bien fallu qu'elle avoue.
— Pourquoi es-tu allée chez Marianne? demanda Alexandra avec colère en sortant de sa cachette.
— Parce que sa mère avait commandé un cadeau à la boutique, cette semaine, et que je lui ai livré en

rentrant, tout à l'heure. Je suis venue ici mais il n'y avait personne. Où étais-tu?

— Qu'est-ce que ça peut faire? Je suis là, maintenant.

— Tu es là, oui. Et tu es une menteuse. Va t'habiller et viens me rejoindre dans la voiture. Et toi, jeune homme, tes parents vont entendre parler de moi.

— Mes parents ne savent pas qu'Alex est ici, précisa-t-il, de plus en plus embarrassé.

— Ah non? Eh bien, ils vont le savoir! Fie-toi à moi.

— Oh! maman! Pourquoi tu fais un drame?

— Toi, va t'habiller. Ta lune de miel est terminée.

— Tu es vraiment détestable! lança sa fille en disparaissant.

Le trajet de retour à la maison parut très long à l'une comme à l'autre. La mère et la fille ne se dirent pas un mot et rentrèrent dans le même silence. Alexandra allait se diriger vers sa chambre quand Amélie la retint.

— Tu ne crois tout de même pas t'en tirer aussi facilement!

— Je n'ai rien fait de mal!

— Ah non? Tu m'as fait croire que tu passais la fin de semaine chez Marianne alors que tu savais très bien que tu allais coucher avec ton ami, et tu viens me dire que tu n'as rien fait de mal.

— On s'aime. Tu ne peux pas comprendre ça, toi, tu es froide comme la glace et tu détestes mon père.

La main d'Amélie s'abattit sur le visage de sa fille avant qu'elle ne puisse ajouter autre chose. Alexandra regarda sa mère en se frottant la joue pendant que les larmes brouillaient sa vision. Amélie baissa la tête et soupira. Elle ne savait plus si elle devait regretter son geste ou s'il était mérité. Elle posa sa main sur l'épaule de la jeune fille et la regarda avec tristesse.

— Pourquoi m'as-tu menti?

— Tu n'aurais jamais voulu que je passe la fin de semaine avec Yannick, répondit Alexandra d'une voix défaite.

— C'est vrai. Mais j'ai eu l'air d'une vraie dinde, moi, devant la mère de Marianne.

— Et c'est ça qui te dérange le plus, ce que peut penser la mère de Marianne?

— Non. Ce n'est pas ça. Ça m'a mis hors de moi, je l'avoue, mais c'était plutôt le choc d'apprendre que tu étais avec Yannick et que tu m'avais menti.

— Je ne veux plus vivre ici, maman. Je veux vivre avec lui. On est bien ensemble.

— Voyons donc, Alex! Tu as quatorze ans! Tu n'as même pas terminé ton secondaire et lui non plus.

— On pourrait trouver un emploi les soirs et les fins de semaine.

— Et aller à l'école, le jour. Il vous resterait beaucoup de temps pour vous voir!

— Cesse d'être ironique! Tu es frustrée et tu reportes ça sur moi.

— Je suis frustrée, moi?

— Oui, tu l'es. Tu devrais te trouver un amant ou reprendre avec mon père, ça te ferait du bien.

— Non, mais tu te rends compte de ce que tu me dis! Pour qui te prends-tu pour me juger ainsi?

— Je te regarde aller et ça me suffit. Tu n'es pas heureuse, maman, et ça se voit. Et si ça continue, tu vas rendre tout le monde malheureux autour de toi.

— Ce n'est pas une raison pour que tu couches avec le premier venu!

— Yannick n'est pas le premier venu. Je l'aime.

— Bon, d'accord! Tu l'aimes. Vous êtes-vous protégés, au moins?

— Oui, mentit Alexandra. En fait, ils avaient prévu le faire, mais au moment opportun, ils étaient trop emportés par la passion pour penser à la boîte de préservatifs.

— Oh! Alex! Je ne sais plus quoi faire avec toi. Je sais que je ne suis pas toujours patiente, mais tu ne me donnes pas de chance. J'ai connu ce que c'est, les mensonges, avec Jonathan. Et je ne veux plus vivre cela.

— Je ne veux pas que tu me compares à Jon. Il a vingt-huit ans et il est paresseux comme un âne. Il ne pense qu'à s'amuser et vous continuez à le faire vivre, comme si vous étiez obligés de le faire.

— Jon, c'est un problème entre ton père et moi. Je n'apprécie pas sa façon de vivre mais ton père croit que ça va s'arranger avec le temps. Il dit que Jon est dans une mauvaise passe et qu'il va se lasser de ne rien faire.

— Il croit au père Noël, mon père!

— Je t'en prie, Alex! Sois un peu plus respectueuse! De toute façon, il n'est pas question de Jon présentement, mais plutôt de toi.

— Je ne peux pas te promettre de ne pas coucher à nouveau avec Yannick, si c'est ce que tu veux que je te dise.

— Je ne sais même pas si j'ai envie que tu me promettes ça, à vrai dire. Je veux juste te protéger. Je veux que tu fasses attention et que tu ne gâches pas ton avenir.

— Je suis une fille normale, maman. Toutes mes amies font l'amour avec leur «chum».

— Je ne peux pas croire que toutes les filles font l'amour à quatorze ans.

— Je vais avoir quinze le mois prochain.

— Quatorze ou quinze, c'est bien jeune quand même. Dis-moi, c'est Yannick qui a eu l'idée?

— L'idée de quoi?

— De la petite fin de semaine romantique.

— C'est lui, oui, mais j'étais d'accord.

— Il ne t'a pas forcée? Tu ne t'es pas sentie obligée de le faire pour ne pas le perdre?

— Oh! maman! Tu es vieux jeu! Yannick m'aime. Il n'a pas eu besoin de me forcer et je n'ai jamais eu peur de le perdre. Et si j'avais refusé et s'il avait menacé de me quitter, eh bien, c'est moi qui l'aurais laissé tomber. Tu me trouves peut-être jeune, mais je ne suis pas si naïve que ça, tout de même!

— Ça me rassure un peu, déclara Amélie en lui souriant.

— Maman...

— Quoi, ma chérie?

— Tu as connu papa quand tu avais mon âge, n'est-ce pas?

— À peu près, oui.

— Tu n'as eu qu'un seul amoureux, toi aussi?

— Pourquoi «moi aussi»?

— Parce que ça pourrait m'arriver, tu sais. Je pourrais rester avec Yannick pour toujours.

— Tu vas vite en affaire. Tu as bien le temps d'en connaître d'autres. D'ailleurs, je te le conseille fortement.

— Pourquoi? Tu as bien dû l'aimer, mon père, dans le temps?

— Bien sûr que oui. J'étais folle de lui. Et il m'aimait beaucoup, lui aussi, ajouta-t-elle pendant que ses yeux s'illuminaient à la pensée du début de ses amours avec Benoît. On se voyait tous les jours à l'école et, le soir, il venait me visiter à la maison. Mais je n'ai pas fait l'amour à quatorze ans. Ça s'est passé quand j'en avais dix-huit.

— Vous avez attendu tout ce temps? demanda Alexandra d'un air abasourdi.

— Eh oui! Et ça n'a pas toujours été facile. On

s'aimait, nous aussi. Et on s'aime encore, tu sais. Différemment!

— Différemment! Ça veut dire quoi, au juste?

— C'est difficile à expliquer. On respecte ce que l'on est et on n'oublie pas ce que l'on a fait ensemble.

— C'est de l'amour, ça?

— Une forme d'amour, oui. Enfin, je suppose.

— Tu supposes? Mais, voyons, maman, tu l'aimes ou tu ne l'aimes pas? Tu dois bien pouvoir répondre à ça, non?

— Je l'aime, répondit Amélie pour clore la conversation.

En réalité, il y avait longtemps qu'elle ne s'était pas posé cette question et elle n'avait pas le goût, en ce moment, de faire une analyse profonde de ses sentiments.

— Faites-vous l'amour ensemble, parfois?

— Alexandra Martin! Tu es décidément beaucoup trop curieuse!

— Je veux juste savoir. Vous êtes mes parents, après tout!

— Ça ne m'oblige pas à te faire un compte rendu de ma vie sexuelle.

— Allez, maman! Vous le faites parfois?

— Ça t'avancerait à quoi de savoir ça?

— Je ne sais pas. Ça me prouverait que l'amour peut durer longtemps.

— Tu sais très bien que l'amour peut durer longtemps. Pense juste à mes parents. Ils sont ensemble depuis plus de cinquante ans et ils s'aiment encore beaucoup.

— C'est vrai. Mais tu essaies de contourner le sujet.

— Je ne te répondrai pas. Essaie de deviner toi-même.

— Bon! Ça va! Je peux aller me coucher, maintenant? Et téléphoner à Yannick?

— Tu peux, oui. Bonne nuit!

— Bonne nuit! répéta Alexandra en se disant que la nuit aurait été bien plus agréable si sa mère n'avait pas fait irruption chez Yannick une heure plus tôt.

Chapitre 4

Mélissa fit tourner la clef dans la serrure et ouvrit la porte de son condominium. Une odeur de peinture fraîche monta à ses narines. Elle fit quelques pas dans l'appartement et constata avec plaisir que les peintres avaient ramassé toutes leurs affaires et que le ménage avait été fait. Il y avait deux jours qu'elle n'était pas venue, faute de temps, et elle espérait bien trouver la place propre car les déménageurs livraient ses effets personnels le matin même. C'était d'ailleurs pour cette raison qu'elle était là à cette heure matinale.

Le camion de déménagement apparut au bas de l'immeuble peu avant dix heures. Ils étaient deux hommes pour descendre les vingt-cinq boîtes, certaines très grosses, que possédait la jeune femme. Ils déposèrent le tout au milieu du salon et s'en retournèrent. Moins d'une demi-heure plus tard, un autre camion, encore plus gros que le premier, s'arrêtait devant l'immeuble. Le mobilier fut transporté en moins d'une heure et déposé aux endroits désignés par la jeune femme. Voilà! se dit-elle après que les hommes eurent refermé la porte derrière eux. Il ne me reste qu'à défaire les boîtes et à tout ranger. Elle regagna donc le salon et regarda tous les cartons en se demandant par où commencer. Au même moment, on sonna à la porte. Surprise d'avoir déjà une visite, Mélissa alla ouvrir.

— Éric! fit-elle en affichant un grand sourire. Que fais-tu ici?
— Je viens t'aider, répondit-il simplement.
— M'aider? Mais je ne savais même pas que tu étais à Montréal.

— J'y suis depuis hier. Mais je suis moins avancé que toi. Je commence à travailler ici dans un mois et je dois me trouver une maison auparavant.

— Et tu trouves le temps de venir me donner un coup de main!

— Oh! Tu sais, ce n'est pas une journée de plus ou de moins qui va y changer grand-chose.

— Tu es un amour! s'exclama Mélissa en l'embrassant. Entre, on a du travail. Et rien à manger...

— J'y ai pensé, dit-il en désignant le sac qu'il tenait et qu'elle n'avait pas encore remarqué. Il y a des croissants jambon-fromage et du café là-dedans.

— Décidément, tu penses à tout. Je n'avais même pas déjeuné.

— Je te connais, tu sais.

— Plus que moi-même, par moments. Mais dis donc, où demeures-tu?

— À l'hôtel.

— Je me disais, aussi! À l'hôtel alors que toute ta famille habite Montréal et les environs, ajouta-t-elle d'un air décontenancé.

— C'est plus pratique.

— Tu restes à Montréal pendant combien de temps?

— Je ne sais pas vraiment. Le temps de trouver une maison et j'en profiterai également pour aller quelquefois au bureau.

— Alors tu viens t'installer ici, déclara-t-elle avec autorité.

— Ici? Non, merci, Mel. Je ne voudrais pas te déranger.

— Me déranger? Tu n'as pas honte, Éric Martin? Après tout ce que tu as fait pour moi. Je t'en prie, accepte mon invitation sinon je croirai que tu me trouves insupportable.

— Tu l'es parfois, oui, reprit-il en la taquinant. Surtout quand tu discutes comme tu le fais présentement.

— Dis oui, insista-t-elle.

— Bon! Ça va! J'irai dormir à l'hôtel ce soir et je reviendrai avec mes affaires demain.

— Enfin! Tu te montres un peu raisonnable.

Après avoir avalé un croissant, Mélissa vint se planter au milieu du salon et regarda à nouveau toutes les boîtes. Par chance, elle les avait identifiées et savait ainsi, et avant même de les ouvrir, où elle devrait ranger leur contenu. Elle désigna une boîte, la plus grosse en fait, et demanda à Éric de la porter à la cuisine. Il grimaça en la soulevant mais parvint tout de même à la transporter jusqu'à l'autre pièce avant de l'ouvrir. Il y avait là-dedans plusieurs appareils électriques, tous neufs et encore dans leurs boîtes originales. Il les sortit les uns après les autres, défit les emballages et les plaça sur le comptoir. Pendant ce temps, Mélissa rangeait ses vêtements dans le placard. Il était environ deux heures de l'après-midi quand on sonna de nouveau à la porte. Ce fut Éric cette fois-là qui ouvrit. Devant lui, se tenait François Martin, tout souriant.

— Salut, Éric, commença-t-il en pénétrant dans l'appartement. Je ne savais pas que tu étais à Montréal.

— Apparemment, personne ne le savait sauf Dan, précisa Éric en refermant la porte.

— François! s'exclama Mélissa en sortant de sa chambre à coucher. Quel bon vent t'amène?

— J'ai pensé que tu aurais peut-être besoin d'un coup de main.

— Toi aussi? Vous êtes vraiment super! lança-t-elle à l'adresse des deux hommes. Il y a plein de boîtes à ouvrir.

— Montre-les-moi, reprit François. Je suis là pour ça. Et aussi pour visiter un condo.

— Ici?

— Oui, dans le même immeuble. Au dixième. J'ai rendez-vous avec le courtier à seize heures.

— C'est vrai? C'est génial!

— C'est un trois chambres et il est déjà tout décoré, du moins c'est ce qu'on m'a dit.

— Un trois chambres? Pour toi tout seul?

— Oui. Une pour dormir, une pour peindre et une pour écrire. Il faut savoir se structurer, ma chère.

— Eh bien! fit Éric. On n'a pas fini de défaire des boîtes, d'après ce que je peux voir.

— J'ai bien hâte de défaire les miennes, en tout cas, reprit son neveu. J'espère que ça va marcher pour le condo.

— Et ta mère? questionna Mélissa.

— Elle est en train de se faire une idée, répondit François. Elle a recommencé à me parler.

— Bon! Au moins, c'est ça de réglé.

— Oui. Jusqu'au prochain choc, pensa François qui, il le savait bien, viendrait sûrement un jour lorsqu'il dévoilerait son plus grand secret.

À la fin de l'après-midi, quand François partit à son rendez-vous, Mélissa réussit à convaincre Éric d'aller chercher ses affaires à l'hôtel pendant qu'elle-même irait faire un peu d'épicerie. Ils revinrent dans le même ordre qu'ils étaient partis, c'est-à-dire Éric en premier, les bras chargés de bagages, Mélissa par la suite et, finalement, François pour annoncer que le condominium répondait à ses besoins et qu'il venait de signer une offre d'achat. Celui-ci se remit au travail avec son oncle et sa cousine, monopolisant la conversation en faisant une description complète de son nouvel appartement et de tout ce qu'il devrait acheter pour le rendre habitable. Il parlait sans arrêt alors que Mélissa et Éric déformaient ses phrases et se moquaient de lui. Somme toute, l'atmosphère était des plus agréables et les trois comparses prenaient un plaisir évident à se partager les tâches. Mélissa s'affairait à brancher une lampe quand on sonna de nouveau à la porte. Elle demanda à Éric d'aller ouvrir en essayant de deviner, une fois de plus, qui cela pouvait bien être. Éric ouvrit et eut un choc. Face à lui, Amélie éprouvait le même malaise.

— Éric! prononça-t-elle avec peine.
— Bonjour, Amélie. On ne t'attendait pas.
— Maman! fit Mélissa en reconnaissant la voix de sa mère. Tu viens m'aider, toi aussi?
— Oui. Je voulais te faire la surprise et venir plus tôt mais j'ai été prise à la boutique. François! ajouta-t-elle en remarquant son neveu. Décidément, tu ne manques pas de bons Samaritains, ma fille!
— Tu peux le dire! Et veux-tu en savoir une meilleure? François vient d'acheter un condo au dixième étage et Éric vient s'installer ici temporairement.
— Eh bien! Ça bouge ici! Alors, il y a du travail pour moi? demanda-t-elle en faisant bien attention que sa voix ne trahisse pas le regret qu'elle éprouvait maintenant à se trouver en ces lieux.
— Ça ne manque pas! répondit Mélissa en tirant sur la manche de sa mère pour la conduire au salon.

Vers sept heures, alors qu'il ne restait que quelques boîtes à défaire et que la faim la tiraillait, Mélissa proposa aux autres de commander une pizza. Ils acceptèrent d'emblée, aussi affamés qu'elle. Elle demanda aux deux hommes de poser les dernières boîtes dans un coin du salon et ouvrit l'une des bouteilles de vin qu'elle avait achetées en faisant ses courses en après-midi. François leva sa coupe et porta un toast à la nouvelle demeure de sa cousine. Les autres l'imitèrent et personne ne remarqua le léger tremblement de la main qu'eut Amélie en frappant son verre contre celui d'Éric. Ils en étaient à la deuxième bouteille quand la pizza fut enfin livrée. Ils mangèrent pourtant lentement, savourant la nourriture et le vin d'accompagnement. À un certain moment, Éric se rendit à sa chambre et en revint avec une nouvelle bouteille. Lui aussi en avait acheté quelques-unes lors de sa sortie de l'après-midi. La fatigue d'une telle journée et le vin aidant, tous les quatre commençaient à se sentir grisés par l'alcool.

— Je crois que je ferais mieux de m'en aller, dit soudain Amélie en tentant de se lever de sa chaise.

— Tu ne peux pas conduire jusqu'à Sainte-Adèle dans cet état, dit Mélissa. D'ailleurs, personne ici n'est en état de conduire.

— Moi, je me sens correct, déclara François.

— Tu n'es pas mieux que nous, reprit sa cousine. Tu vas dormir ici et maman aussi.

— Tu n'as pas assez de place, dit François. Je vais prendre un taxi.

— Ça va te coûter une fortune! lança Mélissa.

— J'en ai une! répondit son cousin en éclatant de rire.

— Dors donc ici, ce sera moins compliqué et tu auras ta voiture demain matin.

— Ça, c'est un bon argument. Mais où veux-tu que je m'installe?

— J'ai des matelas pneumatiques. Je vais en installer un dans la chambre d'Éric, et maman et moi, on dormira dans ma chambre.

— Je n'ai vraiment pas l'intention de dormir ici, dit à nouveau Amélie. Je vais prendre quelques cafés et je pourrai m'en aller.

— Tu me laisserais faire ça, si c'était moi? demanda sa fille.

— Non, répondit franchement Amélie en souriant.

— Alors, sois raisonnable et reste.

— Bon! Tu as gagné. Je vais téléphoner à ton père pour qu'il ne s'inquiète pas.

Mélissa tendit le téléphone à sa mère qui composa le numéro de Sainte-Adèle. Ce fut Cindy qui répondit. Elle informa sa belle-sœur que Benoît n'était pas là. Amélie lui dit alors qu'elle ne rentrerait pas avant le lendemain et s'assura qu'Alexandra était bien à la maison avant de mettre un terme à la conversation.

— Papa n'était pas là?

— Non, répondit simplement sa mère.

— On se fait un café? proposa la jeune fille en comprenant que sa mère ne voulait pas parler plus longuement de l'absence de son mari en ce samedi soir.

— Bonne idée! répondirent les autres.

— Tu as quelque chose pour faire des cafés espagnols? demanda Éric. Je suis doué pour les préparer.

— J'ai du cognac, du Grand Marnier, du Tia Maria là-bas, répondit-elle en pointant du doigt les quelques boîtes entassées dans le coin du salon.

— Ça va aller, reprit Éric. As-tu de la crème?

— Oui. Au frigo. Par chance que j'ai fait un peu d'épicerie!

Éric se leva et entreprit de regarder le contenu des boîtes. Les bouteilles étaient dans la troisième qu'il déplaça. Il les sortit et vint trouver sa filleule à la cuisine. Ensemble, ils préparèrent les cafés et retournèrent trouver les autres, maintenant installés au salon. François et Amélie étaient assis, chacun sur une causeuse. Mélissa s'installa près de son cousin et Éric choisit un fauteuil simple pour ne pas embarrasser sa belle-sœur en s'asseyant trop près d'elle. Elle comprit son geste et l'apprécia. Vers minuit, épuisés, ils allèrent tous se coucher. Ils avaient fait des blagues au cours de la dernière heure et riaient encore en se mettant au lit. Mélissa s'endormit en posant sa tête sur l'oreiller. Il n'en fut cependant pas de même pour sa mère. Celle-ci fut bientôt secouée par un mal de tête et décida de se rendre à la cuisine à la recherche de son sac à main qui contenait des analgésiques. Elle passa devant la chambre occupée par Éric et François et fit attention pour ne pas faire de bruit. Elle trouva son sac à main sur le comptoir, en sortit un petit flacon et avala deux comprimés avant de prendre un grand verre d'eau. Puis, la main sur le front comme si cela pouvait diminuer la douleur, elle s'installa sur l'une des causeuses en espérant reprendre bientôt sa forme et retourner au lit. Une ombre apparut soudain dans l'obscurité. Elle reconnut immédiatement Éric. Vêtu d'un boxeur noir et d'une camisole portant la même griffe, Amélie le regarda pendant qu'il se dirigeait vers elle. Elle ne put s'empêcher de le trouver séduisant.

— Ça ne va pas? demanda-t-il en s'asseyant près d'elle.
— J'ai mal à la tête, répondit-elle en portant à nouveau la main à son front. Il y avait longtemps que je n'avais pas pris autant d'alcool. Assez longtemps pour oublier que je ne supporte pas très bien ça.
— Tu étais fâchée de me trouver ici, ce soir?
— Fâchée, non. Surprise, oui. J'ai su que tu revenais à Montréal mais on ne m'avait pas dit quand.
— Je reviens pour de bon dans un mois. D'ici là, je dois me trouver une maison et prendre connaissance de certains dossiers dont je devrai m'occuper.
— Tu cherches une maison à Montréal?
— Non. Dans les Laurentides.
— Alors on se reverra encore, je suppose.
— Ça t'ennuie, n'est-ce pas?
— Un peu, oui, avoua-t-elle avec tristesse. On s'est vus une seule fois en dix ans et, depuis trois mois, on dirait qu'on se rencontre partout.
— Je ne peux quand même pas cesser de voir ma famille pour t'éviter le fardeau de me rencontrer.
— Ce n'est pas un fardeau. C'est une épreuve douloureuse.

— Ça se ressemble pas mal, tu ne trouves pas? Une épreuve douloureuse! répéta-t-il d'un air décontenancé.

— Bon! Disons que c'est difficile pour moi. C'est mieux?

— Un peu, oui. Mais c'est tout aussi difficile pour moi, Méli. Peut-être plus encore.

— Et pourquoi ce serait plus difficile pour toi?

— Parce que tu ne peux pas savoir à quel point je me retiens quand tu es près de moi. J'aurais tant envie de reprendre notre histoire là où on l'a laissée.

— Il n'y a aucune histoire à reprendre, Éric. Juste une erreur de parcours.

— Tu es dure envers moi, Méli.

— Je sais. Excuse-moi. Je vais retourner me coucher, à présent. Mon mal de tête est passé, ajouta-t-elle en faisant un geste pour se lever.

— Attends! fit Éric en la retenant. Reste encore un peu, tu veux? J'ai si peu d'occasions d'être seul avec toi.

— C'est beaucoup mieux ainsi.

— Oh! Mon Dieu! fit-il en lui prenant la main. Pourquoi a-t-il fallu que tu épouses mon frère?

— C'est une question ridicule, Éric. J'ai épousé ton frère parce que je l'aimais.

— Et tu l'aimes encore?

— Ça ne te regarde pas.

— Je sais que tu ne l'aimes plus. Ça se voit.

— Tu peux penser ce que tu veux. Je ne peux pas t'en empêcher.

— Méli, commença-t-il en caressant doucement le visage tant aimé. J'ai envie de toi.

— Non, fit-elle en faisant un geste pour se reculer.

Éric se pencha lentement vers elle et déposa ses lèvres sur les siennes. Amélie sentait son cœur battre à tout rompre. La chaleur qui émanait de ce corps masculin éveillait ses sens et faisait de ce contact physique un véritable supplice. Éric continuait d'embrasser son visage et de caresser doucement ses bras nus. Amélie ferma les yeux et passa ses bras autour du cou de celui qui, quinze ans auparavant et sans le vouloir, avait brisé son cœur. Le baiser qui suivit fut passionné et sans retenue. Puis, comme si elle prenait soudain conscience de l'endroit où elle se trouvait et de la possibilité que sa fille les surprenne dans cette étreinte, elle se détacha brusquement de lui et le repoussa.

— Mélissa pourrait se lever, dit-elle pour expliquer son geste. Tu imagines la peine que cela lui ferait?

— Elle n'aurait peut-être pas autant de peine que tu le crois.

— Sois réaliste, Éric. Elle aime son père et elle nous en voudrait jusqu'à la fin de ses jours.

— C'est pour tes enfants que tu restes avec lui, n'est-ce pas? Et c'est aussi pour eux que tu ne veux pas de moi. Je me trompe?

— Je ne sais pas. Je ne sais plus. Oh! Éric! Tout est tellement mêlé dans ma tête. J'ai pensé faire un voyage pour me retrouver avec moi-même et j'ai décidé de laisser tomber. Mais je crois bien qu'après ce qui s'est passé ce soir, je vais le faire, ce voyage.

— Où vas-tu aller?

— Je ne te le dirai certainement pas! Tu serais bien capable de venir me rejoindre là où je serai.

— Et si je le faisais? Si on partait ensemble, Méli? Tu verrais bien si tu m'aimes, toi aussi.

— Je sais que je t'aime, Éric, et c'est bien ça mon problème, chuchota-t-elle, de peur d'être entendue par Mélissa ou par François.

— C'est vrai, Méli? Tu m'aimes? répéta-t-il à voix basse. Oh! Seigneur! Ce sont les plus beaux mots que j'ai entendus depuis longtemps. Dis-le encore, je t'en prie.

— Je t'aime, Éric Martin, répéta-t-elle à mi-voix. Et ça me gâche la vie. Tu es content, là?

— Je suis heureux que tu m'aimes, oui, mais je ne veux pas te gâcher la vie.

— Alors tiens-toi loin de moi. Ça me fait souffrir de te voir car je sais qu'il n'y a pas d'avenir pour nous deux.

— Tu me fais mal, Méli. Tu ne sais pas à quel point.

— Je le sais, au contraire. Mais il faut que tu te fasses une raison, Éric. Il faut que tu comprennes que tu dois m'oublier.

— C'est impossible! Si j'avais pu t'oublier, ce serait fait depuis longtemps. Te rends-tu compte que je t'ai embrassée pour la première fois il y a plus de vingt ans? Et je te désire encore plus fort après tout ce temps.

— C'est parce que tu ne peux pas m'avoir, sans doute. Tu finirais bien par te lasser de moi, toi aussi.

— C'est ça qui te fait peur? Tu crois que je pourrais cesser de t'aimer et être indifférent envers toi comme l'est Benoît?

— Ne prononce pas son nom. Tu fais remonter les remords en moi.

— Tu n'as pas à avoir de remords. Je suis certain qu'il a une maîtresse ou même plusieurs.

— Pourquoi dis-tu ça? Tu veux m'humilier?

— Non. Jamais je ne voudrais faire ça. Je suis désolé si je t'en ai donné l'impression. Mais je crois que mon frère ne passe pas des mois et peut-être des années sans toucher à une femme. Il ne m'a jamais paru très chaste.

— Qui te dit qu'il ne fait pas l'amour avec moi?

— Il le fait?

— Je n'ai pas envie de répondre à cela.

— C'est parce que vous ne vous touchez plus depuis longtemps. Vous ne dormez même plus dans la même chambre!

— Ça ne veut rien dire!

— Pour moi, c'est significatif.

— Tais-toi, Éric. Tu n'as pas le droit d'aller si loin dans ma vie privée. Je ne te le permets pas.

— Tu as raison, admit-il d'un air désolé. Je suis en train de perdre la tête. Mais si tu étais ma femme, Méli, reprit-il en caressant à nouveau sa joue, je voudrais que tu t'endormes chaque soir dans mes bras.

— Ne me dis pas des choses comme ça, Éric. Ça me fait mal.

— Ça te fait mal parce que ça te rappelle le peu d'affection que mon frère te démontre.

— Tu es méchant, répliqua-t-elle encore plus attristée.

— C'est vrai, admit-il d'un air désolé. J'ai un peu honte de l'avouer, mais je suis jaloux et ça me fait dire des choses pas très gentilles.

— Alors essaie de te retenir, Éric, car je n'ai pas envie d'entendre ces choses. À présent, je vais me coucher, continua-t-elle en se levant.

Cette fois-ci, Éric la laissa aller sans faire un geste pour la retenir. Il resta au salon pendant encore une heure, tenaillé par toutes les pensées qui lui passaient par la tête. Il était bien certain que sa vie serait moins compliquée s'il arrivait à oublier Amélie, mais avec toute la bonne volonté qu'il avait mise à y arriver au cours des dernières années et avec les résultats qu'il connaissait, était-il réaliste de vouloir essayer à nouveau? Pourtant, quand il regagna son lit, ses idées étaient plus claires. Il ferait tout, encore une fois, pour chasser Amélie de ses pensées et refaire sa vie avec une autre femme afin de mettre une croix sur ses ambitions amoureuses déraisonnables.

❧

Danny pénétra dans le vestiaire des joueurs. Comme cela arrivait souvent, il était le premier à s'y présenter. Les lieux étaient déserts. Dans le Maple Leaf Gardens, seuls quelques employés vaquaient à leurs occupations en vue de la partie qui serait jouée en soirée. Danny se rendit à son banc et entreprit de se déshabiller. Il était parfaitement détendu et ne se pressait pas. Après tout, il restait encore plusieurs heures avant son entrée sur la glace. Une fois en slip et camisole, le jeune homme se leva et fit quelques exercices d'étirement. Puis, il regagna sa place et sortit de son sac le journal qu'il avait acheté en route. Il en commençait la lecture quand Braddley Cooper arriva.

— Salut, Martin! lança le costaud en prenant place sur son banc.

— Salut, Brad! répondit Danny.

— Toujours avec la petite Karen?

— Toujours, oui. Mais ça n'avance pas vite...

— Ah non? Tu manques de charme ou d'expérience? demanda Braddley sur un ton moqueur.

— Sûrement pas d'expérience, répondit l'autre du tac au tac. Pour ce qui est du charme, tu serais bien placé pour en juger...

— Tu n'es pas mon genre, reprit Braddley en ricanant.

— J'en suis bien content!

— Salut, tout le monde! lança un nouvel arrivant. En forme, la terreur? ajouta-t-il pour Braddley.

— En super forme! Pittsburgh va en voir de toutes les couleurs!

— Et toi, Martin? J'ai entendu dire que la petite du pub ne te lâche plus... Elle va être là, ce soir?

— Elle s'appelle Karen, précisa Danny. Et oui, elle devrait être ici, ce soir. Ce sera la première fois de sa vie qu'elle voit un match de hockey.

— Sans blague! Même pas un match pee-wee?

— Même pas! Mais j'ai offert un billet à son patron pour qu'il l'accompagne. Comme ça, elle aura quelqu'un pour lui expliquer les règlements.

— C'est une bonne idée, dit Braddley. Sinon, elle aurait pu s'ennuyer à mourir.

— Surtout quand je ne serai pas sur la glace! lança Danny avec humour.

— Écoutez-le donc! s'exclama le capitaine de l'équipe qui était arrivé sur les lieux quelques minutes auparavant. Tu ferais mieux de te réchauffer les jambes plutôt que la langue, le jeune!

— À mon âge, reprit Danny de son air amusé, j'ai encore assez d'énergie pour réchauffer tout cela en même temps!

— Vous pourriez pas parler moins fort, demanda un autre joueur qui tentait de faire une séance de concentration dans un coin de la pièce.

— Oh! Lachance est de mauvais poil! se moqua un de ses coéquipiers.

— Je ne suis pas de mauvais poil, reprit Simon Lachance. J'essaie juste de me concentrer.

— Tu peux toujours aller sur la toilette! lança une autre voix. C'est une bonne place pour ça.

— Je pourrais y aller aussi parce que tu me fais chier, McDonald!

— Je t'adore, Lachance! lança McDonald en riant.

— Désolé de te briser le cœur, rouspéta Lachance, je suis déjà pris!

Pendant l'heure qui suivit, les joueurs s'activèrent à des occupations plutôt individuelles. Certains préparaient leurs bâtons en vue de la rencontre, d'autres regardaient le réseau des sports à la télévision, un autre petit groupe écoutait les blagues qu'un joueur racontait avec brio, et certains commençaient leur réchauffement musculaire. Braddley Cooper était du groupe de Danny qui regardait le réseau des sports. Assis sur la bicyclette stationnaire, il mettait toute sa concentration à l'écoute des derniers résultats sportifs. Après une demi-heure d'exercice, il se rendit sous la douche comme il le faisait avant chaque partie. C'était sa façon à lui de se préparer. Danny baissa le volume du téléviseur et s'assit à terre, près de quelques-uns de ses coéquipiers. Il étira ses jambes et se massa les pieds, puis les mollets et finalement les genoux et les cuisses. Il fit basculer sa tête de gauche à droite puis de haut en bas et entreprit une série d'exercices pour réchauffer tous les muscles de son corps. Près de lui, plusieurs hockeyeurs faisaient de même. Un peu avant que la période de réchauffement sur glace ne commence, l'entraîneur-chef entra dans le vestiaire et s'adressa à ses joueurs. Quand il eut terminé, un silence complet régnait dans la pièce, chacun se concentrant sur la partie qui allait suivre. Pour inaugurer la saison, l'équipe devait jouer sans son gardien de but vétéran. Celui-ci avait été victime d'un accident de la route quelques jours auparavant et ne pourrait reprendre le jeu avant quelques mois. Deux recrues assuraient la relève mais les joueurs étaient bien conscients que ceux-ci ne possédaient pas le potentiel de leur gardien numéro un. Aussi, faudrait-il qu'ils donnent leur maximum afin que la rondelle ne soit pas trop souvent dans leur zone.

Pittsburgh menait deux à un en fin de première période. Les joueurs de Toronto étaient satisfaits de la performance de leur gardien recrue. Une erreur de défensive et un coup de malchance étaient attribuables aux buts marqués contre eux. Ils regagnèrent le vestiaire en se disant qu'ils feraient mieux en deuxième. Danny réussit une échappée pendant cette période et marqua pour son équipe. C'était son premier but en cette nouvelle saison. En troisième, il en marqua un second et eut une mention d'assistance. L'équipe avait bien joué mais une certaine faiblesse avait été remarquée dans les filets. La partie se termina par un pointage de six à quatre pour l'équipe adverse. Les joueurs retournèrent au vestiaire, parfaitement conscients des deux buts gratuits offerts par leur recrue. Cependant, personne ne fit allusion à cette faiblesse.

Danny sortit du vestiaire et retrouva Karen et son patron qui l'attendaient. Ce dernier le félicita pour son jeu avant de laisser le jeune couple seul.

— Alors, tu as aimé ça? demanda Danny à sa compagne.

— Ce n'était pas mal, répondit-elle sans grande conviction. Mais j'aurais préféré vous voir gagner.

— Moi aussi! Ce sera pour la prochaine fois. Tu ne t'es pas trop ennuyée?

— Non. Mon patron m'expliquait les règlements à mesure qu'il se passait quelque chose, mais j'avoue que je ne croyais pas que c'était si compliqué. Toutes ces punitions pour toutes sortes de raisons, les hors-jeu et tout le reste. Je crois que j'en ai plein la tête!

— Tu vas t'habituer, reprit le jeune homme en souriant. As-tu faim?

— Pas vraiment, non. Mais j'imagine que toi, tu dois avoir l'estomac dans les talons.

— Je meurs de faim, oui. Tu viens au restaurant? On est une dizaine à y aller.

— O.K. Je vais prendre un café. Je ne travaille pas demain matin; je peux me permettre une sortie. Au fait, il faut que je t'apprenne une bonne nouvelle. J'ai trouvé un nouvel emploi.

— Ah oui? Où ça?

— Réceptionniste dans un hôtel. C'est un remplacement de congé de maternité. J'en ai pour six mois.

— C'est super! On va fêter ça! Tu commences quand?

— Dans une semaine. C'était le temps que je déniche quelque chose, sinon c'était « bye! bye! Toronto et welcome Quebec! ».

— Je ne t'aurais pas laissée partir, dit Danny en lui donnant un baiser sur la joue.

— Tu n'aurais pas pu m'en empêcher!

❧

À deux heures du matin, Danny stationna sa voiture dans le garage souterrain de l'immeuble où il habitait. Il avait convaincu Karen de venir prendre un café à son appartement. Une fois au douzième étage, il ouvrit la porte et lui fit signe d'entrer. C'était la première fois qu'elle allait chez lui et se sentait un peu mal à l'aise en ces lieux où transpirait la richesse. Elle s'installa sur l'un des fauteuils pendant que Danny préparait le café. Il vint bientôt la trouver avec un plateau sur lequel étaient déposées deux tasses, du sucre et une carafe de lait.

— Je ne sais pas pourquoi j'ai accepté ton invitation, dit soudain la jeune fille.

— Ça veut dire quoi, au juste, ça? demanda Danny avec une certaine inquiétude.

— On est tellement différents, toi et moi. Tu aimes les sports, j'aime la littérature, tu es riche, je suis pauvre. Pourquoi t'intéresses-tu à moi, Danny?

— Parce que tu m'attires, tout simplement. Je n'essaie pas d'analyser notre situation comme tu sembles le faire. J'ai le goût d'être avec toi et ça me suffit.

— Je ne vois pas les choses de la même manière que toi. Je sais, à présent, pourquoi j'ai accepté de venir ici. En fait, je voulais mettre les choses au clair. Je ne crois pas que ça puisse marcher entre toi et moi, Danny.

— Et pourquoi pas?

— Parce qu'il y a trop de choses qui nous séparent. Tu as toujours connu la facilité, moi pas. C'est plutôt le contraire. Mon père est mort alors que j'avais à peine quinze ans et ma mère a pris soin de mes quatre frères et sœurs et de moi-même avec le peu qu'elle avait. J'ai pu faire un baccalauréat parce que j'ai travaillé et que j'ai eu droit à des prêts et bourses, sinon j'aurais dû arrêter les études. Mais ça ne m'empêche pas d'avoir ma fierté et mon orgueil. Quand je sors avec toi, tu veux toujours payer les dépenses. Moi, ça ne me convient pas. J'aime payer pour moi-même. Je ne veux rien devoir à personne. Par contre, si tu ne payais pas la plupart de nos sorties, je ne pourrais pas te suivre. Et ça me met mal à l'aise. Je ne veux pas dépendre de toi, Danny. Je ne veux pas avoir l'impression que je te dois quelque chose.

— Mais tu ne me dois rien, voyons donc! Ça me fait plaisir de me retrouver avec toi. C'est si difficile à comprendre?

— Non, ce n'est pas difficile. Mais ça prouve que tu peux te payer ce que tu veux. Même une fille!

— Karen! Je n'en reviens pas! Tu crois vraiment que c'est ce que je pense?

— Je ne sais pas, Danny. Mais une chose est certaine, je ne me sens pas bien ici. Je suis chez toi, dans tes affaires, et je ne me sens pas du tout à ma place. En plus, je n'aime pas le hockey, et toi, ça te passionne. Je n'arrive pas à comprendre que tu considères ça comme un travail, au même titre que mon emploi à moi. Je voudrais juste demeurer ton amie, Danny. Rien de plus. Tu comprends?

— Non, je ne comprends pas, répondit-il d'un air attristé. C'est la première fois qu'une fille me dit des choses semblables. Je ne comprends pas que la différence de nos situations financières ait tant d'importance pour toi. Pour moi, ça ne compte pas. Je ne comprends pas non plus que tu m'en veuilles parce que je pratique un sport plutôt que d'être un intellectuel, comme tu dis. Je ne suis pas un criminel; je fais un sport professionnel! C'est mal, pour toi?

— Bien sûr que non! Je ne dis pas que tu n'es pas

correct, Danny. Je dis juste que nous sommes trop différents.

— Différents! Tu n'as que ce mot à la bouche, ma parole! N'as-tu jamais entendu l'expression qui dit que les contraires s'attirent? Qu'est-ce que ça peut faire que l'on soit différents? Mon père est président d'une entreprise qui génère des centaines d'emplois et des millions de profits, et ma mère fait du bénévolat et s'occupe de leur résidence. Et tu crois qu'ils sont malheureux parce qu'ils ont des occupations différentes? Tu devrais les voir! Ils sont toujours heureux de se retrouver et ils se racontent leur journée avec intérêt.

— Eh bien, tant mieux pour eux! Moi, j'ai besoin de quelqu'un qui a les mêmes préoccupations que moi. Et je ne crois pas à cette histoire de contraires qui s'attirent.

— Tu voudrais peut-être que j'aille me faire embaucher comme réceptionniste au même hôtel que toi?

— Ne prends pas ce ton sarcastique, Danny. Ça ne te va pas. Je ne suis pas une de ces filles qui ferait tout pour se faire voir au bras d'un joueur de hockey populaire, voilà tout! Et ça te dérange de constater que les femmes ne sont pas toutes comme ça. Tu te sens irrésistible, mais au fond, c'est ta notoriété qui attire la plupart de tes conquêtes.

— Eh bien, ça alors! fit Danny, abasourdi. Tu n'y vas pas avec le dos de la cuillère!

— Mes paroles ont peut-être un peu dépassé ma pensée, avoua-t-elle en remarquant la mine défaite du jeune homme. Je ne doute pas de tes capacités à te faire aimer. Tu es un beau gars et tu es gentil, aussi.

— Merci quand même! lança-t-il en reprenant son ton sarcastique. Je suis très heureux de l'apprendre!

— Danny! Je suis vraiment désolée. Je voulais juste te dire que j'aimerais rester ton amie et rien de plus pour le moment. J'ai besoin de te connaître davantage pour savoir à qui j'ai affaire.

— Eh bien moi, je n'ai pas besoin de te connaître davantage! lança-t-il en se levant. Viens, je vais te reconduire chez toi.

— Ne le prends pas comme ça, voyons! Tu ne peux pas envisager une relation simplement amicale avec une fille?

— Pas avec toi, en tout cas. Je ne t'ai jamais caché que j'attendais plus que cela de notre relation. J'ai l'impression de m'être fait rouler comme un imbécile.

— Je ne me suis pas moquée de toi et n'essaie pas de dire le contraire. J'ai toujours gardé mes distances envers toi. Il me semble que c'était assez clair que je ne voulais pas m'engager, non?

— Ça ne l'était pas, non! Mais je dois être aveugle en plus d'être imbécile et sans charme! ajouta-t-il en haussant à nouveau le ton.

— Tu interprètes tout ce que je dis à ta façon! lança Karen avec colère.

— On ferait mieux de mettre un terme à cette discussion, reprit Danny en tentant de se calmer. Ça ne nous avance à rien.

— Pour une fois, on est sur la même longueur d'onde! Je crois, moi aussi, qu'on est en train de détruire ce qui reste de notre amitié.

— Ne me parle plus d'amitié, O.K.? J'en ai assez entendu parler pour ce soir. Viens, ajouta-t-il en se dirigeant vers la porte. Je te ramène chez toi.

— Je peux prendre un taxi, si ça fait mieux ton affaire.

— Ne me provoque pas davantage, Karen, répondit-il en la fusillant du regard. Je t'ai amenée ici et j'irai te reconduire chez toi comme prévu.

— Tu ne peux tout de même pas m'obliger à monter à bord de ta voiture!

— Karen! fit-il en soupirant fortement. Tu me cherches vraiment, n'est-ce pas?

— Non. Pas du tout. Mais je ne supporte pas ton air autoritaire. Je suis assez grande pour décider moi-même de quelle façon je vais rentrer chez moi.

— Bon. Eh bien, décide, alors! Moi, j'en ai assez! Si tu veux appeler un taxi, le téléphone est là. Si tu veux que je te reconduise, j'y vais. Ça te va?

— Ça me va, oui. Mais je suis tout de même terriblement déçue de toi.

— Le taxi ou moi? questionna Danny sans relever le dernier commentaire de la jeune fille.

— Toi, répondit-elle après un moment de réflexion.

— Alors, viens!

Karen le suivit et ne dit plus un mot jusqu'à ce qu'il stationne la Porsche devant son immeuble. Là, elle se retourna en lui répétant qu'elle était désolée. Puis, consciente que Danny n'ajouterait rien à ce commentaire, elle descendit de voiture et disparut dans la nuit. Danny fit le trajet inverse pour rentrer chez lui et se coucha en essayant de ne plus penser à cette jeune fille qui, malheureusement, avait déjà pris beaucoup trop de place dans son cœur.

⁕

François remercia le vendeur et quitta le grand magasin en toute hâte. Il venait d'acheter tout ce qui lui serait nécessaire pour meubler son logis. Le tout lui serait livré dix jours plus tard, c'est-à-dire à la date de son déménagement. Dans l'attente, il emballerait ses effets personnels et les ferait porter à son nouveau lieu de résidence au moment opportun. Mais pour l'instant, il avait un avion à prendre en direction de Toronto et il ne voulait pas le manquer. La veille, il avait téléphoné à son cousin et lui avait fait part de son intention de lui rendre visite pendant quelques jours. Danny s'était montré enchanté de revoir celui qu'il considérait comme un frère. Ils s'étaient donc donné rendez-vous le lendemain soir dans la province ontarienne.

François arriva à l'aéroport en courant. Il déposa son sac de voyage au comptoir, passa à la douane et monta à bord de l'avion en poussant un grand soupir. Il ne l'avait pas manqué! Une fois à Toronto, il prit un taxi et se rendit directement chez son cousin. Danny l'attendait en compagnie de Braddley Cooper qui était descendu chez lui quelques minutes plus tôt. Des rumeurs d'échange ayant circulé dans l'équipe au cours des derniers jours, les deux hockeyeurs spéculaient sur les joueurs concernés par l'affaire. Le jour même, par la voix des médias, leurs noms avaient été mentionnés mais ils n'en avaient pas entendu parler par les dirigeants de l'équipe. Ils savaient bien que Toronto avait besoin d'un bon gardien de but mais n'arrivaient pas à croire qu'ils feraient partie de l'échange. Après tout, n'étaient-ils pas parmi les meilleurs joueurs de cette formation? Braddley se montrait plus affecté que Danny par cet éventuel changement d'équipe. Une semaine plus tôt, un journal à sensation avait laissé planer un doute quant à son orientation sexuelle. Rien de concret, aucune preuve, mais la question était lancée. Braddley Cooper était-il homosexuel? Dans l'équipe, on laissait croire que tout cela n'était qu'une tactique de journaliste pour vendre plus d'exemplaires, mais en réalité, tous affichaient maintenant plus de scepticisme quant à la virilité du hockeyeur. Aussi, Braddley croyait-il que la direction de l'équipe pourrait bien l'échanger plutôt que d'avoir à gérer un scandale. Mais de cela, il n'aurait jamais la preuve et il le savait bien. Quant à Danny, ses hautes performances à l'attaque valaient bien celles d'un gardien de premier plan et il savait pertinemment qu'il serait peut-être le prix à payer pour l'équipe, afin de se mériter un joueur du même calibre devant les buts.

François s'installa donc au salon avec les deux hockeyeurs et accepta sans hésitation la bière que lui offrit son cousin. Il avait soif et une boisson froide lui ferait le plus grand bien. Il resta donc seul avec Braddley pendant quelques minutes, le temps que Danny aille chercher la bière. Braddley le regardait d'une façon bizarre. Une façon que François connaissait bien. Les deux hommes échangèrent quelques phrases, conscients l'un et l'autre de l'intérêt particulier qu'ils se portaient. Pourtant, ils conservaient chacun des doutes quant à leur attirance mutuelle et cela ne faisait qu'amplifier leur désir d'en connaître plus long sur l'autre. Avaient-ils tous les deux les mêmes orientations sexuelles? se demandaient-ils chacun de leur côté, ou cette façon de se regarder n'était-elle que le fruit de la curiosité? Danny revint avec trois bières et mit, sans en être conscient, un terme à cette interrogation visuelle.

— Alors, commença François, continue ce que tu me disais à propos de ces rumeurs d'échange.

— On n'en sait pas très long, répondit son cousin. Le nom de Brad et le mien ont été lancés par les médias, mais on parle de quelques autres joueurs aussi. On ne sait plus trop. Mais on est certains que ça va bouger car on a besoin d'un bon gardien de but. Et si on y va par déduction, ça pourrait bien être Montréal qui ferait l'échange. Ils sont forts de ce côté mais ils manquent de mains et un bon défenseur de plus ne leur ferait pas de mal. Je peux me tromper, tu sais, mais c'est l'équipe que je vois en premier pour faire partie de cette transaction.

— Ce serait super, Montréal! Tu reviendrais chez toi.

— Ça, c'est le côté positif, oui, mais le côté négatif c'est que je me sens bien avec mon équipe. Je n'ai pas vraiment le goût de changer.

— Et moi, continua Brad, je n'ai pas du tout le goût de changer! Ça fait sept ans que je fais partie de cette équipe. Je n'en ai jamais connu d'autre depuis que je suis professionnel. Je n'ai pas envie de m'habituer à d'autres gars, à une autre ville.

— Ça, mon vieux, reprit Danny, ça ne dépendra malheureusement pas de nous. Mais peut-être qu'on se casse la tête pour rien. Peut-être qu'on ne fera pas partie de cet échange.

— Il n'y a pas de fumée sans feu! lança son ami d'un air contrarié.

— Et toi, Frank, continua Danny pour faire diversion. Tu ne regrettes toujours pas les grandes décisions que tu as prises dernièrement?

— Pas de danger! Je ne me suis jamais senti plus heureux!

— Tant mieux! Au moins, il y en a pour qui ça va bien!

— Pourquoi? Ça ne va pas, toi?

— Pas très fort, à vrai dire. À part ces rumeurs d'échange qui me rendent un peu nerveux, ça ne va pas très bien du côté sentimental.

— Ah! fit son cousin avec curiosité. Je ne savais pas qu'il y avait quelqu'un dans ta vie.

— Il y avait quelqu'un, oui. Enfin, je le croyais. J'ai rencontré une fille, il y a plus d'un mois. Tu sais, le genre pour qui on ferait à peu près n'importe quoi. On s'est vus chaque jour pendant des semaines, puis, un beau soir, elle m'a dit qu'on était trop différents pour continuer ensemble. Elle n'acceptait pas que je ne travaille pas de neuf à cinq et que j'aie un compte de banque bien garni.

— C'est spécial, ça! dit François d'un air surpris. Ça ne peut pas être une raison valable, ça, Danny. J'ai plutôt l'impression qu'elle ne t'aimait pas, tout simplement.

— Peut-être bien, oui. En tout cas, ça m'a donné un choc.

— Ne t'en fais pas avec ça. Une de perdue, dix de retrouvées!

— Mais c'est elle qui m'intéressait, vois-tu. Enfin! Je

vais m'en remettre, c'est certain. Et toi, toujours pas de fille dans ta vie?

— Non, pas encore, répondit François un peu embarrassé par le regard que Brad portait sur lui en écoutant sa réponse.

— On va s'occuper de ça, hein Brad? reprit Danny à la surprise des deux autres. Demain, continua-t-il sans se rendre compte du malaise qu'il venait de créer, on a un entraînement. Mais après-demain, on joue et après la partie, on va te sortir en ville. Tu vas être populaire, fie-toi sur moi!

— Je ne tiens pas vraiment à être populaire.

— Attends! Tu verras bien que c'est agréable de temps en temps.

La conversation continua sur le sujet pendant un moment, puis dévia finalement, à la grande satisfaction de François. Il se sentait de plus en plus mal à l'aise vis-à-vis de Brad et il craignait maintenant que son cousin devine son secret. Pourtant, il n'en était rien. Danny n'avait aucune idée quant à l'inconfort du jeune homme. En réalité, il ne s'était jamais questionné sur ses relations amoureuses. Il voyait François trop rarement, depuis leur adolescence, pour connaître les détails de sa vie privée. Il croyait plutôt que celui-ci avait des aventures de trop courte durée pour qu'il valût la peine de présenter ses conquêtes à sa famille ou même d'en parler.

Le lendemain, François assista à la séance d'entraînement sur glace de l'équipe. Il regardait évoluer son cousin et se trouvait impressionné par sa forme physique. Pourtant, il y avait longtemps que cela n'avait plus de secret pour lui, mais il était toujours surpris de constater son endurance aux efforts. Sur la patinoire, cet après-midi-là, un autre hockeyeur se méritait son intérêt. Braddley était beau à voir évoluer. Il était fort et s'imposait sur la glace. Son coup de patin était excellent et

François n'aurait pas voulu être à la place du gardien lorsqu'il lançait la rondelle en sa direction. Après l'entraînement, quelques joueurs se retrouvèrent dans un bar où ils jouèrent quelques parties de billard avant que le groupe ne se disperse. Braddley trouva une excuse pour accompagner Danny et son cousin au restaurant où ils choisirent d'aller souper. La soirée se termina tôt, les joueurs étant soumis à un couvre-feu d'avant partie. La journée suivante fut plus tranquille cependant. Danny se leva tôt, fit du jogging pendant une heure dans les rues de son quartier avant de regagner son domicile, puis se doucha et avala un bon déjeuner avant d'aller faire quelques longueurs dans la piscine. À cette étape, François l'accompagna et ils discutèrent de tout et de rien en faisant la course dans le grand bassin. Danny fit une sieste en début d'après-midi et se rendit à l'aréna en fin d'après-midi. Les deux cousins s'étaient donné rendez-vous après la partie et, tel qu'entendu, ils sortirent ensemble dans les bars. Une fois de plus, Braddley Cooper était du groupe. En aucun moment cependant, il ne tenta d'aborder François de façon plus intime. Il le regardait évoluer, tout simplement, essayant d'en découvrir davantage sur lui en se disant qu'il tenterait de le revoir éventuellement.

Deux jours après la partie jouée à Toronto, Danny prit l'avion en direction du Colorado où son équipe devait disputer le prochain match. François se rendit lui aussi à l'aéroport mais pour une autre destination. Il rentrait chez lui afin de préparer son déménagement et continuer l'écriture de son livre. À présent, il avait une idée bien définie de la description physique de son personnage principal. Il ressemblerait en tous points à Braddley Cooper. Seule son orientation sexuelle serait différente puisqu'il ne se sentait pas prêt à faire vivre à son personnage des aventures homosexuelles qui risqueraient de choquer les lecteurs. Peut-être un jour, dans un autre roman, serait-il capable de trouver les mots pour faire comprendre et accepter ces comportements marginaux, mais il ne pouvait en être question présentement.

⚜

Alexandra attendait Yannick dans un petit restaurant tranquille. Elle était nerveuse et regardait sa montre machinalement, à toutes les cinq minutes. Un peu plus tôt, elle lui avait parlé entre deux cours et lui avait demandé de quitter l'école avant la fin de la journée pour la rejoindre dans ce restaurant. Yannick avait voulu en savoir davantage mais la sonnerie du début d'un cours avait interrompu leur conversation. Aussi, avait-il accepté ce rendez-vous improvisé pendant les heures de classe. Il y avait au moins vingt minutes que la jeune fille attendait son ami quand enfin il entra dans le restaurant. Il resta immobile un instant, jeta un regard circulaire afin de repérer celle qu'il devait rencontrer, puis se dirigea vers elle d'un pas décidé.

— Qu'est-ce qui se passe? demanda-t-il en s'asseyant face à elle.
— J'ai peur, déclara-t-elle à mi-voix.
— Peur? répéta-t-il avec surprise. Peur de qui?
— Peur de quoi, plutôt.
— Peur de quoi! Mais sois donc plus claire, Alex. Je ne comprends rien à ce que tu me dis.
— J'ai peur d'être enceinte, Yannick.
— Quoi? fit-il, les yeux agrandis par la stupeur.
— Tu as bien entendu, reprit-elle de son air désolé.
— Mais, voyons, on ne l'a fait que deux fois sans protection! Il faudrait vraiment être malchanceux!
— Eh bien, il semble que ce soit le cas.
— Tu en es certaine?
— Non, pas tout à fait. Mais je retarde d'une semaine et ça ne m'est jamais arrivé auparavant.

121

— C'est peut-être dû à autre chose. C'est possible, non?

— Je ne sais pas. Mais j'ai peur, Yannick, tu ne peux pas savoir à quel point.

— Il faut que tu passes un test. On doit en avoir le cœur net.

— Il est trop tôt pour ça. Il faudra attendre encore quelques jours.

— Et comment on va faire pour vivre pendant tout ce temps?

— Il va bien falloir se faire une raison. On n'a pas le choix!

— Mon Dieu! fit Yannick d'un air affolé. Ce serait la pire chose qui pourrait m'arriver.

— Et moi, alors? Tu penses à moi, un peu?

— Bien sûr que j'y pense! C'est encore pire pour toi, à vrai dire.

— C'est sûr! C'est moi qui vais le porter et qui vais le mettre au monde, cet enfant-là.

— Le mettre au monde? Tu veux le garder?

— Qu'est-ce que tu veux que je fasse d'autre? Me faire avorter?

— Ce serait une solution, oui.

— Tu es sérieux?

— Écoute, Alex, tu viens d'avoir quinze ans...

— Je sais... mais je ne veux pas tuer mon bébé, déclara-t-elle d'une voix désespérée.

— C'est aussi le mien.

— Mais toi, tu veux le tuer.

— Le tuer! C'est un peu exagéré, tu ne crois pas? Ce n'est pas encore un bébé au stade où tu en es.

— Mais ça va le devenir bientôt et c'est nous qui l'avons fait.

— Je sais, Alex, mais que veux-tu qu'on fasse d'un bébé, à notre âge?

— Je suis sûre que mes parents nous aideront si on décide de le garder.

— Et les miens me tueront, oui!

— Oh! Yannick! Ils vont être fâchés, au début, mais ils vont finir par comprendre.

— Tu crois ça, toi? Moi, je n'en suis pas du tout certain. On ne peut pas gâcher notre avenir si on a le choix de faire autrement, Alex. Sois raisonnable, je t'en prie. Personne ne le saura.

— Tu crois ça, toi? Tu crois qu'un bon matin, je partirai pour me faire avorter et que ma mère ne s'apercevra de rien? On voit que tu ne la connais pas très bien.

— Mais peut-être que ta mère, elle-même, préférera que tu te fasses avorter.

— Tu veux vraiment que je le fasse, hein? Tu me fais un bébé et tu n'en veux pas. Tu ne veux même pas voir sa tête, voir s'il te ressemblera...

— Ça suffit, Alex! Je ne t'ai pas fait un bébé; on l'a fait ensemble. Et c'est ensemble qu'on doit décider de son avenir, si avenir il y a.

— Tu es froid comme la glace!

— Je ne suis pas froid, bien au contraire. Je suis complètement bouleversé, mais j'essaie quand même de garder les deux pieds sur terre.

— Tu ne veux pas que j'aie ce bébé, c'est clair.

— C'est clair, oui. Si on avait cinq ou dix ans de plus, je ne me poserais pas de questions. Mais je ne me sens pas prêt, c'est tout.

— Moi, je me sens prête. C'est un peu plus tôt que prévu, je sais, mais je serai quand même capable de prendre mes responsabilités.

— Tu penses un peu à moi, dans tout ça?

— À toi? Pourquoi? Ce n'est pas toi qui vas le porter.

— Non, mais ça reste mon enfant. Et s'il vient au monde, je voudrai le connaître.

— C'est vrai? Tu vas rester avec moi?

— Je ne suis pas un lâche, Alex. Je ne te laisserai pas tomber. Mais là, vois-tu, j'ai plutôt l'impression que c'est toi qui me laisses tomber. Tu veux prendre la décision toute seule pour quelque chose qui concerne notre avenir à tous les deux. Et j'ai peur de t'en vouloir un jour pour cela.

— On pourra continuer l'école, si c'est ça qui t'inquiète. Je suis certaine que mes parents nous donneront un coup de main, financièrement. On pourra terminer nos études et demeurer ensemble.

— Oh! Seigneur! Ça fait seulement quelques mois qu'on est ensemble, Alex. Tu parles comme si tu étais certaine de passer ta vie avec moi.

— Ce n'est pas ça que tu veux, toi?

— Je ne sais pas. Je t'aime, mais on a juste quinze ans.

— On a juste quinze ans mais on va avoir un bébé, Yannick.

— On pourrait ne pas l'avoir, Alex.

— Tu me l'as déjà dit!

— Et tu ne veux rien comprendre!

— Parce que j'ai toujours été contre l'avortement! Et ce n'est certainement pas parce que c'est moi qui suis en cause, à présent, que je vais changer d'idée. Je ne suis pas du genre à changer mes convictions quand ça fait mon affaire.

— Je le sais, oui. Mais peut-être qu'on se dit tout cela pour rien. Peut-être que tu n'es pas enceinte.

— C'est possible, oui. Mais c'est bien mal parti.

— Attendons encore quelques jours, Alex, O.K.? Et on prendra une décision quand on sera certains. D'ici là, on garde ça pour nous. Ça te va?

— Oui, ça me va. Mais je suis certaine qu'on va en reparler, Yannick. Je le sens.

Yannick lui prit la main et la porta à ses lèvres. Il se sentait déchiré en la regardant. Devant lui, il y avait bien la jeune fille qu'il aimait et avec qui il avait envie de passer beaucoup de temps, mais de là à imaginer passer toute sa vie avec elle! Jamais, depuis le début de leurs fréquentations, il n'avait pensé à la longévité de leur relation. À quinze ans, bientôt seize, il vivait au jour le jour ce genre d'aventure et ne pensait pas au lendemain. Pour lui, la seule solution intelligente était l'avortement. Si Alexandra lui était destinée, ils auraient bien le temps de faire d'autres enfants plus tard. Mais pour le moment, il lui fallait trouver les arguments afin de la faire changer d'idée.

Alexandra, de son côté, regardait le jeune homme et ne doutait pas des sentiments qu'elle lui portait. Elle l'aimait et espérait qu'il en soit ainsi encore longtemps. De là à passer toute sa vie avec lui, de cela elle ne pouvait être certaine. Mais qui l'était, après tout? Avec le nombre de séparations et de divorces qu'elle voyait autour d'elle, il lui semblait que personne ne pouvait prédire la durée d'une relation amoureuse. Quant à l'enfant qu'elle croyait porter, elle ne pouvait se résoudre à le détruire après l'avoir conçu. Même en étant parfaitement consciente de son jeune âge et de tous les problèmes que cela entraînerait, quelque chose en elle l'empêchait d'opter pour la solution facile. Pour elle, l'avortement était en quelque sorte comme détruire le problème plutôt que d'y trouver des solutions. Et ce n'était pas son genre de rendre les armes.

⚜

Éric stationna sa voiture dans le garage souterrain de l'immeuble où il habitait avec Mélissa. Heureux, il descendit en sifflotant et poussa le bouton de l'ascenseur. Il arrivait tout droit de chez le notaire où il venait de signer les derniers arrangements relatifs à la prise de possession de sa maison. Son propriétaire ayant déménagé deux mois plus tôt, la demeure était libre et Éric pourrait y emménager aussitôt la peinture refaite. Éric était fier de son acquisition. La maison de style victorien surplombait un petit lac où, jadis, il venait taquiner le poisson. Des arbres majestueux encerclaient le vaste terrain, donnant à l'endroit un cachet intime. La demeure comptait trois chambres à l'étage, dont une, très grande, communiquait avec une des deux salles de bains. Au rez-de-chaussée, l'on retrouvait une cuisine aux armoires de bois laqué, une salle de toilette ainsi qu'un vaste salon éclairé par des portes-fenêtres donnant sur la cour arrière. Une partie du sous-sol était aménagée. Il y avait là une salle de billard adjacente à un petit salon, ainsi qu'une chambre qu'Éric transformerait en bureau afin de pouvoir traiter certains dossiers à domicile.

Les portes de l'ascenseur s'ouvrirent et Éric y pénétra. Au deuxième, il se dirigea vers la porte de l'appartement de Mélissa quand celle-ci en sortit. Vêtue d'un manteau de lainage, la jeune femme s'apprêtait à retourner au travail après avoir avalé un sandwich en guise de dîner. Au même moment, la porte de l'appartement d'en face s'ouvrit. Éric jeta un regard de ce côté et reconnut immédiatement Matthew Davidson, le fils de l'un de ses associés à Toronto. Près du jeune homme se tenait une femme et un petit garçon de quatre ou cinq ans.

— Éric Martin! fit-il avec surprise.
— Matthew ! lança l'autre homme. Tu demeures ici?
— Oui. Voici mon épouse, Julia, et mon fils Jérémie, continua-t-il en présentant sa petite famille.
— Ma nièce, Mélissa, reprit Éric en désignant la jeune fille. Je demeure chez elle depuis près de trois semaines et nous n'avons jamais eu l'occasion de nous rencontrer, ajouta-t-il en s'adressant de nouveau à Davidson.
— Le monde est petit! lança Matthew en souriant. Dire qu'on travaille dans le même bureau! Éric est l'un

des associés de mon père à Toronto, précisa-t-il pour son épouse. J'ai travaillé avec lui là-bas, avant que l'on vienne s'installer ici. Et à présent, c'est Éric qui déménage à Montréal. C'est lui, le nouvel associé dont je te parlais.

— C'est vrai que le monde est petit! reprit Julia en souriant à son tour. Vous êtes ici depuis quelques semaines seulement, continua-t-elle à l'adresse de Mélissa. Aimez-vous l'endroit?

— J'adore! s'exclama l'autre. C'est tranquille et sécuritaire comme complexe. Et je profite de la piscine et de la salle d'exercices chaque soir, sauf quand je travaille.

— Vous travaillez le soir?

— Juste le mercredi. Je suis physiothérapeuthe à la clinique au coin de la rue.

— Ah! C'est intéressant! déclara sa voisine.

— Il faut que je parte, à présent, reprit Mélissa, sinon je vais être en retard à mon travail. On se voit ce soir, ajouta-t-elle pour Éric. Au revoir!

— Au revoir! firent les trois autres.

— Il faut que je file, moi aussi, déclara Matthew. J'ai un rendez-vous à quatorze heures. Mais j'y pense, Éric, on pourrait prendre un verre ensemble, ce soir. Tu as quelque chose de prévu?

— Non. Je rencontre mon frère cet après-midi et je n'ai rien d'autre en vue.

— Alors, viens faire un tour à la maison ce soir. Tu me donneras des nouvelles de l'étude de Toronto. Tu sais comment est mon père; il n'a jamais le temps de me raconter les potins.

— Ce n'est pas vraiment son genre, non, admit Éric en souriant à la pensée de son associé, austère et peu enclin aux bavardages inutiles. C'est d'accord, je viendrai.

Viens avec ta nièce, reprit Matthew en s'éloignant après avoir embrassé sa femme et son fils. Ce sera plus amusant pour Julia!

— Je lui en parlerai, répondit Éric avant d'entrer dans l'appartement.

Là, il rangea le dossier contenant toutes les paperasses relatives à l'achat de sa propriété, puis repartit aussitôt en direction de la maison mère des entreprises Martin & Fils. Daniel l'attendait dans son bureau, au deuxième étage de l'immeuble de la rue Sherbrooke. Il se leva quand sa secrétaire le prévint de l'arrivée de son frère et l'accueillit avec un plaisir évident.

— Salut, mon vieux! lança-t-il en serrant la main d'Éric. Viens t'asseoir, continua-t-il en désignant les deux causeuses placées dans un coin de la pièce.

— Ta visite m'intrigue! reprit Daniel quand ils furent installés. C'est plutôt rare que tu viens me voir ici.

— J'évite tout simplement les endroits où je pourrais voir Benoît, répondit Éric.

— C'est vraiment la guerre entre vous! déclara son frère avec une certaine contrariété.

— Ce n'est pas la guerre, Dan. Disons qu'on est en trêve depuis longtemps.

— Appelle ça comme tu veux, Éric. Ça ne change rien au résultat.

— Je ne suis pas venu ici pour parler de Ben.

— Je m'en doute bien, oui. Alors, dis-moi ce qui t'amène?

— C'est assez délicat, vois-tu. J'ai un service à te demander et je ne sais pas vraiment par où commencer.

— Un service? Demande, Éric. Si je peux t'aider, ça me fera plaisir de te le rendre.

— Hier soir, commença son frère, Mélissa m'a dit que sa mère est partie en voyage il y a une dizaine de jours. Je n'ai pas voulu poser trop de questions alors je n'ai pas su où elle est allée. Et j'aimerais bien le savoir, acheva-t-il en surveillant la réaction de son frère.

— Amélie? Tu veux savoir où est Amélie? questionna Daniel d'un air intrigué.

— Oui. C'est ça.

— Mais pourquoi?

— Ce serait trop long à t'expliquer. Alors, tu sais où elle est?

— Je le sais, oui. Enfin, je connais sa destination, mais je ne sais pas vraiment où elle habite. Cindy serait mieux placée que moi pour te répondre.

— Tu peux lui demander?

— Elle voudra sûrement savoir pourquoi je cherche à joindre Amélie.

— Oh! Mon Dieu! Comme c'est compliqué!

— Écoute, Éric, si tu me disais ce qui se passe, je pourrais peut-être mieux t'aider. Est-ce qu'il s'agit des enfants? Est-ce que Mélissa a un problème?

— Non. Mélissa va très bien. D'ailleurs, elle n'est pas au courant de ma démarche. Et je veux que cela reste entre toi et moi et Cindy, s'il faut la mettre dans le secret.

— Le secret? Là, vraiment, tu m'intrigues au plus haut point.

— Bon! Ça va, Dan. Je vais te raconter. Mais promets-moi de garder le silence.

— C'est promis, Éric.

— Je suis amoureux d'Amélie.

Daniel se contenta de le regarder droit dans les yeux. Cette révélation le surprenait quelque peu mais sans plus. Depuis longtemps, il soupçonnait quelque chose mais n'en avait jamais parlé, sauf à Cindy. Ses premiers doutes remontaient, en fait, à la fois où Éric était venu pour les funérailles de leur frère David. Cindy avait remarqué les regards empreints de tristesse et de complicité qu'échangeaient Amélie et son beau-frère, et en avait fait part à son mari. Daniel avait porté une attention plus spéciale et avait senti, lui aussi, un malaise entre Éric et

129

l'épouse de son frère. Cela ajouté au départ précipité d'Éric, cinq ans avant ce décès, et à la haine qu'il portait à Benoît, il n'en fallait pas plus pour supposer que quelque chose de grave s'était passé en ce temps-là. D'autant plus qu'Éric n'était jamais revenu à la maison paternelle avant le mariage raté de Mélissa. Malgré tout, Cindy et lui avaient toujours conservé un doute. À présent qu'Éric lui avouait ses sentiments envers sa belle-sœur, il lui fallait bien admettre qu'ils avaient eu raison de tirer certaines conclusions.

— Tu ne dis rien? reprit Éric au bout d'un moment.
— Je ne sais pas quoi dire, répondit Daniel d'un air embêté.
— Ça ne te surprend pas?
— Oui et non. En fait, j'ai déjà eu certains doutes à propos de toi et d'Amélie. Ton départ précipité pour Toronto, ton refus de venir à la maison, ton air embarrassé et celui d'Amélie quand vous êtes ensemble, tout cela a fait que je me suis posé des questions. Mais je me disais toujours que mon imagination me jouait des tours.
— Ce n'était pourtant pas le cas. Tes doutes étaient fondés, Dan. Ça doit faire au moins vingt ans que j'aime Amélie. Cela a commencé quand Benoît s'est retrouvé en fauteuil roulant. Tu t'en souviens?
— Si je m'en souviens! C'était invivable dans la maison!
— Amélie et moi, on avait pris l'habitude de se retrouver à la piscine, le soir. On nageait un peu et on discutait. Elle avait besoin de se confier à quelqu'un car Benoît n'était pas facile à vivre à cette époque. Un soir, je ne sais pas comment c'est arrivé, je l'ai embrassée. C'est là que j'ai pris conscience des sentiments que je lui portais. Mais je ne voulais pas aller plus loin et Amélie non plus. On respectait Benoît, tout de même, et on ne voulait pas admettre que nos sentiments puissent être

sérieux. J'ai tout fait pour oublier. Pendant un certain temps, j'ai même cru que j'y étais arrivé. Ça, c'était à l'époque où j'ai connu Johanne. On s'est mariés et j'ai rayé Amélie de mes pensées. Mais ça n'a pas duré entre Johanne et moi. Et Amélie a recommencé à hanter mon esprit. Et une nuit, je suis allé à la maison et elle était seule. Et nous n'avons pas pu nous retenir, cette fois-là. Johanne et moi, nous venions de nous séparer mais on était restés en bons termes. La preuve c'est que nous sommes partis ensemble à Toronto pour ouvrir notre étude. Quant à Amélie, elle et Benoît étaient encore en pleine crise, alors ça la rendait vulnérable. Je n'ai plus jamais fait l'amour de cette façon, continua-t-il presque pour lui-même. C'était à la fois de la passion et du désespoir. Mon Dieu que c'était intense! Je te scandalise? questionna-t-il en se surprenant lui-même à faire de tels aveux.

— Non, répondit Daniel d'un air compréhensif. Continue.

— Le lendemain, elle m'a demandé de partir et de ne plus jamais revenir. Elle ne voulait pas quitter sa famille. Les enfants étaient jeunes et elle se sentait coupable. Et elle savait très bien que jamais Benoît ne lui laisserait la garde des petits si elle lui avouait sa liaison avec moi. Et je crois bien que, quelque part au fond d'elle-même, elle éprouvait encore de l'amour pour notre frère. Elle l'avait tant aimé! Elle espérait que les choses finissent par s'arranger. Je suis donc parti avec Johanne et on a ouvert l'étude. On a eu un travail fou pendant des mois et des années pour se faire un nom là-bas. Puis, on s'est associés à une plus grosse étude et on a pu reprendre notre souffle. Mais je pensais souvent à Amélie et tu ne peux pas savoir à quel point je me retenais pour ne pas revenir ici. C'est le décès de David qui m'a ramené et j'ai compris qu'Amélie avait mal, elle aussi. On arrivait à peine à se regarder. Quand je suis reparti, je me suis dit que je ne reviendrais jamais. C'était peine perdue! En plus, elle avait eu un autre enfant, alors Benoît et elle avaient bien dû se réconcilier et je ne devais pas revenir la hanter. Je n'en avais pas le droit. Depuis mon retour ici, en juillet, j'ai revu Amélie à trois reprises. On s'est parlé franchement. On s'aime, Dan, mais elle est perturbée. Je savais qu'elle voulait partir car elle m'en avait parlé. Elle voulait remettre sa vie en question et voir clair dans ses sentiments. Et moi, j'ai besoin de la voir, de lui parler. C'est pour ça que je veux savoir où elle est. J'ai besoin d'être seul avec elle.

— Tu te rends compte de ce que tu me demandes, Éric? Tu veux que je sois ton complice alors qu'il s'agit de la femme de notre frère.

— Je sais. Et c'est pourquoi je ne voulais pas te donner trop de détails, tout à l'heure.

— Je te remercie de ta confiance, mais je ne veux pas être mêlé à ça.

— Écoute, Dan, je te demande juste où elle est. Le reste, je m'en occupe.

— Mais c'est justement ça, le problème! Si je te dis où elle est, tu iras la retrouver et ce sera comme si c'était moi qui t'avais poussé dans son lit.

— Tu exagères un peu, tout de même.

— Pas beaucoup. Je trouve au contraire que ça ressemble pas mal à la réalité.

— Tu ne veux pas m'aider, alors?

— Ce n'est pas ça, Éric. Je veux t'aider, mais je ne veux pas trahir Benoît. Essaie de te mettre à ma place, bon sang! C'est mon frère et je travaille avec lui. Même si je m'entends mieux avec toi, ça ne veut pas dire que je peux lui faire un pareil coup bas.

— Tu me trouves dégueulasse, n'est-ce pas?

— Et toi, comment tu te trouves?

— Je pense que j'ai attendu assez longtemps. Si Benoît s'était montré correct envers Amélie, jamais je n'aurais tenté de renouer avec elle. Mais il ne l'aime plus, ça se voit, et tu le sais. Je suis même certain qu'il a une ou des maîtresses.

— Qu'est-ce qui te fait croire ça?

— Je le sais, c'est tout! Il n'est jamais avec Amélie; alors il doit bien être ailleurs.

— Je sais qu'il a déjà eu une liaison. Je l'ai surpris, une fois, avec une employée de l'entreprise. Il y a quelques années de cela, mais je n'ai plus jamais eu de raison de douter de sa fidélité depuis.

— Tu vois bien que j'ai raison. S'il a eu une maîtresse, il peut en avoir eu dix! Et s'il a des maîtresses, c'est qu'il n'aime plus sa femme. Tu as une maîtresse, toi?

— Bien sûr que non!

— Tu en as déjà eu?

— Non! Je n'ai jamais trompé Cindy. Mes folies, je les ai faites quand j'avais vingt ans. J'apprécie ce que j'ai à présent, et je n'ai pas envie de le perdre, acheva-t-il d'une voix éteinte.

— Qu'est-ce qui se passe? demanda Éric en remarquant son air soudainement abattu.

— Ça ne va pas très bien pour Cindy, répondit Daniel de sa voix attristée.

— Elle est malade? s'inquiéta son frère.

— J'ai bien peur que oui.

— Ce n'est pas grave, au moins?

— On craint le pire. Elle s'est découvert une bosse sur un sein il y a quelque temps. Elle a passé une mammographie et la masse semble douteuse. Il faut que Cindy passe une biopsie la semaine prochaine. Son médecin n'a pas exclu la possibilité d'un cancer.

— Oh non! Ce n'est pas vrai, Dan? Pauvre Cindy! Je suis vraiment désolé.

— Moi, je suis désespéré. S'il fallait que je la perde, Éric, je deviendrais fou, acheva-t-il avec un filet de voix.

— Tu ne la perdras pas, voyons! Les femmes ont de

très bonnes chances de s'en tirer, aujourd'hui. Surtout si la maladie est prise à temps.

— Je sais tout cela. Mais il reste toujours une possibilité de non-retour quand on parle de cancer.

— Ça ira, Dan, le rassura son frère en lui tapant affectueusement l'épaule. Ça ne peut pas vous arriver, à Cindy et à toi, ce serait trop bête. Vous ne méritez pas ça.

— Personne ne mérite ça, Éric. Pourtant, une femme sur neuf est atteinte de ce cancer. Et quand on pense que la mère de Cindy est morte du cancer à quarante-sept ans, ce n'est pas pour nous rassurer.

— Je ne sais plus quoi te dire, mon vieux! En tout cas, tiens-moi au courant et si tu as besoin de quoi que ce soit, je serai là.

— Même si je ne te dis pas où est Amélie?

— Je ne suis pas mesquin à ce point-là, Dan. Je serai toujours là pour toi et ça, peu importe que tu me dises ou non où se cache Amélie.

— Merci, reprit Daniel en souriant. Écoute, je vais faire quelque chose pour toi. Je vais parler à Cindy de ton projet d'aller retrouver Amélie et, si elle est d'accord, je te dirai où elle se trouve.

— Tu es sérieux?

— Oui. Après tout, c'est votre problème. Et puis, tu as raison, Benoît ne fait vraiment rien pour garder sa femme. Mais réfléchis bien, Éric, avant de te lancer dans cette aventure. Cela va rejaillir sur toute la famille, à commencer par les enfants d'Amélie. Ils ne voudront peut-être plus vous voir. Tu as pensé à cela?

— J'ai pensé à tout, Dan, et ce n'est pas très rassurant. Mais j'aime Amélie.

— Éric, étant donné qu'on en est aux confidences, dis-moi, est-ce qu'Alexandra est ta fille?

— Alexandra? Tu crois ça, toi aussi?

— Pourquoi? Tu n'es pas au courant?

— Non. J'ai vu cette petite pour la première fois alors

qu'elle avait cinq ans. J'avoue que je me suis posé la question quand j'ai su qu'Amélie était enceinte, mais je ne pouvais quand même pas lui téléphoner et lui demander tout bonnement si j'étais le père! Elle m'avait fait jurer de ne plus chercher à la revoir, alors j'ai respecté notre entente, mais je suis demeuré avec mon doute. Et ça aussi, c'est un point que je veux tirer au clair avec Amélie. Quand j'ai revu Alex, il y a quelques mois, je me suis dit qu'elle avait plus de ressemblance avec moi qu'avec Benoît. Mais ça n'exclut tout de même pas qu'il peut être son père puisque nous sommes de la même famille et que la petite pourrait ressembler à son oncle.

— C'est vrai. Mais quelque chose me dit qu'elle est de toi, cette enfant-là.

— Ça me retourne complètement juste à y penser. Tu sais comme j'aurais aimé avoir des enfants, au moins un ou une, mais dans les conditions présentes, je ne sais pas comment je réagirais. Et surtout, comment elle, elle réagirait.

— Je ne sais pas, moi non plus. Alex est une jeune fille déterminée et il n'est pas toujours facile de prévoir ses réactions.

— Je saurai la vérité, bientôt, Dan. Fie-toi à moi! En attendant, je vais rentrer chez Mélissa et attendre que tu me rappelles. Tu vas en parler à Cindy, ce soir?

— Oui. Et je vais te téléphoner aussitôt.

— Merci, Dan. J'apprécie énormément ce que tu fais pour moi. Tiens-moi au courant pour Cindy, acheva-t-il avant de s'en aller.

Le même soir, Éric et Mélissa se retrouvèrent chez leurs voisins. Éric s'y présenta, muni de son téléphone cellulaire pour être certain de ne pas rater l'appel de Daniel. Ce dernier ne manqua pas à sa parole et parla à son frère peu avant dix heures. Il lui apprit qu'Amélie avait informé Cindy de sa destination mais qu'elle lui

135

avait fait promettre de n'en rien dire. Elle avait ajouté qu'Éric ne devait pas savoir où elle se trouvait car elle avait besoin de faire le vide autour d'elle. Amélie s'était donc confiée à sa belle-sœur. Éric remercia Daniel et mit fin à la conversation pour revenir à ses hôtes ainsi qu'à sa nièce qui continuaient de bavarder amicalement. Les Davidson se montrèrent charmants. Matthew semblait beaucoup apprécier Éric. Il racontait certaines de ses causes aux deux jeunes femmes et faisait d'Éric un héros. Celui-ci s'amusait à écouter parler le jeune homme et, de temps en temps, ramenait les faits en une version plus terre à terre. Julia Davidson, pour sa part, était pendue aux lèvres de son mari. Il n'y avait pas de doute quant aux sentiments qu'ils partageaient. Mélissa les regardait en se disant qu'elle aussi aurait pu connaître un tel amour et vivre une vie de couple des plus intéressantes. Mais son destin à elle était bien différent. Matthew Davidson avait entre trente et trente-cinq ans. Il était grand, mince, avait les cheveux blonds ramenés vers l'arrière. Ses yeux bleus qu'il avait dissimulés sous de petites lunettes dorées, le temps de faire la lecture d'un texte à Éric, étaient vifs et marquaient l'intelligence et la perspicacité. Quant à sa femme, elle était grande, elle aussi, et sa chevelure noire jais contrastait avec celle du jeune homme. Somme toute, ils formaient un bien joli couple. À la fin de la soirée, quand Mélissa et son parrain les quittèrent, ils se promirent de se revoir et de souper ensemble sous peu. Julia semblait enchantée de la bonne entente qui régnait entre sa nouvelle voisine et elle-même. Elle avait peu d'amies et cela lui manquait parfois, surtout lorsque Matthew devait travailler tard le soir ou la fin de semaine et qu'elle se retrouvait seule avec leur fils.

Chapitre 5

Mélissa entendit la sonnerie de la porte d'entrée et se demanda qui pouvait bien lui rendre visite. En ce dimanche matin, elle n'attendait personne et se trouvait presque contrariée de se faire déranger alors qu'elle prenait tranquillement son café. La veille, Éric avait emménagé dans sa nouvelle maison. Il n'avait fallu que deux semaines pour la rendre habitable, les anciens propriétaires s'étant toujours fait un devoir de bien l'entretenir. Tout n'avait donc été qu'une question de peinture et de nettoyage. L'énorme camion de déménagement, arrivé tout droit de Toronto le samedi matin, avait été vidé de son contenu dans la journée. Fidèles à leur promesse, Mélissa et François s'étaient rendus chez leur oncle pour lui donner un coup de main. Ils avaient déballé des boîtes pendant toute la journée et toute la soirée, comme ils l'avaient fait pour la jeune fille puis, par la suite, pour François qui, lui, avait pris possession de son condominium huit jours plus tôt. Décidément, chez les Martin, c'était le temps des déménagements!

Mélissa se dirigea vers l'entrée en se disant que c'était peut-être son cousin ou sa voisine qui lui rendait visite à cette heure matinale. Julia et elle étaient en train de devenir amies et se voyaient régulièrement. Les deux jeunes femmes avaient beaucoup d'affinités et s'entendaient très bien. Quant à Matthew, il était rarement chez lui mais, quand c'était le cas, il n'y avait plus rien d'autre qui semblait exister pour son épouse. Elle passait alors son temps avec lui et, en compagnie de leur fils, ils s'adonnaient à des activités familiales de tous genres. Mélissa, pour sa part, occupait ses temps libres à faire de la lecture ou de l'exercice dans la salle aménagée à cette fin à l'intérieur de l'édifice. Elle cuisinait des petits plats et invitait son cousin ou ses amies de la clinique, louait des films à la vidéothèque et passait des soirées à les écouter, bien emmitouflée dans une douillette qui ne quittait jamais l'une des causeuses du salon. Si bien que, finalement, elle ne s'ennuyait jamais.

— Maxime! fit-elle avec stupéfaction, en ouvrant la porte.

— Bonjour, Mel, dit ce dernier en affichant un sourire charmant.

— Que veux-tu? demanda-t-elle froidement.

— Te parler, simplement.

— Je t'ai déjà dit que nous n'avons plus rien à nous dire!

— Je t'en prie, Mel. Laisse-moi entrer. Je te laisserai tranquille après.

— D'accord, dit-elle après un long moment d'hésitation. Mais je te préviens, j'ai autre chose à faire de ma journée!

Maxime pénétra dans l'appartement et jeta un regard appréciateur à l'endroit. Il suivit Mélissa jusqu'au salon et prit place sur l'une des causeuses en espérant qu'elle s'assoie près de lui. Elle choisit pourtant un fauteuil en face de lui pour éviter les rapprochements.

— Alors, commença-t-elle avec impatience. Que veux-tu tant me dire?

— Premièrement, je veux m'excuser.

— T'excuser? Tu crois vraiment que je peux t'excuser? demanda-t-elle avec colère.

— Écoute-moi, Mel. Si tu ne cesses de m'interrompre, je ne pourrai jamais te dire ce que je veux que tu entendes.

— Bon, ça va! Parle!

— J'ai paniqué, Mel, reprit-il d'un air attristé. J'ai vraiment paniqué. C'était deux jours avant le mariage. Je me sentais mal depuis un certain temps mais je ne comprenais pas pourquoi. La veille des noces j'ai compris. J'ai compris que ça me faisait terriblement peur de m'engager pour la vie. Je me suis dit que l'on aurait dû vivre ensemble pendant un certain temps avant de prendre une décision aussi grave. Mais je ne pouvais quand même pas te demander ça, rendu là. Par contre, je me disais que ce n'était pas plus sérieux de t'épouser parce qu'on en était à la dernière minute. Je ne savais plus quoi faire. J'ai parlé à mes parents. Ils étaient complètement déboussolés. Ma mère a pleuré et mon père m'a traité de tous les noms. Puis ils se sont calmés et ont convenu, avec moi, qu'il était plus sage de rompre avant le mariage. Si tu savais comme ça m'a pris du temps avant de me décider à te téléphoner! Je m'en voulais à mourir et, en même temps, je savais que je devais le faire. Je me suis finalement dit que si nous étions faits l'un pour l'autre, nous reviendrions ensemble un jour. Voilà toute l'histoire, Mel. Si tu as cru qu'il y avait une autre femme derrière tout cela, tu t'es trompée.

— Tu m'as dit qu'il n'y avait pas d'autre femme quand tu m'as téléphoné, la veille du mariage, et je t'ai cru. Mais je me suis creusé la tête pour comprendre ce que j'avais fait de mal.

— Tu n'as rien fait de mal, Mel, je t'assure. C'est moi qui suis responsable de tout. J'ai agi comme un lâche. J'ai eu peur et je n'ai pas su faire face à la situation. Je m'en veux, à présent. Si tu savais comme je m'en veux!

— Tu ne veux tout de même pas qu'on reprenne comme si rien ne s'était passé?

— Même si je le voulais, je sais que ce serait impossible, malheureusement. Mais j'aimerais que l'on recommence à se voir. À ton rythme, ajouta-t-il en la voyant froncer les sourcils. Si tu veux que l'on se voie juste de temps en temps pour commencer, je comprendrai.

— Tu comprendras? Oh! Comme tu es compréhensif et charitable! lança-t-elle d'une voix ironique. Mais pour qui me prends-tu? Tu crois que je pourrai te faire confiance à nouveau?

— Je l'espère. Je ferai tout pour cela. Je t'aime encore, Mel, crois-moi.

— Et moi, ça fait quatre mois que je m'efforce de t'oublier. J'étais parvenue à me refaire une vie agréable et voilà que tu te pointes ici et que tu veux reprendre.

— Tu m'aimes encore, alors?

— Je n'ai pas dit cela.

— Mélissa, commença-t-il en allant s'asseoir près d'elle. Donne-moi une seconde chance, je t'en prie.

— Je n'en ai pas envie, Max. Tu m'as fait trop de mal.

— Je sais et je m'en veux terriblement pour cela. Mais je vais me faire pardonner, je te le promets.

Mélissa détourna le regard. Elle ne savait plus quoi dire. La présence de Maxime lui faisait plus d'effet qu'elle ne l'aurait cru. Elle avait souhaité ce moment des centaines de fois mais le déroulement de la situation prenait diverses tournures dans son imagination. Parfois, elle rêvait de cette conversation qui se terminait par une réconciliation. D'autres fois, la fin en était tout autre alors qu'elle lui jetait au visage toute sa haine et sa rancune. Mais à présent qu'elle était confrontée à la réalité, elle ne savait plus comment réagir. Indubitablement, le jeune homme avait encore une emprise sur ses sentiments. Elle le regardait avec son air d'animal battu et éprouvait de la tendresse et de la pitié. Sa proximité éveillait également ses sens. Pourtant, au fond d'elle-même, quelque chose lui disait de ne pas renouer. Elle était méfiante et craintive à l'idée de souffrir à nouveau. Après tout, personne avant lui ne l'avait blessée à ce point. Il l'avait humiliée en plus de lui briser le cœur.

Maxime la regardait pendant qu'elle réfléchissait à tout cela. Du bout de ses doigts, il saisit doucement le menton de la jeune fille et l'obligea à tourner son visage et à porter à nouveau son regard sur lui. Il lut la grande tristesse qui se manifestait dans ses yeux et eut un coup au cœur. Lentement, il approcha son visage du sien et déposa ses lèvres sur celles de Mélissa. Elle ne broncha pas, déchirée à l'idée de ce baiser qu'elle souhaitait et redoutait à la fois. Maxime se montra doux. Il l'embrassa tout d'abord avec douceur puis avec plus d'ardeur. Mélissa passa bientôt ses bras autour de son cou et répondit à ses caresses.

— Arrête! dit-elle soudain. C'est trop tôt, Max. Je ne sais plus quoi penser, mes idées sont toutes mêlées dans ma tête. Pourquoi a-t-il fallu que tu reviennes? acheva-t-elle d'une voix brisée.

— Parce que je t'aime, Mel, répondit-il en l'embrassant de nouveau.

— Va-t'en, Max. Je t'en prie. J'ai besoin de réfléchir. Et je ne pourrai pas le faire si tu es là.

— D'accord. Je m'en vais, ma chérie. Mais je vais revenir, cette semaine. Tu veux bien?

— Je ne sais pas. Attends que je te téléphone, O.K.? Je ne sais vraiment plus où j'en suis.

— Ça va. Mais n'oublie pas que je t'aime, ajouta-t-il en approchant à nouveau ses lèvres des siennes.

Mélissa se laissa embrasser une fois de plus, incapable de lui résister. Était-ce son amour pour lui qui remontait à la surface ou s'agissait-il simplement d'un désir charnel? Elle était trop bouleversée pour répondre à cette question qui, pourtant, lui semblait de la première importance. Aussi, le repoussa-t-elle doucement en lui demandant à nouveau de s'en aller. Il s'exécuta, déçu qu'elle ne lui permette pas de rester plus longtemps, mais heureux qu'elle veuille bien envisager de lui donner une seconde chance.

Pendant de longues heures, après le départ de Maxime, Mélissa resta assise sur la causeuse, emmitouflée dans sa douillette et perdue dans ses pensées.

⚜

Danny quitta le bureau de direction de l'équipe de hockey de Toronto. Il se sentait attristé par l'échange auquel il venait d'être mêlé. La rumeur était maintenant confirmée. Braddley Cooper et Danny Martin quittaient leur équipe pour se retrouver avec celle de Montréal. Les dirigeants s'étaient montrés cordiaux envers le jeune hockeyeur, lui signifiant que son départ ne les réjouissait pas, mais qu'il leur fallait absolument compter sur les services d'un gardien de but de premier ordre, et que la seule façon d'y parvenir était de laisser partir un ailier et un défenseur de bon calibre. Danny était tiraillé par des sentiments contradictoires à l'idée de ce départ. Après tout, il y avait maintenant trois ans qu'il jouait pour Toronto et il s'entendait très bien avec ses coéquipiers. Ceux-ci lui manqueraient sans doute et il devrait s'habituer à d'autres joueurs, à d'autres personnalités, à d'autres façons de jouer. Cela ne l'enchantait pas du tout. Le seul côté positif qu'il trouvait à l'affaire était le fait que sa nouvelle équipe évoluait dans sa ville natale. Il pourrait ainsi visiter sa famille plus souvent. C'était autre chose cependant au niveau des relations amicales. Ayant quitté la résidence de ses parents à l'adolescence, il avait depuis longtemps perdu de vue la plupart de ses copains et devrait se faire un nouveau cercle d'amis.

Danny et Braddley devaient donc se présenter à Montréal trois jours plus tard. Danny avait décidé de retourner à la maison paternelle pendant un certain temps. Il n'avait ni le goût ni le temps de chercher un logement en pleine saison de hockey. Il n'avait pas abordé cette éventualité avec son père mais il était certain que ce dernier serait très heureux du retour de son fils parmi eux. Quant à Braddley, il avait l'intention de s'installer à l'hôtel pendant quelques semaines, le temps de trouver un endroit convenable où loger. Pour le défenseur natif de Toronto, le départ de sa ville natale se traduisait par un immense bouleversement intérieur. Bien sûr, lorsqu'il avait commencé à jouer dans la Ligue nationale, il s'était trouvé extrêmement chanceux de pouvoir le faire chez lui et il n'avait pas mis de côté l'idée de se retrouver ailleurs un jour. Mais ce jour arrivait trop vite, même si, dans la réalité, il se présentait sept années plus tard. Braddley avait plusieurs amis à Toronto en plus de sa famille. Des amis qui, pour certains, avaient les mêmes orientations sexuelles que lui. Ils lui manque-raient! De plus, Montréal ne l'avait jamais attiré. Il aurait préféré, tant qu'à se faire échanger, l'être pour une équipe des États-Unis où le climat plus chaud lui aurait fait l'effet d'un baume sur la plaie. Pourtant, il irait là où on voulait bien l'envoyer et il tenterait de s'y faire une vie intéressante puisqu'il n'avait pas d'autre choix.

Le lendemain soir, toute l'équipe se retrouva dans un restaurant, puis dans une discothèque du centre-ville pour souligner le départ de leurs coéquipiers. La soirée fut très agréable malgré la déception des joueurs qui perdaient, en Danny et Braddley, deux bons amis. Plu-sieurs blagues furent lancées à propos des nouveaux porteurs de chandail de l'équipe adverse, quelques-uns leur promettant de leur en faire voir de toutes les cou-leurs quand ils se retrouveraient sur la glace. À la disco-thèque, la présence de l'équipe élite souleva l'intérêt de toutes les personnes présentes et plusieurs joueurs quit-tèrent l'établissement aux petites heures, bien escortés. Danny ne se priva pas et rentra chez lui avec une brune plantureuse qui lui fit connaître des heures pour le moins mouvementées. Au cours de l'après-midi, Karen lui télé-phona pour lui souhaiter bonne chance avec sa nouvelle formation. Danny fut surpris d'entendre sa voix et hésita à lui parler. Pourtant, il ne put s'empêcher de répondre à ses questions et, au bout d'un moment, ils se sentirent tous deux plus détendus et disposés à tenir une conversation. Ils parlèrent longuement, se promettant de se téléphoner de temps à autre et de se revoir, en toute amitié, quand Danny viendrait jouer à Toronto.

Deux jours plus tard, les deux comparses arrivaient à Montréal. Danny, à bord de sa Porsche, et Braddley, traînant ses bagages et ceux de son ami dans son véhicule à quatre roues motrices qu'il stationna devant les bureaux de Martin & Fils. Il aida Danny à monter ses bagages au deuxième et repartit aussitôt en direction de l'hôtel où il habiterait pendant quelque temps. Danny dut attendre son père pendant un bon moment. Daniel, qui n'était pas au courant de l'heure d'arrivée de son fils, pas plus que de son intention de revenir vivre chez lui, ne se pressait pas de regagner le bureau après le dîner. Il se montra d'ailleurs surpris de voir la haute stature de l'athlète devant le bureau de sa secrétaire, à son arrivée. Ils se saluèrent chaleureusement et se déplacèrent vers le bureau du président.

— Alors, commença Daniel. Te revoilà chez toi!
— Oui. Et à ce propos, j'ai une demande à te faire.
— Ah oui? De quoi s'agit-il?
— Je voudrais revenir vivre à la maison.
— Tu es sérieux? demanda son père avec surprise.
— Oui. Y a-t-il un problème?
— Mais non, voyons! C'est la surprise! Je suis vraiment heureux de ta décision, Danny. Elle arrive à point, acheva-t-il d'une voix troublée.

Puis, à la stupéfaction de son fils, ses yeux se remplirent de larmes. Incapable de les retenir, il se mit soudain à pleurer comme un enfant, cherchant de sa vue brouillée un fauteuil pour se réfugier. Danny le saisit par les épaules avant qu'il n'ait le temps de s'asseoir.

— Voyons, papa, ce n'est tout de même pas mon retour qui te met dans un tel état, avança-t-il avec inquiétude. Quelque chose ne va pas?

Daniel n'arrivait pas à répondre. La terrible nouvelle qu'il avait apprise la veille le bouleversait. Cindy avait eu les résultats de ses tests et ils s'étaient avérés positifs quant à la présence d'une masse cancéreuse dans son sein droit. Elle avait pleuré pendant des heures et Daniel avait fait des efforts incroyables pour ne pas en faire autant et mettre plutôt son énergie à tenter de la rassurer. Ils n'avaient pas dormi de la nuit, se blottissant l'un contre l'autre, terrorisés à l'idée des semaines et des mois qui suivraient. Mais là, seul avec son fils qui, comme un cadeau du ciel, revenait vivre chez lui, Daniel ne pouvait plus se contenir. Danny le prit dans ses bras et son père s'y réfugia comme un enfant apeuré. Le jeune homme comprenait bien que quelque chose de grave troublait l'auteur de ses jours et il appréhendait le pire.

— Il fallait que ça sorte, commença Daniel en se calmant. Depuis des semaines, je suis stressé et, hier, j'ai eu le coup fatal. Cindy a le cancer du sein.
— Ce n'est pas vrai! lança son fils d'un air déboussolé. Pas Cindy! Oh! Mon Dieu! Papa, je comprends maintenant pourquoi tu es si bouleversé.
— C'est si difficile, Danny. Je l'aime tant! S'il fallait que je la perde...
— Qu'en disent les médecins?
— Ils sont optimistes quant à ses chances de s'en sortir. Mais, tu sais, quand on prononce le mot «cancer», on ne peut pas faire autrement que de penser au pire.

— Je sais, oui. Mais si les médecins sont optimistes, c'est bon signe. Elle va s'en sortir, papa.

— Je voudrais bien en être certain. Enfin! On ne peut rien faire pour le moment, sauf attendre le début des traitements. Ils vont lui faire des traitements de chimiothérapie pour essayer de faire disparaître la masse. Si ça ne marche pas, ce sera l'opération.

— Est-ce que tu préférerais que je ne revienne pas à la maison?

— Pourquoi? Je suis très heureux, au contraire, de voir qu'il y aura quelqu'un en pleine forme physique et mentale dans cette maison.

— Ça ne va pas pour les autres, non plus? questionna Danny d'une voix intriguée.

— Ta tante Amélie est partie, il y a près de trois semaines et je ne sais pas dans quel état elle va revenir. Elle fait une remise en question de sa vie avec Benoît. Quant à celui-ci, il est plutôt contrarié de ce départ et il est de mauvais poil. Ton cousin, Jonathan, continue de sortir et de boire et il est toujours aussi déplaisant; et Alexandra ne semble pas très en forme, elle non plus. Mon Dieu! Je ne devrais pas te dire tout ça; tu n'auras plus du tout le goût de revenir à la maison.

— Ce n'est pas très réjouissant, c'est vrai, mais je ne change pas d'idée. Vous avez tant fait pour moi, Cindy et toi, que je me sentirais vraiment ingrat de vous laisser tomber en ce moment. Pour ce qui est des autres, je ne les laisserai pas nous rendre la vie intenable. Il faudra bien qu'ils contrôlent leurs petits caractères!

— Tu sais, Danny, je ne te l'ai jamais dit, par pudeur probablement, mais je t'aime énormément. Une épreuve comme je suis en train de traverser me fait prendre conscience des vraies valeurs. On est bêtes de ne pas extérioriser nos sentiments plus souvent envers ceux que l'on aime. Je remercie ta mère, si elle m'entend, de t'avoir mis au monde.

— Je t'aime aussi, papa, déclara son fils d'une voix troublée. Allez! Viens! On sort d'ici, O.K.? On va aller retrouver Cindy et on va essayer de lui changer les idées.

— Ça va être difficile.

— On peut au moins essayer.

— D'accord. De toute façon, je n'ai pas le goût de rester ici. Je suis incapable de me concentrer sur quoi que ce soit.

❧

François attendait son cousin à la sortie du Centre Molson. Danny venait en effet de jouer sa première partie dans le chandail de sa nouvelle équipe. Il était l'auteur du but vainqueur et s'était valu d'élogieuses remarques de la part de son entraîneur et de ses coéquipiers. Ce soir, il avait joué pour son père et Cindy, qui faisaient partie de l'assistance. Cindy s'était fait prier quelque peu pour sortir de chez elle, mais elle avait finalement acquiescé à la demande de son mari. Ils avaient quitté le Centre Molson dès la fin de la partie, Cindy sentant le besoin de se reposer.

François attendait donc, seul, que son cousin vienne le rejoindre. Ils avaient l'intention de se rendre dans un bar, pas très loin, et de se raconter les événements qui avaient marqué leurs vies respectives au cours des dernières semaines. Mis à part le déménagement, la vie de François avait été plutôt tranquille. Il écrivait toute la journée et s'obligeait à faire autre chose de ses soirées. Il visitait Mélissa à l'occasion, allait au cinéma et retrouvait sa mère pour prendre un repas en sa compagnie, au moins une fois par semaine. Affectivement, tout était comme d'habitude, c'est-à-dire au beau fixe. François savait que Braddley Cooper les accompagnerait pour prendre un verre et cela l'embarrassait un peu. Non pas qu'il n'eût pas le goût de revoir le jeune homme, au contraire, il en avait justement trop envie et cela l'inquiétait. Il n'était pas tout à fait certain des tendances de Braddley en ce qui concernait la sexualité et cela le gênait de se retrouver devant lui. En fait, il avait peur de lui porter trop d'intérêt et de se faire remettre à sa place.

Les deux hockeyeurs arrivèrent bientôt, un grand sourire accroché aux lèvres. Quelques-uns de leurs coéquipiers les suivirent et tout le groupe se rendit au bar. Braddley s'arrangea pour être assis près de François. Ce dernier n'en fut que plus mal à l'aise. Il leur fallut une bonne demi-heure pour entreprendre une conversation. Et là, ils comprirent. Ils comprirent qu'ils partageaient les mêmes orientations et qu'ils se plaisaient mutuellement. Ils comprirent également qu'ils étaient tous deux discrets face à cela et qu'ils préféraient le demeurer. Cela ne les empêcha pas de se suivre à la salle de bains, pour échanger leurs numéros de téléphone. Il ne se passa toutefois rien de plus et ils quittèrent le bar deux heures plus tard, pour aller chacun de son côté. François souhaitait revoir Braddley le plus tôt possible. Il y avait longtemps qu'il n'avait pas ressenti le petit chatouillement intérieur qui l'habitait à présent. Il se sentait terriblement excité à l'idée de se retrouver seul avec celui qui l'attirait tant. Pourtant, il savait qu'il éprouverait une certaine gêne lorsque ce moment se présenterait. Il n'avait pas beaucoup d'expérience sexuelle à son actif; on aurait même pu dire très peu, et cela le troublait. La dernière fois qu'il s'était retrouvé dans une situation semblable, il n'y avait pas eu de suite. Son amant d'alors n'avait pas cherché à le revoir et cela avait eu sur François un effet négatif. Il avait en effet perdu confiance en ses moyens de séduction et avait tout fait pour ne plus connaître ce genre d'expérience. Si bien qu'au cours des deux dernières années, il était demeuré seul et chaste.

À deux heures du matin, après avoir absorbé un peu d'alcool, Danny ne se sentait pas en forme pour conduire jusqu'à Sainte-Adèle. Il accepta donc l'invitation de son cousin et se rendit chez lui pour dormir. Toutefois, rendus sur place, ils décidèrent de prendre une autre bière. Danny défit sa cravate et enleva sa chemise pour être plus à l'aise. Il s'installa paresseusement dans un fauteuil et but une grande gorgée.

— Alors, ça s'est bien passé avec ta nouvelle équipe? questionna son cousin en s'asseyant.

— Plutôt, oui. Je connaissais pas mal de gars en arrivant dans le vestiaire; c'était donc plus facile. J'ai retrouvé des coéquipiers du temps où je jouais aux États-Unis et d'autres avec qui j'avais fait mon Junior majeur. Brad s'est bien intégré, lui aussi. Du moins, il en a eu l'air. Mais tu le sais peut-être mieux que moi; vous avez parlé beaucoup ensemble après la partie.

Cette dernière remarque eut sur François l'effet d'une douche froide. Il regarda son cousin et chercha à deviner s'il se doutait de quelque chose. Était-il possible que Danny ait tout compris soudainement alors qu'il ne s'était jamais confié à lui ni à personne d'autre, d'ailleurs?

— Braddley, commença François d'une voix incertaine, il est gai, n'est-ce pas?

— Pourquoi me demandes-tu ça? questionna Danny avec surprise.

— Parce que tu dois bien le savoir. Tu es son ami, après tout.

— Ça ne veut pas dire que je sais tout de lui.

— Mais ça, tu dois bien le savoir, non?

— Et qu'est-ce que ça changerait s'il l'était?

— Rien pour moi. Mais pour toi?

— Ça m'est égal, Frank, ce que font les autres. C'est sa vie privée et je n'ai pas à le juger.

— Tu le penses réellement?

— Bien sûr! Brad est mon ami. On est ensemble depuis plus de trois ans. On partage la même chambre quand on joue à l'extérieur et on sait à peu près tout l'un de l'autre. Alors, je me fous qu'il soit gai ou non, tu comprends?

— Tu ne crains pas de passer pour son petit ami?

— Tout le monde sait que j'aime les femmes. Et personne ne sait si Brad les aime ou non.

— Moi, je le sais. Et toi aussi, j'en suis certain.

— Dis donc, tu m'intrigues, toi. Brad ne t'a certainement pas dit cela, ce soir. Ce n'est pas le genre à se confier à n'importe qui.

— Merci pour le «n'importe qui»!

— Tu sais ce que je veux dire.

— Je sais, oui. Danny, reprit-il avec hésitation au bout d'un moment.

— Quoi?

— Tu n'as vraiment rien contre les gars qui n'ont pas la même orientation sexuelle que toi?

— Rien, je t'assure, en autant qu'ils me laissent tranquille de ce côté-là. Mais dis donc, toi, es-tu gai aussi? ajouta-t-il sur un ton moqueur.

— Oui, répondit simplement son cousin.

Danny faillit s'étouffer avec la gorgée de bière qu'il était en train de prendre. Il déposa la bouteille et regarda François droit dans les yeux.

— Ce n'est pas vrai? Tu me fais marcher, hein?

— Non. C'est la pure vérité.

— Voyons donc! Je m'en serais aperçu avant. On a passé une partie de notre enfance ensemble et on n'a jamais cessé de se voir de façon régulière par la suite.

— J'ai toujours caché ma situation, Danny. Je ne

voulais pas que ça se sache. Je n'étais pas particulièrement fier de cela, tu vois.

— Je n'arrive pas à le croire! Toi, homosexuel!

— On dirait une maladie quand tu le prononces comme ça.

— Excuse-moi. Je ne voulais pas t'offenser. Mais, tu es comme ça depuis longtemps?

— Depuis toujours, je crois bien. En fait, je n'ai jamais été attiré par les filles. J'ai commencé à me poser de sérieuses questions à mon adolescence et puis j'en suis venu à la conclusion que je préférais les hommes. Ça n'a pas été facile, crois-moi, de faire cette constatation. Je me sentais anormal et j'avais terriblement peur de l'avenir. Je me sens encore comme ça, par moments, d'ailleurs. Mais j'ai envie d'être heureux et d'avoir une vie amoureuse stable, moi aussi. J'ai besoin de quelqu'un, tu comprends. Et si cette personne-là est du même sexe que moi, eh bien, tant pis! Je devrai me faire à cette idée et vivre ma vie.

— C'est incroyable! lança Danny qui n'en revenait pas encore. Toi! Mon Dieu comme j'ai été aveugle!

— Tu n'as pas été aveugle, Danny. Je l'ai bien caché, c'est tout.

— Mais dis-moi, Braddley, qu'est-ce qu'il vient faire dans tout cela?

— Je crois que l'on va se revoir.

— Ça alors! Tu m'assommes!

— Ça te choque?

— Ça me surprend, c'est sûr. Mais c'est votre affaire, après tout. Avez-vous l'intention d'avoir une liaison discrète ou de vous afficher ensemble?

— On n'a pas parlé de cela, mais je crois qu'on sera plutôt discrets.

— C'est ce que je pense aussi. Brad n'est pas du genre à chercher la publicité, surtout qu'il est bien placé pour en avoir. Mais toi, as-tu l'intention d'en parler à la famille?

— On n'en est pas encore rendus là. J'imagine la tête qu'ils feraient si je leur apprenais cela. Ma mère, surtout. Pauvre elle! Je crois que je lui briserais le cœur.

— Ce ne serait sûrement pas le plus bel aveu que tu pourrais lui faire, non. Je te conseille d'attendre encore un peu. Tu viens de lui donner un coup avec ton histoire de changement de cap, alors laisse-la s'en remettre avant de frapper à nouveau.

— Tu n'es pas très encourageant!

— Tu penses la même chose que moi. Je n'ai pas raison?

— Oui, tu as raison. Tu m'en veux?

— Pourquoi?

— Pour ce que je suis.

— Je n'ai pas à t'en vouloir pour ça. Tu m'en veux, toi, parce que je suis hétéro?

— Non, répondit son cousin en souriant. Tu sais bien que non! Je te remercie, Danny, de ta compréhension. J'en avais vraiment besoin. Je sais que ça ne sera pas aussi facile avec tout le monde.

— Ne t'en fais pas pour ça. Tu vas avoir l'occasion de reconnaître ceux qui tiennent à toi quand le moment viendra.

— Tu veux une autre bière? offrit François en remarquant la bouteille vide.

— Non, merci. Je vais me coucher. Je suis crevé!

— Moi, je ne m'endors pas du tout. Je vais écouter un peu de musique, je crois.

— Bonne nuit, Frank! lança son cousin en se levant. Et merci de m'avoir fait confiance, ajouta-t-il en se dirigeant vers la chambre.

François écouta de la musique pendant près d'une heure. Il se sentait heureux. Il avait craint la réaction de Danny mais il fallait qu'il soit le premier à savoir. Cela lui permettait d'imaginer la réaction des autres, quand ils sauraient. Si Danny s'était montré choqué ou contrarié, il aurait alors pu croire que personne ne le comprendrait. Après tout, son cousin n'était-il pas la personne qui était la plus proche de lui, à l'exception de sa mère! Quant à cette dernière, François se disait qu'elle apprendrait son secret bien assez tôt. En fait, il n'avait pas du tout envie de la blesser et il savait pertinemment qu'il ne pourrait en être autrement. Il alla donc se coucher en se disant que sa vie aurait été bien moins compliquée s'il avait été hétérosexuel. Mais il n'avait pas choisi!

⚜

Éric entendit la sonnerie du téléphone et tendit le bras pour saisir le combiné.

— Oui, répondit-il simplement.
— Éric? C'est moi, Amélie.
— Amélie? répéta-t-il avec surprise. Où es-tu?
— À Dorval. Je viens de descendre de l'avion. Es-tu occupé?
— Non. Tu as un problème?
— Non. Pas vraiment. Il faut que je te parle. On peut se voir?
— Tu veux que j'aille te chercher à l'aéroport? offrit-il en osant à peine croire que c'était bien elle qui lui parlait.
— J'aimerais bien, oui. Je ne veux pas rentrer chez moi, ce soir. Je préfère attendre demain. Tu es seul?
— Oui, répondit-il, de plus en plus intrigué.
— Je peux aller coucher chez toi?
— Tu es sérieuse? demanda-t-il, n'en croyant pas ses oreilles.
— Oui, Éric. Je suis très sérieuse. C'est toi que j'ai envie de voir, ce soir. À moins que ça te dérange.
— Me déranger? Tu veux rire! Je suis en train de

devenir cinglé tellement tu me manques. Attends-moi, Méli, j'arrive.

— Sois prudent. Éric? ajouta-t-elle après un moment de silence.

— Oui?

— Tu m'as manqué aussi.

Éric mit fin à la conversation et courut comme un écolier jusqu'à la penderie pour y prendre une veste. Il l'enfila, chaussa ses espadrilles et les laça en toute hâte, vérifia si ses clefs et son portefeuille étaient bien dans ses poches, et sortit. Il conduisit sa voiture jusqu'à l'aéroport, dépassant à plusieurs occasions les limites de vitesse permises. Amélie l'attendait près de l'une des portes d'entrée. Il la vit au bout d'un moment et se dirigea vers elle. Incapable de se retenir, il la serra contre lui et lui donna un rapide baiser sur la bouche. Il fit ensuite le chemin contraire, ramenant celle qu'il aimait à sa demeure. Amélie apprécia l'endroit et s'y sentit à l'aise. Éric lui prit la main et l'entraîna jusqu'au salon. Elle remarqua la braise dans le foyer et lui demanda d'ajouter une bûche. Puis, elle s'installa par terre, devant l'âtre, cela lui rappelant une autre fois où elle avait été si heureuse. Éric ouvrit une bouteille de vin rouge, en versa dans deux coupes et lui en présenta une avant de s'asseoir près d'elle. Là, il la regarda longuement, amoureusement, avant de pencher son visage vers le sien. Leurs yeux ne se quittaient plus et ils se souriaient entre chaque baiser. C'était de petits baisers, doux et gourmands à la fois.

— Je t'aime, déclara Éric après l'avoir embrassée une fois de plus.

— Moi aussi, je t'aime, répondit-elle en l'embrassant à son tour.

— Je n'arrive pas à croire à ce qui m'arrive.

— J'avais peur que tu ne veuilles pas me voir.

— Vraiment? Alors, tu ne me connais pas encore très bien. Où étais-tu?

— En Grèce. J'avais besoin de me sentir dépaysée et loin de tous les gens que je connais. C'est beau, la Grèce. Tu y es déjà allé?

— Non, jamais. Mais on pourra y retourner ensemble.

— Ce serait merveilleux, oui. J'ai pensé souvent à toi là-bas. J'aurais aimé que tu sois près de moi, mais je savais que j'avais besoin de cet éloignement.

— Tu as pris des décisions?

— Oui, de graves décisions. Je vais quitter Benoît pour de bon et aussitôt que possible. J'en ai assez. Je vais prendre un appartement et refaire ma vie.

— Tu ne veux pas venir vivre ici, avec moi?

— Pas tout de suite, Éric. Pas encore. Il faut que j'avoue bien des choses aux enfants, avant cela. Ça les choquerait de nous voir ensemble sans y être préparés.

— C'est vrai, oui. Mais il ne faudra pas attendre des mois pour le faire.

— Je n'en ai pas l'intention. Et je veux qu'une chose soit très claire. Je ne quitte pas Benoît à cause de toi, même si je t'aime. Je l'aurais quitté de toute façon, alors ne te sens pas coupable. C'est une affaire entre lui et moi.

— Je me sens tout de même un peu coupable, mais je suis capable d'assumer. Je t'aime suffisamment et depuis assez longtemps pour faire face à la situation.

— J'ai beaucoup réfléchi, Éric. Je sais exactement où je vais, à présent. J'ai fait un retour sur moi-même et sur ce qu'a été ma vie, et j'en ai tiré des conclusions. Je me sens bien dans ma peau, même si j'ai un peu peur de l'avenir. En fait, c'est surtout la réaction des enfants que j'appréhende.

— Ils t'aiment beaucoup, Méli. Ils comprendront tôt ou tard.

155

— J'espère que ce sera plus tôt que tard.

— Moi aussi. C'est surtout Mélissa que je crains de perdre un moment. Elle va m'en vouloir, c'est certain.

— Es-tu prêt à prendre le risque?

— Je suis prêt à tout, mon amour. Nous avons assez perdu de temps, ajouta-t-il en lui donnant un baiser plein de tendresse. Méli? reprit-il en se détachant d'elle.

— Quoi?

— Est-ce qu'Alexandra est ma fille?

Amélie le regarda avec surprise. Comment avait-il pu deviner? Il était dans son intention de lui avouer tout ce qui concernait leur fille, mais elle n'avait pas envisagé qu'il puisse en parler le premier.

— Oui, répondit-elle simplement. Comment l'as-tu appris?

— Je me suis posé la question quand j'ai su que tu étais enceinte, mais tu ne voulais plus que j'aie de contact avec toi, alors j'ai respecté ta demande. Ça n'a pas été facile de vivre avec ce doute, mais je l'ai fait par respect pour toi. Je me suis dit que si tu voulais que je sache la vérité, tu me l'apprendrais toi-même. Je ne pensais pas que ça prendrait quinze ans!

— On peut dire que tu es patient!

— Justement pas, non! Mais avec toi, on dirait que je perds tous mes moyens. J'espérais si fort qu'un jour tu viennes à moi! Raconte-moi, pour Alex, à présent que je sais.

Amélie prit une gorgée de vin, déposa sa coupe et se rapprocha d'Éric. Elle savait que ce qu'elle lui dirait le choquerait par moments et elle voulait sentir à nouveau son corps alors qu'il était détendu. Elle caressa sa joue, puis sa main frôla le cou avant de descendre vers le torse. Lentement, elle défit les boutons de sa chemise et parcourut sa poitrine du bout de ses doigts. Elle sentait battre le cœur de l'homme et le sien augmentait en même temps son rythme. Il enleva sa chemise et cabra légèrement le haut de son corps, sentant qu'il perdait rapidement le contrôle. Amélie défit la ceinture et baissa la fermeture éclair de son pantalon avant d'y enfouir sa main. Elle le caressa encore un moment avant qu'il ne l'embrasse avec passion. Il fit ensuite passer le chandail qu'elle portait par-dessus sa tête et l'embrassa à nouveau. Le cœur d'Amélie battait à tout rompre sous le petit soutien-gorge de dentelle blanche qu'elle portait. Il passa ses doigts sur le galbe de son buste avant de les enfouir à l'intérieur du vêtement. Amélie arqua sa tête dans un frisson de désir. Éric déposa de petits baisers sur son cou et laissa ses lèvres parcourir la gorge. Quand sa bouche fut à la hauteur du buste, il mordilla légèrement le vêtement avant de remonter au cou.

— Raconte-moi, demanda-t-il en reprenant son souffle. Raconte-moi avant que je perde le contrôle.

Amélie prit une grande inspiration et lui fit part de ce qu'elle avait vécu quinze ans auparavant. Tout d'abord, quand elle s'était rendu compte qu'elle était enceinte, elle s'était sentie désespérée. Elle avait envisagé la possibilité de se faire avorter mais en avait été incapable. Elle ne voulait pas détruire cet enfant qui lui venait d'Éric. Elle avait hâte de voir s'il lui ressemblerait et, en même temps, elle était affolée à l'idée que cela puisse arriver. Il lui fallut presque trois mois avant d'informer Benoît de son état. Elle avait attendu qu'ils soient seuls à la maison car elle ne voulait pas qu'il lui crie des injures et que toute la maisonnée l'entende. Elle avait bien fait. Quand il avait su, il l'avait traitée de tous les noms. Il criait comme un déchaîné et, à un moment, il avait même failli la frapper. Il savait qu'il n'était pas le père. C'était impossible puisqu'il n'avait pas touché sa femme depuis des mois. Il n'avait pas deviné tout de suite que l'enfant était de son frère, mais il en était quand même venu à cette déduction. Et Amélie n'avait pas cherché à lui faire croire le contraire. Il valait mieux, ce soir-là, qu'Éric se trouve loin de Benoît. Il était dans une telle colère qu'il ne l'aurait sûrement pas ménagé. Puis, après avoir encore une fois crié à son épouse toutes les injures qui lui venaient à l'esprit, il avait quitté la maison pour ne revenir que le lendemain. Amélie n'avait pas fermé l'œil de la nuit tant elle appréhendait sa réaction. Elle s'était retenue cent fois pour ne pas téléphoner à son amant. Elle avait tellement besoin de lui. Elle avait peur que Benoît l'oblige à partir et à lui laisser les enfants. Quand il était finalement revenu, Benoît s'était présenté dans la chambre d'Amélie et l'avait regardée avec une froideur inquiétante. Et là, il lui avait proposé un marché. Il lui avait demandé de rester avec lui et les enfants et de faire croire aux autres que le bébé à naître était le sien. Il lui avait fait jurer de ne jamais dire la vérité ni à Éric ni à personne d'autre. Mais surtout à Éric. C'était sa façon de se venger et de prendre quelque chose qui appartenait à son frère, comme ce dernier l'avait fait pour lui. Si elle n'acceptait pas son marché, il la menaçait de traîner l'affaire en justice et de lui retirer la garde des enfants. Il avait les moyens financiers de se battre en justice bien plus longtemps qu'elle et de choisir de bien meilleurs avocats. Amélie avait encore pensé à Éric, à ce moment, mais s'était vite ravisée. Elle savait que, financièrement, il pouvait faire face à son mari, mais ne voulait pas d'un débat judiciaire qui jetterait le scandale sur toute la famille et qui les déchirerait tous à la fin. Benoît tirait donc la bonne ficelle, celle des sentiments de la jeune femme envers ses enfants. Il savait que jamais elle ne les abandonnerait, et ce, peu importent les sacrifices que cela lui coûterait. Quant à lui, il ne perdrait pas la face et passerait, aux yeux des autres, pour le père du bébé. En même temps, il priverait Éric de connaître son enfant et Amélie devrait vivre avec son secret et ne plus chercher à le revoir. Elle trouvait le marché diabolique. Pourtant, elle l'avait accepté. Elle ne savait pas quoi faire d'autre. Elle ne pouvait espérer vivre à la fois avec Éric et avec ses enfants, alors il lui fallait faire un choix. Si elle se tournait vers son amant, elle savait que cela causerait tellement de déchirements qu'elle en arrivait à se demander si, à la fin, ils s'aimeraient toujours. Pendant des mois, elle avait détesté Benoît pour lui avoir fait cela, puis elle en était arrivée à la conclusion que tant qu'à vivre avec lui, il valait mieux essayer de rendre l'atmosphère agréable. Quelque part, au fond d'elle-même, elle conservait encore un peu d'espoir quant à leur couple. Elle se disait qu'elle l'avait beaucoup aimé et que cet amour avait été réciproque, alors il était peut-être possible pour eux de se retrouver. Elle arrivait à comprendre les sentiments de Benoît face à ce qu'elle lui avait fait et s'en culpabilisait. Et ils s'étaient finalement rapprochés, encore une fois. C'était venu, comme ça, au fil du temps. Ils n'étaient plus amoureux comme ils l'avaient déjà été, mais leur relation était bonne. Amélie vivait cependant dans le doute. Elle ne savait pas si Benoît s'était rapproché d'elle pour donner un meilleur climat à leur vie familiale ou s'il ressentait vraiment quelque chose à son égard. Puis, il y avait eu le décès de David et Éric était revenu. Benoît avait été formel dans son avertissement. Elle devait éviter son beau-frère le plus possible. Ce fut infernal. Amélie avait peur que son mari la voie quand elle osait jeter un regard en direction d'Éric. Si bien qu'elle fut soulagée qu'il reparte. Soulagée et attristée. Elle réalisait qu'il ne lui était pas indifférent comme elle avait essayé de s'en convaincre et cela la bouleversait. Il fallut encore dix années avant qu'elle revoie son beau-frère. Puis, elle était partie, à son tour. Pendant le voyage, elle avait remis en question toute sa vie et avait décidé de ne plus essayer d'étouffer ses sentiments. Elle ne pouvait plus faire semblant. Les enfants étaient tous parfaitement autonomes, à présent, sauf Alexandra qu'elle pourrait emmener avec elle et qui un jour lui pardonnerait. Cela lui faisait peur, terriblement peur à vrai dire, mais elle voulait penser un peu à elle, à présent.

— Pauvre chérie! dit Éric en la serrant contre lui, alors qu'elle venait de se taire. Je le déteste!

— Tu ne dois pas, Éric. Tu lui as fait beaucoup de mal, toi aussi.

— Tu le défends?

— Non. Mais j'ai suffisamment analysé la situation pour comprendre ce que vous avez perdu, tous les deux. Tu n'aurais sans doute pas fait mieux que lui, tu sais. Tu n'aurais pas laissé ton frère te prendre ta femme sans réagir.

— Mais il était si peu attentionné envers toi, dit-il en tentant de se défendre.

— Ce n'est pas une raison. C'était mon problème, ça, pas le tien. D'une certaine façon, tu as profité de la situation. Ne sois pas fâché, ajouta-t-elle en remarquant son regard contrarié. Je me sens objective, à présent. J'étais vulnérable mais j'étais également attirée par toi, et toi, tu étais amoureux. Benoît n'a rien à voir avec les sentiments que l'on partageait, toi et moi. J'aurais pu être malheureuse en ménage et toi, tu aurais été simplement un beau-frère compatissant. Ce n'est pas la faute de Benoît si l'on est tombés amoureux l'un de l'autre. On était des adultes en pleine possession de leurs facultés mentales et nous seuls avons décidé de laisser aller nos sentiments.

— Tu es vraiment plus objective que moi, Méli, dit-il en la serrant contre lui à nouveau. Moi, tu vois, je lui en veux comme ce n'est pas possible. J'ai l'impression qu'il m'a volé ma fille.

— Et lui, il a l'impression que tu lui as volé sa femme.

— Sans doute, oui. Je ne sais plus quoi penser.

— Alors laisse reposer un peu ton esprit et occupe-toi du reste, proposa-t-elle en lui lançant un regard qui ne dissimulait rien de son désir de retrouver son corps.

Éric se pencha sur elle et l'embrassa tendrement. Puis, lentement, comme s'ils avaient maintenant tout leur temps, il entreprit de lui faire l'amour. Leurs ébats étaient doux, sans aucune trace d'impatience ou de désir trop longtemps contenu. Ils savouraient chaque moment, chaque caresse, chaque baiser. Leurs mains se joignaient puis se quittaient pour s'aventurer vers d'autres caresses. Ils se regardaient et voyaient tout l'amour qui illuminait leurs yeux. Ils ne pensaient plus qu'à eux, comme si, soudain, le reste ne comptait plus. Ils restèrent longtemps enlacés, après, se disant quelques mots à l'occasion, sans plus. Puis, ils reprirent leur conversation et tentèrent d'imaginer l'avenir qui les attendait. Amélie retournerait chez elle le lendemain et ferait part de sa décision à son mari. Elle ne lui parlerait pas tout de suite d'Éric. Pas encore. Mais il faudrait qu'elle en arrive là un jour puisqu'elle avait l'intention de vivre avec lui éventuellement. Quant à Éric, il ne lui parla pas de la maladie de Cindy afin de ne pas gâcher ces heureux moments. Il savait qu'Amélie aimait beaucoup sa belle-sœur et qu'elle en serait désolée. Aussi, fallait-il qu'elle l'apprenne en rentrant chez elle, sinon, on aurait pu deviner qu'elle avait fait une petite escale quelque part avant de revenir. Dans les circonstances, Amélie n'aurait certes pas pu faire semblant d'apprendre la terrible nouvelle si elle l'avait connue auparavant.

Le lendemain, peu après dîner, Amélie reprit donc le chemin de la résidence familiale...

∽❧∾

Alexandra commençait à trouver que sa mère prenait du temps à revenir de ce voyage qui n'arrivait vraiment pas à un moment opportun. À peine au début de son troisième mois de grossesse, elle commençait déjà à sentir une petite rondeur sur son ventre. Rien d'apparent pour les autres, mais elle connaissait suffisamment son corps pour remarquer les changements qui s'y opéraient. Yannick n'avait pas su la convaincre de se faire avorter et il était, comme elle, fou d'inquiétude à l'idée de ce qui les attendait. Il n'avait pas encore trouvé le courage de se confier à ses parents et les regardait à peine, de peur qu'ils ne s'aperçoivent de l'anxiété qui le rongeait. Et il n'y avait pas que ses parents qu'il craignait. Il appréhendait son avenir et ne se sentait pas prêt à faire face à ses responsabilités de père. Il ne désirait pas cet enfant et en voulait à Alexandra de s'entêter à le garder. Elle allait gâcher leur vie, à tous les deux, et ne semblait pas en être consciente. Au fil des jours, Yannick avait développé une rancune envers celle qu'il avait pourtant aimée sincèrement. À présent, il se sentait piégé et impuissant devant la situation dans laquelle il se retrouvait. L'avortement était devenu pour lui une preuve d'amour que la jeune fille lui refusait. Elle lui aurait ainsi rendu sa liberté et ses espoirs d'avenir. Mais elle ne voulait rien entendre. Yannick lui servait une foule d'arguments pour la faire changer d'idée et elle semblait à peine l'écouter. Si bien qu'après tous ces efforts infructueux, il se posait maintenant la question à savoir s'il aimait toujours la jeune fille. Elle l'attirait, sans aucun doute, mais était-ce vraiment de l'amour? Pouvait-il envisager de passer le reste de sa vie avec elle? Il était bouleversé juste à y penser.

Alexandra était donc installée au salon et regardait une émission de télévision quand sa mère arriva. Amélie rayonnait. Une nouvelle force intérieure s'était installée en elle et lui donnait l'énergie pour affronter à peu près n'importe quoi. Son regard était serein et le sourire qu'elle affichait pouvait laisser croire en une métamorphose complète. Alexandra remarqua ce changement et pensa que le voyage lui avait été bénéfique. Toutefois, elle ne s'y attarda pas, trop préoccupée à l'idée de ce qu'elle avait à lui dévoiler.

— Maman! fit-elle en accourant vers elle. Je croyais que tu ne reviendrais plus, finalement.

— J'ai été partie seulement trois semaines!

— Et deux jours, précisa Alexandra. Trois semaines et deux jours. Ça m'a paru une éternité.

— Eh bien! Mon absence t'a fait du bien, à ce que je vois.

— Pas vraiment, non. Tu m'as terriblement manqué!

— Je devrais partir plus souvent, dit Amélie en ricanant. Ça te fait réaliser que tu m'aimes un peu.

— Tu sais bien que je t'aime, maman. Je suis impatiente, parfois, mais ça ne veut pas dire que je ne t'aime pas.

— Je sais, ma chérie. Mais dis-moi, es-tu toute seule ici?

— Non. Papa et oncle Daniel sont en train de faire une partie de billard et je crois que tante Cindy et Danny sont avec eux.

— Danny? Que fait-il ici?

— C'est vrai, tu ne sais pas. Danny a changé d'équipe. Il joue pour Montréal, maintenant, et il est revenu vivre ici.

— C'est vrai? Daniel et Cindy doivent être fous de joie.

— Pour ça, oui, mais pas pour le reste...

— Le reste? appréhenda sa mère. Que veux-tu dire?

— Tante Cindy ne va pas bien.

— Elle est malade?

— Oui. Mais je préférerais qu'elle t'en parle elle-même. Je ne sais pas trop comment te dire ça.

— Mais voyons! Tu m'inquiètes, ma chérie. C'est sérieux à ce point?

— Va la voir, maman. Elle était avec les autres, au billard, tout à l'heure.

Sans plus attendre, Amélie traversa le salon, puis le corridor qui menait à la bibliothèque et à la salle de jeu. Comme l'avait dit sa fille, Benoît et Daniel terminaient une partie pendant que Danny et Cindy discutaient ensemble. Quand cette dernière vit sa belle-sœur, elle se précipita vers elle et la salua en l'embrassant. Puis, réalisant que sa confidente était enfin revenue et qu'elle trouverait en elle un appui supplémentaire, elle laissa libre cours à ses larmes. Amélie demeura stupéfaite un moment avant de la serrer contre elle. Cindy reprit bientôt le contrôle d'elle-même et regarda sa belle-sœur de ses yeux tristes.

— J'ai une mauvaise nouvelle, commença-t-elle de sa voix brisée.
— Je m'en doute, oui, dit Amélie avec compassion.
— J'ai le cancer du sein.
— Oh non! Ce n'est pas vrai! reprit sa belle-sœur avec consternation.
— Si tu savais comme j'ai peur!
— Je peux comprendre ça. Mais ça va bien aller, Cindy. Le cancer du sein, ce n'est plus comme avant. Les femmes s'en tirent bien, à présent, acheva-t-elle en voyant passer une inconnue dans le corridor.
— C'est la femme de ménage, l'informa Cindy qui avait suivi son regard. On a aussi une cuisinière depuis cette semaine. Daniel ne voulait pas que je me fatigue, tu comprends.
— Daniel! fit Amélie en se souvenant de la présence des trois hommes dans la pièce.

Son arrivée avait causé tant d'émoi à sa belle-sœur qu'elle en avait oublié les autres, à commencer par

Benoît. Elle leur sourit avant que son beau-frère ne s'avance vers elle. Il l'embrassa et lui souhaita la bienvenue. Danny fit de même avant que Benoît ne se dirige vers elle à son tour. Il semblait de bonne humeur. Il lui rendit son sourire et lui donna un baiser sur la bouche avant de lui déclarer qu'elle lui avait manqué. Amélie eut un choc. Elle avait imaginé que son mari la recevrait avec des reproches sur sa longue absence. Cela ne ferait qu'empirer sa tâche, pensa-t-elle en se tournant à nouveau vers sa belle-sœur.

— Je suis tellement contente que tu sois revenue, reprit aussitôt Cindy. Ta présence ici va m'être bénéfique, je le sens.

Amélie ne releva pas ce dernier commentaire qui lui allait droit au cœur. Comment pourrait-elle, à présent, songer à quitter cette demeure alors que Cindy réclamait sa présence. Pendant toutes ces années, elle l'avait soutenue quand cela n'allait pas bien entre Benoît et elle. Le seul secret que Cindy ne connaissait pas de sa belle-sœur était l'origine d'Alexandra. Mais pour le reste, elle lui racontait à peu près tout. Et Cindy l'écoutait toujours et la réconfortait, lui donnant parfois des conseils qui s'avéraient sages et remplis de logique. Comment pouvait-elle ne pas lui rendre la pareille alors que c'était à son tour d'avoir besoin d'elle? Amélie prétexta d'aller défaire ses bagages pour tenter de reprendre ses esprits. Elle se trouvait sous la douche quand elle entendit du bruit dans la salle de bains. Elle fut estomaquée de voir la porte s'ouvrir et son mari la rejoindre sous le jet d'eau. Benoît la regardait en souriant et ne cherchait pas à dissimuler le désir qu'il éprouvait. Amélie se sentait prise au piège. Elle n'avait aucune envie de répondre à ses caresses mais savait qu'elle déclencherait une nouvelle querelle si elle se refusait à lui. Aussi, le laissa-t-elle faire sans broncher. Cette étreinte la répugnait. Étrangement, elle pensait à Éric pendant que Benoît s'emparait de son corps, et elle en retirait une impression de trahison. Elle se sentait coupable mais ne savait plus envers qui, au juste. Benoît n'était pas dupe de la froideur de son épouse. Si bien qu'au bout d'un moment, il s'immobilisa et lui demanda si elle était partie seule en voyage. Elle lui répondit par l'affirmative et se montra un peu plus intéressée par la suite. Quand il fut satisfait, il sortit de la douche et se sécha. Amélie resta un moment sous le jet d'eau, complètement bouleversée. Décidément, même si elle avait très bien su redéfinir son passé, elle se retrouvait à nouveau devant un avenir rempli d'interrogations!

— Tu sembles en forme, lui dit Benoît alors qu'elle s'épongeait avec une serviette.

— Ce voyage m'a fait du bien, en effet, répondit-elle, sans plus.

— Je sors, ce soir, reprit-il en se rhabillant. Je n'avais pas prévu ton retour et je m'étais engagé ailleurs.

— Ce n'est pas grave, le rassura aussitôt Amélie. Je vais me coucher tôt.

— Tu veux que je vienne te retrouver, à mon retour, proposa-t-il en s'approchant d'elle, de nouveau.

— Je vais sûrement dormir, répondit-elle en craignant de le contrarier.

— J'ai compris, termina-t-il simplement avant de quitter la chambre.

Amélie se jeta sur son lit et se mit à pleurer comme une enfant. Toutes les décisions qu'elle avait prises au cours de son voyage semblaient maintenant inutiles et impossibles à réaliser.

Alexandra frappa à la porte de la chambre de sa mère. Celle-ci s'était finalement endormie après la douche et sa fille venait maintenant lui annoncer que le souper était prêt. Amélie ouvrit les yeux et se rendit compte qu'elle était toujours enveloppée dans le drap de bain. Elle s'assit sur le bord du lit et Alexandra vint l'y rejoindre.

— Ça va? demanda-t-elle à l'adresse de sa fille.

— Pas vraiment, non, répondit cette dernière en se blottissant dans les bras de sa mère.

Puis, comme l'avait fait Cindy quelques heures auparavant, Alexandra se mit à pleurer à chaudes larmes. Amélie était une fois de plus troublée. Elle caressa les cheveux de sa fille en espérant la calmer. En même temps, elle tentait d'imaginer ce qui pouvait lui causer une telle détresse. Elle finit par tirer la conclusion que Yannick l'avait laissée tomber et attendit que la jeune fille lui fasse part des motifs de sa tristesse.

— Ça va mieux? demanda-t-elle quand Alexandra fut calmée.

— Un peu, oui. Mais tu vas être terriblement fâchée, maman.

— Pourquoi, ma chérie? Qu'as-tu fait? Tu as eu des mauvais résultats scolaires?

— Si c'était ça, je ne pleurerais pas autant.

— Alors qu'y a-t-il?

— Je suis enceinte, maman.

— Quoi? fit Amélie avec stupeur. Tu es quoi?

— Enceinte, répéta sa fille.

— Mais ça n'a pas de bon sens! Tu as seulement quinze ans! Te rends-tu compte?

— C'est sûr que je me rends compte, répondit-elle pendant qu'une larme roulait sur sa joue.

— Depuis combien de temps? se renseigna Amélie.

— Je commence le troisième mois. Et je ne veux pas me faire avorter, si c'est à cela que tu penses.

— C'est de la folie! Que vas-tu faire de cet enfant? Tu n'as même pas terminé ton secondaire. Qui s'en occupera?

— Je ne sais pas. Je pensais que toi et papa, vous pourriez me donner un coup de main.

— Que veux-tu que l'on fasse? Que j'arrête de travailler et que je m'occupe du bébé? demanda Amélie d'une voix contrariée.

— Non, mais vous avez suffisamment d'argent pour payer quelqu'un pour s'en occuper pendant que j'irai à l'école.

— Quelle affaire! Tu as perdu la tête, Alex. Tu vas te faire avorter, tu m'entends?

— Jamais! Je ne sais pas comment tu fais pour me demander cela. Tu l'aurais fait, toi? Tu aurais tué l'un de nous quatre?

Amélie eut un nouveau choc en se faisant poser cette question. Elle réalisait, en effet, qu'elle s'était posé la même question alors qu'elle était enceinte d'Alexandra. Et jamais elle n'aurait pu lui enlever la vie. Jamais! Pourtant, même si elle était plus âgée que sa fille à l'époque, sa situation n'était pas tellement plus reluisante. Aussi, se mit-elle à pleurer à son tour, complètement bouleversée par toute cette journée. Il avait d'abord fallu qu'elle se sépare d'Éric, le matin même. Et bien qu'elle sût qu'elle le reverrait sous peu, elle aurait préféré ne pas avoir à le quitter. Elle avait ensuite appris la maladie de Cindy et cela lui avait causé un second émoi. Puis, il y avait eu cette aventure non moins perturbante avec Benoît, sous la douche. Et voilà que sa fille lui apprenait qu'elle allait devenir mère à l'âge de quinze ans.

— Que pense Yannick de tout cela? demanda-t-elle en se forçant à reprendre son contrôle.

— Il ne veut pas que je garde le bébé.

— Et son opinion n'a pas d'importance pour toi?

— Oui, mais je ne peux pas faire cela, maman. Je veux le garder, ce bébé. Tu ne peux pas comprendre cela?

— J'avoue que c'est difficile. Tu es si jeune! Et tu me dis que Yannick n'est pas d'accord avec toi. Il pourrait te laisser, tu sais. Tu pourrais rester seule avec ton enfant. Tu as pensé à cela?

— Non seulement j'y ai pensé, maman, mais je suis presque certaine que c'est ce qui va arriver. Yannick n'est plus le même avec moi. Je vois bien qu'il m'en veut et qu'il se détache. Mais je ne peux tout de même pas passer à côté de mes valeurs profondes juste pour lui faire plaisir. Personne ne mérite ça, maman!

Amélie fut surprise de la sagesse de sa fille. Elle lui semblait capable d'une logique peu commune à son âge. Elle-même avait pris de longues années à aussi bien se connaître et analyser les situations délicates. Alexandra, elle, paraissait sûre de ses convictions et prenait ses décisions en conséquence. Amélie se dit qu'elle tenait certainement ce trait de personnalité de son père et cette pensée la fit souffrir. Non pas qu'elle fût malheureuse à l'idée que la fille d'Éric pût lui ressembler, mais elle réalisait soudain qu'il serait grand-père alors qu'il venait à peine d'apprendre qu'il était père.

— Tu n'es pas d'accord avec moi? questionna Alexandra devant le silence de sa mère.

— Oui, ma chérie. Je suis d'accord avec toi. Si Yannick ne t'aime pas vraiment, il vaut mieux le laisser partir. Mais ça ne me rassure pas davantage, tu sais. J'ai peur que tu sois en train de briser ton avenir.

— Je ne serai pas la première à qui ça arrive, maman. Et si tu m'aides, je ne briserai rien. Je continuerai mes études et, un jour, je serai complètement autonome et je pourrai subvenir aux besoins de mon enfant.

— Et quand ça va commencer à paraître... ça ne te gênera pas d'aller à l'école?

— Peut-être un peu, oui. Je sais que je vais me faire regarder comme un extraterrestre. Mais tant pis! Ça me donnera l'occasion de connaître mes vrais amis.

— Décidément, il n'y a rien pour te faire changer d'idée.

— Non, maman. Yannick a bien dû tout essayer pour cela. Mais comme tu vois...

— Il va falloir le dire à ton père. Mon Dieu! J'ai bien peur qu'il ne le prenne pas très bien.

— Tu vas lui dire toi-même ou tu préfères que je le fasse?

— Je vais m'arranger avec cela. Et pour les autres aussi. Je n'attendrai pas qu'ils s'en aperçoivent eux-mêmes pour leur confirmer le tout. Ce ne serait pas correct.

— Sarah-Ève va pouvoir me donner des conseils.

— Sarah va passer ses derniers examens de médecine, cette année, alors elle n'aura pas beaucoup de temps à te consacrer. Et puis, pour les fois qu'on a la chance de la voir!

— On dirait que ça te contrarie.

— Non. Je disais ça sans méchanceté. Ta sœur est partie d'ici depuis longtemps et elle mène très bien sa vie. Je ne peux pas lui en vouloir de se prendre en main.

— Maman, est-ce que tu vas l'aimer, mon bébé?

— Tu penses vraiment que je pourrais ne pas l'aimer? Tu sais bien que je vais l'adorer, au contraire. Je ne pensais pas, cependant, que tu serais la première à faire de moi une grand-mère.

— Je ne le pensais pas, moi non plus. Je meurs de

faim! lança-t-elle au bout d'un moment. Tu viens manger? Les autres nous attendent...

— Je n'ai pas tellement faim, à vrai dire.

— Viens quand même. L'appétit vient en mangeant!

⤜⤛

Le lendemain matin, Amélie se chargea d'apprendre la nouvelle à son mari. Elle l'avait attendu jusque tard dans la soirée et s'était finalement décidée à aller se coucher sans lui parler. Benoît se montra tout d'abord choqué. Il ne comprenait pas qu'Alexandra ait pu se montrer assez stupide pour se retrouver dans une telle situation alors qu'il y avait tant de moyens pour faire autrement. Il était également en colère qu'elle n'ait pas su garder sa virginité plus longtemps. Puis, il passa à de nouvelles émotions et s'en prit alors à Amélie. Il lui reprocha de ne pas avoir mieux encadré sa fille et de ne pas avoir su la protéger. Puis, comme si cela n'était pas suffisant, il lui lança de façon sarcastique le fait qu'Éric serait grand-père sans même le savoir. Amélie reçut ce sarcasme comme une gifle. Elle vint se planter juste devant Benoît et le regarda droit dans les yeux.

— Ce qui s'est passé entre nous, hier après-midi, ça n'arrivera jamais plus, tu m'entends?

— On verra bien, répondit-il avec défi.

— Si jamais tu essaies de me toucher à nouveau, je partirai d'ici. Tu ne me fais plus peur, Benoît. Je ne suis plus la petite Amélie que tu faisais chanter à ton gré.

— Tu as un nouvel amant? C'est cela, n'est-ce pas?

— Je n'ai pas de nouvel amant. Et je n'en veux pas, non plus. Mais j'ai décidé de prendre le contrôle de ma vie et je vais le faire. Tu ne peux plus me menacer de m'enlever les enfants, à présent. Ils sont tous partis d'ici, de toute façon.

171

— Tu oublies Alex.

— Je n'oublie personne. Si je pars, elle viendra avec moi.

— Si tu le fais, je dirai à tout le monde ce qui s'est passé avec Éric.

— Eh bien, tu le diras, si je ne l'ai pas fait moi-même avant.

Benoît fut surpris de cette réplique. Jusqu'alors, jamais Amélie ne s'était montrée aussi déterminée. Il était toujours parvenu à la convaincre de faire ou de ne pas faire les choses. Et voilà que, soudain, elle se rebellait et le menaçait à son tour. Il se demanda si Éric n'était pas encore derrière tout cela. Après tout, il était de retour à Montréal d'après ce qu'on lui avait dit. Il décida de mener sa petite enquête à ce sujet dès que possible. Pour le moment, il n'avait plus le goût de partager la même pièce que sa femme. Il la quitta donc et elle ne le revit pas de la journée.

Dans l'après-midi, elle rendit visite à Éric afin de lui faire part des derniers événements. Elle lui épargna cependant la scène sous la douche avec Benoît, ainsi que le sarcasme de ce dernier à propos de son frère qui serait bientôt grand-père sans le savoir. L'informer de cela aurait augmenté la colère d'Éric envers Benoît et une confrontation entre les deux frères était bien la dernière chose dont Amélie avait besoin en ce moment. Elle renseigna enfin Éric de sa décision d'attendre quelque temps avant de quitter son mari. Éric se montra déçu, une fois de plus, mais lui fit promettre de lui rendre visite à l'occasion. Amélie le lui promit, bien décidée à ne plus se séparer de lui pendant des semaines et des mois, voire des années. Un jour prochain, lui assura-t-elle, ils ne se quitteraient plus...

Chapitre 6

Mélissa revenait tout juste de travailler quand on sonna à sa porte. Elle alla ouvrir et se retrouva devant Matthew Davidson qui semblait très énervé. Près de lui, son petit garçon lui tenait sagement la main.

— Mélissa, commença-t-il de sa voix remplie d'inquiétude, peux-tu garder Jérémie, un moment? Je viens de recevoir un appel de l'hôpital, enchaîna-t-il d'un trait. Julia a eu un accident de voiture.

— Oh! Mon Dieu! fit la jeune femme avec consternation. Ce n'est pas grave, j'espère?

— Je ne sais pas. Ils n'ont pas voulu me le dire.

— Vas-y tout de suite, Matthew. Je m'occupe de ton fils.

Matthew lui lança un rapide merci et dévala l'escalier en toute hâte plutôt que de prendre l'ascenseur. Mélissa fit entrer le garçonnet et prépara le souper en lui faisant la jasette. C'était un petit garçon très mignon qui tenait ses cheveux blonds et ses yeux bleus vifs de son père. Il parlait beaucoup et posait une foule de questions du haut de ses quatre ans. Après souper, Mélissa fit le ménage de la cuisine puis s'installa au salon avec le petit et lui donna des feuilles et des crayons afin qu'il puisse dessiner.

Il était déjà huit heures et Mélissa n'avait pas encore eu de nouvelles de son voisin. Jérémie commençait à s'endormir et réclamait ses parents. La jeune femme fit couler l'eau dans la baignore et y installa l'enfant. Il s'amusa un moment puis demanda à sortir. Mélissa le sécha et le ramena au salon où elle le fit coucher avant de poser une couverture sur lui. Il s'endormit très rapidement. À dix heures, la sonnerie de la porte se fit entendre à nouveau. C'était Matthew qui revenait de l'hôpital. Il semblait complètement abattu. Mélissa le fit entrer et le précéda dans la cuisine afin de ne pas réveiller le petit.

— Elle est morte, dit-il d'une voix brisée.

— Oh! Mon Dieu! C'est terrible, déclara la jeune femme sous le choc.

— Quand je suis arrivé à l'hôpital, elle était déjà dans le coma. Elle n'a pas repris conscience. Je n'ai même pas pu lui dire une dernière fois que je l'aimais, acheva-t-il, les yeux remplis de larmes.

— C'est épouvantable, Matthew. Je suis vraiment désolée.

— Je vais rentrer chez moi, à présent. J'ai besoin d'être seul. Les prochains jours seront pénibles. Je ne sais pas comment je vais expliquer cela à Jérémie.

— Si tu as besoin que je le garde, ne te gêne pas. Je ne travaille pas demain ni après-demain.

— Merci. J'accepterai probablement ton offre. Il faut que je m'occupe des arrangements funéraires, demain matin, ajouta-t-il en passant le revers de sa main sur ses yeux mouillés.

Sans plus attendre, il se dirigea vers le salon et porta son fils jusqu'à son appartement. Il déposa doucement le petit dans son lit, remonta les couvertures sur lui avant de l'embrasser et regagna le salon. Là, il se servit un cognac, en prit une gorgée et pleura comme il ne l'avait jamais fait auparavant.

❧

Le lendemain matin, tel qu'entendu, Matthew laissa son fils chez Mélissa. Il ne lui avait pas encore dit pour sa mère et ne savait pas du tout comment s'y prendre pour le faire. Le petit posait des questions et cherchait à savoir quand sa maman reviendrait, mais les réponses de son père demeuraient évasives. Mélissa s'occupa de l'enfant pendant toute la journée. À l'heure du dîner, Matthew revint et la renseigna à propos des tristes démarches qu'il venait de faire. Il avait passé une partie de l'avant-midi au salon funéraire à régler les arrangements. Sa visite dans la salle de démonstration des cercueils lui avait donné l'impression qu'on lui transperçait le cœur. Il ne pouvait imaginer Julia, étendue dans l'un de ces lits macabres. Après avoir signé les dernières ententes, il s'était rendu chez un fleuriste et avait commandé un énorme arrangement de roses rouges. Puis, il était revenu chez Mélissa pour prendre des nouvelles de Jérémie. Ce dernier avait encore posé des questions à propos de sa mère et Matthew avait fini par lui répondre. Il lui avait expliqué la situation dans des termes que l'enfant pouvait comprendre. Il l'avait également bercé dans ses bras pendant que le petit pleurait en comprenant qu'il ne reverrait pas sa mère. Mélissa avait regardé la scène en versant quelques larmes, tant l'émotion était forte. Le père et le fils s'accrochaient l'un à l'autre devant elle et cela était tellement pathétique qu'elle se retourna à un certain moment, incapable de les regarder davantage.

Elle prépara des sandwichs pour le dîner mais Matthew ne toucha pas au sien. Il repartit en début d'après-midi pour faire d'autres courses et revint un peu plus tard. En cours de route, il prit la décision d'emmener Jérémie au Salon funéraire, le soir même. Il fallait que le petit voie sa mère pour parvenir à faire son deuil. Il la verrait étendue et semblant dormir et il comprendrait que son sommeil durerait très longtemps. Matthew appréhendait pourtant cette scène et il ne se sentait pas la force d'y faire face seul. Heureusement, il pouvait compter sur l'appui de ses parents et beaux-parents pour faire cette démarche.

Mélissa se présenta dans l'endroit funèbre à huit heures. Elle avait laissé le temps à la famille proche de pénétrer dans les lieux avant d'y faire son entrée. Jérémie était déjà reparti avec sa gardienne. Le petit avait une fois de plus pleuré et son père avait eu du mal à s'en détacher pour le faire rentrer à la maison. Matthew portait une chemise blanche et un habit noir qui contrastait avec sa chevelure aux reflets blonds. Il se tenait debout, près du cercueil, et acceptait les mots de sympathie. Il lui arrivait parfois de tourner la tête vers celle qu'il avait perdue, et son cœur se serrait si fort, lors de ces moments, qu'il lui semblait que son torse allait éclater. De temps à autre, une larme roulait le long de sa joue, mais il essayait de se contenir le plus possible. Mélissa s'approcha de lui et il déposa un petit baiser sur chacune de ses joues avant de la remercier encore pour les services rendus au cours des deux derniers jours. Il lui présenta ses parents et ceux de Julia, ainsi que le frère de celle-ci. Ils étaient tous arrivés de Toronto quelques heures plus tôt et semblaient aussi bouleversés que Matthew.

Ne connaissant personne, Mélissa s'installa dans un coin de la salle pour se recueillir un moment. Elle vit soudain arriver Éric et le suivit du regard. Il se dirigea vers Matthew, lui dit quelques mots, fit de même pour les parents de ce dernier qu'il connaissait très bien et vint trouver sa filleule. Ils discutèrent un bon moment, leur conversation étant empreinte de sympathie pour le jeune veuf qui faisait vraiment pitié à voir. Ils quittèrent l'établissement funéraire ensemble, une heure plus tard, et se retrouvèrent chez la jeune femme pour prendre un café. Éric regardait sa filleule en se demandant quelle serait sa réaction quand elle serait mise au courant des sentiments qu'il portait à sa mère. Il craignait qu'elle lui

176

en veuille énormément mais il était prêt à prendre ce risque pour Amélie. Il partit de chez Mélissa vers dix heures et rentra chez lui en repensant à Matthew Davidson qui venait de perdre celle qu'il chérissait. Il prit conscience du désespoir qui l'envahirait si lui-même devait un jour perdre Amélie de nouveau, et tenta aussitôt de chasser ces idées noires de son esprit.

⚜

Pendant les jours qui suivirent, Mélissa se pointa à quelques occasions chez Matthew, qui semblait dépérir chaque jour davantage. Il n'avait pas travaillé de la semaine et ne sortait de sa torpeur que pour son fils. Et encore, cela lui demandait le peu d'énergie qu'il lui restait. Mélissa s'inquiétait de l'état du jeune homme et ne savait plus quoi faire pour tenter de le distraire. Elle l'invita à souper chez elle à quelques reprises mais il refusa, trouvant mille et un prétextes pour demeurer chez lui. Il retourna au travail au début du mois de décembre, soit deux semaines après le décès de son épouse. Il avait du mal à se concentrer sur ses dossiers et à terminer ses journées. Il quittait le bureau le plus tôt possible pour être près de son fils et combler l'absence de Julia auprès de l'enfant. Celui-ci parlait souvent de sa mère et, même s'il avait parfois le cœur gros, il semblait mieux accepter les choses que son père.

Matthew voyait arriver le temps des fêtes et cela lui pesait énormément. Ses parents l'avaient invité à se joindre à eux pour Noël mais il avait décliné l'invitation en se disant qu'il n'avait pas le cœur à la fête. Il préférait rester chez lui, seul avec son fils, et tenter d'oublier ce premier Noël sans celle avec qui il avait passé les huit derniers.

Quant à Mélissa, elle se demandait si elle allait fêter ce Noël avec Maxime. Elle ne l'avait pas rappelé, encore incertaine de ses sentiments. Elle était déchirée entre

177

l'idée de reprendre leur relation et celle d'y mettre un terme à jamais. Quand elle pensait au jeune homme, c'était soit pour réaliser qu'il lui manquait, soit pour essayer de trouver les bons arguments afin de le chasser de son esprit. Il patienta pendant dix jours avant de lui téléphoner. Mélissa lui fit part de son incertitude et il promit d'attendre que ce soit elle qui le contacte. Mais, même si elle pensait à lui chaque jour, elle n'arrivait pas à se décider à lui faire à nouveau une place dans sa vie. Elle laisserait le temps faire les choses, se disait-elle, pour ne pas avoir à prendre de décision à ce sujet.

⚜

Danny entra dans l'hôtel en même temps que ses coéquipiers. Il se dirigea vers le gérant de l'équipe qui lui remit la clef de sa chambre mais ne suivit pas les autres dans l'ascenseur. Il se dirigea plutôt vers le comptoir de la réception où il avait reconnu Karen. Il avança vers elle en ébauchant un sourire. Karen le vit aussitôt et son visage s'illumina.

— Salut, Karen! fit-il simplement.
— Salut, Danny. Ça va?
— Très bien, oui. Et toi?
— Bien aussi. Je savais que vous arriviez cet après-midi mais je me demandais si tu aurais le goût de me dire bonjour en passant.
— Ah! Et pourquoi je ne t'aurais pas saluée, dis-moi?
— Parce que lorsque je t'ai parlé au téléphone avant ton départ pour Montréal, tu m'avais dit que tu me téléphonerais et je n'ai pas eu de tes nouvelles, alors...
— Je n'ai pas eu le temps, à vrai dire.
— Ou tu n'as pas eu le goût, tout simplement. Tu sais, je ne t'en voudrais pas. J'ai été plutôt expéditive avec toi, la dernière fois qu'on s'est vus.

178

— Au moins, tu le reconnais. Mais ça n'a rien à voir, je t'assure. Je suis prêt à rester ton ami malgré notre petit différend.

— Ça me fait plaisir d'entendre ça. J'étais dans une mauvaise passe quand je t'ai connu et je n'avais pas envie de m'embarquer dans une histoire sentimentale.

— Et maintenant?

— Ce n'est plus possible, je crois. Tu es rendu à Montréal et moi je travaille ici. Je préférerais que l'on reste amis. Il me semble que ce serait moins compliqué.

— Ça me va, Karen. De toute façon, tu m'as pas mal refroidi la dernière fois, alors je peux me contenter de ton amitié.

— Tu m'en veux encore, n'est-ce pas?

— Pas vraiment. Mais je me méfie un peu, tout de même.

— Au moins, tu es franc, déclara-t-elle avec amertume.

— Écoute, je veux bien te prouver que je peux être ton ami. À quelle heure termines-tu ton travail?

— À cinq heures. Pourquoi?

— On pourrait souper ensemble. Qu'en dis-tu?

— Ce serait une excellente idée, répondit-elle d'une voix plus enjouée. Mais pas ici.

— Pourquoi?

— Je n'ai pas le droit d'être vue en compagnie des clients, dans l'hôtel. Sauf si c'est pour le travail, naturellement.

— Ah! Alors, allons ailleurs.

— Tu ne veux pas rester avec ton équipe?

— Je passe ma vie avec les gars! Même si je ne les vois pas pendant une soirée, je n'en mourrai pas et eux non plus.

— Eh bien, c'est d'accord! Mais je dois aller chez moi après mon travail pour changer de vêtements.

— Tu demeures toujours au même endroit?

— Oui. Toujours.

— Je passerai te chercher vers six heures trente. Ça te va?

— C'est parfait, oui.

— À présent, je monte à la chambre. Je vais essayer de me reposer un peu. J'ai mal dormi hier et je dois être en forme pour demain. Ça va être bizarre de jouer contre Toronto.

— J'imagine, oui. Il y avait ta photo et celle de Brad, dans le journal, ce matin. Tout le monde a hâte de voir comment vous vous débrouillerez contre votre ancienne formation.

— Ça faisait l'objet des médias, à Montréal aussi. En parlant de journal, tu veux bien jeter celui-là? ajouta-t-il en lui laissant l'exemplaire qu'il avait lu dans l'avion et qu'il traînait avec lui depuis ce temps sans en être vraiment conscient.

— Bien sûr. Au fait, tu as une idée à propos de l'endroit où tu veux aller souper?

— Pas vraiment, non. Mais on va choisir un endroit tranquille, sinon on ne pourra pas se parler. Je n'ai pas vraiment le goût de me livrer à une séance d'autographes, ce soir.

Il venait à peine de terminer sa phrase lorsqu'un homme s'avança vers lui en tendant un crayon et un calepin dans lequel il faisait la collection des autographes. Danny prit la peine de lui sourire et de répondre à quelques questions avant de s'éloigner d'un pas rapide. Au vingtième étage, il traversa le couloir pour se retrouver devant la porte de la chambre qu'il partageait avec Braddley. Celui-ci était étendu nonchalamment sur l'un des deux lits et regardait la télévision. Danny défit ses bagages et prit la même attitude. Au bout de quelques instants, il se rassit pour enlever sa chemise et la lança au visage de Brad.

— Tu me fais des avances? demanda ce dernier d'un

ton moqueur en enlevant le vêtement de sur sa tête pour le lancer dans un coin de la pièce.

— Contente-toi de mon cousin, rétorqua Danny en enlevant son pantalon avant de se laisser tomber de nouveau sur le lit.

— Je ne l'ai pas revu, reprit Braddley. On n'arrête pas de voyager et il faut que je me cherche un appartement, en plus. Comment veux-tu que je trouve le temps de faire de la drague?

— J'ai l'impression que tu n'auras pas besoin de draguer bien fort! déclara son copain en se mettant un oreiller sur la tête pour ne plus voir la lumière.

— Tu crois? demanda l'autre avec intérêt.

— Tu verras bien, répondit Danny en tirant sur le coin de l'oreiller pour se découvrir un œil. Je n'arrive pas à vous imaginer ensemble, ajouta-t-il d'un air sceptique.

— C'est parce que tu n'arrives pas à l'imaginer avec un gars, rétorqua Brad.

— Peut-être bien, oui. Et toi non plus, je n'arrive pas à t'imaginer. Mais laisse-moi dormir, tu veux? J'ai un rendez-vous, ce soir.

— Ah oui! Avec qui?

— Tu es trop curieux, Braddley. Tu ne le sauras pas.

Pour toute réponse, il reçut un oreiller sur le dos. Il ne broncha pas et tenta de dormir un peu. Il entendit soudain frapper à la porte et demanda à Braddley d'aller ouvrir. Ils se retrouvèrent bientôt une dizaine de coéquipiers dans la chambre et Danny dut se résigner à ne pas faire la sieste dont il rêvait. Les joueurs de son équipe lançaient des blagues en avalant une bière et faisaient exprès pour lui taper dessus afin qu'il ne s'endorme pas. Il se leva finalement et se rhabilla avant de prendre part à leur conversation.

De son côté, Karen profitait d'un moment de tranquillité pour parcourir le journal que Danny lui avait laissé. Son attention se porta sur une annonce classée. Il s'agissait d'un emploi fort intéressant pour lequel elle semblait avoir toutes les qualifications. Elle replia le journal et se promit de ne pas l'oublier en quittant l'établissement. Danny fut chez elle à l'heure convenue et ils prirent un taxi pour se rendre dans un petit restaurant où on leur dénicha une table dans un coin intime. Ils mangèrent longuement, discutant de tout et de rien et se racontant leur cheminement mutuel des dernières semaines. Danny éprouvait toujours de l'attirance envers la jeune fille et elle, même si elle ne voulait pas s'engager, n'arrivait pas à rester insensible à ses charmes. À la fin de la soirée, ils se quittèrent devant la porte de l'immeuble où elle habitait. Danny aurait bien voulu qu'elle le suive à l'hôtel mais il se garda bien de le lui avouer. Il se contenta de lui donner un baiser sur la joue et rentra à pied en essayant d'analyser les sentiments qu'il ressentait pour la jeune fille.

Karen se sentait embarrassée, elle aussi, à la pensée de Danny. La soirée avait passé trop vite. Elle aurait voulu rester avec lui pendant quelque temps encore mais il lui fallait résister à ce désir qu'elle éprouvait et qui ne pouvait que lui apporter des préoccupations. Une fois rentrée, son regard se porta sur le journal qu'elle avait laissé sur le coin de la table et elle sourit. Si elle réussissait à obtenir ce poste, ce serait toute une surprise pour Danny. Et peut-être, alors, pourrait-elle laisser libre cours à l'attirance qu'elle éprouvait pour lui!

༺❦༻

François tournait en rond depuis une demi-heure dans son appartement. Il était terriblement nerveux et ne savait pas quoi faire pour occuper son temps. Ses pensées ne cessaient de le ramener une heure plus tôt, au moment où Braddley Cooper lui avait téléphoné. Ils avaient discuté un moment puis Braddley lui avait demandé s'il pouvait aller prendre un verre chez lui. François avait tout d'abord hésité, puis avait cédé à la tentation. Mais à présent, il se demandait comment les choses se dérouleraient. Il y avait si longtemps qu'il n'avait pas eu ce genre de rendez-vous qu'il appréhendait tout ce qui pouvait s'ensuivre. François eut un sursaut quand la sonnerie de la porte se fit entendre. Il se dirigea lentement vers l'entrée et ouvrit pour se retrouver devant la forte stature de celui qu'il attendait. Braddley lui sourit et le suivit au salon. Ils ne s'installèrent pas tout de suite sur la même causeuse, mais cela vint pourtant. Ils discutèrent longuement, se racontant les principaux détails de leurs vies respectives et échangeant à propos de leurs convictions et valeurs profondes. Puis, le sujet se porta sur leur orientation sexuelle et, là encore, ils se racontèrent la façon dont ils en avaient pris conscience. Ils ne se sentaient pas particulièrement heureux d'être comme ils étaient, cela leur apportant souvent des problèmes d'ordre social, mais ils savaient s'accepter et vivre leur marginalité. Tous les deux savaient pertinemment que jamais une femme n'entrerait dans leur vie et ils avaient bien envie de profiter tout de même de leur jeunesse et de tout ce qu'elle pouvait leur offrir. Braddley fit les premiers pas sur le plan physique. François éprouva un peu de gêne, comme il l'avait prévu, mais cela ne dura pas. Son amant sut le mettre à l'aise et lui faire oublier ses craintes. Braddley avait un corps comme jamais François n'en avait vu. Et malgré sa force et sa musculature, il savait se montrer doux.

Le lendemain matin, ils se quittèrent après avoir pris une douche ensemble. Braddley regardait son nouvel amant sous le jet d'eau et avait encore envie de le prendre. Lui qui était si habitué à se retrouver sous la douche avec d'autres hommes, n'avait pas du tout le même comportement ce matin-là. Il n'avait pas besoin de s'efforcer à ne pas regarder, de peur de s'attirer des commentaires désobligeants. Il promit à François de le revoir dès que possible après la partie qu'il devait jouer deux jours plus tard à New York.

ᣠᣰᣰᣰ

François se sentait rempli d'une énergie nouvelle et prêt à affronter le monde entier. L'affection de Brad lui avait fait un bien immense, lui rappelant comme il était bon de se sentir désiré et de laisser de nouvelles mains parcourir son corps. Il en avait tant besoin! Il était heureux, rien de plus, rien de moins. Aussi, cet après-midi-là, décida-t-il de profiter de sa bonne forme et du courage dont il se sentait habité pour rendre visite à sa mère et lui dévoiler son secret. Il essaya de ménager Marie-France en lui annonçant doucement les choses. Il remonta jusqu'à son adolescence, lui expliquant que c'était l'époque où il s'était découvert réellement, puis il termina son récit en lui parlant de Braddley. Marie-France l'écouta sans dire un mot, trop bouleversée pour l'interrompre. Elle se croyait en plein milieu d'un mauvais rêve et espérait se réveiller rapidement. Jamais l'idée ne lui était venue que son fils puisse avoir des tendances homosexuelles. Jamais. Elle le regardait en se demandant quelle expérience traumatisante il avait pu avoir pour en arriver là. Elle ne comprenait tout simplement pas et croyait bien ne jamais pouvoir comprendre. Son regard n'arrivait plus à quitter François. Il ressemblait tant à son père et était pourtant tellement différent. David! pensa-t-elle à un certain moment. Comme il aurait été peiné! Pas plus qu'elle-même, toutefois. Son fils avec un autre homme! Pouvait-il exister quelque chose de plus choquant? Marie-France croyait que non. Pourtant, elle ne doutait pas de l'amour qu'elle lui portait et savait qu'il en serait ainsi toute sa vie. Après tout, n'était-il pas tout ce qui lui restait? Et il en serait toujours ainsi puisqu'elle réalisait du coup qu'elle ne serait jamais grand-mère et que le nom de David s'éteindrait définitivement.

— Dis quelque chose, maman, demanda François alors qu'elle demeurait silencieuse.

— Que veux-tu que je te dise? Tu es en train de me briser le cœur, déclara-t-elle d'un air désespéré.

— Je sais, maman. Mais il fallait que je me confie à toi. Je ne voulais pas que tu sois la dernière à savoir, tu comprends?

— Merci quand même, reprit-elle de sa voix désolée. Mais ça va me prendre un certain temps avant de digérer cela.

— Je m'en doute, oui, et je suis désolé de te faire de la peine. J'aurais aimé qu'il en soit autrement.

— Tu es bien certain que tu n'es pas attiré par les femmes, même un tout petit peu?

— J'en suis certain, maman. Je n'ai rien contre les femmes, tu sais. Au contraire, je les aime bien et j'ai de très bonnes amies. Mais ça n'a rien de physique ni d'affectif, tu comprends?

— Non, je ne comprends pas. Et je ne comprendrai probablement jamais.

— Tu veux que je m'en aille?

— Pourquoi voudrais-je cela?

— Parce que tu dois avoir bien du mal à me regarder. Tu dois vouloir que je disparaisse au plus vite.

— Tu te trompes, François. Je suis déçue, bouleversée même, mais tu restes mon fils et je ne peux pas m'empêcher de t'aimer.

— Merci, maman. Je ne pensais pas que tu réagirais comme ça.

— Tu pensais que j'allais faire une colère?

— À vrai dire, oui.

— Je crois que je suis trop blessée pour être en colère. Ça fait trop mal.

— Excuse-moi. Je n'ai pas choisi d'être comme je suis, tu sais. Mais j'ai décidé de m'accepter et de tout faire pour être heureux.

— Je ne peux pas te reprocher cela. Mais comprends-

185

moi, à ton tour. Ça va sans doute prendre du temps avant que j'accepte, moi aussi.

— Je comprends. L'important, pour moi, c'est que je puisse continuer à te voir sans avoir l'impression que je te répugne.

— Si c'est seulement ça qui t'inquiète, ne t'en fais pas. Je ne te laisserai pas tomber.

Ému par l'attitude bienveillante de sa mère, François alla s'asseoir près d'elle avant de la serrer dans ses bras. Marie-France trouva la force de lui sourire et lui caressa la joue doucement, comme elle le faisait quand il était petit. Il embrassa sa mère et la regarda avec des yeux remplis de reconnaissance. La plus dure étape était passée, à présent. Marie-France était au courant de tout. Pour ce qui était des autres, François ne s'en faisait pas outre mesure. Il traverserait le pont, pour reprendre ce vieux dicton, une fois rendu à la rivière...

❧

Alexandra frappa à la porte de l'appartement de sa sœur, qui vint lui ouvrir et la fit entrer avant de l'embrasser.

— Alors, ça va, toi? commença Mélissa en lui souriant.

— Bien. Et toi?

— Pas mal, non plus. Donne-moi ton sac; je vais le porter dans ta chambre.

Alexandra lui tendit son sac à dos et Mélissa le porta dans la chambre où allait dormir sa sœur. Il y avait au moins un mois qu'elle ne l'avait pas vue. Par contre, elle avait entendu parler d'elle par sa mère, qui lui avait téléphoné pour lui annoncer la grossesse de sa petite sœur. Mélissa s'était montrée surprise et désolée et avait offert son aide en cas de besoin. Alexandra avait apprécié cette marque d'affection et surtout le fait que sa sœur aînée ne la critique pas. Mélissa était une sorte d'idole pour elle. Elle la trouvait débrouillarde et déterminée et espérait lui ressembler à son âge.

— Et la santé? reprit Mélissa en revenant trouver sa sœur à la cuisine. Pas trop de maux de cœur?

— Non, ça va. Mais on dirait que j'ai toujours faim.

— Tu veux manger quelque chose?

— Non, merci. Il faut que je me contrôle, sinon je doublerai mon poids.

— Tu ne regrettes toujours pas ta décision? demanda calmement Mélissa.

— Non. J'ai un peu peur, mais je ne regrette pas. Tu aurais fait quoi, à ma place, toi?

— Oh! Je ne sais pas. Je ne sais vraiment pas, renchérit-elle en y réfléchissant plus longuement. Mais une chose est certaine, je préfère ne pas avoir eu à me poser cette question. J'aurais un enfant de dix ans! Tu imagines!

— Il me semble que ça t'irait bien.

— Eh bien, pas moi! Je garde le petit du voisin, de temps en temps, et j'ai toujours peur qu'il me trouve ennuyante.

— Le voisin ou le petit? se moqua sa sœur.

— Le petit, répondit Mélissa en riant. Le voisin, il ne me voit même pas.

— C'est avec lui que tu sors ce soir, pourtant.

— Je sors, c'est un bien grand mot. On va au hockey ensemble parce qu'il adore ce sport et que j'ai réussi à le convaincre de se mettre le bout du nez dehors en lui offrant l'un des billets que m'a donnés Danny.

— C'est un début, continua Alexandra.

— Non, non. Ne va pas t'imaginer des choses. Matthew a perdu sa femme, il y a trois semaines, et il a vraiment une grosse peine d'amour. Et moi, je ne suis pas prête à m'embarquer de nouveau. D'ailleurs, j'ai revu Maxime.

— Ce n'est pas vrai! Tu ne vas pas reprendre avec lui, dis?

— Je ne sais pas. C'est compliqué, tu sais.

— Tu l'aimes encore, après ce qu'il t'a fait?

— C'est bien ça qui m'embête. Je crois que je l'aime encore, oui, et je lui en veux en même temps.

— Tu devrais reprendre et le laisser tomber, à ton tour.

— Oh! Mais tu es méchante, ma petite sœur. Je ne ferais jamais cela, voyons. On ne joue pas comme ça avec les sentiments des autres.

— Il l'a bien fait avec toi, lui.

— C'est plus compliqué que tu ne le crois, Alex. Maxime avait ses raisons. Mais parle-moi plutôt de toi. Comment ça se passe avec Yannick?

— Pas très bien. Il m'en veut parce que j'ai décidé de garder le bébé. Mais ça lui passera, j'espère. Je ne peux pas croire qu'il restera indifférent quand il le verra.

— Je le souhaite pour toi.

— Je suis contente d'être ici, déclara Alexandra en souriant. Même si tu sors, ce soir, on aura toute la journée pour faire la jasette, demain.

— Oui. Et on ira magasiner, aussi. Je vais te payer ton premier vêtement de maternité, d'accord?

— Oh! Seigneur! De quoi je vais avoir l'air là-dedans?

— D'une très jolie jeune fille. Trop jeune un peu pour porter ce genre de vêtements, mais très jolie quand même.

— C'est drôle comme tu peux être tolérante comparativement à Sarah-Ève. Vous êtes jumelles et vous ne réagissez pas du tout de la même manière. Sarah m'a fait la morale et m'a conseillé l'avortement, elle.

— C'est peut-être qu'elle en voit trop, dans ton cas, et que cela la porte à réfléchir plus que moi sur le sujet.

— Peut-être, oui. En tout cas, ce n'est pas chez elle

que j'avais envie d'aller, ce soir. Ça me fait du bien, d'être ici, Mel. J'étais heureuse que tu acceptes de me recevoir.

— Mais voyons donc, mon cœur, je ne t'aurais jamais fermé ma porte! On se voit si rarement.

— C'est parce que tu ne viens pas souvent à la maison. Mais tu fais bien. C'est plutôt triste, là-bas. Tante Cindy fait pitié à voir, oncle Daniel ne sait plus quoi faire pour lui changer les idées, et maman n'a pas l'air beaucoup plus heureuse. Papa, lui, oh! Seigneur! papa! Il m'a servi toute une semonce, l'autre jour, à propos de mon état. Je l'ai laissé parler et il s'est fâché parce qu'il avait l'impression que je ne l'écoutais pas. C'est vrai que ses propos ne m'intéressaient pas beaucoup, mais enfin. Il est sorti de la maison, comme d'habitude, en claquant la porte.

— Ça ne s'arrange pas entre papa et maman, n'est-ce pas?

— Pas du tout, à vrai dire.

— Je crois bien qu'ils vont finir par se séparer, ces deux-là. Et parfois, je me demande si ce n'est pas la meilleure chose qui pourrait leur arriver.

— Tu es sérieuse?

— Malheureusement, oui. Il me semble que c'est préférable, parfois. Enfin! C'est leur problème.

— En tout cas, par chance que Danny est revenu à la maison. On peut dire qu'il met de la vie où il passe, lui. Il me fait rire. Il est toujours en train de taquiner tout le monde, même papa. Et le plus drôle, c'est qu'il arrive à le faire rire.

— Papa n'a pas toujours été aussi bourru, tu sais. À ton âge, j'avais bien du plaisir avec lui, moi.

— Il a beaucoup changé, alors. Tu comprends pourquoi, toi?

— C'est compliqué à expliquer. En tout cas, moi, je ne pourrais pas le faire. Il doit s'être passé des choses entre maman et lui, dont nous ne sommes pas au courant, et qui ont fait qu'ils en sont rendus là.

— Tu crois qu'ils ont quelqu'un d'autre dans leur vie?

— Je ne sais pas. Et à vrai dire, je préfère ne pas le savoir. Même si je pense qu'ils vont finir par se séparer, ça va me faire mal si ça arrive.

— À moi aussi.

— Eh bien, il est l'heure, ma chouette. On traverse chez mon voisin? Je veux que tu aies le temps de parler un peu à Jérémie avant de te laisser seule avec lui.

— Jérémie, c'est son petit garçon?

— C'est ça, oui. Tu vas voir, il est adorable. Mais il parle! Une vraie machine à questionner!

— Alors je vais déballer ma machine à répondre! lança sa sœur avec amusement.

⁂

Mélissa et Matthew regardaient la partie de hockey avec beaucoup d'intérêt. Ils échangeaient quelques mots de temps à autre, mais s'intéressaient plutôt au jeu. Pour la première fois depuis trois semaines, le jeune homme arrivait à ne pas penser à sa défunte épouse pendant plus de dix minutes consécutives. Même au travail, il avait encore de la difficulté à demeurer concentré sur ses dossiers. Pendant les réunions hebdomadaires avec les associés, son esprit vagabondait et il lui arrivait même de se faire rappeler à la réalité par l'un des participants. Il s'excusait alors, à la fois gêné de s'être fait prendre à rêvasser et contrarié d'avoir été dérangé dans ses pensées intimes. Les beaux moments qu'il avait partagés avec Julia le hantaient. Il n'arrivait pas à accepter la situation et s'accrochait à ses souvenirs, comme si cela lui donnait l'impression de l'avoir encore un peu avec lui. Quand Mélissa lui avait offert de l'accompagner au hockey, il avait tout d'abord dit non. La pudeur lui interdisait de faire une sortie avec une femme après si peu de temps. Il craignait de rencontrer des gens connus et d'être considéré comme

190

un homme qui se consolait trop rapidement. Il ne voulait pas que les autres interprètent à leur façon l'amour qu'il avait éprouvé pour sa femme. En aucun moment il n'aurait voulu que quelqu'un puisse croire qu'il manquait de respect à la mémoire de son épouse. Cela aurait été pour lui une insulte envers celle qui lui manquait tant. Mais Mélissa avait insisté et il avait fini par accepter son invitation. Après tout, une petite sortie ne pourrait pas lui faire de tort. D'autant plus qu'il s'agissait d'une partie de hockey et que cela n'avait rien d'intime, en soi.

Mélissa, pour sa part, n'éprouvait que de l'amitié pour lui. Elle le trouvait beaucoup trop jeune, à trente-trois ans, pour se laisser dépérir et s'enfermer dans sa solitude comme il le faisait. Elle se rappelait Julia et sa joie de vivre, et comprenait que Matthew ait de la difficulté à vivre sans sa bonne humeur et ses sourires. Elle avait eu l'occasion de voir de quelle façon elle s'intéressait au bien-être de son époux et comme elle pouvait se montrer attentionnée. Elle le regardait avec admiration et ses yeux s'illuminaient quand il posait à son tour son regard sur elle. Mélissa comprenait donc ce que représentait la perte de Julia pour le jeune homme. Elle le comprenait mais ne trouvait pas plus raisonnable qu'il néglige sa santé comme il le faisait depuis son décès. Il mangeait à peine et maigrissait. Il s'efforçait parfois d'ébaucher un sourire à l'intention de son fils, mais cela finissait par ressembler plus à une grimace qu'à autre chose. Mélissa avait connu Matthew deux mois avant la mort de sa femme et cela lui avait suffi pour savoir quel genre d'homme il était en ce temps-là. D'une nature joyeuse et optimiste, il avait un sens de l'humour bien aiguisé et savait amuser les autres. Toutefois, quand il plaçait ses petites lunettes dorées sur son nez pour faire la lecture d'un document, il ne semblait plus le même. Il avait alors l'air sérieux et raisonnable et aurait pu convaincre n'importe qui de la sagesse qui l'habitait. Mélissa s'était déjà moquée de lui à ce propos, en lui disant qu'il avait une double personnalité.

⚜

La soirée se passa donc très bien même si Montréal perdit la partie. Danny marqua un but mais en rata deux dont l'un en échappée. Après le match, il quitta la glace en rogne contre lui-même. Il jugeait sa performance insatisfaisante et cela le mettait de mauvais poil. Pourtant, quand il sortit du vestiaire et retrouva Matthew et Mélissa, il s'efforça de ne pas trop laisser paraître sa mauvaise humeur. Il n'avait pas le goût de terminer la soirée dans un bar et accepta plutôt l'invitation de sa cousine qui lui offrit un café chez elle. Matthew se joignit à eux mais rentra chez lui au bout d'une demi-heure. C'était suffisant pour une première sortie. Il était déjà surpris d'avoir tenu si longtemps. Alexandra revint donc trouver sa sœur et fut heureuse de voir que Danny était là. Ils discutèrent ensemble pendant un moment, puis la jeune fille alla se coucher. Danny et Mélissa se servirent un nouveau café et quittèrent la cuisine pour s'installer au salon.

— J'ai vu François, hier, commença Mélissa avec hésitation. Il m'a parlé de son homosexualité. Il m'a dit que tu étais au courant.

— C'est vrai. Mais ça ne fait pas longtemps.

— Je sais. Il t'admire beaucoup, en tout cas. Il paraît que tu as fait preuve de compréhension et de tolérance.

— Que voulais-tu que je fasse d'autre? Je ne vais pas lui en vouloir pour ce qu'il est. Ce n'est pas un criminel, après tout.

— Non, c'est bien vrai. Je crois que j'ai réagi un peu comme toi. Du moins, c'est ce que François m'a dit.

— J'ai été surpris de ne pas le voir après le match, ce soir.

— Il allait souper avec sa mère. Il essaie de la voir un peu plus souvent car il sait qu'elle a de la peine, malgré tout. Mais je sais que son ami devait le retrouver ici, un peu plus tard.

— Tiens! Tiens! Brad ne m'a pas parlé de ça.

— Je l'ai surveillé sur la glace, le Brad en question. C'est une vraie armoire à glace, ce gars-là.

— Frank n'est pas petit, lui non plus.

— Non, mais il a encore quelques croûtes à manger avant de ressembler à l'autre. C'est drôle, mais je n'arrive pas à les imaginer ensemble. Même que ça me choque un peu quand j'y pense trop. Ça n'a rien de personnel envers François ou l'autre; je n'arrive pas à imaginer deux hommes ensemble, tout simplement!

— J'ai du mal à imaginer cela, moi aussi, et à comprendre surtout, mais si ça les rend heureux... Moi, ça ne m'enlève rien, après tout!

— Tu as raison. Et je suis contente pour François, finalement. Même si son choix me surprend et que j'ai du mal à le comprendre, il a bien mérité d'être heureux, lui aussi. Depuis le temps qu'il est seul!

Du bout des pieds, Alexandra regagna sa chambre et laissa la porte entrouverte pour ne pas faire de bruit. En allant à la salle de bains, elle avait entendu sans le vouloir les premiers mots de la conversation qu'avaient eue sa sœur et son cousin, et avait écouté, incapable de faire autrement tant le sujet attirait sa curiosité. Son cousin, homosexuel! Elle n'en revenait tout simplement pas!

❧

Amélie décorait l'arbre de Noël en tendant l'oreille pour être certaine d'entendre Cindy, si cette dernière la réclamait. La semaine avant, Daniel et son épouse s'étaient installés dans une chambre, près du salon, de manière à ce que la jeune femme n'ait pas à monter l'escalier trop souvent pendant sa maladie. Le matin même, Cindy avait reçu son deuxième traitement de chimiothérapie et elle vomissait à toutes les demi-heures depuis. Amélie allait régulièrement à sa chambre afin de lui porter de l'eau ou simplement poser une débarbouillette sur son front. Elle l'aidait également à se déplacer quand elle avait encore des nausées. Cindy avait commencé à perdre ses cheveux et n'osait plus se regarder dans le miroir. Elle acceptait cependant les traitements et toutes leurs conséquences avec l'espoir que la masse diminue dans son sein. Advenant un échec, il faudrait recourir à l'ablation complète. Et cela lui faisait horriblement peur. Elle souhaitait ardemment qu'on lui enlève seulement la partie cancéreuse et que, même si son sein s'en trouvait un peu déformé, il soit toujours là à son réveil. C'est pourquoi elle se soumettait à ces traitements et suivait à la lettre les ordres et conseils de son médecin.

Daniel, pour sa part, ne savait plus quoi dire ou faire pour l'encourager. Il lui assurait que tout se passerait bien, mais il savait pertinemment qu'il n'en était pas plus certain qu'elle. Et Cindy le savait aussi. Depuis le premier traitement, il essayait de passer le plus de temps possible à la maison. La première fois, il avait lui-même accompagné son épouse à l'hôpital et avait passé le reste de la journée avec elle. Mais c'était différent aujourd'hui. Un impondérable de dernière minute l'avait obligé à se rendre au travail et Amélie avait pris sa place auprès de la jeune femme. Elles étaient revenues ensemble à la maison et Cindy avait des haut-le-cœur depuis ce temps. Pourtant, elle ne se plaignait pas. Elle voulait tant guérir qu'elle mettait le peu d'énergie qu'il lui restait à espérer.

Amélie entendit sa belle-sœur qui, une fois de plus, vomissait. Elle se précipita vers la salle de bains et l'aida à se relever quand elle eut terminé. Même l'eau n'arrivait pas à passer. Cindy leva vers elle ses yeux à demi clos et s'appuya à son bras pour retourner à sa chambre. Amélie l'aida à se recoucher, releva les couvertures sur elle et retourna au salon. N'eût été la tradition, elle n'aurait jamais fait d'arbre de Noël, cet après-midi-là. Mais comme elle devait recevoir ses enfants pour la fête familiale, elle s'encourageait à prendre les boules, une à une, et à les disposer le plus symétriquement possible dans le sapin. C'était le vingt et un décembre et la dernière fois qu'elle avait vu Éric remontait au quinze du même mois. Cela lui paraissait une éternité. Elle lui avait rendu visite un samedi après-midi alors que Daniel était à la maison pour tenir compagnie à Cindy. Éric l'avait prise dans ses bras et l'avait réconfortée de son mieux, sachant à quel point la période qu'elle traversait était difficile pour elle. Amélie ne travaillait plus que deux jours par semaine, laissant sa boutique aux bons soins de sa meilleure employée. Elle s'occupait plutôt de sa belle-sœur, l'obligeant à sortir prendre l'air entre les traitements et l'assistant de plus près encore lors de ceux-ci. Cindy lui en était reconnaissante et Amélie le savait. Cela lui redonnait le courage dont elle avait besoin pour remettre ses projets à plus tard.

Alexandra, quant à elle, continuait de fréquenter l'école mais avait troqué ses jeans pour des vêtements plus amples. Elle commençait en effet à prendre du poids et plus personne ne pouvait douter de son état. Sa grossesse était plutôt facile et ne l'empêchait pas de faire ses activités habituelles. Elle avait parfois des moments de découragement mais, en général, elle semblait bien vivre sa situation. Ses vraies amies avaient continué de la voir comme avant et les autres avaient continué de parler dans son dos. Quant à Yannick, elle le voyait de moins en moins souvent, le jeune homme s'étant inscrit à des activités sportives et y passant le plus clair de son temps libre. Alexandra le laissait faire puisqu'elle n'avait pas d'autre choix, mais elle lui reprochait parfois son indifférence. Il ne se défendait pas et continuait à mettre l'accent sur ses loisirs.

Benoît n'avait plus touché sa femme, comme cette dernière le lui avait demandé. Il lui parlait au besoin, sans toutefois se montrer désagréable. Amélie tentait de l'écouter mais plus rien de ce qu'il disait ne l'intéressait vraiment. Elle était bien certaine, à présent, que son amour pour lui était chose du passé. Elle continuait à le respecter, d'une certaine manière, et aurait souhaité que leurs relations soient plus amicales, mais elle connaissait suffisamment son mari pour savoir qu'il ne serait jamais pour elle un ami. Il avait un trop grand besoin de posséder et de diriger pour se contenter d'une relation amicale. Pourtant, Amélie ne l'avait pas connu comme cela. Au début de leur mariage et jusqu'à son accident, et même après par moments, il était attentionné et affectueux envers son épouse. Que s'était-il passé pour qu'il se transforme à ce point? Et elle, avait-elle changé également? Elle s'était souvent posé cette question sans toutefois y trouver réponse. Et elle ne cherchait plus à savoir, à présent. Ils s'étaient perdus, quelque part, et ils ne se retrouveraient sans doute jamais.

Une demi-heure plus tard, elle rejoignit à nouveau sa belle-sœur dans la salle de bains. Elle la regarda en se disant que, somme toute, elle préférait son sort au sien. Elle retourna au salon après avoir bordé Cindy et continua à décorer le sapin. Daniel arriva bientôt et prit la relève auprès de sa femme. Il se sentait tellement impuissant qu'il avait parfois le goût de frapper dans les murs et de laisser s'extérioriser la révolte qui l'habitait.

Amélie soupa seule avec lui puisque les autres n'étaient pas à la maison. Ils discutèrent longuement de toutes les épreuves qui leur tombaient dessus depuis un certain temps. Ils avaient tous les deux besoin d'en parler afin de libérer un peu de leur stress réciproque...

Chapitre 7

Mélissa monta au deuxième et trouva Maxime devant sa porte. Elle le regarda d'un air à la fois surpris et contrarié. Il ne sembla toutefois pas le remarquer. À l'intérieur, il la suivit à la cuisine où elle entreprit de préparer son souper.

— Tu m'invites? demanda-t-il en jetant un coup d'œil au poulet qu'elle mettait au four.

— Pourquoi n'as-tu pas attendu que je te téléphone? demanda-t-elle, sans s'occuper de sa requête.

— Parce que je n'en pouvais plus, Mel. Ça fait plus d'un mois que j'attends.

— J'ai été très occupée, ces derniers temps.

— Ce n'est pas une raison. Ça prend deux minutes, un coup de téléphone.

— Bon! Disons alors que je n'en ai pas eu le goût.

— Tu semblais pourtant apprécier ma présence, la dernière fois, avança-t-il en lui prenant la taille.

— La dernière fois, précisa-t-elle, je t'ai dit que je ne savais plus où j'en étais.

— En tout cas, tu n'étais pas indifférente avec moi.

— Je ne le suis pas encore, Max, mais je ne sais pas plus où j'en suis.

— C'est parce que tu ne me donnes pas la chance de me rapprocher de toi. Tu verras, si on est de nouveau ensemble, tu ne te poseras plus de questions.

— Tu es un peu trop sûr de toi, Max.

— Il faut bien que l'un de nous deux le soit!

— Je préférerais que ce soit moi.

— Laisse-moi t'aimer à nouveau, Mel. Je t'en prie,

implora-t-il doucement avant de poser sa bouche sur la sienne.

Encore une fois, la jeune femme se sentit faiblir et répondit à son baiser en passant ses bras autour de son cou. Maxime la serrait contre lui et savourait ce moment en espérant qu'il en fût de même pour elle. La sonnerie du téléphone les arracha à leurs caresses. Mélissa tendit le bras et répondit. C'était Matthew Davidson qui, d'une voix hésitante, lui expliquait qu'il devait rester au bureau pour une affaire urgente et que la gardienne devait absolument rentrer chez elle. Mélissa comprit qu'il réclamait sa présence auprès de l'enfant et lui offrit d'aller le garder avant qu'il n'ait le temps de le lui demander. À l'autre bout du fil, Matthew semblait vraiment embarrassé. Mélissa tenta de le mettre à l'aise et promit de traverser chez lui dans moins d'une demi-heure. Matthew s'excusa une fois de plus du dérangement et mit fin à leur conversation, pressé de retourner à la réunion à laquelle il assistait depuis le début de l'après-midi.

— Je dois m'en aller, déclara Mélissa en se tournant vers Maxime qui l'avait écoutée avec intérêt pendant qu'elle s'entretenait avec son voisin.
— Qui est Jérémie? s'informa-t-il avec suspicion.
— C'est un adorable petit garçon de quatre ans, bientôt cinq pour être plus précise.
— Et qui téléphonait?
— Son père. C'est mon voisin d'en face. Il a perdu sa femme, il y a quelques semaines, et il se retrouve seul avec le petit. Il doit rester plus tard au bureau et la gardienne ne peut plus s'occuper du petit, alors il me demandait de le faire.
— Il te demande cela souvent?
— Non. J'ai gardé Jérémie lors du décès de sa mère, mais Matthew ne me l'avait jamais demandé depuis.

— Matthew! fit Maxime sur un ton inquisiteur. Tu l'appelles par son prénom?

— Bien sûr que je l'appelle pas son prénom, répondit Mélissa en s'impatientant. Il n'a pas soixante-quinze ans!

— Quel âge a-t-il, au fait?

— Tu poses trop de questions, Max. Pourquoi veux-tu savoir tout cela?

— Parce que ça m'intéresse de savoir avec qui tu te tiens.

— Je ne me tiens pas avec Matthew Davidson, si c'est ce qui t'inquiète. J'étais l'amie de sa femme et son amie à lui aussi. Il n'a pas de famille, ici, et c'est difficile pour lui de voir à tout.

— Tu n'es pas obligée de sacrifier tes soirées pour le fils du voisin, quand même!

— Eh là! De quoi je me mêle, s'il vous plaît! Si tu espères reprendre avec moi, Max, tu ne t'y prends vraiment pas très bien.

— Tu as raison, admit-il en se radoucissant. Je perds la tête quand il s'agit de toi. Tu me pardonnes? ajouta-t-il en la couvrant de petits baisers.

— Ça va. Je te pardonne. Mais ne recommence pas, O.K.?

— O.K.

— À présent, il faut que je te quitte. Je vais apporter le poulet, ajouta-t-elle en se dirigeant vers le four. Maintenant qu'il a commencé à cuire, aussi bien le terminer là-bas.

— Je peux revenir demain?

— Pas demain, non. Je vais voir jouer Danny au hockey.

— Je pourrais me procurer un billet et y aller avec toi.

— J'y vais avec François. Et de toute façon, on ne serait pas assis ensemble puisque j'ai déjà mon billet.

— Tu ne veux vraiment pas sortir avec moi!

— Pas demain, Max. Et si tu continues, ce ne sera pas pour un autre jour non plus.

— Bon! Ça va! J'ai compris. Je te laisse respirer et j'attends de tes nouvelles. C'est bien ça?

— C'est bien ça, oui.

⚜

Mélissa venait de terminer de souper avec Jérémie quand il lui vint une idée qu'elle trouvait géniale. Elle mit de l'ordre dans la cuisine et traversa à son appartement en tenant le petit par la main. Une fois là, elle ouvrit un placard et saisit une grosse boîte qu'elle posa près de la porte d'entrée. Puis, elle retourna au placard et prit deux boîtes plus petites et les porta chez Matthew avant de revenir chercher la plus grosse. Jérémie était tout excité à l'idée de la surprise que Mélissa et lui-même feraient à son papa. Mélissa lui avait en effet proposé de faire un arbre de Noël en attendant que Matthew revienne. Comme elle partait chez ses parents deux jours plus tard et qu'elle y passerait le temps des fêtes, elle n'avait pas besoin de l'arbre artificiel qu'elle avait acheté un mois plus tôt et qu'elle n'avait finalement pas eu le temps d'installer. Elle avait donc pensé le prêter à son voisin afin d'égayer son Noël. Et celui de son fils, surtout, qui, à cet âge, appréciait tout ce qui se rapportait à ces réjouissances. Ils se mirent donc à assembler les branches jusqu'à ce qu'ils se retrouvent devant un sapin aux formes parfaites. Puis, ils placèrent les lumières, les guirlandes et ensuite les boules. Une fois le tout terminé, Mélissa brancha le fil et l'arbre s'illumina devant les yeux émerveillés de l'enfant. Ils s'assirent tous les deux sur le divan et le regardèrent pendant un long moment. Jérémie se tourna soudain vers la jeune femme et l'embrassa en souriant.

— Papa va le trouver beau, dit-il avec fierté.

— Sûrement, oui, répondit Mélissa en l'embrassant à son tour. Tu veux aller te coucher, maintenant? Il est neuf heures et tu devrais être au lit depuis longtemps.

— Je peux attendre papa?

— Je ne sais pas à quelle heure il rentrera. Et il ne sera pas content si tu te couches trop tard.

— Mais je veux être là quand il verra notre surprise!

Jérémie terminait à peine sa phrase quand il entendit la clef tourner dans la porte d'entrée. Il se précipita vers son père et l'accueillit en lui disant qu'une surprise l'attendait. Matthew avança dans l'appartement et remarqua immédiatement l'arbre de Noël. Il jeta un regard contrarié à Mélissa qui ne comprenait pas l'origine de ce changement d'humeur.

— Pourquoi tu as fait ça? lui demanda-t-il froidement.

— Pourquoi j'ai fait quoi?

— Cet arbre, bon sang! Pourquoi tu nous a foutu un arbre de Noël en plein milieu du salon alors que j'essaie d'oublier ce Noël qui m'horripile?

— Je croyais te faire plaisir, répondit Mélissa avec embarras. Et Jérémie était content de le faire avec moi.

— Pourquoi tu es fâché, papa? demanda l'enfant, qui ne comprenait pas. Tu ne l'aimes pas, notre arbre?

— Oui, oui, je l'aime, répondit son père qui ne voulait pas le peiner.

— Alors pourquoi tu cries?

— Je ne crie pas, reprit Matthew d'une voix un peu trop haute pour convaincre l'enfant.

— Oui, tu cries, reprit le petit en se mettant à pleurnicher. Tu cries tout le temps depuis que maman n'est plus là, ajouta-t-il en pleurant de plus belle.

Consterné par cet aveu qui lui allait droit au cœur, Matthew le prit dans ses bras et essaya de se faire pardonner. Il finit par dire à son fils qu'il trouvait l'arbre très beau et qu'il était content de la surprise qu'il lui avait faite. Mais Mélissa n'était plus là pour l'entendre. Elle était rentrée chez elle depuis un moment déjà, et se trouvait dans une colère mélangée de tristesse qu'elle n'arrivait pas à contrôler. De quel droit Matthew Davidson lui avait-il parlé ainsi, elle qui était toujours prête à lui rendre service? Elle se promit de garder ses distances, à l'avenir, et surtout, de ne plus jamais chercher à lui faire des surprises.

Le téléphone sonna une demi-heure plus tard. C'était Matthew. Il lui dit que Jérémie était endormi et lui demanda de venir le rejoindre. Mélissa commença par refuser son invitation et accepta finalement après qu'il lui eut présenté des excuses.

— Je ne voulais pas mal faire, déclara-t-elle, une fois revenue chez lui.

— Je sais, Mel. Je m'excuse infiniment. Je me suis conduit comme un imbécile. Et mes raisons ne justifient pas mon attitude envers toi.

— Tes raisons? répéta-t-elle en espérant en savoir davantage.

— Je ne voulais rien qui me rappelle Noël, cette année. Ce sera le premier sans elle, tu comprends?

— Je comprends, oui, mais pense un peu à Jérémie. C'est important pour un enfant, une fête comme celle-là. C'est la plus belle fête pour les petits, je crois.

— Je sais. Ma mère veut absolument que nous allions à Toronto, Jérémie et moi, mais je n'ai pas le goût de fêter. Elle me téléphone tous les deux jours pour essayer de me convaincre. Je crois que je suis en train de devenir agressif, à la fin.

— C'est parce qu'elle ne veut pas que vous soyez

seuls, Jérémie et toi. Je suis certaine que ta mère a de bonnes intentions.

— J'en suis certain, moi aussi, mais ça ne m'empêche pas d'en avoir assez de me sentir harcelé. J'ai trente-trois ans. Je suis assez vieux pour savoir ce qui est bien pour moi, tout de même!

— Et Jérémie? Tu ne crois pas que ça lui ferait du bien de se faire cajoler un peu par ses grands-parents? Julia lui manque aussi, Matthew. Il me l'a dit, ce soir, pendant qu'on décorait le sapin.

— C'est vrai? demanda-t-il sans vraiment souhaiter une réponse. Et en plus, il dit que je crie tout le temps depuis qu'elle est partie. Je ne m'en rends même pas compte. Ah! Mon Dieu! Comme je voudrais pouvoir la ramener.

— Tu sais bien que c'est impossible. Alors, essaie de rendre ta vie un peu plus agréable. Et celle de Jérémie aussi.

— Tu me trouves égoïste, n'est-ce pas?

— Un peu, oui, dans les circonstances. Si tu n'as pas le goût des festivités, essaie au moins de faire en sorte que Jérémie s'amuse un peu. Il en a besoin. C'est un enfant.

— Je me sens terriblement coupable, à présent, avoua-t-il d'un air désolé.

— Ce n'était pas mon intention de te déprimer. Je voulais juste t'ouvrir un peu les yeux.

— Tu as réussi, je crois, déclara-t-il en lui souriant tristement. Demain matin, je vais proposer à Jérémie d'aller passer quelques jours à Toronto.

— Fais-le, Matthew. Je suis certaine que ça va le rendre heureux.

— Merci, Mélissa. Tu es une véritable amie. Et excuse-moi encore pour tout à l'heure. Je regrette vraiment de t'avoir parlé comme je l'ai fait.

— J'ai déjà tout oublié. À présent, il faut que j'aille me coucher. Je me lève tôt, demain.

Danny pénétra dans le Centre Molson et se rendit au vestiaire des joueurs. Encore une fois, il était le premier à s'y présenter. Il alluma le téléviseur et, comme d'habitude, enleva sa chemise et son pantalon avant de faire quelques exercices de réchauffement. Puis, toujours selon le même rite, il sortit son journal de son sac de toile et se mit à en faire la lecture. Il avait toutefois du mal à se concentrer. Entre chaque article, il pensait à la conversation téléphonique qu'il avait eue avec Karen, l'après-midi même. Cette dernière lui avait causé toute une surprise en lui apprenant qu'elle venait s'installer à Montréal après les fêtes. Elle avait en effet trouvé un emploi très intéressant, selon ses dires, et semblait très excitée à l'idée de commencer à travailler dans sa discipline. Lorsqu'elle lui avait révélé le nom de son nouvel employeur, Danny était demeuré bouche bée. Les Entreprises Martin & Fils! Il n'en revenait tout simplement pas. Karen travaillerait pour sa famille et elle avait attendu d'avoir la confirmation du directeur du personnel pour lui en parler. Elle voulait suivre le processus de dotation, du début à la fin, sans que personne ne dise un mot en sa faveur afin de lui faire avoir cet emploi plus facilement. Pour fêter cela, elle invita donc le hockeyeur à souper au restaurant, la semaine suivante. Danny accepta de l'accompagner le vingt-huit et, d'ici là, il lui proposa d'assister à la rencontre qui se déroulerait le soir même. Karen dut cependant refuser puisqu'elle avait promis à sa mère d'être présente chez elle pour le temps des fêtes.

Pendant l'heure qui suivit, quelques joueurs arrivèrent tour à tour, lançant des bonjours et des blagues à la ronde. Braddley se présenta en chantant, ce qui lui valut les moqueries de ses coéquipiers. Sa voix était fausse et il le savait pertinemment. C'était d'ailleurs pour cela qu'il chantait si souvent, conscient de l'amusement que cela provoquait autour de lui.

Il y avait un peu plus d'un mois que les deux ex-hockeyeurs de Toronto jouaient avec leur nouvelle équipe et ils se sentaient déjà intégrés à la grande famille. Leurs coéquipiers les avaient accueillis avec amabilité, conscients de l'aide que les deux joueurs pouvaient apporter à l'équipe. Et les nouveaux venus avaient été à la hauteur de leur réputation. Danny marquait au moins un but par partie et Braddley faisait un excellent travail à la défense. En contrepartie, Toronto était maintenant plus difficile à battre puisque l'équipe pouvait compter sur l'un des meilleurs gardiens de but de sa division.

cos∾

La partie débuta à dix-neuf heures trente comme prévu. Dans les gradins, Daniel, Éric, Mélissa et François suivaient la foule en encourageant l'équipe locale. Danny enfila deux buts en première. Il jouait vraiment une excellente partie. En début de troisième, il compléta un tour du chapeau puis ce fut le drame. Un joueur de l'équipe adverse le renversa alors qu'un troisième joueur le frappa accidentellement avec son bâton, au moment où il perdait son casque protecteur. Le coup atteignit la tête, juste à côté de l'œil droit. Étendu de tout son long sur la glace, Danny ne bougeait plus. Daniel se leva instinctivement, comme s'il pouvait mieux voir. Danny ne bougeait toujours pas. Le soigneur de l'équipe se précipita sur la glace et s'agenouilla auprès de lui. Éric se leva à son tour, imité de François et Mélissa qui commençaient à s'inquiéter, eux aussi, de l'état de leur cousin. Au bout d'un moment, le soigneur s'adressa à un joueur, qui retourna au banc pour parler à l'entraîneur. Bientôt, une civière fut apportée sur la glace et on y étendit le hockeyeur. Daniel et Éric quittèrent leurs places et descendirent derrière la baie vitrée. Ils remarquèrent que le jeune homme n'avait aucune réaction quand il passa devant eux. Daniel le suivit et resta auprès de son fils jusqu'à l'arrivée des ambulanciers. Puis, quand on installa l'athlète dans l'ambulance, il accepta l'offre d'Éric de se rendre avec lui à l'hôpital. Là, on conduisit le blessé à la salle d'urgence et une équipe médicale s'occupa immédiatement à lui prodiguer les premiers soins. Un spécialiste se présenta presque aussitôt et Daniel l'entendit donner l'ordre de préparer la salle d'opération. Danny semblait confus et avait l'œil droit très amoché. Un léger tremblement agitait tout son corps et, d'après l'expression de son visage, il souffrait énormément.

༺⚜༻

Après l'opération, le médecin indique à Daniel que son fils souffrait d'une légère commotion cérébrale et d'un décollement de la rétine. L'état de son œil était inquiétant. Il y avait en effet une possibilité que le jeune homme perde l'usage complet de son œil droit, mais seul le temps pourrait le confirmer. Daniel fut secoué par cette terrible éventualité. Il savait que, pour Danny, perdre l'usage d'un œil voulait dire renoncer à sa carrière, et cette nouvelle épreuve avait sur lui l'effet d'un coup de massue. Éric avait, lui aussi, entendu les propos du médecin. Il serra l'épaule de son frère en signe de compassion et lui proposa d'attendre le retour de Danny dans la chambre qu'on lui avait assignée.

François et Mélissa arrivèrent à l'hôpital, à leur tour. Ils se montrèrent aussi désolés que leurs oncles et attendirent de voir Danny avant de repartir. Il arriva bientôt sur une civière. L'infirmier se fit aider par un autre membre du personnel pour faire transférer Danny dans son lit. Il était à demi conscient et son œil droit était couvert d'un bandage blanc. Mélissa se pencha sur son cousin et l'embrassa. François s'approcha, à son tour, et lui tapota l'épaule en signe d'encouragement. Ils quittèrent ensuite la chambre et rentrèrent chez eux sans trop se parler, trop attristés l'un et l'autre et n'osant pas dire à voix haute ce qu'ils appréhendaient.

— Que m'est-il arrivé? murmura Danny au bout d'un moment.

— Tu as reçu un coup de hockey dans le coin de l'œil, répondit tristement son père.

— C'est grave? demanda à nouveau Danny.

— Je ne sais pas. Tu as subi une opération et le médecin semblait satisfait. Tout devrait bien aller.

— Tu me dis la vérité, n'est-ce pas?

— Oui, Danny. Tout va bien aller. Maintenant, essaie de dormir un peu.

Daniel avait à peine terminé sa phrase que, déjà, le jeune blessé était endormi. Éric offrit à son frère de le raccompagner mais Daniel refusa. Il voulait demeurer auprès de son fils et être là à son réveil. Il lui demanda simplement de bien vouloir aviser Cindy de l'accident et de ses suites. Éric partit donc seul et Daniel s'installa dans un fauteuil. Il approcha une chaise droite et la plaça sous ses jambes, puis ferma les yeux. Il finit par s'endormir sur de tristes pensées. Il fut réveillé à au moins trois reprises par une infirmière qui venait changer le soluté ou simplement jeter un coup d'œil à son patient. Danny se réveilla tôt et se demanda où il se trouvait. Il se souvint de l'accident, au bout d'un moment, et porta sa main à son œil. Il se rappelait que son père lui avait dit que tout allait bien, mais il avait tout de même des doutes. Il dut attendre environ deux heures avant de recevoir la visite du chirurgien.

— Alors? demanda-t-il aussitôt qu'il le vit apparaître.

— On a dû vous opérer pour un décollement de la rétine causé par le mauvais coup que vous avez reçu.

— Est-ce que c'est grave? se renseigna le jeune homme avec inquiétude.

— Seul le temps saura nous le dire, malheureusement. Mais vous avez de bonnes chances de recouvrer une vue normale d'ici quelque temps.

— Sinon?

— Sinon, il se peut que vous ne retrouviez qu'une partie de votre acuité visuelle, ou pas du tout.

— Vous voulez dire que je pourrais perdre la vue? s'affola Danny.

— De votre œil droit, oui. Mais ne sautez pas tout de suite aux conclusions, monsieur Martin. Nous allons tout faire pour sauver votre œil. Soyez-en certain.

— Vous rendez-vous compte, docteur, à quel point mes yeux sont importants pour ma carrière?

— Ils sont importants pour votre carrière et pour tout le reste, j'en suis bien conscient. Et comme je vous l'ai dit, je ferai tout ce qui est en mon pouvoir pour que votre vision redevienne ce qu'elle était.

— Mais il y a une possibilité d'échec...

— Effectivement, oui. Mais ne pensez pas à cela pour le moment. Essayez plutôt de reprendre des forces.

— Je ne me sens pas faible. Juste déprimé.

— Je vais vous garder ici encore quelques jours. Un ou deux, pas plus. Si tout continue de bien aller, après cela, vous pourrez rentrer chez vous et nous nous reverrons pour suivre l'évolution de votre cas.

— Est-ce que je saurai si vous avez sauvé mon œil, avant de partir d'ici?

— Je ne crois pas, non. Quand je vous enlèverai le bandage, votre vue sera embrouillée encore pour quelque temps. Vous ne retrouverez pas votre acuité visuelle en un jour ou deux seulement. C'est une blessure importante que vous avez subie, monsieur Martin.

— Je ne pourrai pas vivre si je perds la vision d'un œil, docteur, déclara Danny avec découragement.

— N'ayez pas des pensées si pessimistes. Gardez l'espoir et le courage et laissez faire le temps. En attendant, ne penchez pas votre tête par en avant. Cela causerait une pression dans votre œil et pourrait l'affecter.

— Vous êtes franc avec moi, docteur? Il y a encore une chance de sauver mon œil?

— Oui, croyez-moi. Si ce n'était pas le cas, je ne vous laisserais pas vivre de fausses espérances. Je serai franc avec vous, tout au long de votre traitement. C'est ce que vous voulez, si je comprends bien?

— C'est ce que je veux, oui, répondit Danny d'une voix plus ferme.

— Alors la franchise sera à la base de notre relation, monsieur Martin, déclara le médecin avant de le saluer et de quitter la chambre.

— Tu as entendu? demanda Danny à son père. Je veux la vérité. Alors, ne me dis plus que tout va bien aller si tu n'en es pas certain.

— J'essayais juste de t'encourager, Danny, dit son père d'une voix attristée.

— Écoute, papa, tu sais quels sacrifices j'ai faits pour accéder à la Ligue nationale. Je me suis battu pour réussir et j'y suis parvenu. Vous m'avez appuyé, Cindy et toi, et je vous en suis reconnaissant. Nous avons toujours été francs l'un envers l'autre et je n'accepterai pas que ce soit différent, à l'avenir. Je suis prêt à me battre encore, mais il faut que je sache si cela en vaut la peine. Si je n'ai pas de chance, je veux le savoir. Tu comprends?

— Je comprends, Danny. Et je te promets de te dire tout ce que je sais, si jamais j'en sais plus que toi. Mais si cela se présente, ce ne sera pas un rôle facile pour moi.

— J'en suis conscient, mais je ne veux pas avoir à douter de toi, papa.

— Tu n'auras pas à le faire, je te le promets.

— Merci. Je te fais confiance. Maintenant, tu devrais rentrer à la maison. Cindy a besoin de toi, elle aussi.

— Je sais. Et je me sens un peu déchiré entre vous deux. Oh! Seigneur! Pourquoi faut-il que tout arrive en même temps!

— Je t'en prie, papa. Reste fort et va-t'en, à présent. J'ai besoin d'être seul et de me reposer. O.K.?

— O.K., fit Daniel avant de déposer un baiser sur le front de son fils. Je te téléphone cet après-midi.

— Passez quand même un joyeux Noël, termina Danny d'une voix affectée.

— On pensera à toi, déclara son père avant de le quitter.

Une fois seul, Danny laissa aller son désespoir et donna libre cours à ses larmes. Tous les sacrifices qu'il s'était imposés depuis des années se solderaient peut-être que par des souvenirs amers. Tous ses espoirs seraient chose du passé et il devrait rayer à jamais de sa vie ce qu'il avait rêvé de faire depuis toujours. S'il fallait qu'il perde cet œil, il perdrait en même temps sa principale raison de vivre. Et il savait que si cela devait lui arriver, il aurait bien du mal à s'en sortir puisqu'il n'avait jamais envisagé autre chose, pour son avenir, que de jouer au hockey.

Le soigneur de l'équipe vint lui rendre visite au cours de l'avant-midi. Il tenta de l'encourager mais Danny ne se montra pas dupe. Mélissa et François passèrent également à l'hôpital avant de prendre la route pour Sainte-Adèle où se donnait le réveillon. Quelques joueurs de l'équipe vinrent également lui rendre visite, dont son bon ami Braddley Cooper. Ils lui apportèrent une carte sur laquelle tous les coéquipiers avaient inscrit une petite note d'encouragement personnel. Puis, ce fut le tour des entraîneurs et de quelques membres de la direction de venir saluer le jeune homme. Danny n'eut donc pas le temps de s'ennuyer en cette première journée à l'hôpital. Pourtant, entre deux visites, ses idées devenaient sombres et le désespoir s'installait en lui.

❦

François se présenta à Sainte-Adèle vers vingt-deux heures en cette veille de Noël. Il était accompagné de sa mère, pour qui le réveillon dans la famille de son défunt mari était devenu une tradition. Marie-France salua ses neveux et nièces et fit de même pour ses beaux-frères et belles-sœurs avant de s'asseoir parmi eux. Elle trouva Amélie en bonne forme mais ne fut pas du même avis en ce qui concernait Cindy. Cette dernière, qu'elle n'avait pas eu l'occasion de voir depuis le début de sa maladie, semblait chétive et inspirait la pitié. Marie-France eut un choc en la voyant mais n'en laissa rien paraître. Au contraire, elle s'efforça d'entretenir une conversation des plus normales après s'être informée de l'évolution des traitements que subissait sa belle-sœur.

Le rituel chez les Martin voulait que toute la famille sable le champagne avant minuit. Puis, un buffet gastronomique était servi à tous les participants. Venaient ensuite l'échange de cadeaux et les discussions de part et d'autres qui, bien souvent, se terminaient à l'aube. Pourtant, cette nuit-là ne fut pas comme les autres. Il y eut d'abord l'arrivée d'Éric, qui jeta un froid sur ceux qui étaient au courant de sa relation avec Amélie. Elle-même fut estomaquée de le voir alors que personne ne l'attendait. Éric avait tout simplement décidé qu'il avait été séparé de sa famille pendant assez longtemps et il s'était dit que le réveillon de Noël était l'occasion rêvée pour revoir tout le monde. Mélissa se montra ravie de la présence de son parrain. François et les autres neveux et nièces partageaient son enthousiasme. Tous, sauf Alexandra qui redoutait la présence de cet oncle qui risquait de gâcher la fête en créant une altercation avec son père. Effectivement, Benoît avait complètement changé de physionomie en apercevant son frère et seule Alexandra, qui le regardait à ce moment, s'était aperçue de ce bouleversement. Daniel, Cindy et Amélie l'avaient cependant pressenti sans même avoir besoin de se tourner vers Benoît. Ce dernier se montra toutefois aimable et, bien qu'il ne fît pas exprès pour s'adresser à son frère, il sut se mêler aux mêmes conversations que lui sans lui adresser directement la parole. Éric fit de même, de son côté.

Vers deux heures du matin, Cindy regagna sa chambre afin de se reposer. C'était certainement le plus triste des Noëls qu'elle venait de passer. Même si les conversations allaient bon train, elle n'avait pas su s'y mêler, trop préoccupée par les semaines à venir. Dix jours plus tard, elle aurait à subir son dernier traitement et saurait, par la suite, si la masse avait diminué. Elle était extrêmement inquiète à l'idée que tous ses efforts puissent s'avérer inutiles. Ce fut ensuite Sarah-Ève et Jonathan qui quittèrent le groupe pour aller se coucher. Sarah-Ève se sentait tout simplement fatiguée alors que son frère avait un peu trop bu et ne souhaitait que retrouver son lit.

— J'espère que tout ira bien pour Danny, dit Marie-France à l'intention de Daniel, alors qu'il relatait la partie de hockey de la veille.

— Je l'ai trouvé courageux, déclara son beau-frère.

— Fais tout de même attention à cela, le prévint

Amélie. C'est sans doute une façade. Danny aime trop le hockey pour que sa carrière soit brisée sans qu'il réagisse.

— Je sais. Mais je l'ai trouvé fort, ce matin. Il a même pensé à me souhaiter un joyeux Noël.

— Ça me semble trop beau, Dan, le prévint à son tour Éric. Ce n'est pas une réaction naturelle, dans son cas. Danny est beaucoup trop sensible pour prendre sa condition à la légère.

— Vous n'êtes pas très encourageants, reprit Daniel.

— On veut juste te préparer au cas où ton fils se découragerait, Dan. Ça peut arriver, tu sais. Surtout si les nouvelles sont mauvaises.

— Vous êtes trop pessimistes. Ça ira bien. Il faut que ça aille bien, ajouta Daniel en tentant de se convaincre lui-même.

— Ça ira, l'encouragea Benoît. Danny est un bagarreur. Un vrai.

— Toute son équipe est allée le voir à l'hôpital, cet après-midi. Même ce matin, avant que je parte, il y avait déjà son ami Cooper qui était là. Ça va faire du bien à Danny de se sentir supporté.

— Cooper n'en a que pour lui, déclara Benoît d'un air sceptique. Ça me surprendrait qu'il puisse remonter le moral de Danny.

— Que veux-tu dire? demanda Daniel avec curiosité.

— Je me comprends, répondit simplement son frère.

— J'aimerais bien te comprendre aussi, intervint François qui n'appréciait pas les sous-entendus de son oncle.

— Il vaudrait peut-être mieux pour toi que je me taise, reprit Benoît d'un air sarcastique.

— Il vaudrait mieux, oui, dit Marie-France d'une voix calme mais déterminée.

— Tiens! Tiens! Voilà la maman qui vient à la rescousse du fiston!

— Que se passe-t-il? reprit Daniel qui n'y comprenait rien. Je ne vous suis plus du tout.

— Laisse tomber, Dan, conseilla Benoît. Mais tiens-toi prêt à faire face à un scandale qui touchera toute la famille et les entreprises.

— Là, tu as trop parlé, Benoît, dit à nouveau Daniel avec contrariété. Allez, continue à présent.

— Marie-France veut que je me taise et son fils aussi, sûrement.

— Mais tu meurs d'envie de parler, lui lança François d'un air mauvais.

— Tu m'avais promis, papa, dit à son tour Alexandra d'un air déçu.

— Je ne l'ai pas dit, se défendit son père.

— Mais c'est tout comme! reprit-elle avec reproche.

— Écoute, Alex, il faut que la famille soit au courant et se prépare. Une chose comme celle-là va se savoir assez rapidement et ce ne serait pas correct que la famille soit la dernière informée.

— Mais de quoi parlez-vous, à la fin? questionna Daniel, de plus en plus contrarié.

— Ils parlent de Braddley Cooper, oncle Daniel, reprit François.

— Mais veux-tu bien me dire ce que Braddley Cooper a à voir avec la famille?

— C'est mon ami, l'informa son neveu.

— Ton ami? Et puis après? Qu'est-ce que ça peut nous faire, à nous?

— Tu n'as pas compris, mon oncle. C'est mon ami, comme Yannick est l'ami d'Alexandra, parvint à dire François d'un air extrêmement gêné.

— Quoi? fit Daniel d'un air ahuri.

— Tu as bien entendu, déclara Marie-France. Mis à part Benoît, est-ce que quelqu'un trouve quelque chose à redire là-dessus?

Un long silence suivit cette question. Éric et Amélie échangèrent un regard surpris mais ni l'un ni l'autre n'aurait osé prendre la parole, sachant pertinemment que Benoît aurait pu sauter sur l'occasion pour faire leur procès à eux deux, une fois parti. Daniel ne parlait plus, lui non plus, encore trop surpris qu'il était pour pouvoir ajouter autre chose. Benoît, pour sa part, examinait chaque physionomie en essayant de deviner ce qui pouvait se passer dans l'esprit de chacun. Ce fut Mélissa, finalement, qui rompit le lourd silence.

— C'est vraiment dégueulasse, ce que tu viens de faire là, papa.

— Sois polie envers moi, gronda son père.

— Polie? reprit-elle, encore plus contrariée. Tu veux que je sois polie alors que tu n'as aucun respect pour les autres?

— Je n'ai fait que les prévenir. De toute façon, ils l'auraient appris par les autres, peut-être même par les journaux. Tu imagines?

— On s'en va, François, dit Marie-France en se levant. C'était mon dernier Noël ici. Je viens vraiment de faire mon deuil. Ça m'aura pris dix ans!

— Vous deviez dormir ici, dit Amélie d'une voix désolée. Ne partez pas, comme ça, au beau milieu de la nuit.

— Je regrette, Amélie, reprit sa belle-sœur, mais je ne peux plus supporter la vue de ton mari. Tu viens, François? répéta-t-elle à l'intention de son fils.

— Ça ne me dérange pas de rester ici, maman. Si tu préfères te reposer et partir tôt demain, ça me va.

— Tu ne peux plus supporter de me voir, reprit Benoît en se levant pour aller se planter devant Marie-France. Tu crois que ça me fait de la peine, peut-être? Tu as tellement couvé le fils de David que tu l'as transformé en fille.

Touchée au plus profond d'elle-même par cette insulte, Marie-France leva le bras et administra une gifle retentissante à son beau-frère. Benoît lui lança un regard chargé de haine et se retint de ne pas lui rendre la pareille. Marie-France quitta la pièce, suivie de son fils et, bientôt, l'on entendit le bruit de la porte d'entrée qui se refermait derrière eux. Une fois de plus, un lourd silence s'installa et ce fut encore Mélissa qui le rompit.

— Ça suffit, papa. Tu as pris un peu trop de champagne, je crois.

— Je ne suis pas un ivrogne! Je suis tout à fait conscient de ce que je dis.

— Eh bien, c'est encore pire! trancha sa fille avec colère. Tu es en train de gâcher le Noël de tout le monde, ici.

— Moi, je gâche le Noël de tout le monde? Non, mais tu réalises ce que tu es en train de me dire?

— C'est assez, Benoît, fit la voix autoritaire de Daniel. Tu ferais mieux d'aller te coucher.

— J'ai cinquante-trois ans, Dan. Je sais à quel moment je dois aller me coucher! Mais, oui, reprit-il aussitôt, de sa voix sarcastique, ce ne serait peut-être pas une mauvaise idée d'aller me coucher. Mais j'irai avec ma femme, bien entendu. Tu viens, Amélie?

— Non, trancha cette dernière. Certainement pas!

— Pourquoi? questionna-t-il en s'approchant d'elle. Tu n'as pas envie de dormir avec ton mari?

Assis sur un fauteuil juste derrière lui, Éric retenait ses commentaires mais cela lui demandait un effort presque surhumain. Et quand Benoît tira sur le bras d'Amélie pour qu'elle se lève et le suive, ce fut Éric qui bondit. Benoît se tourna en sentant sa présence derrière lui.

— Tu as quelque chose à dire? demanda Benoît en lui lançant un regard menaçant.

— Laisse-la tranquille, répondit son frère en le gratifiant du même genre de regard.

— Tu ferais mieux de ne pas te mêler de cela, Éric, enchaîna Benoît.

— C'est assez! dit Daniel encore une fois. Vous réglerez vos histoires ensemble et sans témoins. Tes filles sont ici, Ben, pense un peu à elles.

— Vous avez tendance à tout mettre sur mon dos, se défendit Benoît. Ça fait des années que c'est comme cela et j'en ai assez. Quand je l'ai vu arriver, ce soir, continua-t-il en pointant Éric du doigt, j'ai décidé de parler. J'ai décidé de ne plus passer pour le méchant et de faire savoir à tout le monde l'enfer que je vis depuis quinze ans.

— Non, Benoît, le prévint sa femme. Pas ça, je t'en prie!

— Tu as peur que je parle, hein? Tu as peur que je ternisse ta belle réputation et que toute la famille sache que tu n'es pas la sainte Amélie qu'ils croient.

— Ce n'est pas moi que j'essaie de protéger, Benoît.

— Ah! Qui alors? Éric peut-être?

— Ferme-la, Ben! ordonna ce dernier en empoignant l'épaule de son frère.

— Ne me touche pas, Éric Martin!

— Alors, ferme-la! répéta son frère d'un ton menaçant.

— Non, je ne la fermerai pas! Je l'ai fait pendant suffisamment longtemps. Ce soir, mes filles vont savoir ce que j'ai vécu et elles comprendront pourquoi je m'éloigne de leur mère depuis des années. Ou plutôt, elles comprendront que c'est d'abord leur mère qui s'est éloignée de moi.

— Papa, le prévint Mélissa d'une voix embarrassée, je ne veux pas que tu nous mêles à tes histoires de

217

couple. Ce ne sont pas nos affaires et tu pourrais regretter d'avoir parlé.

— Je n'ai plus rien à regretter, Mel. Pendant longtemps, j'ai cru avoir regagné le cœur de ta mère, mais elle m'a trahi à chaque fois qu'elle en a eu l'occasion et ça, je ne peux plus lui pardonner. Pourtant, je lui ai déjà pardonné bien pire, mais je n'en suis plus capable. C'est au-delà de mes forces, termina-t-il en prenant soudain un air des plus tristes.

— Tu te fais du mal, papa. Ne parle plus, je t'en prie.

— Laisse-moi parler, Mel. J'en ai besoin.

— Pas nous, trancha Daniel. Tu en as assez dit pour ce soir.

— Moi, je veux savoir, déclara Alexandra qui se posait mille et une questions. Pourquoi tu dis que maman t'a trahi?

— Tu veux que je lui réponde, Amélie? demanda Benoît à sa femme.

— Tu es vraiment ignoble! lança Éric.

— Toi, je ne t'ai pas adressé la parole!

— Tu la fermes, Ben, ou je t'oblige à le faire?

— Non, mais écoutez-le! Et comment m'obligeras-tu à me taire, cher Éric? Tu vas me taper dessus, peut-être, comme tu l'as déjà fait il y a très longtemps? Fais bien attention si tu décides de le faire. La dernière fois, j'étais en fauteuil roulant et je ne pouvais pas me défendre, mais à présent...

— Tu tiens vraiment à nous faire passer pour des lâches, hein? reprit son frère avec un calme inquiétant.

— Assieds-toi, Éric, demanda Daniel en se plantant entre ses deux frères. Je t'en prie, assieds-toi ou retourne chez toi.

— Je préfère m'asseoir, dit Éric en regagnant son fauteuil. Je veux être là pendant qu'il va vider son sac.

— Alors, papa, reprit Alexandra, tu réponds à ma question, oui ou non?

— Ta mère m'a trompé, ma chérie. Elle a eu un amant pendant des années.

— C'est faux! s'écria Amélie. Ça n'a pas duré des années.

— Ah non? Alors dis-moi ce que ça représente pour toi, quinze ans?

— Quinze ans, ça représente le nombre d'années d'enfer que j'ai passé avec toi.

— Non, mais écoutez-la! Tu veux rire, Amélie? C'est moi qui ai passé quinze années d'enfer. Tu m'as trompé avec mon propre frère et tu lui as même fait un...

Amélie ferma les yeux sous cette accusation et se mordit la lèvre en craignant d'entendre le dernier mot que finalement Benoît ne dit pas. Éric sentit son sang monter à son visage et ferma les yeux un moment, lui aussi.

— Ton frère? questionna Alexandra en comprenant soudain que c'était d'Éric dont parlait son père. Tu as couché avec Éric, maman? reprit-elle d'un air désemparé.

Amélie ne répondit pas. Elle se sentait bouleversée comme elle ne l'avait jamais été auparavant. Tous les yeux étaient tournés vers elle, à présent, et cette inspection visuelle lui pesait comme si on lui avait mis un énorme poids sur les épaules.

— Ce n'est pas vrai? demanda Mélissa qui appréhendait une réponse positive. Pas toi, Éric? Pas toi.

Éric imita Amélie et ne dit pas un mot. Il regardait sa filleule droit dans les yeux et se sentait extrêmement triste de voir changer sa physionomie.

— Tu as couché avec ma mère? continua la jeune

femme en élevant la voix. C'est pour ça que tu ne voulais jamais venir ici, n'est-ce pas? Je comprends tout, à présent. Tu as brisé le mariage de ton propre frère et tu nous as tous menti. Tu es dégoûtant.

— Ça suffit, Mélissa, dit sa mère sur un ton plus ferme. Tu n'as pas le droit de nous juger.

— Tu crois ça? Je me suis toujours demandé ce qui n'allait pas entre papa et toi, et à présent je le sais. Et pendant toutes ces années, j'étais portée à tout lui mettre sur le dos. Mais je comprends pourquoi il n'avait pas envie d'être avec toi. J'aurais fait la même chose, à sa place.

— Tais-toi, Mel, demanda Éric de son air triste. Tu fais du mal à ta mère.

— Et elle ne m'en fait pas, elle, peut-être? Et toi non plus? Vous me faites horreur!

— Tu exagères un peu, tout de même, lança Daniel à l'intention de sa nièce. Tu ne connais pas tous les détails, alors tu ferais mieux de retenir certains de tes commentaires.

— Tu étais au courant, toi aussi? questionna Benoît en lançant à son frère un regard suspicieux. Tu savais qu'ils couchaient ensemble et tu ne disais rien?

— Je ne le savais pas. Je l'ai appris, il y a quelque temps.

— Et qui t'a mis au courant, dis-moi?

— Ça n'a pas d'importance, Ben.

— Oh! Si, ça en a! C'est Amélie?

— Non. Et n'essaie pas de trouver, ça ne servirait à rien.

— Alors, c'est lui, déclara-t-il en pointant à nouveau Éric du doigt.

— Oui, c'est moi. Et puis après? Je peux bien parler à qui je veux et de quoi je veux.

— Si tu le peux, je le peux, moi aussi.

— On a vu ça, ce soir, oui.

— Je n'ai pas encore tout dit.

— Arrête, Benoît, implora Amélie. Tu as suffisamment blessé de gens autour de toi, ce soir.

— Papa, intervint Alexandra qui se posait la même question depuis quelques minutes et qui devait absolument y trouver réponse. Es-tu vraiment mon père? continua-t-elle avec hésitation.

Benoît se tut à son tour. Jusqu'à la dernière minute, il avait été tenté de dévoiler le secret qui entourait la naissance d'Alexandra, mais il s'était retenu. Après tout, il l'aimait, cette petite, et la considérait comme sa propre fille. L'idée qu'elle apprenne qu'il n'était pas réellement son père lui faisait peur, soudain. Il se demandait comment elle réagirait à cette annonce et craignait qu'elle ne s'éloigne de lui pour lui avoir caché cet important chapitre de sa vie. Il éprouvait maintenant certains regrets à la pensée de tout ce qu'il avait dévoilé à propos de l'infidélité de son épouse. D'un autre côté, il ne pouvait plus vivre avec ce secret et le fait qu'Amélie ait recommencé à voir Éric le mettait dans tous ses états. Il n'avait pas de preuves tangibles sur leur liaison des derniers mois, mais quelque chose lui disait que sa femme aimait toujours celui avec qui elle l'avait jadis trompé. Et il n'en pouvait plus de voir tout le monde prendre Amélie pour une femme parfaite. Elle ne le méritait pas. Il en avait plus qu'assez de passer pour le méchant mari qui n'arrivait pas à rendre son épouse heureuse. Il était temps que les choses soient tirées au clair et que l'on comprenne enfin ses sautes d'humeur contre la mère de ses enfants.

— Papa? fit à nouveau Alexandra. Tu ne veux pas répondre?

— Je préférerais ne pas le faire, fit Benoît d'une voix à peine audible.

— Alors, c'est que tu n'es pas mon père.

Alexandra le regarda droit dans les yeux et Benoît baissa bientôt la tête. La jeune fille sentit une larme couler sur sa joue mais son orgueil l'empêcha de laisser libre cours à la tristesse qui s'emparait d'elle. Elle jeta un regard chargé de reproches en direction de sa mère. Elle lui en voulait terriblement. Comment avait-elle pu coucher avec son beau-frère et cacher à sa fille son origine même? Amélie sentit toute la rancune d'Alexandra, mais demeura bouche bée. Elle devrait s'entretenir avec elle, le plus tôt possible, et lui raconter cette partie de sa vie, mais cela se ferait en tête à tête et non pas devant plusieurs témoins. Au bout d'un moment, la jeune fille se leva et vint se planter devant Éric. Elle lui lança un regard foudroyant.

— Tu n'as jamais été et tu ne seras jamais mon père! dit-elle d'une voix froide avant de quitter le salon.

Éric blêmit sous cette attaque verbale mais ne la releva cependant pas. Amélie s'élança vers sa fille mais Mélissa la retint.

— Laisse-la tranquille, maman. Tu es probablement la dernière personne qu'elle a envie de voir en ce moment.
— Mon Dieu! fit Amélie, au bord des larmes. Quel gâchis!
— Tu aurais dû y penser il y a quinze ans, commenta sa fille.
— Tu es dure avec moi, Mélissa. Ça pourrait t'arriver, un jour, de ne plus aimer l'homme que tu vas épouser.
— Eh bien, j'en choisirai un qui n'a pas de frère! répondit sa fille du tac au tac.
— Mélissa! s'indigna Éric.
— Toi, Éric, tu n'as pas de réprimandes à me faire.

Dire que je te faisais confiance! ajouta-t-elle avant d'aller rejoindre sa sœur.

— Tu es content? demanda Amélie à son mari. Ta vengeance est agréable à savourer?

— Pas vraiment, Amélie, répondit Benoît qui, sincèrement, n'éprouvait en fin de compte aucun plaisir à avoir provoqué une telle scène. Je n'en pouvais plus, c'est tout. Il fallait que ça sorte.

— Tu veux que j'aie pitié de toi, peut-être?

— C'est bien la dernière chose que j'attends de ta part.

— C'est tant mieux, alors! Parce que, vois-tu, tu ne m'inspires pas du tout de pitié. Tu as agi toute ta vie en enfant gâté. Tu voulais et tu prenais. Et moi, je t'ai laissé faire parce que je t'aimais. Mais l'amour finit par mourir, Benoît, quand les espoirs ne sont jamais réalisés.

— Tu me mets tout sur le dos, encore une fois! Si ça continue, tu vas me dire que je t'ai jetée dans les bras d'Éric.

— D'une certaine façon, oui. Mais je suis consciente que la décision me revenait.

— C'est au moins ça de pris. Alors, tu pars avec lui ce soir, j'imagine?

Amélie jeta un coup d'œil en direction d'Éric qui, l'air bien calme dans son fauteuil, ne laissait pas paraître l'agitation qui l'habitait. Il avait envie de se lever et d'entraîner Amélie avec lui hors de cette demeure qu'elle aurait dû quitter depuis longtemps. Il l'aurait emmenée chez lui et lui aurait ouvert ses bras afin qu'elle s'y réfugie. Il aurait alors tenté de la calmer et de lui donner toute l'affection dont il était capable afin de la sécuriser un moment. Mais il ne pouvait pas prendre la décision pour elle et il le savait. Amélie, quant à elle, tentait de réfléchir malgré le mal de tête qui la tenaillait depuis les dernières minutes. Elle aurait, elle aussi, préféré s'en aller avec Éric et tenter de tout oublier. Mais elle savait pertinemment que cela était impossible. Il y avait trop à réparer, et elle seule pouvait le faire. Elle, et le temps. Là-haut, il y avait ses deux filles qui lui en voulaient terriblement. Et il en serait sans doute de même pour Jonathan et Sarah-Ève quand ils sortiraient de leur sommeil et seraient mis au courant de ce qu'ils avaient manqué au cours de la nuit. Elle s'arrangerait pour leur relater les faits elle-même. Au moins, ces deux-là seraient-ils un peu plus ménagés que ne l'avaient été les autres. Il n'était donc pas question pour Amélie de quitter la maison avant d'avoir parlé à ses enfants.

— Je reste, déclara-t-elle sur un ton assuré.

— À ton aise, reprit Benoît. Je ne vais pas te mettre à la porte.

— Ça me surprend un peu, avoua Amélie. J'aurais même cru que tu le ferais devant les enfants pour que ce soit encore plus mélo!

— Ne me provoque pas, Amélie. Je pourrais changer d'idée.

— Je ne t'en donnerai pas l'occasion, Benoît. Je monte à ma chambre, termina-t-elle en se dirigeant vers l'escalier sans même saluer ses deux beaux-frères.

— Ne lui fais pas de mal, Ben, le prévint Éric en se levant à son tour.

— Toi, tu peux bien retourner chez toi.

— Je suis chez moi ici, Benoît. Le domaine nous appartient à tous les trois. Ne l'oublie pas.

— Je voudrais bien pouvoir l'oublier, pourtant!

— Rentre chez toi, Éric, demanda Daniel aimablement.

— Je vais le faire pour toi, reprit Éric, à l'adresse de son frère, avant de quitter les lieux.

Les jours suivants furent plutôt tristes pour toute la famille Martin. Mélissa rentra chez elle le jour de Noël et refusa d'avoir une conversation avec sa mère avant de partir. Elle devait prendre du recul et repenser à toute la situation avant de pouvoir en parler librement. Elle était terriblement déçue du comportement d'Amélie et d'Éric. Elle n'arrivait pas à comprendre qu'ils aient pu en arriver là et elle leur en gardait rancune. Jonathan et Sarah-Ève avaient appris toute l'histoire par la bouche de leur mère, comme cette dernière s'était promis de le faire. Elle leur avait tout raconté, en leur faisant part des sentiments qui l'avaient habitée pour chacune des situations qu'elle leur décrivait. Cette façon de faire avait amoindri le choc pour eux. Jonathan avait, bien sûr, poussé quelques sarcasmes au cours du récit, mais somme toute, il s'était montré correct envers sa mère. Sarah-Ève, elle, n'avait pas caché sa déception, mais avait écouté sa mère avec patience. Cela ne voulait pas dire, pour autant, qu'ils ne lui en voulaient pas. Eux non plus n'arrivaient pas à comprendre que cette mère, qu'ils croyaient si intègre, ait pu dévier des chemins tracés. Quant à Alexandra, elle était sûrement la plus affectée par les révélations de la veille. Elle avait pleuré pendant le reste de la nuit et s'était finalement endormie d'épuisement. Apprendre que sa mère avait eu une liaison avec son oncle était déjà difficile à accepter, mais apprendre que cet oncle était en réalité son père lui était insupportable. Elle connaissait à peine Éric et ne voulait pas le connaître davantage. Pourquoi aurait-il fallu qu'elle reconnaisse ses droits de sang, soudain, alors qu'il n'avait pas su le faire pour elle? Elle ne lui devait rien et son père resterait celui qu'elle avait toujours connu, c'est-à-dire Benoît Martin. Ce dernier inspirait la pitié. Comme cela avait dû être difficile d'accepter l'enfant de son frère comme s'il avait été le sien! Le jour de Noël fut donc d'une tristesse infinie pour la jeune fille. Elle se rendit tout de même souper chez les parents de Yannick qui l'avaient invitée une semaine auparavant. La mère, même si elle aurait préféré elle aussi un avortement, se montrait attentive et tentait de l'encourager. Alexandra ne raconta pas les événements de la nuit à la famille de Yannick. Elle se sentait incapable d'en parler pour le moment. Elle revint chez elle à la tombée de la nuit et monta à sa chambre sans adresser la parole à sa mère qui attendait son retour pour aller se coucher. Amélie n'avait pas contacté Éric au cours de la journée, pas plus que dans la soirée d'ailleurs. Et lui non plus n'avait pas tenté un rapprochement quelconque. Il attendait. Il ne savait plus vraiment quoi, mais il attendait tout de même.

❧

Vendredi, premier janvier, se dit Mélissa en tournant la page du calendrier qu'elle avait accroché sur un mur de sa cuisine. Une nouvelle année commençait et la jeune femme trouvait qu'elle débutait bien mal. Pas question cette année de se rendre à Sainte-Adèle chez ses parents. Amélie demeurait toujours sous le même toit que Benoît, se sentant trop coupable envers Alexandra pour la laisser terminer seule sa grossesse. Pourtant, elles ne s'adressaient plus la parole. Mais Amélie savait, du moins elle le souhaitait, que sa fille finirait bien par lui parler, ne serait-ce que pour lui faire part de l'immense colère qu'elle ressentait envers elle. Et à ce moment, elle tenterait de la calmer et lui raconterait les événements comme elle l'avait fait pour Jonathan et Sarah-Ève. En attendant, elle laissait faire le temps en espérant qu'il adoucisse le chagrin de sa fille.

Mélissa regarda à nouveau le calendrier et se dit qu'elle ne pouvait tout de même pas rester seule en cette première journée de l'année. Elle pensa inviter François à souper mais elle n'eut aucune réponse quand elle téléphona chez lui. Elle pensa également à sa jumelle mais Sarah-Ève avait déjà prévu un souper avec des amis. Elles se promirent tout de même de manger ensemble au cours de la semaine suivante. Puis, l'idée lui vint d'inviter Maxime mais elle changea d'idée rapidement. À bien y penser, elle n'avait pas envie de se faire parler d'amour toute la soirée et c'est sûrement ce que ferait le jeune homme si elle lui donnait l'occasion de passer plusieurs heures en sa compagnie. Elle l'avait tant fait attendre qu'il aurait bien du mal à ne pas tenter un rapprochement sexuel dont elle n'avait pas besoin en ce moment. Pourtant, cela lui manquait parfois, mais elle parvenait à se changer les idées en se disant qu'une relation stable était trop cher payée pour une satisfaction d'ordre physique. Quant aux aventures d'un soir, ce n'était pas du tout son genre. Ce dont elle avait besoin, pour le moment, c'était d'une présence purement amicale. Quelqu'un qui l'écouterait, bien sûr, car elle avait besoin de parler, mais qui la ferait rire aussi. Il lui semblait qu'il y avait si longtemps qu'elle ne l'avait pas fait.

À deux heures de l'après-midi, Mélissa se rendit à l'évidence qu'elle ne verrait personne cette journée-là. Elle retourna à son calendrier et fit un gros trait noir sur le chiffre un. Puis, résignée, elle alla s'installer au salon avec un livre et en commença la lecture. Au bout de quelques instants, incapable de se concentrer sur les phrases qui défilaient sous ses yeux, elle se leva et fit quelques pas en direction de l'étagère dans laquelle était installée sa chaîne stéréo. Là, elle mit plusieurs minutes à choisir un disque compact. D'une humeur plutôt triste, elle opta pour de la musique classique. C'était toujours son choix lorsqu'elle se sentait abattue. Un air de Beethoven emplit bientôt la pièce. Mélissa retourna à sa causeuse et s'installa confortablement avant de fermer les yeux. La symphonie fut toutefois interrompue par la sonnerie de la porte. La jeune femme coupa le son de la chaîne stéréo et alla ouvrir. Devant elle, se tenaient Matthew Davidson et son fils. Mélissa fut surprise par le sourire qu'affichait Matthew. Il y avait longtemps qu'elle lui avait vu un air aussi joyeux.

— Bonjour! fit-il, avant que son fils salue la jeune femme à son tour.

— Bonjour! répondit-elle aussitôt. Quand êtes-vous revenus?

— Hier soir. Je croyais que tu étais encore chez tes parents, mais j'ai quand même tenu à venir sonner à ta porte, au cas où...

— Tu as bien fait. Comme tu vois, je suis revenue, moi aussi. Pas mal plus tôt que toi, cependant. En fait, je suis partie de Sainte-Adèle le matin du vingt-cinq.

— Le vingt-cinq? fit-il avec surprise. Tu ne devais pas passer tout le temps des fêtes là?

— Je devais, oui. Mais il s'est passé des choses. Enfin! Je t'en reparlerai.

— As-tu prévu de souper quelque part, ce soir?

— Ne me parle pas du souper de ce soir! J'ai fait le tour de mon cercle d'amis et je n'ai trouvé personne qui veuille bien venir manger ici!

— Eh bien, c'est parfait! Tu vas venir souper avec nous. N'est-ce pas, Jérémie?

— Viens chez nous, Mélissa, l'invita l'enfant avec enthousiasme. Je vais te montrer mes cadeaux de Noël!

— Tu en as eu beaucoup?

— Oui, beaucoup. Viens, je vais te les montrer.

— Bon! D'accord! Donnez-moi le temps de changer de vêtements et je vais vous rejoindre.

— Tu es très bien comme ça, déclara Matthew en jetant un regard au pantalon fuseau et au chandail de laine qu'elle portait.

— Pas pour le jour de l'An! Je suis habituée de me déguiser, le premier janvier, précisa-t-elle en riant.

— Ah! Les femmes! fit-il en souriant à son fils. Très bien! reprit-il pour Mélissa. On va t'attendre.

— Donnez-moi quinze minutes et j'arrive.

꩜

Mélissa prit plutôt une demi-heure à se préparer. Elle passa une jolie robe noire, assez courte et peut-être un peu trop moulante pour un rendez-vous avec un simple ami et son petit garçon, mais tout de même très acceptable pour un souper du jour de l'An. Elle enfila des bas de soie et mit les souliers à talons hauts qu'elle portait rarement, faute d'occasions. Elle releva ensuite quelques mèches de sa longue chevelure blonde, qu'elle fixa avec un peigne orné de perles. Puis, après quelques retouches à son maquillage, elle prit la clef de son appartement et se rendit à celui de Matthew, qui avait troqué ses jeans et son chandail pour un pantalon noir de coupe française et une chemise blanche portant la griffe d'un grand couturier.

— Je me suis déguisé, moi aussi, dit-il en remarquant son sourire pendant qu'elle l'examinait.

— Tu pouvais bien parler des femmes!

— Allez, entre et cesse de rire de moi sinon je retire mon invitation.

— Ne fais surtout pas ça. Ça sent trop bon ici! Que prépares-tu?

— Une dinde. C'est la première fois de ma vie que je fais cuire ça. Par chance que j'ai eu ma mère pour me donner quelques conseils.

— En tout cas, ça sent bon!

— Viens voir mes cadeaux, Mélissa, cria Jérémie du salon.

La jeune femme se dirigea vers l'enfant et réalisa soudain que sa tenue n'était pas idéale pour s'amuser avec lui. Elle s'installa donc sur le divan et regarda les jouets les uns après les autres, touchée par les exclamations du petit qui semblait très excité d'avoir reçu tant de beaux cadeaux.

— L'apéritif! dit Matthew en revenant de la cuisine avec deux grands verres contenant des Bloody Caesar.
— Il n'est même pas quatre heures!
— On en prendra deux, s'il est trop tôt pour souper après le premier.
— Je veux du jus, papa.
— Tu oublies quelque chose, répliqua son père.
— Quoi? fit l'enfant
— Le petit mot magique...
— S'il te plaît, se rappela l'enfant.

Matthew retourna à la cuisine et en revint avec un verre de jus d'orange qu'il tendit à son fils. Il s'assit ensuite dans un fauteuil en face de Mélissa et ils se mirent à converser, interrompus à tout moment par l'enfant qui se mêlait à la conversation. Matthew raconta leur voyage à Toronto et tout ce qu'ils avaient fait pendant les huit jours qu'ils avaient passé là. Il s'informa également de l'état de santé de Danny. Il avait lu les faits entourant l'accident, dans un journal ontarien, et avait téléphoné à Mélissa pour avoir des nouvelles, mais il n'avait obtenu aucune réponse. Il parla de ses parents et beaux-parents qui les avaient reçus, Jérémie et lui, avec beaucoup d'attentions. Il avoua à la jeune femme qu'elle avait eu raison de lui pousser un peu dans le dos et que cette petite évasion à sa routine leur avait fait beaucoup de bien, à lui et à son fils. Il avait enfin réussi à retrouver le sommeil et l'appétit et avait même pris quelques kilos. Toutefois, il ne fallait pas qu'il s'attarde à penser à Julia car il avait alors tendance à se déprimer facilement. Il tentait donc de se changer les idées quand l'image de sa femme se formait dans son esprit.

Ils eurent le temps de prendre un second apéritif avant de passer à table. Le repas fut excellent et dura un bon moment, agrémenté par la volubilité de Jérémie, qui se coucha vers huit heures, après avoir rapporté tous ses cadeaux dans sa chambre. Matthew et Mélissa s'installèrent au salon pour prendre le digestif.

— Alors, commença Matthew, raconte-moi. J'ai compris, tout à l'heure, que tu ne voulais pas parler devant Jérémie, mais j'ai hâte de savoir ce qui t'est arrivé à Noël.

— Ce n'est vraiment pas très gai à raconter, déclara-t-elle en soupirant. On a eu droit à une belle chicane de famille!

— Ah! fit simplement le jeune homme, intrigué.

— Tu me promets de ne parler à personne de ce que je vais te dire?

— C'est promis!

— C'est plutôt triste comme histoire. Le soir du vingt-quatre, commença-t-elle d'une voix calme, mon père a insulté mon cousin François. Tu sais, François qui habite au dixième?

— Je l'ai déjà vu, oui.

— Eh bien, François est gai. Et il n'y avait que sa mère, Danny et moi qui le savions. Et ça ne faisait pas très longtemps qu'il nous avait informés. Ma sœur Alexandra a surpris une conversation entre Danny et moi et a informé mon père de ce qu'elle avait entendu. Le soir du réveillon, il a déballé son sac et a annoncé à toute la famille que François était homosexuel. Tu imagines le choc que ça a causé! Mon père avait pris un verre de trop, je crois, et il en avait gros sur le cœur, alors il a craqué. La mère de François lui a donné une de ces gifles! Tu aurais dû voir ça! Quant à François, il faisait pitié à voir. Pauvre lui! Il est si gentil!

— Ça devait être plutôt triste comme ambiance, oui.

— Triste! Pire que cela! Je n'ai pas terminé. François et sa mère sont partis en coup de vent après la querelle mais on a eu droit à un autre chapitre, nous. Et c'est là que ça devient beaucoup plus grave.

— Ah! fit une fois de plus Matthew.

— Papa nous a appris que ma mère avait eu un amant, ou plutôt qu'elle avait un amant depuis quinze ans.

— Seigneur! lança Matthew en affichant une mine surprise.

— À vrai dire, elle a eu un amant, il y a quinze ans, et ils se sont quittés. Mais il semble qu'ils ont recommencé à se voir et c'est cela qui a fait craquer mon père.

— Je le comprends!

— Attends que je te dise le reste. Au cours de cette nuit-là, on a découvert que ma sœur Alexandra était, en fait, la fille de l'amant de ma mère.

— Quelle histoire! Vous avez dû avoir tout un choc.

— Tu le dis, oui! Et le pire, c'est que l'amant en question, on le connaissait tous. Et il était même là, avec nous, pendant que papa nous mettait au courant de tout.

— Il était là? répéta le jeune homme avec stupéfaction. Mais que faisait-il là?

— Il fait partie de la famille, répondit Mélissa d'un air attristé. C'est mon oncle Éric.

— Éric? Pas Éric que je connais?

— Je n'ai qu'un oncle Éric.

— Je n'en reviens pas! J'ai toujours trouvé qu'Éric était un homme très bien. Je n'arrive pas à croire ça!

— C'est pourtant la vérité. Et je n'arrive pas à l'accepter. J'ai toujours placé Éric sur un piédestal. C'est mon parrain et je l'aimais beaucoup. Ma mère, elle, je la voyais presque comme une sainte. Elle pensait toujours aux autres et s'oubliait pour faire plaisir à tout le monde. Je la trouvais vraiment généreuse et attentionnée. Une vraie mère, quoi! Mais là, je te jure qu'elle a baissé d'un cran dans mon échelle d'évaluation.

— Ta mère et Éric! Je suis désolé pour toi. C'est vrai que ça a dû être tout un choc!

— Tu comprends, maintenant, pourquoi je suis revenue ici le vingt-cinq. Je n'avais pas du tout envie de rester à Sainte-Adèle et de voir le visage affligé de ma mère. Je n'étais tout simplement plus capable de lui adresser la parole.

— Tu ne lui as pas parlé depuis?

— Non. Et à Éric non plus.

— Et ton père?

— Il m'a téléphoné, il y a quelques jours. Il voulait que j'aille souper avec lui. Mais je n'avais pas envie d'entendre parler de tout cela, une fois de plus. J'ai revu François à quelques reprises et nous avons parlé longuement. Avec lui, je me sentais capable de le faire. Je ne sais pas pourquoi. Peut-être parce que je sentais qu'il avait besoin de s'épancher, lui aussi. Il a de la peine mais il se dit soulagé du fait que toute la famille soit au courant. Il n'aura plus à se cacher et à faire attention à ce qu'il va dire, de peur de se trahir.

— C'est bien vrai. J'avais un frère qui était gai, avoua-t-il d'une voix plus triste.

— Était?

— Oui. Il est mort, il y a cinq ans. Il avait deux ans de moins que moi.

— Il est mort comment?

— Un accident. Un accident bête et terrible. On faisait du ski alpin tous les deux. Je le suivais à quelques dizaines de pieds et je crois bien qu'on descendait un peu trop vite. À la sortie d'un détour, Mike a voulu éviter un enfant qui s'immobilisait et il a perdu le contrôle. Il a foncé dans un arbre et ne s'est jamais relevé.

— Mon Dieu! C'est terrible! Et tu as vu tout cela?

— Presque tout, oui. Je le suivais d'un peu plus loin et quand j'ai passé le détour, il était presque déjà rendu à l'arbre. Je l'ai vu s'y écraser et j'ai skié jusqu'à lui. Je savais qu'il serait blessé gravement mais, sur le coup, je n'ai pas pensé qu'il pourrait se tuer. Si tu l'avais vu! C'était horrible! Il est mort avant même que les patrouilleurs n'arrivent sur les lieux. Je n'ai pas remis de skis depuis.

— Tu n'aimerais pas beaucoup le domaine des Martin à Sainte-Adèle, alors. On a une vue sur les pistes de ski, de la salle à manger.

— Ça me rappellerait sûrement Mike, oui. Mais j'arrive à y penser d'une façon plus sereine, à présent, même s'il me manque parfois. On était très proches l'un de l'autre et c'était mon seul frère, tu comprends. J'ai une sœur mais elle habite en Europe et je ne la vois pratiquement jamais.

— Ça n'a pas dû être facile. Et tes parents n'avaient pas de difficulté à accepter l'homosexualité de ton frère?

— Au début, ce fut un véritable drame. Mon père ne voulait plus lui adresser la parole et ma mère pleurait chaque fois qu'il venait à la maison. Puis, avec le temps, les choses se sont replacées et, par chance, mon père et lui avaient fait la paix avant l'accident. Quand Mike est mort, papa était inconsolable. Il s'en voulait de l'avoir tenu à l'écart pendant longtemps; deux ans, en fait. Il regrettait ces deux années qui auraient pu lui apporter de bons souvenirs s'il avait su en profiter. Sa seule consolation était de lui avoir pardonné quelques mois auparavant et d'avoir recommencé à lui parler et à rire avec lui. Mike était un vrai bouffon. Il taquinait tout le monde et avait toujours une blague à raconter.

— Eh bien! On n'est pas très rigolos! dit Mélissa en prenant conscience de la tristesse de leur conversation.

— C'est vrai, oui. Parlons d'autre chose, alors.

La conversation dévia aussitôt et ils se mirent à parler de leur travail respectif avant que les sujets ne passent du coq à l'âne. Mélissa rentra chez elle vers une heure du matin, heureuse de l'agréable soirée qu'elle venait de passer en compagnie de Matthew. C'était vraiment d'un ami dont elle avait besoin, ce soir-là, et Matthew était en train de devenir le meilleur qu'elle avait...

❧

Danny se tourna dans son lit à quelques reprises avant de se réveiller complètement. Il venait de faire un cauchemar et se sentait bouleversé. Il avait en effet rêvé qu'il perdait totalement la vue et qu'il se retrouvait seul, dans une grande pièce, incapable de se diriger et apeuré par des bruits inquiétants qu'il entendait autour de lui. Au moment de se réveiller, quelque chose qu'il ne pouvait identifier lui agrippait une jambe et le faisait tomber sur le sol. Danny soupira longuement à la pensée de ce mauvais rêve et fut soulagé de voir les murs blancs de sa chambre d'hôpital. Il attendait la visite de son médecin en ce matin du deux janvier. À cette date, s'il n'y avait pas eu de complications après la première opération, il aurait été chez lui. Mais le destin en avait décidé autrement. Suite à l'intervention chirurgicale, des vaisseaux sanguins avaient éclaté dans son œil et il avait fallu opérer de nouveau pour régulariser la situation. Ce matin, donc, le médecin enlèverait le bandage et déciderait s'il accordait à son patient la permission de quitter les lieux. Danny espérait de tout cœur que la situation le favorise et lui permette de rentrer à la maison. Il n'en pouvait plus de rester au lit et de n'avoir, pour toute distraction, que ses marches quotidiennes dans les corridors. Il avait cependant la chance d'avoir beaucoup de visiteurs. Son père venait le voir chaque jour et Cindy l'accompagnait quelquefois, même si la seule vue de l'hôpital la rendait malade. Braddley et François étaient venus régulièrement et cela avait d'ailleurs fait la manchette d'un journal puisqu'un photographe et un journaliste, à l'affût des moindres détails concernant la blessure du hockeyeur, passaient fréquemment sur les lieux pour connaître les derniers développements de l'affaire. Intrigués de voir arriver Braddley Cooper avec un jeune homme qui leur était inconnu, ils avaient sauté sur l'occasion pour farcir une page de journal. On avait donc vu les deux jeunes hommes faisant leur entrée dans le centre hospitalier alors que l'article qui accompagnait la photo se résumait en plusieurs interrogations, dont la principale était de connaître l'identité de l'homme accompagnant Braddley Cooper. Ce dernier avait peu apprécié la chose mais n'avait rien fait pour confirmer ou infirmer les rumeurs qu'il avait entendues par la suite. Des joueurs et des dirigeants de l'équipe avaient également rendu visite à Danny. Tous tentaient de l'encourager et espéraient qu'il rejoigne la formation le plus tôt possible. Danny, pour sa part, demeurait très sceptique quant à cette éventualité. La dernière fois que le médecin avait enlevé son bandage, il n'avait vu que des ombres, de son œil droit. Cela l'avait d'ailleurs traumatisé et il avait fondu en larmes devant le chirurgien qui l'avait toutefois rassuré et encouragé à laisser le temps faire son œuvre.

Ce ne fut qu'à la fin de l'avant-midi que le jeune homme put voir son médecin. Celui-ci défit le bandage et demanda à son patient d'ouvrir l'œil. Danny obéit et, comme la dernière fois, vit la pièce dans un immense brouillard. Il referma les yeux immédiatement et lança un juron. Encore une fois, le chirurgien le calma. Puis, Danny ouvrit à nouveau les yeux et les laissa ouverts pour l'examen médical qui s'ensuivit. Il lança ensuite un regard circulaire à la pièce et eut l'impression de voir un peu mieux. Juste un peu. Le brouillard demeurait et les meubles semblaient difformes. Il en fit part au médecin qui trouva la situation normale. Il apprit également au jeune homme que la seconde opération était une réussite et qu'il lui donnait son congé de l'hôpital sur-le-champ. Danny n'en croyait pas ses oreilles. Il lui était venu à l'idée, en constatant que sa vision n'était pas parfaite, que le médecin ne voudrait pas qu'il quitte les lieux. Pourtant, il était bien en train de lui accorder la permission de partir. Cela le rassura et le mit de meilleure humeur. Il sortit du lit aussitôt et commença à s'habiller. Le médecin se mit à rire et le rappela afin de faire un nouveau bandage. Il n'était pas encore question de laisser l'œil à l'air libre et il faudrait attendre quelques jours. Danny se soumit à cette condition sans répliquer. Son père arriva à ce moment et se réjouit à son tour de cette bonne nouvelle. Peu après, ce fut au tour de Karen de se présenter à la chambre. Danny lui avait téléphoné à quelques reprises pendant son séjour à l'hôpital, et les encouragements de la jeune fille lui avaient fait du bien. Karen déposa un rapide baiser sur sa joue, consciente de la présence de Daniel derrière eux, et s'informa de la situation. Elle fut enchantée, elle aussi, par la tournure des événements et voulut bien accompagner Danny chez lui. Ce ne fut qu'après avoir accepté l'invitation qu'elle réalisa qu'elle se rendrait, en fait, chez son grand patron. Elle en fit part à Danny, discrètement, et cclui-ci se mit à rire avant de la présenter à son père. Daniel eut également un sourire en constatant qu'il faisait la connaissance de sa nouvelle employée par l'entremise de son fils. Ils partirent donc vers Sainte-Adèle en faisant des blagues sur la situation pour le moins inusitée.

Un souper avait été organisé pour célébrer le retour à la maison de Danny. Naturellement, il manquait bien des convives, vu les événements entourant le réveillon de Noël, mais Cindy, Amélie, Benoît et Jonathan surent se montrer d'agréable compagnie. Danny était heureux de revoir le foyer familial et de sentir la présence de ses proches. Le fait que Karen soit également là lui faisait du bien. Et même si, pour le moment, elle ne désirait que son amitié, il n'en conservait pas moins l'espoir de la faire changer d'idée. D'autant plus qu'il avait à présent tout son temps pour tenter de la conquérir.

⁂

François sortit de la douche et passa une serviette autour de ses hanches avant de se rendre au salon. Affalé dans le divan, Braddley relaxait. Il ouvrit les yeux alors que François lui tassait les jambes pour s'asseoir. Il lui sourit.

— Ça ne me tente pas de partir, dit le hockeyeur en grimaçant.

— Ne te plains pas. Quatre jours aux États-Unis avec le froid qu'on a ici, tu ne me fais pas pitié du tout.

— Tu penses que je vais avoir le temps de visiter, peut-être? Je vais passer le tiers de mon temps dans l'avion, une autre partie dans mon lit et le reste sur la glace. Deux parties en deux soirs dans des villes différentes, ce n'est pas de tout repos!

— Tu veux un kleenex avec ça? se moqua François.

— Hé! Tu me cherches! lança Brad en lui tapant l'épaule de son pied.

— Non, je ne te cherche pas, répondit François plus sérieusement. Mais depuis que Danny ne joue plus, on dirait que tu n'as plus le goût de voyager.

— C'est un peu vrai. J'ai perdu mon compagnon de chambre et j'ai bien peur de ne pas le retrouver.

— Danny va s'en sortir.

— Je voudrais bien en être aussi certain que toi. Mais je trouve que ça n'augure pas très bien.

— Il faut lui laisser le temps. On est juste au début de janvier. Ça ne fait même pas deux semaines que l'accident est arrivé.

— Je sais, oui. Mais une blessure comme ça, c'est toujours inquiétant.

— Les gars de l'équipe sont corrects avec toi depuis la parution de l'article dans le journal?

— Jusqu'à présent, oui. Du moins, ils n'ont pas passé de commentaires devant moi. Il y a Stevens qui m'a regardé drôlement, l'autre jour, dans la douche, mais j'ai fait comme si je ne m'apercevais de rien.

— Pourquoi dis-tu qu'il t'a regardé drôlement?

— Je ne sais pas. C'est peut-être une fausse impression, mais on aurait dit qu'il m'épiait. Il avait peut-être peur que je lui saute dessus, ajouta-t-il en riant. Et toi? Il y a des gens qui t'ont reconnu?

— Sûrement, oui. Mais moi non plus, on ne m'en a pas parlé. Et puis je m'en fous, finalement. Il faudra bien que ça se sache, un jour.

— C'est ce que je pense aussi mais ça m'inquiète un peu, tout de même. Tu sais, je demeure persuadé que les dirigeants de Toronto m'ont échangé pour ne pas avoir de troubles. Alors je me dis que ça pourrait bien m'arriver à Montréal aussi.

— J'espère bien que non. C'est plutôt dégueulasse d'échanger un bon joueur pour des raisons semblables.

— C'est peut-être dégueulasse, comme tu dis, mais c'est possible.

— Et si on t'échangeait, commença François avec hésitation, continuerais-tu de me voir quand même?

— Ne me pose pas cette question, d'accord? Je ne veux même pas y penser.

— C'est parce que la réponse est négative, n'est-ce pas?

— Je n'ai pas dit cela. Mais je ne veux pas me casser la tête avant que le problème se pose. Si jamais il se pose!

— Tu as sans doute raison, mais moi, je ne suis pas fait comme cela. Ça m'a pris tellement de temps à trouver quelqu'un avec qui je me sens bien, que je serais terriblement bouleversé de me retrouver seul à nouveau.

— Hé! Là! Tu es en train de déprimer, dit Brad en se rapprochant pour poser sa main sur son avant-bras. Tu prends ça trop au sérieux, Frank. Laisse faire le temps, O.K.?

— O.K., répondit François d'un air résigné. Tu pars à quelle heure?

— Dans dix minutes. Je dois être à l'aéroport dans deux heures et il faut que je passe à mon appartement avant.

— Tu vas me téléphoner en rentrant?

— Je vais venir dormir ici. Ça te va?

— Ça me va, oui, répondit François en ébauchant un sourire.

— Que vas-tu faire pendant ces quatre jours?

— Je vais écrire. Et je vais sans doute aller voir Mélissa, et peut-être Danny, aussi.

— Vraiment? Tu vas lui rendre visite chez son père?

— Il le faudra bien puisqu'il a quitté l'hôpital ce matin. Mais ça ne sera pas rigolo de remettre les pieds là!

— Fais-toi respecter, Frank. Ils n'ont pas le droit de te juger.

— Oh! C'est juste Benoît qui m'inquiète un peu. Les autres, je sais qu'ils vont être corrects avec moi. À moins que mon cousin Jonathan se mette à me lancer des messages subtils comme il sait si bien le faire, mais lui, je l'attends dans le détour.

— Et voilà que Martin sort ses poings, se moqua à nouveau Braddley.

Pour toute réponse, François lui administra un coup de poing sur un bras. Braddley se mit à lui taper dessus, à son tour, et il s'ensuivit une bousculade amicale au cours de laquelle ils rirent comme des enfants.

— Je dois partir, dit soudain Braddley. Je suis en retard de dix minutes sur mon horaire.

— C'est plutôt parce que tu as peur que j'aie le dessus sur toi, se moqua François.

— On va reprendre ça, le défia l'autre en se levant. Tu as quatre jours pour te faire des bras.

— C'est ça! En attendant, va t'exercer sur les gars de Boston et de Chicago!

— C'est une bonne idée, ça! Surveille-moi à la télé. Je vais me battre juste pour te montrer comment on fait!

— Ouais! Ouais! Va-t'en, la terreur! Tu vas manquer ton avion.

— Je serais prêt à le manquer. Pour rester ici avec toi, ajouta-t-il en s'approchant de François.

— Eh bien là, c'est vrai que tu te ferais échanger!

— Tu deviens raisonnable, dis donc! Ou bien tu t'habitues à me voir partir.

— Je ne m'habitue pas, non. Mais je n'aime pas les longs au revoir. Ça me rend triste.

— Alors, je ne vais pas t'attrister plus longtemps. À bientôt! termina Brad avant de lui donner un baiser et de quitter l'appartement.

Yannick était assis sur le lit d'Alexandra et la regardait avec tristesse. Elle était là, près de la fenêtre, regardant dehors en pensant sans doute à ce qu'il venait de lui dire. Il s'en voulait de lui causer cette peine mais se sentait incapable de faire autrement. Alexandra ne parlait pas et avait le regard fixe. Ses mains posées sur son ventre, qui était maintenant bien rond sous la robe bleue qu'elle portait, lui donnaient un air encore plus vulnérable et augmentait le sentiment de culpabilité qui habitait le jeune homme. En cette journée de son seizième anniversaire de naissance, il n'avait aucunement le goût de célébrer quoi que ce soit. Il se trouvait lâche et détestable, mais en même temps, raisonnable et responsable. Il lui fallait ce temps de réflexion qu'il demandait à Alexandra. Il devait la quitter pendant un certain temps et prendre le recul nécessaire pour faire le point sur ses sentiments. Bien sûr, il se sentait encore attiré par elle, mais c'était insuffisant pour lui. Il avait l'impression de prendre ses responsabilités en faisant l'analyse de la situation et, surtout, de l'avenir qui les attendait. Cet avenir qui lui faisait peur et qu'il trouvait incertain. Comment subviendrait-il aux besoins de cet enfant tout en atteignant ses objectifs personnels? Pour lui, il ne suffisait pas de trouver les moyens financiers pour faire vivre une famille. Il savait qu'il pouvait compter sur les parents d'Alexandra pour les assister. Mais un enfant demandait beaucoup plus que cela et c'était ce qui l'inquiétait. Il ne se voyait pas s'occuper de sa famille, travailler pour gagner un peu d'argent et continuer ses études. Il se sentait incapable de composer avec tout cela. Alexandra ne voyait cependant pas les choses de la même manière. Elle était prête à abandonner l'école pour rester avec son enfant et lui donner toute l'attention dont son père le priverait en raison de ses occupations. Elle reprendrait ses études un jour, selon ses dires, quand l'enfant aurait moins besoin de sa présence. Yannick trouvait ce projet irréaliste et cela l'encourageait dans sa décision de prendre ses distances vis-à-vis de la jeune fille. Leur façon de voir les choses était trop différente pour qu'ils puissent s'entendre et c'était pour cela qu'il avait tant besoin de ce temps de réflexion qu'il réclamait.

— Je m'en vais, déclara-t-il en se levant soudainement.

— Attends! implora Alexandra en se tournant vers lui. Pas tout de suite, Yannick, je t'en prie.

— Ça ne sert à rien que je m'éternise ici, Alex. J'ai besoin d'être seul.

— Tu n'as pas de cœur.

— Ce n'est pas vrai. Si je n'avais pas de cœur, je n'aurais pas pris la peine de t'expliquer ce que je ressens. Je t'aurais téléphoné et je t'aurais dit que je ne voulais plus te voir, tout simplement.

— Ça, ça aurait été vraiment inhumain.

— Je ne l'ai pas fait, non plus. Et contrairement à ce que tu peux croire, ça me fait de la peine de te voir dans cet état. Je n'éprouve aucun plaisir à te voir souffrir.

— C'est peut-être parce que tu m'aimes encore, avança-t-elle en s'approchant de lui.

— Peut-être, Alex, mais je ne sais plus.

— Mais moi, je t'aime, lança-t-elle en se jetant dans ses bras.

Yannick la serra contre lui pendant qu'elle éclatait en sanglots. Entre eux, il sentait la rondeur de son ventre qui lui rappelait toute la culpabilité qui le mortifiait. Il laissa Alexandra pleurer longuement avant de la repousser doucement. Puis, il regarda ses yeux mouillés et les essuya du revers de sa main. Cela lui crevait le cœur mais il réussissait tout de même à conserver sa détermination. Il n'allait pas céder à la tristesse et encore moins à la pitié, si toutefois cela en était. Il ne savait plus très bien comment interpréter ce qu'il ressentait mais une chose était certaine, il ne se sentait pas indifférent.

— Je t'en prie, Alex, dit-il doucement. Laisse-moi partir.

— Je vais accoucher dans quatre mois et je me retrouve toute seule. Je n'ai même plus ma mère avec qui parler et je n'ai plus de père, acheva-t-elle d'une voix brisée.

— Tu as encore ta mère, Alex. Elle attend seulement que tu lui parles. C'est toi qui ne veux plus avoir de contacts avec elle. Quant à ton père, il l'est toujours, tu sais. Il n'est pas ton père biologique mais il s'est toujours occupé de toi.

— Tu ne peux pas savoir ce que c'est. Il faudrait que tu sois à ma place pour comprendre.

— Je comprends plus que tu le penses. Même si ça ne m'est pas arrivé à moi, je peux me mettre à ta place. Et le meilleur conseil que je peux te donner, c'est de parler à ta mère. Dis-lui tout ce que tu ressens, vide-toi le cœur. Ça va te faire du bien.

— Tu ne sais pas ce qui me ferait du bien, dit-elle en haussant le ton. Sinon, tu ne partirais pas.

— Sois raisonnable, Alex. Tu préfères quelqu'un qui reste avec toi par obligation plutôt que quelqu'un qui pourrait revenir de plein gré?

— Et si tu ne revenais pas?

— Ce serait mieux pour nous deux, alors.

— Tu es froid.

— Non. Je suis bouleversé.

— Je ne te crois pas. Tu arrives à t'exprimer avec tant de logique!

— C'est parce que je me suis préparé à cette conversation, Alex. Je savais comment ça se passerait et j'avais prévu tes réticences.

— Je te fais pitié, n'est-ce pas? demanda-t-elle après un moment de silence.

— Je ne sais pas si c'est de la pitié que j'éprouve. Et c'est pour cela que tu dois me laisser partir. Si je reviens, tu pourras alors être certaine que ce n'était pas cela.

— Va-t'en, se résigna-t-elle enfin à dire. Je ne veux pas de ta pitié. Il me reste un peu de fierté, tout de même.

— Je vais te donner de mes nouvelles, Alex. C'est promis. Peu importe la décision que je prendrai. D'accord? demanda-t-il en lui caressant la joue.

— Ne me touche pas. Ça me fait encore plus mal.

— Ça va. Je ne te touche plus. Tu vas être forte?

— Je ne sais pas, avoua-t-elle de sa voix affaiblie.

— Il faut que tu le sois. Tu ne dois pas te laisser aller.

— Je vais essayer. Mais ça va être difficile, ajouta-t-elle en étouffant un sanglot.

— Au revoir, Alex, dit-il en s'éloignant.

Alexandra le regarda sortir de la chambre et se jeta sur le lit en pleurant de plus belle. Pour la première fois depuis le début de sa grossesse, elle mettait en doute la décision qu'elle avait prise de mettre cet enfant au monde...

Chapitre 8

Mélissa rentra à son appartement après une journée de travail plutôt ardue. Elle se sentait fatiguée et aurait eu besoin du genre de massage qu'elle faisait à ses clients pour détendre leurs muscles. Mais, consciente que personne ne lui ferait ce genre de traitement, elle se promit de se coucher tôt. Elle jeta un regard au contenu de son réfrigérateur et grimaça. Il n'y avait rien là qui lui ouvrait l'appétit. Elle referma la porte et décida de prendre un bain moussant avant de penser à nouveau à manger. Elle resta assise dans l'eau bien tempérée pendant une bonne demi-heure avant d'en sortir. Puis, elle se sécha et mit des vêtements de nuit. Le téléphone sonna alors qu'elle revenait à la cuisine. C'était François qui lui faisait part de son intention de la visiter un peu plus tard dans la soirée. Elle n'osa pas refuser mais lui demanda tout de même de venir assez tôt. Aussi, quand on sonna à la porte quelques minutes plus tard, pensa-t-elle aussitôt que c'était son cousin. Elle alla ouvrir et fut stupéfaite d'avoir Éric devant elle.

— Bonjour, Mel, dit-il simplement.
— Je ne sais pas si j'ai le goût de te voir, Éric.
— Tu as un doute, lui fit-il remarquer. C'est déjà ça de pris!
— Tu n'as pas changé. Tu as toujours la réplique facile.
— C'est vrai que je n'ai pas changé, Mel. C'est ta façon de me voir qui a changé.
— Peut-être bien, oui. Allez! Entre! On ne va pas régler nos histoires de famille dans le corridor.

247

— Merci, fit simplement son parrain en la suivant jusqu'à la cuisine.

Là, elle prépara du café pendant qu'Éric s'appuyait au comptoir en la regardant faire. Elle s'installa à quelques pas de lui après avoir poussé le bouton de mise en marche de la cafetière.

— Tu as revu ma mère? demanda-t-elle soudain.
— C'est plutôt direct comme question, remarqua Éric d'un air surpris.
— Tu sais que je ne suis pas du genre à faire cent détours. Alors, tu l'as revue, oui ou non?
— Oui.
— Souvent?
— Quelques fois.
— Et comment va-t-elle?
— Aussi bien qu'elle peut aller dans les circonstances.
— Mon père sait-il que vous continuez de vous voir?
— Pourquoi toutes ces questions, Mel? demanda-t-il d'un air agacé.
— Parce que je veux savoir.
— Je ne sais pas si ton père est au courant. Amélie ne doit pas lui dire qu'elle vient chez moi, je suppose.
— Tu ne parles pas de cela avec elle?
— Pas vraiment. De toute façon, on ne se voit pas très souvent. Danny est revenu à la maison, il y a trois jours, et il n'est pas très patient. Cindy appréhende son dernier traitement et a de plus en plus peur des résultats. Et Alexandra n'a pas adressé la parole à ta mère depuis le réveillon. Alors, comme tu vois, Amélie vient plutôt me voir pour se détendre un peu et non pas pour me parler de ce qui se passe chez elle. Je finis toujours par en apprendre un peu mais j'essaie de lui changer les idées.
— Épargne-moi les détails sur la façon dont tu t'y prends pour lui changer les idées, d'accord?

— Je n'avais pas l'intention de t'en dire davantage, déclara Éric d'un air contrarié.

— Qu'es-tu venu faire ici, au juste?

— Je suis venu te voir et te parler. Mais j'espérais que tu serais un peu plus encline à la conversation.

— Tu espérais que j'allais me jeter à ton cou et te dire «Bonjour, cher Éric», peut-être?

— Non. Pas à ce point, quand même. Mais je déteste le ton sarcastique que tu emploies pour me parler.

— Tu peux toujours retourner chez toi, si ça te déplaît!

— Ça suffit! lança-t-il en la prenant par les épaules afin de l'obliger à le regarder en pleine face.

— Lâche-moi! répliqua-t-elle sur le même ton. Je n'ai pas soupé et je n'ai pas le goût de t'écouter. Laisse-moi me préparer un café et va-t'en, que je puisse manger en paix.

— Je me fous de ton café et du fait que tu n'aies pas soupé. Moi non plus, je n'ai rien mangé et j'ai bien l'intention de te parler avant de le faire.

— Tu es chez moi, Éric Martin! Tu n'as pas le droit de m'imposer ta présence.

— Seigneur! fit Éric en soupirant longuement avant de faire une pause pour reprendre le contrôle de lui-même. C'est la première fois que l'on se parle de cette façon, ajouta-t-il d'une voix plus calme. Te rends-tu compte, Mel? On s'est toujours bien entendus, toi et moi.

— Ce n'est pas moi qui ai brisé notre entente, Éric, lui fit-elle remarquer d'une voix plus posée.

— Je sais que tu n'y es pour rien. Inutile de me le rappeler.

— Tu couches avec ma mère et mon père est toujours vivant. Et en plus, c'est ton frère! Alors comment veux-tu que je réagisse?

— Je sais que c'est difficile pour toi. Mais dis-toi bien

que c'est difficile pour ta mère et moi, aussi. Ce n'est pas pour rien qu'on ne s'est pas vus pendant de longues années. Mais je l'aime, Mel. Pourrais-tu comprendre cela s'il ne s'agissait pas de ta mère?

— Je ne peux pas oublier que c'est d'elle dont tu parles quand tu dis que tu l'aimes.

— Elle a beaucoup de peine, tu sais. Elle ne mérite pas ça. Si tu savais tout ce qu'elle a traversé, tu ne la jugerais pas si facilement.

— Elle a trompé mon père, Éric. À la limite, j'arriverais peut-être à lui pardonner cela. Mais qu'elle l'ait trompé avec toi, ça, je ne peux pas l'admettre.

— Tu crois que j'ai profité de la situation, n'est-ce pas? Eh bien, laisse-moi te dire que j'ai tout fait pour oublier Amélie, justement parce qu'elle était la femme de mon frère. Mais il y a des limites à combattre ses sentiments, surtout quand le destin se charge de nous remettre sans cesse sur le même chemin.

— J'aurais l'impression de trahir mon père si l'on reprenait nos relations comme avant. Je sais que ça lui ferait de la peine.

— Je peux comprendre cela. Tu me crois responsable de l'échec de son mariage et c'est normal que tu m'en fasses porter le poids. Après tout, c'est ton père, et c'est moins important pour toi de me faire de la peine plutôt que de lui en faire à lui.

— Je ne veux pas te blesser, Éric. Je me sens déchirée entre vous deux, c'est tout.

— Alors tu ne me détestes pas tout à fait?

— Non, je ne te déteste pas. Mais j'ai mal.

— Moi aussi, Mel, dit-il en la prenant dans ses bras. On a toujours été très proches, tous les deux, tu le sais. Je n'ai pas eu d'enfant, enfin je le croyais, et je reportais mon affection sur toi. Tu étais un peu ma petite fille.

— Je sais, Éric. Et je t'aimais très fort. J'avais toujours hâte aux vacances d'été pour te revoir. Je t'écrivais pendant tout l'hiver, tu te souviens?

— J'ai conservé toutes les lettres, dit-il en affichant un sourire nostalgique.

— C'est vrai? Moi aussi, j'ai gardé les cartes que tu m'envoyais à ma fête, à Pâques, à Noël...

— Je n'ai pas changé, Mel. Je suis toujours ton parrain qui t'aime.

— Mais moi je ne suis plus la petite fille qui te plaçait sur un piédestal. Je te vois tel que tu es, à présent, et ta conduite me fait du mal. J'ai l'impression que maman et toi, vous vous moquez de nos sentiments et que vous ne pensez qu'à vous deux.

— Ce n'est pas le cas, je t'assure. Si ça l'était, je ne serais pas ici à essayer de me faire pardonner. Amélie et moi, on est très attristés du mal que l'on vous fait. Mais on s'est retenus si longtemps pour ne pas vous blesser, que l'on croit à présent qu'il est temps de penser à nous.

— Tu crois que ma mère pourrait te choisir, toi, plutôt que nous, si elle avait un tel choix à faire?

— Je pense que non. Même si elle dit qu'elle est prête à tout, je ne crois pas que je serais gagnant si elle avait à faire un tel choix. Avez-vous réellement l'intention de lui demander cela?

— Non. C'est une idée qui m'est venue soudainement.

— Tu me rassures un peu.

— Tu doutes de son amour pour toi, à ce que je vois.

— Non. Je n'ai aucun doute là-dessus. Mais je sais qu'elle vous aime aussi et qu'elle est le genre de mère à se sacrifier pour ses enfants. Jamais elle ne vous abandonnera, crois-moi. Je suis bien placé pour le savoir.

— Tu l'aimes vraiment, Éric? Tu ne vas pas tout détruire et le regretter par la suite?

— Je suis certain que non. J'aime ta mère depuis si longtemps que je ne peux plus avoir de doute.

— Je n'arrive pas à vous imaginer ensemble.

— C'est normal, je suppose. Mais ça viendra, si tu nous en donnes la chance.

— Et Alex? Tu penses à elle?

— J'y pense sans cesse. J'ai toujours rêvé d'avoir un enfant et la seule fille que j'ai me déteste.

— Alex est une fille déterminée. Avec elle, il n'y a pas de demi-mesure. Parfois, je l'envie d'être comme ça. Moi, je passe mon temps à me remettre en question. Tu vois, je suis même en réflexion à savoir si je vais reprendre avec Maxime.

— Tu songes vraiment à cela? demanda-t-il avec surprise.

— Sérieusement, oui. Je l'ai revu quelques fois et il ne me laisse pas indifférente.

— Penses-y longuement, Mel. Ne lui redonne pas ta confiance sur un coup de tête.

— Ça fait déjà deux mois que je le fais patienter. Je crois bien qu'il a eu sa leçon.

— Ça m'inquiète un peu, tout de même.

— Cesse de t'en faire pour moi. Tu as assez de tes problèmes, Éric.

— Ça ne m'empêche pas de me préoccuper de ceux des autres, surtout s'il s'agit de mes proches.

— Pourquoi est-ce que je n'arrive pas à te détester, dis-moi?

— Parce que je ne suis pas détestable, je suppose, répondit-il en souriant.

— Tu as toujours réponse à tout! Tasse-toi, maintenant, ajouta-t-elle en faisant exprès pour le repousser un peu brusquement. Je veux le prendre, ce café qui me chatouille les narines depuis un moment.

— J'en prendrais bien un, moi aussi.

— Je ne t'en ai pas offert, il me semble, lui fit-elle remarquer d'un ton blagueur.

— Tu me laisserais mourir de soif?

— Pas à ce point-là, quand même, mais je te ferais bien souffrir un peu pour me venger.

— Ça fait deux semaines que je souffre en pensant à toi. Ça devrait te soulager un peu, non?

— C'est un bon début. Mais sérieusement, Éric, je n'approuve pas encore la relation que tu as avec ma mère. Il me faudra du temps.

— Je comprends. Mais j'aimerais bien que tu parles à Amélie. Elle en a besoin. Ce n'est pas facile, ce qu'elle vit en ce moment. Elle reste chez elle pour aider les autres et elle s'oublie encore une fois. Elle a besoin de réconfort, elle aussi, crois-moi.

— Je ne sais pas ce que je pourrais lui dire.

— Laisse-la parler. Laisse-la te raconter cette partie de sa vie où elle a eu à choisir entre vous et moi. Je préfère que ce soit elle qui le fasse car elle sera plus douce que moi. Moi, j'ai tendance à en vouloir à Benoît et à le culpabiliser. J'en suis conscient et je sais que je te ferais du mal si je te racontais ma version à moi.

— Je n'accepterais pas que tu dises du mal de mon père. Je sais qu'il a des défauts, mais c'est mon père et je le respecte.

— C'est bien de penser comme cela, mais respecte également ta mère et laisse-lui la chance de s'expliquer.

— Je le ferai, Éric. En temps voulu, ajouta-t-elle en se retournant pour préparer les cafés.

Ils prenaient leur première gorgée quand on sonna à la porte. Mélissa quitta la cuisine et revint en compagnie de François.

— Bonsoir! fit ce dernier à l'intention de son oncle.

— Bonsoir, François. Ça va?

— Très bien. Et toi?

— Mieux, répondit-il en jetant un regard en direction de Mélissa. Ton livre avance?

— J'ai presque terminé le premier jet. Il me restera ensuite la correction et je serai prêt à l'envoyer à un éditeur.

— J'ai hâte de le lire.

— Je pourrai te prêter une copie du manuscrit quand il sera terminé.

— J'aimerais beaucoup, oui.

— C'est super bon! fit Mélissa qui avait le privilège de lire les chapitres à mesure que son cousin les terminait.

— Merci! fit François en souriant. J'aurai un nouveau chapitre à te faire lire, sans doute après-demain.

— Tu sais que Danny est sorti de l'hôpital? reprit Éric à l'intention de son neveu.

— Oui, je sais. Je lui ai téléphoné, ce matin. Je devrais lui rendre visite d'ici quelques jours.

— À Sainte-Adèle? demanda Mélissa avec surprise.

— Je n'ai pas vraiment le choix de l'endroit. Tu veux venir avec moi?

— Je ne sais pas. Je t'en reparlerai. Pour le moment, je meurs de faim.

— Tu meurs toujours de faim! déclara son cousin d'un air moqueur. Console-toi car j'ai demandé qu'on livre une pizza ici, avant de descendre. J'ai commandé la plus grosse en pensant à toi.

— Hé! fit Mélissa en prenant un air indigné. Je ne suis pas un ogre, tout de même! Et comment pouvais-tu savoir que je n'avais pas soupé?

— Tu n'as pas soupé, en plus? Par chance que j'ai commandé la plus grosse, alors!

— François Martin! Je vais te le faire regretter, tu vas voir. Je vais te laisser juste la croûte. Et puis, je t'informe qu'Éric n'a pas soupé, lui non plus.

— Ah! Non! Ce n'est pas vrai! dit-il en prenant un air découragé. Il ne va rien me rester.

— La croûte! reprit Éric en riant.

Le samedi suivant, François et Mélissa prenaient la route vers Sainte-Adèle. Cela leur demandait tout leur courage mais ils étaient décidés à affronter leur famille. Rendus sur place, François se dirigea vers la chambre de Danny et y passa une partie de l'après-midi. Ils discutèrent longuement de l'accident et de ses conséquences pour le hockeyeur. François réconforta son cousin du mieux qu'il le put. Il réussit même à le faire changer de sujet et à le faire rire à certains moments.

De son côté, Mélissa s'entretenait avec sa mère, dans la chambre de cette dernière. Amélie fut en mesure de lui faire part de ses sentiments et de lui expliquer sa vision des choses. Pendant les premières minutes, Mélissa se sentait contrariée et choquée par les détails qu'utilisait sa mère pour lui expliquer la situation. Mais au fur et à mesure que le temps passait, elle se montrait plus compatissante et à l'écoute de ce qu'avait été la vie d'Amélie. Celle-ci parlait et racontait tout, sans pour autant tenter de diminuer Benoît aux yeux de sa fille. Mélissa s'en rendait compte et appréciait cette façon de faire. Elle reconnaissait bien là sa mère. Quand Amélie eut tout dit, Mélissa se permit de lui poser plusieurs questions auxquelles elle répondit avec franchise. Puis, encore bouleversées par la situation, elles se retrouvèrent dans les bras l'une de l'autre et se pardonnèrent tout le mal qu'elles s'étaient fait.

François et Mélissa prirent le souper à Sainte-Adèle. Benoît se montra un peu froid à l'égard de son neveu, mais fit tout de même son possible pour ne pas être trop désagréable. Il n'acceptait toujours pas l'homosexualité du jeune homme et n'oubliait pas la gêne qu'il avait ressentie en voyant sa photo dans le journal près de Braddley Cooper; mais il ne voulait pas se lancer dans une nouvelle chicane en relançant le sujet. Somme toute, le repas et la soirée furent agréables, et les deux jeunes gens quittèrent Sainte-Adèle de bien meilleure humeur qu'en y venant.

❧

Danny sortit de la piscine et se demanda où il avait mis ses lunettes. La semaine précédente, il avait passé un examen de la vue. Sa vision étant encore embrouillée, il n'avait pas été surpris d'apprendre que son œil droit avait perdu vingt pour cent de sa capacité visuelle. Le médecin lui avait cependant précisé qu'il était chanceux de s'en tirer à si bon compte alors qu'il aurait pu perdre cent pour cent de son acuité visuelle. Il lui restait donc à porter des lunettes pour corriger sa vision et, dans quelque temps, il pourrait même songer à une lentille cornéenne. Danny s'était montré heureux du dénouement de l'accident mais n'en conservait pas moins un certain doute. Surtout le soir, quand sa vue devenait plus embrouillée. Il se demandait alors s'il pourrait à nouveau jouer au hockey avec une vision qui diminuait sous la fatigue quotidienne. Cette incertitude l'inquiétait et le rendait impatient et plus agressif. Il était si peu habitué à rester inactif que les dernières semaines passées à devoir se reposer avaient miné son caractère habituellement jovial.

— Qu'est-ce que tu cherches? demanda son père qui venait de faire irruption dans la grande pièce vitrée.
— Mes lunettes! répondit Danny sur un ton impatient, tout en continuant d'examiner le plancher.
— Elles sont là, dit soudain Daniel en apercevant l'objet des recherches de son fils.

Danny se pencha pour ramasser les lunettes, qu'il avait déposées sur le plancher avant d'entrer dans l'eau, et les plaça sur son nez en faisant la grimace.

— Je déteste ça, maugréa-t-il. On dirait que je vois tout dans un encadrement. On se croirait dans une galerie d'art!

— Cesse de te plaindre, demanda Daniel d'un air un peu moqueur. Tu vas avoir ta lentille cornéenne dans quelques semaines et tu vas oublier tout cela.

— Je voudrais bien en être certain. Pour le moment, en tout cas, plus la journée avance et moins je vois clair.

— Ça aussi, ça va se tasser. Tu veux guérir trop vite. Laisse faire le temps; ton médecin te l'a répété cent fois.

— On voit bien que tu n'es pas à ma place, toi! Je reste ici à ne rien faire alors que mon équipe est sur la glace. Je m'ennuie de jouer. Peux-tu comprendre ça?

— Je le peux, oui, mais ce n'est quand même pas la fin du monde!

— C'est facile pour toi de dire cela.

— Tu crois vraiment que c'est facile? demanda Daniel en haussant le ton. Tu es là à te plaindre pour un problème qui va s'arranger de lui-même alors que Cindy est peut-être en train de mourir.

— Pourquoi tu dis ça? questionna Danny en s'inquiétant. Cindy a reçu le résultat de ses tests?

— Hier après-midi, oui, répondit son père avec tristesse. Elle n'a pas voulu que j'en parle, mais je ne suis plus capable de garder ça pour moi. Ses traitements n'ont servi à rien. La masse est aussi grosse qu'avant et il va falloir opérer.

— Je suis désolé, papa, déclara Danny en regrettant son excès de mauvaise humeur. Comment Cindy réagit-elle?

— Mal. Très mal. L'opération lui fait très peur. Elle craint qu'on découvre des cellules cancéreuses dans ses organes vitaux et elle a aussi très peur de l'ablation totale du sein.

— Pauvre Cindy! C'est vrai qu'elle est pas mal plus à plaindre que moi. Et toi, que penses-tu de tout cela?

— J'ai peur aussi. Je me sens tellement impuissant et inutile. J'essaie de la consoler et de l'encourager mais je n'y arrive pas. Probablement que je ne trouve pas les bonnes paroles mais elles sont difficiles à trouver puisque j'ai aussi peur qu'elle.

— L'opération est prévue pour quand?

— Aussitôt que possible. Son médecin a parlé de la semaine prochaine. En attendant, je ne vais plus au bureau. Benoît va m'informer de ce qui s'y passe et j'ai toujours mon cellulaire pour les cas urgents. Je veux rester auprès de Cindy avant et même après l'opération. Tant pis pour le reste!

— Tu fais bien. Des épreuves comme celle-là, ça remet les valeurs à la bonne place!

— C'est vrai, oui. Et j'ai bien peur que ce ne soit là que la pointe de l'iceberg. Si Cindy survit, ajouta-t-il d'un ton encore plus triste, elle va traverser une période dépressive avec laquelle il va falloir apprendre à composer. Je ne sais pas si je serai à la hauteur.

— Tu demanderas l'aide d'un psy, si tu n'es pas capable de la réconforter.

— J'y ai songé, oui. Et c'est sûrement ce que je proposerai à Cindy, après. Mais va-t-elle vouloir se faire traiter? C'est une autre histoire.

— Tu verras rendu là, papa. Suis le conseil que tu ne cesses de me donner: ne saute pas les étapes et laisse agir le temps.

— C'est vrai, oui, admit Daniel en souriant.

— Monsieur Danny! fit soudain la voix de la femme de ménage qui venait d'ouvrir la porte séparant la piscine de la bibliothèque.

— Oui? fit le jeune homme en se retournant.

— Il y a une demoiselle Karen Tremblay qui vient d'arriver.

— Oh! C'est vrai! J'étais en train d'oublier que je l'ai invitée à venir passer l'après-midi.

— Tu invites mes employées à la maison, à présent? se moqua son père.

— Ne la traite pas comme ça, je t'en prie. Elle serait terriblement gênée. Au fait, comment ça va pour elle, au bureau?

— Je n'entends pas parler d'elle, alors c'est bon signe!

— Tant mieux! Excuse-moi, ajouta-t-il en s'éloignant, je vais aller l'accueillir.

Danny ramassa une serviette à son passage et la passa autour de sa taille avant de se rendre au hall d'entrée. Karen eut un sourire en le voyant si peu vêtu mais ne passa aucune remarque. Elle suivit le jeune homme au salon et s'y installa pendant qu'il montait à sa chambre pour s'habiller.

❧

Alexandra pénétra dans la cuisine et aperçut sa mère, assise dans la chaise berçante placée près d'une grande fenêtre à carreaux. Visiblement, Amélie avait pleuré. Ses yeux encore humides et son air attristé ne pouvaient mentir.

— Que se passe-t-il? demanda la jeune fille qui s'adressait à sa mère pour la première fois depuis près d'un mois.

Amélie lui lança un regard surpris. C'était bien la voix d'Alexandra qu'elle venait d'entendre.

— Rien de grave, répondit-elle d'une voix faible.

— Voyons, maman! Tu ne pleurerais pas s'il ne se passait rien!

— C'est un ramassis de toutes sortes de choses, je crois bien. Ta tante Cindy se fait opérer ce matin et je suis très inquiète. Et puis, j'en ai assez de ma vie. Je suis en train de craquer, je crois.

— Hé là! Ne te laisse pas abattre comme ça, dit sa fille en s'approchant d'elle. Je vais recommencer à te parler, d'accord?

— C'est déjà fait, il me semble, constata Amélie en souriant devant cette offre puérile. Et ça me fait du bien d'entendre ta voix. C'est un problème de moins.

— Tu vois encore Éric? demanda Alexandra avec un peu d'hésitation.

— Pourquoi veux-tu savoir cela?

— Parce que je veux être au courant de la situation. On a vécu dans le mensonge assez longtemps, il me semble.

— Je l'ai vu, la dernière fois, il y a onze jours exactement.

— Tu comptes les jours? demanda Alexandra avec surprise.

— Ça m'arrive, oui, quand je suis trop longtemps sans le voir.

— Tu l'aimes à ce point-là?

— Je l'aime, oui. Et ça fait mal, crois-moi. Ça aurait été si simple d'arriver à l'oublier!

— C'était difficile, avec moi dans le décor! Parfois, je me dis que ça va être la même chose pour moi en ce qui concerne Yannick.

— Pourquoi voudrais-tu oublier Yannick?

— Parce qu'il n'est plus avec moi, répondit-elle en retenant ses larmes.

— Depuis quand?

— Dix jours. Tu vois, je les compte, moi aussi.

— Et tu ne m'as rien dit?

— Je ne te parlais plus. Mais j'ai bien failli succomber à quelques reprises. Je m'ennuie tellement de lui.

— Je suis vraiment désolée pour toi, ma chérie.

— Il va peut-être revenir. Je garde espoir, en tout cas. Il avait besoin d'une période de réflexion. Du moins, c'est ce qu'il m'a dit. Il voulait prendre du recul et analyser ses sentiments pour moi et penser à notre avenir. Oh! Maman! Pourquoi est-ce qu'il faut que ce soit si compliqué? Je l'aime, moi, et je ne me pose pas toutes ces questions.

— C'est tout de même sage de sa part, Alex. S'il revient, c'est qu'il t'aime vraiment. Sinon, tu seras plus heureuse sans lui.

— Et toi? Qu'est-ce que tu vas faire?

— Je ne sais plus. Et c'est pourquoi je suis si déprimée. Je n'arrive pas à me convaincre de partir d'ici et vous laisser, toi et Cindy. Pauvre Cindy! Quand je pense qu'elle est sur la table d'opération à cette heure et que les médecins sont peut-être en train de découvrir le pire.

— Chasse ces idées noires de ta tête, maman. Peut-être que tout se passera bien, après tout.

— Je l'espère, oui. Enfin! Je n'y peux rien, c'est certain!

— Alors tu voudrais quitter la maison?

— Je ne pourrai pas continuer comme ça bien longtemps, Alex. Ton père se doute que je vois Éric à l'occasion et il n'endurera pas cette situation pendant une éternité.

— Mon père! dit la jeune fille avec tristesse. Je ne sais plus à qui je dois penser quand je prononce ce mot.

— Pense avec ton cœur. Même si ça me fait mal de l'avouer, c'est tout de même Benoît qui a pris soin de toi depuis que tu es au monde.

— Comment peux-tu aimer encore Éric après qu'il nous a laissées tomber, toi et moi?

— Éric ne nous a jamais laissées tomber, Alex. Il a su que tu étais sa fille, il y a quelques mois seulement.

— Vraiment?

— Je ne lui avais jamais rien dit avant. C'est moi qui lui ai demandé de partir, il y a quinze ans. Je ne savais pas, à ce moment, que j'étais enceinte. Quand je l'ai su, je n'ai pas voulu le prévenir car j'avais décidé de rester avec ma famille.

261

— Et comment a-t-il réagi quand tu lui as appris cela?

— Il s'en doutait un peu, mais il n'avait jamais osé le demander car il respectait mon silence. Il était heureux, je crois. Heureux pour lui-même, mais en même temps malheureux pour le mal que cela ferait si ça s'apprenait un jour.

— Et papa? Il savait que je n'étais pas de lui?

— Il le savait, oui. On avait une vie sexuelle plutôt calme, à l'époque, alors ce n'était pas difficile de se douter.

— Il a dû mal le prendre?

— Très mal, oui. Mais il a fini par accepter étant donné que j'avais coupé les contacts avec Éric.

— Tu as pensé à te faire avorter?

— Jamais! J'étais prête à assumer les conséquences de mes actes même si ça me faisait très peur. C'est sans doute pour cela que j'ai accepté ta grossesse sans trop essayer de t'influencer. Je ne pouvais pas te demander de faire ce que je n'avais pas fait moi-même. Je te regardais en me disant ce que j'aurais manqué si je ne t'avais pas permis de venir au monde, et ça me suffisait pour ne pas te pousser à faire un tel geste.

— Je t'aime, maman, déclara Alexandra en se penchant vers elle pour l'embrasser.

— Moi aussi, je t'aime, dit Amélie alors que de nouvelles larmes inondaient son regard.

⁂

Mélissa termina l'emballage de son cadeau et se dirigea vers le salon. Elle prit la clef de son appartement qui était restée sur une table et la glissa dans la poche de ses jeans avant de se diriger vers la sortie. Elle traversa le corridor en ligne droite et frappa à la porte de Matthew. Celui-ci vint aussitôt ouvrir et sourit à la vue du petit paquet multicolore qu'elle tenait dans ses mains.

— Je n'ai pas oublié l'anniversaire de Jérémie, déclara-t-elle avec bonne humeur. Il est là?

— Bien sûr. Entre, ajouta-t-il en lui cédant le passage. Jérémie a invité des amis de la garderie. Ils sont quatre, en tout, et on dirait que j'ai la garderie au complet!

— Tu n'as plus ta gardienne? s'informa-t-elle en le suivant dans la cuisine.

— Non. Elle avait trop de problèmes avec mon horaire de travail et elle ne voulait plus garder Jérémie. Avec la garderie, je suis obligé de me discipliner et d'aller le chercher avant l'heure de fermeture. Avant, j'avais tendance à oublier l'heure et à m'attarder au bureau. Mais ce n'est pas évident, je te jure! Ça ferme tôt, les garderies.

— C'est toi qui travailles trop tard.

— Peut-être bien, oui. Mais c'est la vie!

— Ils font un bruit d'enfer! lança-t-elle en souriant pendant que son regard se dirigeait vers la pièce d'à côté.

— Je te l'avais dit. Viens, on va aller voir ce qu'ils font.

Jérémie et ses amis étaient assis à terre au milieu du salon et s'amusaient à faire des constructions avec les blocs Lego qu'il avait reçus pour son anniversaire. Les petits riaient et se bousculaient pour se voler des blocs. Mélissa s'approcha de Jérémie et lui fit ses souhaits de bon anniversaire en l'embrassant avant de lui remettre son cadeau. Il défit l'emballage et s'exclama de joie devant la cassette vidéo d'un film pour enfants qu'il avait vu au cinéma avec ses parents quelques mois plus tôt. Il avait souvent parlé à Mélissa de ce film et elle s'était promis de le lui acheter pour son anniversaire de naissance. Jérémie lui sauta au cou et revint vers ses amis pour leur montrer son nouveau cadeau. Puis, il enleva la pellicule qui recouvrait la cassette et la glissa dans le magnétoscope.

— On va le regarder, dit-il à ses amis.

Tous se montrèrent unanimes pour visionner le film. Matthew remplit à nouveau les plats de chips et de popcorn et fit signe à Mélissa de le suivre dans la cuisine.

— C'est génial comme cadeau! déclara-t-il d'un air satisfait. On va avoir un peu de tranquillité, enfin!

— Ils sont arrivés depuis longtemps?

— Environ deux heures. Ils ont mangé le gâteau puis Jérémie a développé ses cadeaux, et, depuis ce temps, ils s'amusent et font du bruit. Mais Jérémie est heureux. Il y a longtemps que je ne l'avais pas vu s'amuser autant.

— Ça va lui faire du bien. Et toi? Comment ça va?

— Ça va. Les vacances des fêtes m'ont fait du bien, je crois. Mais là, c'est vraiment le bordel. Le bureau, la garderie, la bouffe, le lavage! Par chance que j'ai une femme de ménage, sinon je deviendrais fou. J'ai installé un ordinateur dans la troisième chambre et je travaille un peu tous les soirs. La nuit dernière, j'ai arrêté à trois heures et demie.

— Tu en fais trop, Matthew. Tu vas finir par craquer.

— Mais non! Je suis fait fort, dit-il en souriant.

— Tu as de la misère à te tourner la tête, remarqua-t-elle avec reproche. C'est un signe de fatigue musculaire, ça, mon vieux.

— Tu as remarqué? Pourtant, je n'ai pas si mal que cela. C'est bien pire par moments.

— Il y a longtemps que ça dure?

— C'est une vieille entorse cervicale qui revient me hanter quelquefois.

— C'est bien ce que je disais. Tu es fatigué et tu travailles trop longtemps dans la même position. Tes muscles sont tendus et ça va empirer si tu ne fais rien pour y remédier.

— Tu vas sans doute me proposer des traitements

de physio? demanda-t-il en souriant. C'est comme ça que tu recrutes tes clients?

— Tu te moques de moi, mais attends quand tu auras le cou coincé, tu viendras me supplier de te soigner.

— Sérieusement, Mélissa, je ne vois vraiment pas quand je pourrais prendre le temps d'aller en physio. Je suis déjà surchargé.

— Laisse-moi voir ça, demanda-t-elle en se postant derrière lui avant de poser ses mains sur son cou. Seigneur! Tes muscles sont durs comme une barre de fer et ta colonne cervicale a grandement besoin de traitement.

— Eh bien, elle va s'en passer parce que je n'ai pas de temps à lui consacrer.

— Tête de mule! Ce serait si facile de te soulager, dit-elle en continuant de lui masser les épaules.

— Les anti-inflammatoires font plutôt bien, je trouve.

— Tu changes le problème de place. Tu te soulages les muscles et tu te détruis l'estomac. Tu as déjà vu un physio pour cela?

— Je viens d'en voir une, dit-il en se tournant vers elle.

— Tu n'en as jamais consulté avant moi?

— Jamais.

— Bon! Alors, il va falloir que je te montre ce que tu manques. Je vais revenir après souper avec tout ce qu'il faut et tu vas avoir droit à une démonstration gratuite.

— Tu n'es pas sérieuse?

— Bien sûr que je le suis. Ça me rend malade de voir des muscles dans cet état et comme tu es trop têtu pour te déplacer, je viendrai te donner ton premier traitement ici.

— Tu peux bien me traiter de tête de mule, toi! Quand tu décides quelque chose, il ne faut pas se mettre sur ton chemin.

— Je voudrais bien être comme ça pour tout. Malheureusement, c'est plus compliqué quand il ne s'agit pas de mon travail.

— Tu penses à quelque chose de particulier?

— Oui. Je pense à tout ce qui touche les sentiments. C'est fou comme je perds mon assurance quand il s'agit de cela. Tu vois, présentement, je suis en train de reprendre avec mon ex et je ne suis pas sûre de moi du tout.

— Alors, pourquoi reprends-tu avec lui?

— Parce que je suis incertaine, justement! Je ne sais pas si mon amour pour lui pourrait être aussi fort qu'avant et la seule façon de le savoir est de reprendre avec lui.

— Tu es drôle, toi. Si c'est ton ex, tu le connais forcément, alors tu devrais savoir si tu l'aimes encore ou non.

— C'est plus compliqué que ça, malheureusement. Il m'a fait beaucoup de mal, tu vois. Mais il regrette et, de mon côté, on dirait que je n'ai jamais été capable de faire mon deuil de lui. Alors, je me dis qu'il y a peut-être une possibilité que ça redevienne comme avant, quand on était bien ensemble, lui et moi.

— Tu dis qu'il t'a fait du mal?

— Oui. On devait se marier, l'été dernier, et il a rompu à la veille du mariage.

— Ça alors! Et tu veux vraiment reprendre avec lui?

— Oui, même si ça me fait un peu peur.

— Quelles raisons t'a-t-il données pour expliquer son geste?

— Il a paniqué. Il ne se sentait pas prêt à s'engager pour la vie et il croyait que c'était mieux de rompre avant le mariage plutôt qu'après. On a passé quatre mois sans se voir, puis il est revenu et il m'a tout expliqué.

— Et tu lui as ouvert les bras!

— Non, pas si facilement, tout de même. Je l'ai laissé languir pendant plus de deux mois avant d'accepter de reprendre.

— Et comment ça va, avec lui, maintenant?

— Ça va bien, mais ça fait seulement quelques jours qu'on a repris.

— Et il n'est pas avec toi aujourd'hui?

— Non. Il travaille le samedi et le dimanche matin. Son père a une boutique d'équipement de sport, à Saint-Sauveur, et Maxime travaille pour lui. Je vais le voir demain après-midi.

— Eh bien, je te souhaite bonne chance.

— Merci! À présent, il faut que je m'en aille. J'ai des courses à faire. Mais dis donc, ça te tente de venir souper chez moi? C'est à mon tour de te recevoir.

— Ça me tente, oui. Je vais essayer de trouver une gardienne pour Jérémie et je t'en reparle.

— Tu peux emmener Jérémie, tu sais. On le couchera dans la chambre d'amis.

— Non, non! Je peux bien me payer une petite sortie sans lui.

— Comme tu voudras! Téléphone-moi dans une heure, je serai revenue.

Matthew la regarda sortir et fit un sourire sans en être vraiment conscient. C'était une drôle de fille, cette Mélissa! Elle affichait un air déterminé alors qu'au fond, elle était fragile et vulnérable. Jamais il n'aurait cru cela lorsqu'il l'avait connue. Elle semblait organisée et rationnelle, presque froide en fait, et elle paraissait pouvoir se débrouiller sans l'assistance de quiconque. À présent qu'il la connaissait mieux, Matthew savait qu'il n'en était rien. La jeune femme arrivait très bien à se tirer d'affaire, mais elle avait besoin de l'encouragement et de l'avis des autres pour se sentir bien. Elle était loin d'être froide, finalement. Au contraire, tout ce qui touchait les sentiments la troublait particulièrement.

❧

Après avoir fait deux appels infructueux, Matthew trouva enfin une gardienne disponible pour la soirée.

Quand elle se présenta chez lui à six heures, Jérémie avait déjà soupé et se préparait à regarder, une fois de plus, le film que Mélissa lui avait acheté. Matthew se rendit chez son amie et déposa une bouteille de vin sur la table en admirant la façon dont elle était montée.

— C'est ma fête à moi aussi? demanda-t-il alors que Mélissa arrivait avec une corbeille de petits pains qu'elle venait tout juste de sortir du four.

— Si tu veux! On mange de la fondue chinoise.

— Je l'avais remarqué, dit-il en jetant un regard aux deux assiettes blanches.

— Je vais chercher le bouillon et la salade et on sera prêts à manger.

— Attends. Je vais t'aider, offrit-il en la suivant dans la cuisine.

Le souper dura plus d'une heure et ils passèrent par la suite au salon pour prendre le café. Leur conversation allait du coq à l'âne jusqu'à ce que Mélissa revienne au sujet de l'après-midi et offre à Matthew de traiter sa colonne cervicale.

— Tu ne lâches pas! déclara-t-il d'un air amusé.

— Entre têtes de mules, on se comprend! Viens. J'ai préparé tout ce qu'il faut dans la chambre d'amis.

— Et tu veux faire ça dans une chambre, en plus!

— Je ne te ferai sûrement pas un traitement, assis où tu es là. Il faut que tu relaxes. Déjà que je ne possède pas tous les équipements de la clinique, ici, il faut au moins s'installer du mieux que l'on peut.

— Bon! Je te suis, finit-il par dire d'un air vaincu.

Une fois dans la chambre, Matthew s'étendit sur le lit comme Mélissa le lui demandait. Au bout d'un moment, il se rassit afin d'enlever son chandail et se recoucha sur le ventre. Sur la table de chevet, l'on pouvait voir un contenant de crème analgésique, de petites électrodes et un sac chauffant. Mélissa étendit l'analgésique sur le cou puis à la hauteur des omoplates et se mit à masser doucement, puis plus fortement. Matthew se sentait détendu et appréciait les bienfaits du massage. La jeune femme massa longuement avant d'installer les électrodes aux endroits les plus douloureux.

— Je te laisse un moment, dit-elle, une fois sa tâche accomplie. Je vais nettoyer la cuisine.

— Attends. Je vais t'aider, tout à l'heure.

— Pas question! Si tu penses que je me suis tordu les doigts pour te faire travailler! Je vais terminer ton traitement, tout à l'heure, et tu vas aller dormir. Tu as du sommeil à reprendre.

— Tu me traites comme un bébé, dis donc! remarqua-t-il d'un air amusé.

— Il faut bien que quelqu'un s'occupe de toi puisque tu ne le fais pas toi-même.

— La leçon de morale, c'est compris dans le prix du traitement?

— C'est un boni! Maintenant, laisse-moi aller à la cuisine et relaxe, termina-t-elle en quittant la pièce.

Matthew posa sa tête sur l'oreiller et sourit à nouveau. Décidément, cette fille l'amusait beaucoup et il ne s'ennuyait jamais en sa compagnie. Quand Mélissa revint, il était endormi. Elle le regarda un moment, consciente de l'effet que produisait sur elle cette stature masculine. Il y avait bien longtemps qu'elle ne s'était pas attardée à des détails physiques comme la carrure des épaules, l'impression de force qui émanait des bras, la largeur du dos et les courbes qui n'avaient rien de féminin. Il y avait si longtemps, qu'elle se pardonnait de s'attarder à cette inspection visuelle alors que le principal intéressé n'en avait aucunement conscience. Aussi, s'approcha-t-elle de lui avec regret afin de lui retirer les électrodes. Matthew se réveilla aussitôt. Il se tourna sur le dos et plissa les yeux avant de les ouvrir complètement.

— Je n'ai pas terminé, l'informa Mélissa. Je vais faire chauffer le sac et je reviens le poser sur ton cou. Tu en auras pour une dizaine de minutes encore et tu pourras aller te coucher après.

— Je crois que je commence à apprécier la physio-thérapie, déclara-t-il de sa voix endormie.

— Il te faudrait au moins trois traitements comme ça par semaine pour te déraidir un peu.

— Je voudrais bien avoir le temps de le faire.

— On pourra peut-être recommencer ici, une ou deux fois. Mais pas plus, sinon mon «chum» n'appré-ciera pas.

— Il est jaloux?

— Pas de façon démesurée, mais je ne suis pas certaine qu'il aimerait te voir à moitié nu dans mon lit.

— Ce n'est pas vraiment ton lit.

— Je l'ai payé! lança-t-elle à la blague. Il est à moi!

— Tu comprends ce que je veux dire.

— Oui, je comprends. Et moi je peux faire la diffé-rence, mais peut-être pas Maxime.

— Est-ce que je dois en déduire que l'on ne doit plus se voir?

— Pas du tout! Si Max est incapable d'accepter que j'aie des amis masculins, je ne resterai pas avec lui. Maintenant, couche-toi sur le ventre. Je vais faire chauf-fer le sac.

Quand elle revint, Matthew était en train de s'endor-mir à nouveau. Elle déposa le sac sur son cou, le plaça de façon à couvrir ses épaules, puis étendit une couver-ture sur son dos. Elle l'entendit soupirer de satisfaction et sourit. Elle le laissa dormir pendant une quinzaine de minutes et le réveilla à nouveau. Il s'étira paresseusement et se leva pour se rhabiller. Puis, les yeux à demi clos, il remercia Mélissa et retourna chez lui.

⚘

Cindy entra dans la salle de bains et se déshabilla. Elle enfila sa robe de nuit en gardant la tête bien haute pour ne pas voir son corps. Elle avait quitté l'hôpital le matin même et avait passé la journée enfermée dans sa chambre. Daniel lui avait apporté à manger mais elle avait à peine touché au repas que la cuisinière s'efforçait de rendre appétissant. Elle n'avait tout simplement pas le goût de manger. Toutes ses pensées étaient dirigées vers cette ablation du sein qu'on lui avait faite la semaine précédente. Elle avait l'impression d'avoir pleuré toutes les larmes de son corps au cours des derniers jours et se sentait déprimée comme jamais auparavant. Daniel avait bien tenté de la consoler mais, une fois de plus, toutes ses belles paroles n'avaient eu aucun effet sur sa femme. À son réveil, après l'opération, Cindy avait fait une première crise de larmes en touchant la plaie. Puis, les jours passant, elle avait vécu différentes émotions telles que la tristesse, la colère, la révolte et le désespoir. Une fois habillée pour la nuit, elle retourna dans sa chambre et se mit au lit avant de prendre ses médicaments. Daniel pénétra dans la pièce à ce moment. Il lui sourit et avança vers elle pour déposer un baiser sur ses lèvres. Au moment où il enlevait sa robe de chambre, Cindy se mit à pleurer de nouveau.

— Voyons, ma chérie, commença-t-il en se glissant sous les couvertures. Tu es revenue chez toi, à présent. C'est déjà mieux, non?

— C'est pire! lança-t-elle entre deux sanglots.

271

— Pire? Pourquoi?

— Parce que je ne veux pas que tu me voies.

— Je ne regarderai pas, si c'est ce que tu veux. Pas tout de suite.

— Jamais! Jamais je ne serai capable de me déshabiller devant toi, Dan. Jamais plus! Tu veux me faire plaisir?

— Oui, bien sûr.

— Va coucher dans une autre chambre, s'il te plaît.

— Non, Cindy. Ne me demande pas ça. Je suis ton mari et je t'aime. Je ne chercherai pas à voir ce que tu ne veux pas me montrer, mais laisse-moi rester auprès de toi. D'accord?

— Tu promets que tu ne chercheras pas à voir?

— Promis! Je te respecte trop pour te faire du mal. Si, un jour, tu te sens prête à partager ta peine avec moi, je serai là.

— C'est difficile, Dan. Je voudrais tant que tu me serres dans tes bras. Mais j'en suis incapable.

— Je t'aime, Cindy, déclara-t-il en caressant sa joue. Telle que tu es. Je n'aime pas que ton physique et tu le sais. Pour moi, c'est secondaire.

— Tu m'aimais comme j'étais, Dan. Maintenant, je suis différente.

— Tu m'aimerais moins si on me coupait un bras ou une jambe? demanda-t-il avec douceur.

— Ce n'est pas la même chose.

— Tu détournes la question, Cindy. Tu ne veux pas répondre?

— Je te dis que ce n'est pas la même chose! répéta-t-elle avec impatience.

— Bon! Ça va! Ce n'est pas la même chose. Mais je t'aime quand même. Tu me crois, au moins?

— Je te crois, oui. Mais tu ne m'as pas encore vue.

— J'espère que ça sera bientôt, ma chérie. Parce que je sais que tu seras malheureuse jusqu'à ce que ça arrive. Et après, tu t'habitueras à nouveau à ce que je te regarde et tu finiras par ne plus y penser.

— Ça, c'est impossible, Dan. Je ne m'habituerai jamais à cela.

— Disons alors que tu l'accepteras. Mais en attendant, tu dois te reposer et reprendre des forces. Tu n'as pratiquement pas mangé aujourd'hui.

— Je n'ai pas faim.

— Ça viendra, ça aussi. Mais pense à ta santé, je t'en prie. Les tests ont révélé qu'il n'y a plus aucune trace de cancer à présent. Tu dois te relever et retrouver le goût de vivre.

— C'est difficile, Dan. Je me sens tellement diminuée. Regarde-moi. Je n'ai plus un cheveu sur la tête, j'ai les yeux enflés à force de pleurer et de ne pas dormir. Et tu n'as pas vu le reste, avoua-t-elle en se remettant à sangloter.

— Pauvre chérie! Je voudrais tant que tout cela ne soit qu'un cauchemar, dit-il alors que ses yeux se remplissaient de larmes. Je t'aime, Cindy, et je suis tellement heureux que tu sois encore en vie. Si tu savais comme j'ai eu peur, acheva-t-il en sanglotant à son tour.

— Ne pleure pas, Dan, je t'en prie. Je ne veux pas que tu aies de la peine à cause de moi.

— Ce n'est pas toi qui me fais de la peine, parvint-il à dire au bout d'un moment. Mais j'ai eu si peur que j'ai cru devenir fou. Tu es vivante, Cindy, et pour moi c'est tout ce qui compte.

— Oh! Mon amour! Je suis chanceuse de t'avoir. Il y a sûrement des femmes qui se retrouvent seules après une telle épreuve. Ça doit être terrible. Mais laisse-moi du temps, je t'en prie. Je ne suis pas prête à plus d'intimité. J'ai un deuil à faire, avant.

— Je vais t'attendre, Cindy. Tant que tu voudras. Je me trouve déjà comblé de t'avoir encore avec moi.

— Tu es sûrement le meilleur mari au monde, déclara-t-elle en posant ses lèvres sur les siennes. Je voudrais tellement te donner plus qu'un petit baiser. Mais je ne peux pas. Je me sens si laide que j'aurais l'impression que tu me fais la charité.

— Ne pense plus jamais cela, d'accord? demanda-t-il d'une voix contrariée. C'est comme si tu doutais de mon amour pour toi.

— C'est difficile de croire que tu arrives encore à me désirer, Dan. Regarde-moi!

— J'ai pourtant envie de toi, Cindy. Mais si tu n'es pas prête à cela, je peux m'en passer. Ce n'est pas le sexe qui va me rendre heureux. Tout ce que je te demande, c'est de prendre soin de toi et de rire à nouveau. Ça, ce serait le plus beau cadeau que tu pourrais me faire.

— Je vais faire un effort, Dan. Parce que tu le mérites. Mais laisse-moi du temps, d'accord? Je ne peux pas me forcer à rire alors que je n'en ai pas envie.

— Je peux comprendre cela.

— Je me sens fatiguée, dit-elle au bout d'un moment. Les médicaments doivent commencer à faire effet.

— Repose-toi. On déjeunera ensemble, demain. À la cuisine, d'accord? ajouta-t-il en espérant une réponse positive.

— On verra, Dan, répondit-elle d'une voix endormie. Si je vais bien, peut-être.

Daniel se tourna et essaya de dormir. Sa nuit fut troublée par des mauvais rêves qui le réveillaient et le laissaient en sueur. À quatre heures du matin, il finit par se lever, incapable de trouver un sommeil réparateur. Cindy se leva tôt, elle aussi, et accepta de suivre Daniel à la cuisine pour déjeuner. Elle mangea peu, mais tout de même plus que la veille. Elle regagna ensuite sa chambre et mit à exécution l'objet de ses pensées. Elle ouvrit le placard, regarda ses robes, une à une, balançant au bout de ses bras toutes celles qui arboraient le moindre décolleté. Ses gestes étaient remplis de rage et, d'une certaine façon, cela la soulageait. Elle balançait la dernière robe quand Daniel pénétra dans la chambre.

— Qu'est-ce que tu fais? demanda-t-il avec surprise.
— Débarrasse-moi de tout cela, O.K.?
— Pourquoi?
— Parce que je ne les porterai plus jamais.

Daniel jeta un coup d'œil sur les vêtements et fut surpris de voir qu'elle voulait en jeter autant. Il reconnaissait certaines robes de soirée, si jolies, et qui lui rappelaient des jours plus heureux.

— Tu ne les aimes plus? demanda-t-il en ramassant quelques-unes des robes.
— Je les aime encore. C'est moi que je n'aime plus! cria-t-elle d'un air révolté. Comment veux-tu que je pense à porter ces robes? Je n'ai plus rien à mettre dedans!
— Excuse-moi, dit Daniel en remarquant finalement le décolleté des robes. Je vais les mettre à la poubelle. Tu veux qu'on aille faire une promenade, après? Il fait soleil, dehors, et le temps n'est pas trop froid.
— Je n'ai pas le goût. Je vais essayer de dormir un peu. Pendant que je dors, je ne pense à rien.
— Bon! Ça va! fit son mari d'un air décontenancé.

Il quitta la chambre avec une pile de vêtements sous le bras. L'attitude de Cindy ne le surprenait pas mais le rendait tout de même malheureux. Il aurait tant voulu lui redonner le goût de vivre! Mais comment faire?

❦

Amélie attendait dans sa voiture depuis une demi-heure. Elle avait rendez-vous chez le coiffeur et avait décidé de partir une heure plus tôt afin de passer voir Éric. Mais il n'était pas chez lui en ce samedi matin. Amélie l'attendait donc en jetant un regard à sa montre à tout moment. Éric arriva finalement et stationna sa voiture à côté de celle d'Amélie. Elle le rejoignit aussitôt.

— Il y a longtemps que tu es là? s'informa-t-il.
— Une bonne demi-heure. Et je dois repartir dans dix minutes.
— Prends tout de même le temps d'entrer, dit-il avant de déposer un baiser sur ses lèvres. On se voit si rarement.
— Quinze jours, précisa-t-elle. Il y a quinze jours qu'on s'est vus, la dernière fois.
— Je sais, dit Éric en la précédant dans la maison. Et tu me manques énormément.
— Toi aussi, Éric. Mais je ne peux pas venir ici tous les jours, ajouta-t-elle en se blottissant dans ses bras.
— J'ai une surprise pour toi, mon amour.
— Ah oui? Qu'est-ce que c'est?
— J'arrive de l'agence de voyage, répondit-il en enlevant sa veste d'hiver avant de la suspendre dans le placard.
— L'agence de voyage! Tu t'en vas?
— Avec toi.
— Avec moi? Mais tu n'y penses pas, voyons! Je ne peux pas partir, comme ça.
— Et pourquoi pas?
— Parce que c'est trop inattendu. Je dois me préparer à quitter la maison, et Benoît.
— Tu es préparée depuis longtemps, Amélie. Il te reste à faire le geste, c'est tout.
— Ce n'est pas aussi simple que cela.
— C'EST aussi simple que cela, Amélie. Tu n'as plus de raison de rester là. Cindy a été opérée, il y a six semaines, et elle se porte mieux, à présent.

— Elle a encore des moments difficiles.

— Je veux bien croire, mais Dan est là. Et Alexandra va bien, elle aussi. Alors, tu n'as plus de raison de rester là-bas. À moins que tu n'aies changé d'idée en ce qui nous concerne.

— Tu sais bien que non, reprit-elle en se collant de nouveau à lui.

— Je t'aime, déclara-t-il en l'embrassant. Et je meurs d'envie de me retrouver seul avec toi. Pas juste pour quelques minutes ou quelques heures. Je veux faire ce voyage avec toi. Je veux qu'on soit ensemble jour et nuit. Pas toi?

— Je le veux aussi, tu le sais bien.

— Alors, prouve-le et pars avec moi, demanda-t-il doucement en couvrant son visage de petits baisers.

— Quand pars-tu?

— Dans quinze jours, à la mi-mars. On va célébrer nos anniversaires de naissance à Acapulco, dans une jolie petite maison qui appartient à l'un de mes confrères et qui est située sur une plage privée. Avoue que c'est tentant?

— Très tentant! Et j'en avais presque oublié que ce sera ma fête à la fin du mois. Cinquante ans! Je me fais vieille!

— Tu n'en as pas l'air. Tu fais à peine quarante.

— Toi aussi.

— Eh bien, on vient d'économiser dix ans! On part le seize mars, ajouta-t-il avec enthousiasme.

— Le jour de ton anniversaire?

— Oui. Et j'espère que ce sera toi, mon cadeau de cinquantième anniversaire.

— Je vais y penser, Éric.

— Ne me fais pas attendre trop longtemps, ma chérie. Je n'en peux plus de vivre loin de toi.

— Pourtant, tu l'as fait pendant bien longtemps.

— Parce que je ne savais pas que tu m'aimais encore. Si je l'avais su, je serais revenu ici bien avant.

— On ne peut pas revenir dans le passé, Éric. À présent, il faut que je parte sinon je vais manquer mon rendez-vous chez le coiffeur.

— Tu ne peux pas le remettre, ce rendez-vous?

— Non. J'ai besoin d'une bonne coupe de cheveux et je remets toujours cela.

— Remets-le encore, la pria-t-il en recommençant à la couvrir de baisers.

— Sois raisonnable, je t'en prie.

— Je n'ai pas envie d'être raisonnable, reprit-il en lui mordillant l'oreille.

— Arrête, supplia-t-elle. Tu vas finir par me faire céder.

— Tu n'aurais jamais dû me dire cela, dit-il en resserrant son étreinte. Je ne te laisse plus partir, à présent.

— Je vais encore détester ma tête pendant des jours, dit-elle en répondant à ses caresses.

— Moi, je ne la déteste pas, déclara-t-il en commençant à déboutonner son manteau.

꧁꧂

Matthew entendit la sonnerie et se demanda qui pouvait bien être à la porte. Il quitta son bureau et vint ouvrir. Mélissa se trouvait devant lui.

— Bonsoir! fit-elle d'un air joyeux.

— Bonsoir! répondit-il du même ton. Tu sembles de bien bonne humeur, ce soir. Tu as gagné le million?

— Non, répondit-elle en riant. J'avais juste envie de rendre visite à mon voisin, déclara-t-elle en avançant dans la pièce.

— C'est une bonne idée que tu as eue.

— Tu portes tes lunettes, remarqua-t-elle. Ça veut dire que tu travailles encore ce soir.

— Tu es très perspicace, dit Matthew en souriant.

— Tu n'es pas venu à la clinique, cette semaine. Tu en as déjà assez de mes traitements?

— C'est déjà beau que j'y sois allé pendant deux semaines! Tu devrais être fière de moi.

— J'ai encore du travail à faire sur toi. Tes muscles commencent juste à se détendre un peu.

— C'est vrai qu'il y a une amélioration, admit-il. Mais je n'ai vraiment pas eu le temps, cette semaine. Et j'ai bien peur de ne pas pouvoir la semaine prochaine, encore.

— Ça te tente de faire la jasette ou tu préfères retourner à ton travail?

— Je peux bien laisser tomber le travail pour ce soir. De toute façon, je reste ici demain pour continuer mon dossier, alors j'aurai tout mon temps.

— Alors, donne-moi deux minutes pour aller chercher mes affaires et je reviens soigner tes muscles pendant que l'on jase.

— Je ne peux pas refuser cela.

Mélissa retourna à son appartement et y prit tout ce dont elle avait besoin pour donner un traitement de physiothérapie. Elle revint chez Matthew qui avait déjà enlevé sa chemise et semblait prêt à se laisser soulager par les mains expertes de la jeune femme.

— Où on s'installe? demanda-t-elle aussitôt.

— Au salon ou dans ma chambre, répondit Matthew.

— Dans ta chambre.

Une fois là, Matthew se coucha sur le lit et laissa Mélissa lui appliquer l'analgésique. Il appréciait ces massages qui lui faisaient le plus grand bien.

— Alors, commença-t-elle en massant son cou. Qu'as-tu fait de bon cette semaine?

— La routine habituelle, répondit-il simplement. Et toi?

— J'ai travaillé et je suis allée voir un spectacle de Céline Dion avec Maxime.

— C'était bien?

— C'était super! J'adore Céline, alors ça me fait toujours plaisir d'assister à l'un de ses spectacles.

— Et Max? Il va bien?

— Oui, très bien. Demain soir, on va souper au restaurant.

— Vous ne manquez pas de distractions, à ce que je vois. Aïe! Tu me fais mal!

— Excuse-moi, dit-elle en massant plus doucement. J'ai touché un point sensible. Pour en revenir à Max, je dois dire qu'il est redevenu comme lorsque je l'ai connu. C'est moi qui ai changé, je crois.

— Pourquoi dis-tu ça?

— Parce ce que je ne le vois plus de la même manière. Avant, j'étais un peu aveugle, je crois. Je ne lui trouvais aucun défaut. À présent, on dirait que je n'ai plus mes œillères.

— Il fait des choses que tu n'apprécies pas?

— Pas vraiment. Il est correct avec moi. Mais je n'arrive pas à lui redonner ma confiance. J'ai toujours peur qu'il me laisse tomber et on dirait que ça m'empêche de l'aimer librement.

— C'est normal, je suppose. Tu as été traumatisée par ce qu'il t'a fait.

— Tu crois?

— Je ne suis pas expert en la matière, mais c'est l'impression que ça me donne.

— Avais-tu parfaitement confiance en Julia, toi?

— Oh oui! Jamais je n'ai douté d'elle. C'est sans doute une des raisons pour lesquelles je l'aimais tant.

— Tu penses encore souvent à elle?

— Oui, souvent. Ça fait juste trois mois, tu sais. On

ne peut pas oublier quelqu'un qu'on a beaucoup aimé après une si courte période. Et puis, quand il arrive quelque chose de spécial, à Jérémie ou à moi, je ne peux m'empêcher de regretter qu'elle ne soit pas là.

— Je vais poser les électrodes, à présent, l'informa-t-elle avant de s'exécuter. Dis-moi quand tu sentiras que c'est assez fort.

— C'est assez, dit-il au bout d'un moment, alors qu'ils sentait le courant passer et faire sautiller ses muscles.

— Tu devrais faire plus d'exercice, Matthew. Ça te détendrait. Tu travailles trop, crois-moi. On a une piscine, un jacuzzi et une salle de conditionnement au dixième et tu n'en profites même pas.

— Tu en profites, toi?

— Je vais à la piscine et au gym au moins trois fois par semaine.

— Dis-le moi, la prochaine fois que tu iras à la piscine. J'irai avec toi. J'aime bien nager.

— Et tu vas sans doute me répondre que tu n'as pas de gardienne!

— Dis-le moi la veille, alors.

— Ça va. Mais si tu ne viens pas...

— Hé! Tu me menaces, à présent.

— Non, reprit-elle en riant. Je n'oserais jamais menacer un avocat! Un policier, peut-être, mais surtout pas un avocat!

— Tu as une belle opinion de ma profession!

— J'ai un oncle qui est lui aussi un maître, mon cher!

— En parlant de ton oncle, il part bientôt dans le sud, le chanceux!

— Avec ma mère, oui, dit la jeune femme d'un air incertain. Elle me l'a dit, hier. Mais c'est une confidence. Elle ne l'a pas encore dit à mon père.

— Ça te fait de la peine?

— Je ne sais plus. Ça fait étrange, en tout cas. Je me doutais bien que mes parents finiraient par se séparer un jour, mais à présent que ça arrive, je ne sais plus si j'approuve.

— Tu n'as pas à approuver, Mel. C'est leur vie.

— Je sais. Mais c'est tout de même plus difficile quand il s'agit de ses parents.

— Sans doute! Moi, je n'ai pas connu cela. Mes parents sont ensemble depuis trente-huit ans.

— Ils sont heureux?

— Ils en ont l'air, en tout cas.

— Ma mère va aller habiter avec Éric, après leur voyage.

— C'est normal, étant donné les circonstances. Elle ne peut pas passer le reste de sa vie avec ton père tout en étant amoureuse de ton oncle.

— Ça doit être cela qui me rend si peu sûre de moi vis-à-vis de Max. Je ne crois plus à l'amour éternel.

— Ne cherche pas à trouver des raisons pour ton manque de confiance envers Max, Mélissa. C'est une histoire entre toi et lui, ça. Ça n'a rien à voir avec tes parents.

— Tu le penses vraiment?

— J'en suis certain. Si tu aimais Max comme au tout début, tu aurais confiance en la réussite de votre couple. Cherche en dedans de toi. La réponse est là et pas ailleurs.

— Tu as peut-être raison. Je vais aller faire chauffer le sac, continua-t-elle en quittant la pièce.

— Voilà! C'est fait, reprit-elle en revenant dans la chambre, quelques minutes plus tard.

— Je ne me suis pas endormi, dit Matthew en souriant.

— C'est surprenant! Tu arrives même à t'endormir à la clinique, à travers le bruit des conversations.

— Je dois être moins fatigué qu'avant. Oh! Ça fait du bien! s'exclama-t-il alors que Mélissa posait le sac bien chaud sur lui.

— C'est mieux que le travail à l'ordinateur, dit-elle d'une voix assurée. Avoue.

— Je l'avoue, affirma-t-il en fermant les yeux.

❦

Deux jours plus tard, Mélissa téléphonait à Matthew pour lui donner rendez-vous à la piscine le lendemain. Il promit de faire un effort pour trouver une gardienne afin de la retrouver à l'heure fixée.

— Tu es venu! lança Mélissa en le voyant ouvrir les portes vitrées de la salle d'eau.

— Je t'avais promis de faire un effort, dit-il en s'avançant vers elle. Est-ce que c'est toujours tranquille comme ça, ici? demanda-t-il en jetant un coup d'œil vers les quelques baigneurs qui se trouvaient là.

— Ça dépend. Parfois, on est une dizaine en même temps. Ce soir, on peut dire que c'est plutôt tranquille. On aura la piscine à nous cinq, dit-elle en regardant les trois autres baigneurs.

— Il y a longtemps que je n'ai pas nagé, dit-il en entrant dans l'eau. Julia aimait bien venir ici, mais je ne l'accompagnais pas souvent.

— On fait une course?

— Pourquoi pas! Je vais te montrer que je ne suis pas en si mauvaise forme.

— J'ai bien hâte de voir ça! Allez! Je compte jusqu'à trois et je t'attends ici après la course.

— Comment ça, tu m'attends ici?

— Je suis certaine de revenir avant toi. Tu es prêt?

— Je suis prêt, madame la championne olympique.

Mélissa compta jusqu'à trois et ils se mirent à nager jusqu'à l'autre extrémité de la piscine. Mélissa arriva la première et revint en direction opposée alors que

Matthew la suivait de près. Elle toucha le bord du bassin avant lui et se retourna pour le taquiner à son arrivée.

— Alors, dit-elle de son air moqueur, j'avais raison de croire que j'étais plus en forme que toi?

— Je vais me reprendre, dit Matthew avec assurance. Laisse-moi quelque temps et je vais te battre à la course.

— Je ne peux pas t'empêcher de rêver! dit la jeune femme avant de s'éloigner de nouveau à la nage.

Ils restèrent une bonne heure à la piscine avant de se retrouver chez Mélissa, devant un café. Matthew se sentait encore plus détendu que lors des traitements de physiothérapie. Il commençait à apprécier ces moments de relaxation que la jeune femme lui conseillait de prendre et il lui en était reconnaissant. Sans elle, il aurait sans doute eu plus de mal à traverser l'épreuve qu'avait été la perte de Julia. Il pensait encore souvent à elle, mais Mélissa trouvait toujours des occupations pour soulager sa solitude.

— Je vais me coucher, dit Matthew en terminant son café. Je dois me lever tôt, demain matin, car j'ai un rendez-vous avec un client avant d'aller en Cour.

— En parlant de rendez-vous, on s'en donne un pour une autre course?

— Demain soir? proposa Matthew.

— Demain, c'est impossible. Je sors avec Maxime. Après-demain?

— O.K. Je réserve la gardienne dès ce soir. Et je ferai mieux à la course, déclara-t-il avant de la quitter.

Chapitre 9

Danny termina de lacer ses patins et se leva pour se diriger vers la glace. La joie qu'il ressentait était indescriptible. La semaine précédente, on lui avait prescrit une lentille cornéenne qui lui rendait sa vision de jadis. Il pouvait la porter quelques heures par jour pour commencer, puis une fois son œil habitué, il pourrait la garder pendant toute la journée. Aujourd'hui, il avait bien sûr conservé ce temps de port pour la séance d'entraînement qu'il allait effectuer avec son équipe. C'était la première fois depuis deux mois et demi qu'il poserait le pied sur une patinoire et cela l'excitait au plus haut point. Quand il quitta le vestiaire, une meute de journalistes recueillirent ses premières impressions et lui demandèrent de leur accorder une entrevue à sa sortie de la glace. Danny accepta de bon gré, même si, la veille, il les avait tous vus lors d'une conférence de presse tenue pour annoncer son retour au jeu. Il mit un premier patin sur la patinoire en souriant, puis l'autre, et patina jusqu'à ses coéquipiers qui étaient réunis au centre de la patinoire. Ils se mirent à applaudir en le voyant s'exécuter. Danny éclata de rire et continua son tour de patinoire. Puis, il en fit un second, puis un troisième. Tous le regardaient et pouvaient comprendre ce qu'il ressentait. Le jeune athlète allait entreprendre un quatrième tour de patinoire quand l'entraîneur-chef utilisa son sifflet pour le rappeler à l'ordre.

— Hé! Martin! fit-il d'un air amusé. Tu as fini de tourner en rond? Le patinage artistique, c'est pas ici.

— J'arrive, coach, répondit Danny en rejoignant immédiatement le groupe.

La séance d'entraînement débuta bientôt et Danny n'eut pas trop de peine à suivre les autres. Cela lui demandait un peu plus d'effort qu'eux, sa forme physique n'étant plus ce qu'elle était avant l'accident, mais la séance d'entraînement se passa relativement bien pour une première. Danny quitta la patinoire en se disant que les exercices pour remettre son système cardio-vasculaire dans une forme athlétique ne seraient pas de trop. Il se sentait littéralement vidé. Il accorda tout de même l'entrevue qu'il avait promise et regagna le vestiaire pour prendre une douche.

— Alors, Martin, commença l'un des joueurs quand Danny entra dans la douche. C'est dur, le patin?

— Plutôt, oui. Je sens que je vais avoir mal dans les jambes demain. Mais ce n'est pas grave; je suis prêt à souffrir.

— Tu te feras donner un massage par la petite Karen! lança un autre joueur d'un air moqueur. Il n'y a rien de mieux pour se remonter!

— On n'en est pas encore rendus à l'étape des massages, malheureusement! répliqua Danny.

— Pas encore? reprit le capitaine de l'équipe. Qu'est-ce que tu attends, Martin? Tu ne te rappelles plus comment faire?

— Je m'en souviens très bien, ne t'inquiète pas avec ça! Mais, vois-tu, on ne se fréquente pas encore de façon régulière. On se voit une fois de temps en temps seulement.

— C'est suffisant pour la mettre dans ton lit! rétorqua un autre joueur.

— On voit bien que tu ne la connais pas, reprit Danny. Elle en est encore au stade de l'amitié, elle.

— Laisse tomber ça, reprit l'autre. Et trouve-toi une fille qui va faire moins de manières.

— Garde tes conseils pour toi, Brown, et continue à

transporter tes capotes d'un lit à l'autre, si c'est ça qui te rend heureux.

— Ça me rend plutôt heureux, oui, avoua Brown en souriant. J'aime bien partir à la découverte de nouveaux corps féminins.

— Arrête d'y penser! lança Braddley. Tu vas te mettre à bander!

— Tu aimerais cela? demanda Brown en affichant un sourire rempli de sous-entendus.

— Hé! Brown! fit Braddley en s'approchant de lui d'un air contrarié. Je ne suis pas assez ami avec toi pour que tu te permettes ce genre de blague. C'est clair?

Le silence se fit dans la douche. Les quelques joueurs qui y étaient encore appréhendaient la réaction de Braddley. Le grand costaud se tenait devant Brown et attendait sa réponse en braquant sur lui son regard menaçant.

— Je ne voulais pas te vexer, déclara finalement Brown d'un air sincère. Je m'en fous de ton orientation sexuelle, moi. Et tu devrais en faire autant! Comme ça, on pourrait te parler sans avoir à filtrer tout ce qu'on dit.

— Est-ce que quelqu'un a quelque chose à ajouter à cela? demanda Braddley en regardant ses coéquipiers l'un après l'autre.

— Calme-toi, Brad, demanda Danny d'une voix posée. Personne ici n'a quelque chose à te reprocher, n'est-ce pas? ajouta-t-il en s'adressant à ses compagnons.

— Personne ne va me le dire en face, oui. C'est plutôt cela!

— Hé! Cooper! le prévint le capitaine. Cesse de «paranoïer», O.K.! On sait tous que tu es gai, ici, et on s'en fiche! C'est ça que tu voulais entendre? Eh bien, c'est fait! On est ici pour jouer au hockey, pas pour se psychanalyser.

— O.K.! fit Braddley, qui avait beaucoup de respect pour son capitaine. Si tu le dis! fit-il en quittant la douche.

— Vous autres, reprit le capitaine à l'intention de ses coéquipiers, vous fermez vos gueules sur ce qui vient de se passer. Je n'apprécierais pas de voir ça dans les journaux, demain matin. C'est entendu?

— C'est entendu, répondirent Brown et les autres. Ça va rester dans la chambre!

⚜

Danny quitta le Centre Molson et se rendit à la maison mère des entreprises Martin. Une fois sur place, il monta au bureau de son père pour le saluer. Daniel avait repris ses activités professionnelles depuis quelques semaines et appréciait le fait de se retrouver au bureau. Cindy se remettait lentement de sa dure épreuve, et les visites chez son psychologue lui remontaient le moral. Si bien qu'elle pouvait maintenant rester seule sans que ses pensées soient toujours dirigées vers son état de santé.

Après avoir discuté un bon moment avec son père, Danny le quitta et se dirigea vers le bureau de Karen. Cette dernière était en train de mettre son manteau quand il apparut à sa porte.

— Salut, Danny! fit-elle en lui souriant. Alors, comment s'est passée la séance d'entraînement?

— Bien. Très bien. Je ne suis pas encore en pleine forme, mais ça va venir. Et toi? Tu as passé une bonne journée?

— Très chargée, en fait. Je suis crevée.

— Tu veux venir souper avec moi?

— Ça me ferait plaisir, oui. Mais j'aimerais bien aller prendre une douche, avant.

— Pas de problème! Je t'emmène chez toi.

Une fois chez Karen, Danny s'installa au salon et feuilleta un magazine pendant que la jeune fille se préparait. Elle prit le temps de choisir les vêtements qu'elle allait porter, puis se dirigea vers la salle de bains pour se déshabiller. Danny lui fit un sourire en la voyant passer. Au bout d'un moment, il la vit revenir vers lui d'un pas quelque peu hésitant. Elle était très attirante dans sa robe de chambre d'épaisse ratine blanche. Ses cheveux aux reflets roux tombaient en cascades sur le vêtement et contrastaient remarquablement avec la blancheur du tissu.

— Tu as sans doute pris une douche après ton entraînement? demanda-t-elle d'un air quelque peu embarrassé.

— Oui. Pourquoi? fit Danny sans comprendre.

— Ça te tenterait d'en prendre une autre? Avec moi, ajouta-t-elle en se surprenant elle-même de l'audace qu'il lui fallait pour faire une telle offre.

— Tu es sérieuse? demanda Danny en se levant d'un bond.

— Si tu dis non, je crois bien que je vais être humiliée jusqu'à la fin de mes jours, avoua-t-elle de son air peu assuré.

— Non, mais tu crois vraiment que je pourrais dire non! dit-il en la prenant dans ses bras. Viens! fit-il en lui prenant la main pour l'entraîner dans la salle de bains.

Karen le suivit en souriant. Danny tourna les robinets de la douche et se tourna vers la jeune fille, impatient de la tenir dans ses bras. Doucement, il l'embrassa et fit glisser sa robe de chambre sur le plancher avant de se déshabiller à son tour. Ils échangèrent des regards remplis de désir et se caressèrent mutuellement avant d'entrer sous la douche. Puis Danny l'attira près de lui sous le jet d'eau, et il lui prouva à quel point il pouvait se montrer doux et affectueux...

François, Braddley et Danny venaient, une fois de plus, d'entasser des boîtes dans le véhicule à quatre roues motrices de Braddley. Ils montèrent à bord et retournèrent chez François afin de transporter le tout à son appartement. Ils sortirent les boîtes du véhicule et les empilèrent dans l'ascenseur avant de monter au dixième. Là, ils transportèrent une fois de plus les cartons qui contenaient toutes les affaires personnelles du hockeyeur. Ils les déposèrent avec les autres, dans l'atelier de peinture de François. Il ne restait plus qu'à tout déballer.

— Alors, commença Danny à l'intention de Braddley. On commence par laquelle?

— On commence par se reposer un peu! lança François d'une voix essoufflée.

— Hé! Petite nature! rétorqua son cousin. C'est beau de voir comme tu es en bonne forme physique!

— Je ne suis pas un athlète, moi. C'est ma tête qui travaille, pas mes bras, ajouta-t-il en se moquant des deux autres.

— Tu crois qu'il est en train de dire que l'on n'a pas de tête? demanda Braddley à Danny.

— Ça ressemble à ça, oui. On pourrait peut-être lui arracher la sienne, proposa Danny en avançant vers François.

— Bonne idée! fit Braddley en avançant la main vers le cou de François.

— Hé! Vous deux! se défendit l'autre. Gardez plutôt votre énergie pour défaire ces satanées boîtes.

— De l'énergie, on en a à revendre, reprit Danny en portant lui aussi sa main au cou de François.

— Vous êtes complètement débiles! s'exclama François en riant.

— C'est normal puisque l'on n'a pas de tête! rétorqua aussitôt Braddley.

— Allez! reprit François. Venez, je vous offre une bière, ajouta-t-il en se dégageant d'eux.

— Ça ressemble drôlement à une échappatoire, ça, dit Danny à l'intention de Brad.

— Tu as raison, oui. Mais j'avoue que son offre est tentante. Je meurs de soif. On va te laisser la vie sauve pour le moment, continua-t-il en suivant François dans la cuisine.

— Je n'ai plus de bière, déclara ce dernier après avoir fait une rapide inspection du contenu de son réfrigérateur.

— Oh! Là, ça va mal! lança Braddley.

— Très mal, renchérit Danny. Je crois que sa vie est à nouveau en danger!

— Bon! Ça va! fit François. C'est moi qui ai offert la bière; c'est moi qui vais au dépanneur.

— Il comprend vite, fit remarquer Braddley à Danny en souriant.

— Alors, tu es en train de constater que c'est pratique d'avoir une tête, se moqua François en sortant sa veste du placard.

— Tu ferais mieux d'aller au dépanneur pendant que tu l'as encore, répliqua Braddley.

— À tantôt, les bras! lança François en quittant l'appartement.

Braddley et Danny se regardèrent et éclatèrent de rire en se dirigeant vers l'atelier de peinture. Ils défirent une première boîte qui contenait des vêtements et les amenèrent dans la chambre de François. Danny se sentait un peu embarrassé en rangeant les chemises dans le placard de son cousin. Il avait l'impression de faire irruption dans sa vie privée et cela le mettait mal à l'aise. Pourtant, près de lui, Braddley déposait ses affaires dans les tiroirs et ne semblait aucunement dérangé par la situation. Danny se retourna pour aller chercher de nouveaux vêtements et jeta un regard vers le lit en passant. Il réalisa que, le soir même, Braddley et François le partageraient et formeraient un couple. Cette pensée le laissait perplexe. Il ne comprenait toujours pas comment deux hommes pouvaient se désirer physiquement, mais il ne cherchait tout de même pas à juger leur comportement. Après tout, François et Braddley étaient assez vieux pour savoir ce qu'ils avaient à faire. Et, chose encore plus importante, il les respectait et n'avait aucunement envie de briser les liens qui les unissaient à lui. Ils s'étaient montrés très présents et attentionnés pendant sa convalescence et il leur en serait toujours reconnaissant.

Les deux hommes prirent une pause quand François revint avec la bière. Peu après, Marie-France arriva, les bras chargés de nourriture qu'elle avait préparée pour eux dans l'après-midi. Bien qu'elle ne comprît toujours pas le comportement de son fils en matière de relations amoureuses, elle ne pouvait se résigner à couper les liens avec lui. François demeurait l'être qu'elle aimait le plus au monde et, quoi qu'il puisse faire, cela ne changerait jamais l'amour inconditionnel qu'elle lui portait. Malgré tout, elle avait été chagrinée quand il lui avait appris que Braddley venait s'installer chez lui. Elle ne connaissait pas encore très bien Brad et craignait qu'il ne gâche les liens qui existaient entre son fils et elle. Pourtant, elle n'en avait pas moins préparé le repas du soir pour leur faire plaisir et leur éviter des tracas. François remercia sa mère de cette marque d'attention qu'il appréciait énormément, d'autant plus que Marie-France était une excellente cuisinière. Ils soupèrent donc à quatre, dans une ambiance détendue et agréable. Puis, peu avant neuf heures, Marie-France et Danny quittèrent les deux jeunes hommes et rentrèrent chacun à leurs domiciles respectifs. François et Braddley prirent une douche et se retrouvèrent au salon, confortablement installés l'un près de l'autre sur le divan.

— Ta mère a été correcte avec moi, déclara Braddley au bout d'un moment de silence.

— Oui, c'est vrai. Même si je sais que ça doit lui faire mal de nous voir ensemble.

— En tout cas, ça n'a pas paru.

— Il y a une chose que je voudrais te demander, cependant.

— Quoi?

— J'aimerais que tu ne fasses aucun geste d'intimité avec moi quand elle est là.

— Pourquoi? J'ai fait quelque chose d'incorrect?

— Non. Pas du tout. Tu as été très bien, au contraire. Mais je te préviens, c'est tout.

— Ce n'est pas mon genre, François. Tu sais une chose?

— Quoi?

— C'est la première fois que j'emménage avec quelqu'un. En couple, je veux dire.

— Vraiment?

— Vraiment. Je n'ai jamais osé le faire avant. Premièrement, parce que j'avais peur que ça se sache, et deuxièmement, parce que je n'ai jamais aimé un gars assez pour ça.

— C'est beau, ce que tu me dis là, Brad. J'espère que tu vas le penser longtemps.

— Je l'espère aussi, Frank, dit-il en ébauchant une caresse sur sa joue. Bon! Ça suffit, les confidences! ajouta-t-il en se levant d'un bond. Je vais me coucher. Je joue demain soir et je dois me reposer. Tu viens?

— J'arrive, répondit François en se levant à son tour.

❧

— Excuse-moi, dit Daniel en entrant dans la salle de bains alors que Cindy sortait de la douche.

Elle se tourna si vite qu'il n'eut pas le temps de voir ce qu'elle cherchait à cacher. Puis, elle ajusta le drap de bain autour de son corps et se mit à pleurer. Daniel s'approcha et resta derrière elle avant de poser ses mains sur ses épaules.

— Ça fait deux mois, Cindy, dit-il d'une voix douce. Tu me manques.

— Ne me mets pas de pression, Dan, je t'en prie.

— Je ne mets pas de pression, ma chérie. Je te disais juste ce que je ressens.

— C'est la même chose! Tu crois que je n'ai pas envie de toi, moi?

— Alors, laisse-toi aller.

— Je n'y arrive pas. J'ai tellement peur de ta réaction quand tu me verras. Je suis affreuse, Dan, déclara-t-elle en sanglotant.

— Mais non, tu n'es pas affreuse. Tes cheveux ont recommencé à pousser et tu redeviens comme avant.

— Non. Pas comme avant. Je ne serai plus jamais comme avant.

— Moi aussi, j'ai changé Cindy. Je t'aime encore plus qu'avant, ajouta-t-il en lui embrassant le cou.

— Oh! Dan! Arrête, je t'en prie.

— Laisse-moi te prendre dans mes bras, ma chérie. Je t'en prie.

— Je ne suis pas prête. C'est trop difficile encore.

— Bon! Ça va! fit-il en tentant de parler normalement afin qu'elle ne remarque pas sa déception.

— Dan! fit-elle en l'entendant s'éloigner.

— Oui! fit-il simplement en se retournant.

— Reviens, dit-elle en se tournant vers lui. Je vais te montrer. Il faudra bien qu'on en arrive là un jour, alors aussi bien que ce soit tout de suite. J'espère seulement que tu vas m'aimer encore après, acheva-t-elle en laissant tomber sa serviette tout en se fermant les yeux.

Daniel eut un choc et ferma les yeux, lui aussi, pendant un moment. Il s'approcha de sa femme et la serra contre lui en essuyant ses larmes à mesure qu'elles coulaient sur sa joue. Même s'il avait toujours démontré de l'empathie face à l'épreuve qu'elle traversait, en voir les conséquences lui en faisait prendre davantage conscience. Bientôt, leurs larmes se mêlèrent sur leurs visages pendant que leurs lèvres se cherchaient. Leur baiser était rempli de tendresse. Il contenait toute leur peine et, en même temps, toute la joie qu'ils éprouvaient à se retrouver. Ils restèrent un long moment blottis l'un contre l'autre, sans parler, puis Cindy tendit le bras pour prendre sa robe de nuit sur la coiffeuse. Daniel lui saisit doucement la main et y déposa un baiser.

— Reste comme ça, ma chérie. Je vais enlever mes vêtements, moi aussi.
— Toi, tu es beau, dit-elle de sa voix encore triste. Ton physique est parfait.
— Tu es belle aussi, Cindy, déclara-t-il avec sincérité. Me crois-tu quand je te dis ça?
— C'est difficile de croire que tu puisses penser cela, Dan.
— Pourtant, c'est la vérité. Je t'aime, Cindy. Je t'aime, je t'aime, je t'aime! Est-ce que tu peux le croire?
— Oui, répondit-elle en souriant.
— Wow! s'exclama-t-il d'un air réjoui. J'ai même droit à un sourire avec ça! C'est vraiment trop pour la même journée!
— Je t'adore! déclara Cindy en souriant de nouveau.
— Ah oui? Alors, prouve-le, dit-il en recommençant à embrasser son cou.

Cindy émit un petit gémissement et répondit à ses caresses en sentant le désir monter en elle.

⚜

Amélie descendit deux de ses valises dans le hall d'entrée puis remonta à sa chambre et prit une boîte qu'elle descendit à son tour. Puis elle recommença cet exercice à plusieurs reprises avant que tous ses effets personnels ne se retrouvent près de la sortie. Elle ouvrit la porte et refit les mêmes gestes, mais cette fois-ci, pour placer les valises et les boîtes dans sa voiture. Quand elle eut terminé, elle rentra à la maison et s'installa au salon pour attendre Benoît. Il arriva peu après. Amélie vint à sa rencontre et lui demanda de la suivre au salon. Benoît fronça les sourcils et la suivit sans dire un mot. Elle ferma les portes et se tourna vers son mari.

— Je pars, annonça-t-elle d'une voix calme, malgré toute l'anxiété qu'elle ressentait.

— Tu pars où?

— Je te quitte, Benoît. Le moment est venu de mettre un terme à cette vie qui n'a pas de sens.

— Je ne veux pas que tu partes, Amélie, lui dit-il en posant ses mains sur ses épaules.

— Je pars quand même, Benoît.

— Mais réfléchis, voyons! Ça fait plus de trente ans qu'on est ensemble. Tu ne peux pas me laisser tomber comme ça.

— Ça fait longtemps que tu sais que je vais finir par te quitter, Benoît. On a dépassé ce stade-là.

— Je ne croyais pas que tu allais le faire, avoua-t-il d'un air désemparé.

— Eh bien, tu aurais dû y penser avant. Je regrette, mais je n'ai plus de chance à te donner. Ma réserve est écoulée.

— Tu te crois forte? Tu fais exprès pour me dire des choses blessantes. Mais pourquoi, bon Dieu? Je ne t'ai rien fait, moi. Je suis toujours resté près de toi, même quand tu as fait un bébé à mon frère. Tu imagines un peu ce que j'ai eu à supporter?

— N'essaie pas de me culpabiliser, Benoît. Cette étape-là aussi, je l'ai passée.

— Tu ne penses qu'à toi! lança-t-il d'une voix contrariée. Tu laisses tomber ton mari et ta fille qui est enceinte pour te jeter dans le lit de ce salaud qu'est mon frère.

— Je suis désolée que ça se termine comme ça, déclara-t-elle avec sincérité. J'aurais aimé que l'on garde de bonnes relations, mais je sais que c'est impossible étant donné les circonstances.

— Tu peux le dire que c'est impossible! Crois-tu que je pourrai te regarder encore alors que tu pars avec mon frère? Je ne suis pas un imbécile!

— Je n'ai jamais pensé cela, Benoît. D'une certaine façon, je t'ai toujours respecté.

— Non, mais laisse-moi rire! Tu as fait de moi un cocu de première classe! C'est du respect, ça?

— Bon! Ça suffit! fit Amélie en commençant à perdre son contrôle. Je m'en vais.

— Tu ne vas nulle part, cria son mari en se plaçant devant la porte.

— Laisse-moi passer, Benoît.

— Jamais! Il faudra que tu me passes sur le corps avant.

— Laisse-moi passer! ordonna-t-elle à nouveau.

Benoît la saisit par les bras et les serra si fort qu'Amélie échappa un cri de douleur. Il desserra son étreinte et elle en profita pour tenter de sortir. Il fut cependant plus rapide qu'elle et la poussa contre le mur avant qu'elle puisse ouvrir la porte. Amélie essaya de le repousser mais il était plus fort qu'elle. Dans un geste désespéré, elle lui administra un coup de poing dans le ventre. Benoît se courba et grimaça sous la douleur. Pourtant, il parvint à retenir sa femme et, lorsqu'il dirigea à nouveau son regard vers elle, l'expression de rage qui s'y réflétait fit peur à Amélie. Doucement, d'un air menaçant, il porta sa main à son cou et commença à serrer lentement. Amélie parvint à lâcher un cri avant qu'il ne resserre ses doigts sur elle. Alerté par l'appel au secours de sa belle-sœur, Daniel fit irruption dans la pièce au bout d'un moment. Il regarda avec stupéfaction la scène qui s'offrait à lui et vint à la rescousse d'Amélie.

— Lâche-la, Ben! ordonna-t-il en tentant de tirer son frère vers l'arrière.

— Va-t'en, Dan, répondit Benoît avec rage. C'est une affaire entre elle et moi.

— Tu es malade! reprit son frère en essayant de lui faire déplier les doigts.

— Laisse-moi tranquille! s'écria Benoît en lâchant prise pour repousser Daniel.

Amélie fut ainsi libérée et se mit à tousser en longeant le mur vers la sortie. Benoît se dirigea vers elle et Daniel se planta devant lui.

— Tu vas la laisser tranquille, tu m'entends?

— Je ne me mêle pas de tes histoires de couple, alors fais la même chose.

— Ce n'est pas une histoire de couple, ça. C'est une histoire de violence. Va-t'en, Amélie, ajouta-t-il d'une voix plus douce en se tournant vers sa belle-sœur.

— Merci, Daniel, murmura-t-elle simplement, avant de quitter la maison.

Elle était encore bouleversée quand elle arriva chez Éric, mais réussit tout de même à dissimuler son angoisse pendant un moment. Puis, n'en pouvant plus, elle éclata en sanglots et lui raconta tout. Comme elle l'avait prévu,

Éric ne cacha pas la grande colère qu'il éprouvait envers son frère. Mais en voyant que cela faisait du mal à Amélie, il se calma et la prit à nouveau dans ses bras pour la réconforter. Une heure plus tard, ils arrivaient à l'aéroport et se promettaient mutuellement de tenter d'oublier ce triste incident pendant leur voyage...

༺❁༻

Mélissa traversa le couloir et frappa à la porte de Matthew. Il y avait au moins quinze jours qu'elle n'avait pas eu de ses nouvelles et avait décidé de se rendre chez lui pour voir comment il se portait. La porte s'ouvrit sur une jolie jeune femme aux cheveux brun foncé. Mélissa eut un choc en la voyant. Il était clair pour elle que cette brune avait des relations plutôt intimes avec le jeune homme, pour se trouver chez lui de si bonne heure un samedi matin. D'autant plus qu'elle n'était vêtue que d'une robe de chambre et avait les cheveux mouillés comme si elle sortait de la douche.

— Est-ce que Matthew est là? demanda-t-elle finalement.

— Non. Il vient tout juste de partir faire des courses, répondit la brune en souriant.

— Ah bon! Je reviendrai, alors, dit Mélissa en s'éloignant aussitôt.

— Vous voulez que je lui dise que vous êtes passée? demanda l'autre avec gentillesse.

— Non, merci! Ce n'est pas nécessaire, répondit Mélissa sans se retourner.

La jeune fille brune la regarda entrer dans son appartement puis retourna à ses activités. Mélissa, pour sa part, n'était pas encore remise du choc qu'elle venait d'avoir. Matthew avec une femme! Lui qui parlait encore de Julia, chaque fois qu'elle le voyait, et qui disait ne pas se sentir prêt à se lier à nouveau! Mélissa était sidérée. «Il est bien comme les autres, dit-elle à voix haute. Un hypocrite!» Puis, repensant à ce qu'elle venait de dire, elle prit conscience que c'était de la colère qu'elle éprouvait envers son ami. De la colère parce qu'il se trouvait avec une femme. Mélissa commençait à analyser son attitude et la trouvait exagérée pour quelqu'un qui n'éprouvait que de l'amitié pour une autre personne. Et si ses sentiments étaient plus profonds qu'elle ne le croyait? Il lui fallait bien se rendre à l'évidence que le fait de voir une femme chez Matthew, jeune et belle en plus, la contrariait au plus haut point. Était-elle en train de devenir amoureuse de Matthew, ou l'était-elle déjà depuis un bon moment? Cette remise en question la bouleversait. Elle s'imaginait dans les bras du jeune homme et cela éveillait son désir. Mais il y avait aussi Max qui surgissait dans ses pensées. Elle ferma les yeux et les imagina tous les deux. Au bout d'un moment, ce qu'elle craignait se produisit. Il lui parut très clair qu'elle était plus attirée par Matthew que par Max. En réalité, elle n'arrivait toujours pas à redonner sa confiance à ce dernier. Malgré ses efforts, son amour envers Maxime n'avait jamais été aussi fort qu'autrefois. Elle en prenait pleinement conscience, à présent, et ne voulait pas le laisser s'illusionner plus longtemps. Aussi, décida-t-elle de le rencontrer dès que possible et de rompre avec lui. C'était pour elle une question d'honnêteté. Même si elle devait se retrouver seule à nouveau, car une aventure avec son voisin semblait impossible.

Elle se rendit donc à Saint-Sauveur, l'après-midi même, et rencontra Maxime à la sortie de son travail. Il se montra surpris de la voir alors que cela n'était pas prévu, mais il comprit très vite la raison de sa visite. En effet, Mélissa l'accompagna chez lui et lui fit part de sa décision, avec calme et douceur afin de ne pas trop le blesser. Maxime tenta de la faire changer d'idée, mais la jeune femme était maintenant certaine de ses sentiments et savait que plus rien, de ce qu'il pourrait dire ou faire, ne pourrait y changer quoi que ce soit. Elle quitta donc Maxime et se rendit à Sainte-Adèle pour saluer son père. Il semblait terriblement affecté par le départ d'Amélie. À vrai dire, il était passé par toute une gamme de sentiments au cours des dix derniers jours. Il ne s'était pas présenté au travail et avait donc eu tout son temps pour faire le point sur sa vie. Au cours des premiers jours, il ne s'appropriait aucune faute pour tout ce qui était arrivé. Il reportait plutôt tous les torts sur le compte de son ex-épouse. Il ressentait envers elle une grande colère et, surtout, beaucoup de rancune. Puis, au fil des jours, ces sentiments se transformèrent en détresse et il commença à éprouver certains regrets. Sa vie passait et repassait dans ses pensées et il s'attribuait maintenant certaines responsabilités. Il avait considéré Amélie comme lui étant acquise et cela s'était avéré sa plus grande erreur. Il en était bien conscient à présent. Pourtant, et même si le vide causé par le départ d'Amélie l'attristait énormément, il n'arrivait pas à lui pardonner complètement. L'ombre d'Éric derrière tout cela demeurait trop présente pour qu'il en fût autrement. Benoît ne pouvait oublier qu'ils s'étaient aimés sous son propre toit. Il se souvenait très bien de l'humiliation ressentie quand il avait découvert cela. Sa femme et son frère! Cela avait un côté répugnant.

Mélissa écouta donc son père lui faire part de sa tristesse et éprouva de la compassion pour lui. Bien sûr, Benoît ne toucha pas mot sur ses agissements lors du départ d'Amélie. Après coup, il n'était pas très fier de lui. Il regrettait ses gestes mais, encore une fois, ne s'en attribuait pas toute la responsabilité. Il aurait souhaité que ce soit Éric qui se présente devant lui, ce jour-là. Il n'aurait alors pas touché à Amélie, mais n'aurait pas ménagé son amant. Toutefois, cela ne s'était pas produit, et Benoît devait maintenant se résoudre à l'idée que son ex-épouse aurait bien du mal à lui pardonner la violence avec laquelle il l'avait traitée.

Mélissa accepta l'invitation à souper de son père et se retrouva attablée avec une partie de sa famille. Daniel semblait heureux comme il ne l'avait pas été depuis longtemps. Il se montrait attentionné à l'égard de Cindy, qui, elle, avait enfin retrouvé son sourire. Danny aussi semblait heureux. À ses côtés, Karen partageait sa bonne humeur et les regards qu'ils échangeaient en disaient long sur leurs sentiments. Même Jonathan souriait, ce soir-là. Il faisait des blagues et s'amusait à taquiner tout le monde. Si bien que Mélissa finit par se dire qu'il n'y avait que son père et elle-même qui se sentaient malheureux. Le souper se prolongea et elle fit part à Benoît de son intention de dormir à la maison. Il s'en trouva réjoui. Le lendemain après-midi, elle retourna à son appartement, satisfaite de son court séjour à la maison paternelle. Elle arriva face à face avec Matthew alors qu'elle se préparait à quitter l'ascenseur.

— Bonjour, Mel! lança-t-il avec bonne humeur. Tu es venue chez moi, hier matin?

— Oui. Je voulais juste prendre de tes nouvelles.

— J'ai frappé à ta porte, hier soir, mais je n'ai eu aucune réponse.

— J'étais à Sainte-Adèle. Et toi? Comment vas-tu?

— Très bien. Mais dis donc, que fais-tu ce soir? Est-ce que tu vois Max?

— Non, je ne vois pas Max, répondit-elle en affichant un air plus triste. Je ne vois PLUS Max!

— Comment ça? Vous avez rompu?

— Hier, oui. J'ai fini par démêler mes sentiments pour lui. Mais ça me fait de la peine, quand même. C'est toujours difficile, les ruptures.

— Tu as la mine plutôt basse, oui. Viens souper chez moi, ce soir. Ça va te changer les idées.

— Non, merci. J'ai besoin d'être seule, mentit-elle en pensant à la jolie brune qu'elle avait vue chez lui, la veille.

En réalité, Mélissa avait décidé de prendre ses distances avec lui. À présent qu'elle avait pris conscience de ses sentiments, et que Matthew ne les partageait sûrement pas, il valait mieux s'en éloigner. Le voir trop souvent n'aurait fait que raviver le désir qu'elle éprouvait.

— C'est dommage, reprit Matthew. J'aurais aimé te présenter ma sœur.

— Ta sœur? répéta la jeune femme avec surprise.

— Oui. Sharon. Celle que tu as vue chez moi, hier matin.

— C'est ta sœur? reprit Mélissa en retenant l'envie qu'elle éprouvait à faire un grand sourire.

— Oui, c'est Sharon, le bébé de la famille. Elle habite en Europe depuis six ans. Il me semble te l'avoir déjà dit, d'ailleurs. Elle avait vingt-deux ans quand elle a quitté le pays. Elle ne vient pas souvent ici. Une fois par année, tout au plus. Mais si tu venais souper chez moi, elle pourrait te raconter tout cela elle-même. Alors, tu ne changes pas d'idée?

— À bien y penser, reprit Mélissa, je crois que ça me ferait du bien de ne pas souper toute seule!

❧

François serra la main de l'ancien ami de son père, éditeur de profession, à qui il venait de remettre son manuscrit. William Angers tenait une maison d'édition depuis près de trente ans. Il avait connu David Martin lors d'une soirée bénéfice parrainée par son entreprise, et les épouses des deux hommes avaient tout de suite établi des liens d'amitié. Pendant de longues années, les couples Angers et Martin s'étaient vus de façon régulière. Depuis la mort de David, cependant, Marie-France les voyait beaucoup moins souvent, mais ils continuaient de prendre de ses nouvelles régulièrement. Aussi, quand William Angers avait appris l'intention du jeune Martin d'écrire un roman policier, il s'était aussitôt montré intéressé. C'est pourquoi François se retrouvait là, en cette journée du deux avril qui, pour lui, était mémorable. François quitta donc la maison d'édition, le cœur rempli d'espoir. Bien sûr, William Angers ne pouvait lui promettre de publier son manuscrit, mais il le présenterait au comité de lecture qui se chargerait d'en faire la critique. Et, chose qu'il se permettait très rarement, il lirait lui aussi l'ouvrage pour s'en faire une opinion personnelle. Ce petit privilège satisfaisait pleinement le jeune homme.

Une fois sur le trottoir, François se retourna pour jeter un dernier regard vers l'édifice qu'il venait de quitter. Il avait laissé là le fruit de son travail des derniers mois. En fait, c'était beaucoup plus que cela. C'était des heures de passion passées dans un monde imaginaire et tout son espoir en l'avenir, qu'il avait remis entre les mains de l'éditeur.

François monta à bord de sa voiture et rentra à son appartement. Braddley était encore au lit et François se demanda s'il serait capable de disputer la partie contre New York qui devait avoir lieu ce soir-là. Braddley était en effet affecté par une mauvaise grippe qui durait depuis quelques jours et qui lui enlevait beaucoup de son énergie. François regarda l'heure et se résigna à réveiller Brad.

— Il est quatre heures, l'informa-t-il en touchant son

front. On dirait que la fièvre est tombée. Comment te sens-tu?

— Fatigué, répondit Braddley en faisant une tentative pour se lever. J'ai mal partout.

— Tu crois que tu vas pouvoir jouer ce soir?

— Je vais essayer. Après une douche, ça devrait aller, continua-t-il en se rendant à la salle de bains.

Une fois là, il enleva son slip et ajusta l'eau avant de pénétrer dans la cabine. Il demeura longuement sous le jet d'eau tiède avant de fermer les robinets. Puis il sortit et regagna sa chambre en frissonnant. François lui tendit une serviette et Brad se sécha avant de retourner sous les couvertures.

— Je suis gelé! lança-t-il en tirant les couvertures jusqu'à son nez.

— Prends tes médicaments et essaie de dormir encore un peu, dit François en lui tendant un verre d'eau et deux comprimés. Tu as faim?

— Un peu, oui.

— Je vais te préparer quelque chose à manger. Tu peux dormir encore une heure. Tu verras, à ce moment, si tu es capable d'aller jouer.

— Je vais être capable, déclara Braddley avant d'avaler les comprimés.

Une heure plus tard, François réveilla à nouveau Brad qui se leva et se rendit à la cuisine. Il mangea un peu moins que d'habitude mais, pour le commun des mortels, cela aurait représenté un repas complet. Une fois rassasié, il retourna dans sa chambre et s'habilla. Les médicaments et le repos faisaient effet. Le jeune homme se sentait plus énergique, bien qu'il n'eût pas encore retrouvé la pleine forme. Toutefois, il irait disputer cette partie contre New York car son équipe avait besoin de cette victoire. Il aurait ensuite deux jours de congé pour se remettre de cette mauvaise grippe. La période de réchauffement lui parut plutôt difficile mais il parvint tout de même à jouer. Son entraîneur le laissa sur le banc plus souvent que d'habitude, conscient que le jeune homme avait besoin d'un temps de récupération plus long entre deux sorties. Après la partie, il prit une douche et rentra chez lui immédiatement. Il se coucha et demeura au lit pendant toute la journée du lendemain...

⁑

Amélie était assise sur la plage et regardait l'horizon, au loin, tout en se remémorant les heureux moments qu'elle venait de passer avec Éric. C'était leur dernière journée dans cet endroit magnifique puisqu'ils devaient partir le lendemain. Derrière elle, la petite maison chaleureuse aux fenêtres à carreaux resterait longtemps gravée dans sa mémoire. C'était là qu'Éric et elle s'étaient vraiment retrouvés. Jamais auparavant ils n'avaient passé autant de temps ensemble. Ils avaient pu s'aimer librement et échanger toutes les caresses et les marques d'attention qu'ils avaient refrénées depuis si longtemps. Amélie se sentait littéralement transportée quand elle se retrouvait dans les bras d'Éric. La tendresse qu'il démontrait envers elle la comblait. Le matin, il la réveillait en la couvrant de baisers. Puis ils passaient leurs journées à se prélasser sur la plage et à s'amuser dans l'eau. Le soir venu, ils allaient marcher longuement et se dissimulaient parfois dans des endroits plus intimes pour y faire l'amour. Éric possédait toujours ce corps athlétique dont Amélie avait si souvent rêvé. Et sur cette plage du Mexique, elle ne s'était pas privée de regarder ses muscles bronzés et de les caresser.

— Tu rêves? demanda doucement Éric en s'asseyant derrière elle, avant de déposer de petits baisers sur son cou.

306

Amélie eut un frisson et tourna la tête pour lui offrir ses lèvres.

— Je t'aime, dit-elle avant qu'il ne l'embrasse.
— Tu viens te baigner? demanda-t-il en se levant. Allez! Paresseuse, reprit-il en se penchant pour lui prendre la main, alors qu'elle s'étirait sous le soleil.

Ils nagèrent ensemble pendant un moment, puis se mirent à se lancer de l'eau au visage en riant. Ils s'amusèrent ainsi longuement, collant leurs corps l'un à l'autre pour s'embrasser entre deux bousculades. Puis, fatigués, ils revinrent sur la plage et s'étendirent sur une couverture. Amélie se tourna bientôt vers Éric et laissa ses doigts parcourir ses pectoraux. Elle sentait battre son cœur alors qu'il la regardait en souriant. Il se tourna soudain sur le côté et se retrouva couché sur Amélie. Il passa une main dans la chevelure blonde et couvrit de baisers le visage tant aimé.

— Tu viens à l'intérieur? demanda-t-il en sentant le désir monter en lui.
— Je ne peux pas dire non à ça, répondit-elle alors que son regard marquait la passion qu'il lui inspirait.

Le lendemain, ils arrivèrent à Dorval en après-midi. C'était une belle journée d'avril et le soleil demeurait présent quoique la température contrastât avec la chaleur des jours précédents. Ils montèrent dans la voiture d'Éric et prirent la direction de Sainte-Adèle. Les boîtes contenant les effets personnels d'Amélie étaient toujours dans le hall d'entrée. Cela lui rappela le dernier épisode de sa vie avec Benoît et elle se rembrunit.

— Hé! fit Éric en devinant à quoi elle songeait. Ne pense plus à cela, ma chérie. C'est fini. Il ne te fera plus jamais de mal.

— J'ai peur, Éric. J'ai peur qu'il vienne ici et qu'il s'en prenne à moi.

— S'il ose faire ça, je vais le recevoir, moi!

— Et si tu n'étais pas là?

— Il ne fera pas cela, Amélie. Calme-toi. On va défaire ces boîtes et, après, tu te sentiras vraiment chez toi ici. D'accord?

— D'accord, se contenta-t-elle de répondre, ses pensées étant encore dirigées vers son ex-mari.

Le lendemain, ses enfants lui téléphonèrent tour à tour à l'exception d'Alexandra, et lui offrirent leurs vœux de bon anniversaire. C'était la première fois qu'Amélie était loin d'eux pour célébrer cet événement. Pourtant, c'était sûrement l'un de ses plus beaux anniversaires qu'elle venait de passer. Éric lui avait fait vivre une journée de rêve et avait passé à son doigt une magnifique bague sertie d'émeraudes et de diamants.

❦

Alexandra demanda au chauffeur de taxi d'arrêter son véhicule et le paya avant de descendre. Elle préférait marcher un peu avant d'arriver à la résidence d'Éric, histoire de se calmer. Cette démarche qu'elle avait décidé de faire la rendait anxieuse. Elle savait que sa mère était revenue la veille, et elle désirait la voir afin de lui souhaiter un joyeux anniversaire de naissance. Mais il y avait plus que cela. Même si elle ne voulait pas vraiment se l'avouer, elle souhaitait entendre parler de ce voyage et revoir Éric. Ce serait la cinquième fois qu'elle le voyait depuis sa naissance et elle souhaitait de tout cœur que l'enfant qu'elle portait ne connaisse jamais le déchirement qu'elle ressentait en cet après-midi-là. Elle ne savait pas très bien pourquoi elle désirait en savoir davantage sur cet homme qui avait été absent de sa vie pendant aussi longtemps, mais les liens du sang semblaient l'attirer vers lui et elle ne pouvait retenir sa curiosité.

Alexandra arriva bientôt devant l'élégante demeure victorienne. Les voitures d'Éric et d'Amélie étaient stationnées dans la cour. La jeune fille sentait son cœur battre la chamade. Elle prit de longues inspirations et monta les quelques marches qui la séparaient de l'entrée. Puis, elle tendit le doigt avec hésitation et appuya sur le bouton de la sonnerie. Ce fut Éric qui vint répondre. Il resta un moment bouche bée devant sa fille avant de l'inviter à entrer. Elle le suivit jusqu'à la cuisine où Amélie s'affairait à glacer un gâteau au chocolat.

— Tu as de la visite, déclara Éric à l'intention d'Amélie.

Elle se tourna et eut un choc. Une fois la surprise passée, elle s'élança vers sa fille et la prit dans ses bras. Alexandra l'embrassa en lui offrant ses vœux tardifs. Éric profita de ce moment pour quitter la pièce et les laisser en toute intimité.

— C'est ton gâteau de fête que tu prépares là? demanda-t-elle en pointant du doigt l'alléchante pâtisserie.

— Non, répondit sa mère en riant. J'en ai eu un, le jour de ma fête, ajouta-t-elle en se disant que sa fille n'apprécierait peut-être pas cette allusion au voyage qu'elle venait de faire avec Éric.

— Ah! fit simplement Alexandra. Tu m'as manqué, ajouta-t-elle après un silence.

— Toi aussi, ma chérie.

— Tu as eu le temps de penser à moi? Vraiment?

— Bien sûr! Et toi? Comment vas-tu?

— Pas mal. Je n'ai toujours pas eu de nouvelles de Yannick. Ça fait trois mois, acheva-t-elle en s'attristant.

— Pauvre chérie! Je suis là, maintenant.

— J'ai un peu peur de l'accouchement, maman. Est-ce que ça fait très mal?

— C'est certain qu'il y a des choses plus agréables à faire, répondit franchement Amélie, mais quand tu verras ton petit bébé dans tes bras, tu oublieras tout cela.

— J'ai hâte de voir si ce sera un garçon ou une fille.

— Tu as une préférence?

— J'aimerais bien un garçon qui ressemblerait à son père.

— Ce serait bien, aussi, une fille qui te ressemblerait.

— Avec mon caractère? demanda Alexandra en se moquant d'elle-même.

— Tu te vois pire que tu es, tu sais. À part les petites crises d'adolescence, on peut dire que tu es plutôt facile à supporter.

— C'est fini les crises d'ado, maman. Je suis en train de devenir une femme, par obligation.

— Je dois dire que ça te va bien, déclara Amélie en souriant. Tu as pris du poids au cours des dernières semaines, remarqua-t-elle en posant une main sur son ventre. Il a bougé, fit-elle en souriant. Il est en train de faire la connaissance de sa grand-mère.

— Grand-mère! lança Alexandra en souriant. Tu n'as pas l'air du tout de cela!

— Merci du compliment! Mais c'est tout de même la réalité.

— Maman, commença-t-elle avec hésitation. Tu crois qu'Éric voudrait me parler?

— Te parler? répéta Amélie avec surprise. Mais pourquoi refuserait-il de te parler?

— Je ne sais pas. Peut-être qu'il n'en a pas envie. Ou

peut-être qu'il m'en veut encore pour ce que je lui ai dit à Noël.

— La meilleure façon de le savoir, c'est de lui demander. Viens, ajouta-t-elle en prenant la main de sa fille pour l'entraîner vers le salon. Tu veux que je vous laisse seuls, lui et toi?

— Non, répondit aussitôt la jeune fille qui se sentait embarrassée de se retrouver à nouveau devant Éric. Reste, je t'en prie.

— Très bien, dit Amélie avant de s'installer dans un fauteuil.

Alexandra jeta un regard circulaire à la pièce et vint s'asseoir dans un fauteuil placé entre celui d'Amélie et la causeuse qu'occupait Éric. Elle se retrouvait donc de côté, par rapport à lui, et devait tourner la tête pour le regarder en face. C'était sans conteste un homme séduisant. Son visage bronzé, aux traits réguliers, reflétait un bon état de santé. Quant à son physique, il inspirait la force et la vigueur. Alexandra se tourna un moment, gênée de s'être laissée aller à cette inspection visuelle. Puis elle se tourna à nouveau vers Éric et il ébaucha un sourire incertain.

— Tu n'es pas fâché contre moi? demanda Alexandra en réalisant qu'il était aussi mal à l'aise qu'elle.

— Pas du tout. Je pensais plutôt que c'était toi qui m'en voulais.

— Non. Pas vraiment, à présent que je sais que tu ne nous as pas abandonnées, ma mère et moi.

— Amélie m'a dit que tu avais cru cela, oui.

— Parle-moi, lui demanda-t-elle après un moment de silence.

— De quoi?

— De n'importe quoi. Je veux juste que tu me parles.

— Bon! fit Éric avant de lui sourire à nouveau. Ce

n'est pas évident de trouver un sujet intéressant, comme ça, à brûle-pourpoint.

— Pourtant, Daniel m'a dit que tu es un très bon avocat et que tu as la réplique facile.

— Tu as parlé de moi avec Daniel?

— Un peu, oui. Je lui ai posé quelques questions.

— Ah! Bon! Il ne m'a pas trop maltraité, j'espère?

— Non, pas du tout! Je crois qu'il a beaucoup d'affection pour toi.

— Je le crois aussi. On s'est toujours bien entendus, lui et moi.

— Ce n'était pas comme avec mon père, alors? Je veux dire Benoît, se reprit-elle d'un air embarrassé.

— Tu peux continuer à l'appeler comme ça, Alex, dit-il doucement. Il a été ton père plus que moi, finalement.

— Merci! fit Alexandra en appréciant sa délicatesse.

— Ce n'était pas facile avec Benoît, enchaîna Éric aussitôt. Ce n'était pas sa faute plus que la mienne, je crois. On était trop différents pour bien s'entendre, je suppose. Pourtant, on dit que les caractères différents se complètent généralement bien. On devait faire partie de l'exception.

— Je ne me souviens plus de mon oncle David. Tu t'entendais bien avec lui?

— Plutôt bien, oui. Mais je le trouvais un peu trop sérieux, quand j'étais adolescent. Quand je suis devenu adulte, notre relation s'est beaucoup améliorée.

Éric continua de répondre aux questions de sa fille pendant près de deux heures. Il parlait calmement, relatant les épisodes de sa vie qui intéressaient la jeune fille. Amélie les regardait et se sentait fortement émue. Elle retenait ses larmes, par moments. Des larmes de joie, enfin! Mais elle parvenait à se contenir car elle ne voulait pas rompre le charme de cette scène qui se déroulait sous ses yeux et qu'elle avait tant souhaitée. Éric avait retrouvé toute sa volubilité et racontait des anecdotes qui faisaient rire sa fille, de temps à autre. Alexandra se sentait maintenant tout à fait à l'aise et écoutait le discours de son père avec attention. Lorsque vint l'heure de souper, elle accepta son invitation à rester avec eux. Ils discutèrent encore pendant tout le repas, puis retournèrent au salon pour regarder une émission de télévision que la jeune fille ne voulait pas manquer. Quand arriva le temps de retourner chez elle, Alexandra demanda à sa mère de la reconduire. Amélie accepta, bien que l'idée de revoir son ancien lieu de résidence lui répugnât. Éric offrit d'y aller à sa place mais Amélie refusa. Alexandra salua son père et lui donna un rapide baiser sur la joue. Ce geste la fit rougir un peu et elle sortit de la maison avec rapidité afin qu'il ne remarque pas l'embarras qui s'emparait d'elle. Pendant le trajet, elle confia à sa mère qu'elle avait trouvé Éric vraiment sympathique. Amélie n'en demandait pas plus pour se sentir comblée. Une fois à destination, elle embrassa sa fille qui sortit de la voiture en souriant, heureuse de la journée qu'elle venait de passer.

❧

Mélissa trouvait cette soirée du samedi bien longue. La veille, elle avait rendu visite à Éric et Amélie mais n'avait pas voulu dormir chez eux. C'était la première fois qu'elle les voyait ensemble depuis leur retour de voyage, un mois auparavant, et elle avait encore du mal à s'habituer à la situation. C'était d'ailleurs pour cela qu'elle avait tant tardé à les visiter. Elle devait bien admettre qu'ils formaient un beau couple, mais avait tout de même du mal à les voir ensemble. Surtout quand Éric oubliait sa présence pour un moment et donnait un petit baiser à Amélie en passant près d'elle.

Mélissa respectait leur choix tout en étant consciente que cela lui demanderait un certain temps avant de se sentir à l'aise dans cette situation.

L'idée lui vint soudain d'aller faire quelques longueurs à la piscine. Elle mit son maillot de bain, passa des vêtements d'exercice et quitta aussitôt son appartement. Elle plongea dans le grand bassin, fit quelques brasses et revint s'appuyer près d'une échelle. Les deux autres nageurs qui partageaient les lieux avec elle s'en allèrent bientôt et elle resta seule. Aussi seule que dans son appartement, quelques minutes plus tôt. Elle se dit que cela était normal et qu'il n'y avait qu'elle pour passer le samedi soir à cet endroit. Cette pensée l'attrista et fit surgir Matthew dans son esprit. Elle l'avait vu régulièrement depuis deux semaines puisqu'il avait recommencé à fréquenter la clinique. Cependant, ils ne s'étaient pas vus ailleurs qu'à cet endroit. Matthew terminait un dossier sur lequel il travaillait depuis des semaines. Cela ajouté aux soins qu'il donnait à son fils et aux deux soirées qu'il consacrait aux traitements de physiothérapie, il ne lui restait vraiment plus de temps pour penser aux loisirs. D'une certaine façon, cette situation soulageait Mélissa. Moins elle le voyait, moins elle souffrait. La présence de Matthew avait un effet négatif sur elle depuis qu'elle avait pris conscience des sentiments qu'elle lui portait. Lorsqu'il venait à la clinique et qu'elle massait ses épaules et son dos, elle devait par moments se contrôler afin que les mouvements de ses mains ne se transforment pas en caresses. C'était la première fois, depuis son aventure avec Maxime, qu'un client lui inspirait un tel désir. Matthew entretenait la conversation et ne semblait rien remarquer. Cela la rassurait car elle aurait été incapable de continuer à lui prodiguer des soins s'il en avait été autrement. Il se montrait si amical envers elle, qu'elle ne pouvait espérer plus. Et sa fierté lui faisait souhaiter qu'il ne devinât jamais cet amour à sens unique.

Mélissa était encore songeuse quand la porte vitrée s'ouvrit. Elle n'entendit pas Matthew qui avançait et eut un sursaut quand il la salua.

— Toi? fit-elle avec surprise.

— Oui, dit-il en entrant dans l'eau. J'ai enfin terminé mon dossier et je n'avais rien de spécial à faire. Alors, je me suis dit qu'un peu de détente me ferait du bien et j'ai téléphoné à une gardienne pour s'occuper de Jérémie. On fait la course?

— O.K., fit simplement la jeune femme avant de se placer près de lui.

Ils firent deux longueurs et, cette fois-là, ce fut Matthew qui toucha le premier le bord du bassin. Il regarda Mélissa avec satisfaction et se moqua de sa forme physique. Elle accepta les blagues sans toutefois les commenter. Cela étonna le jeune homme et il s'approcha d'elle pour la regarder de plus près.

— Ça ne va pas? demanda-t-il d'une voix douce.

— Pas très fort, non. Mais ce n'est pas grave. Oublie ça.

— Tu te préoccupes de moi, toi. Alors, pourquoi est-ce que tu ne me laisses pas faire la même chose, à présent que c'est toi qui ne vas pas bien?

— Tu ne peux rien y faire, Matthew. Crois-moi, implora-t-elle en le regardant de ses grands yeux tristes.

— C'est ta famille? insista-t-il.

— Non, répondit-elle simplement, embarrassée de se trouver si près de lui.

Matthew se trouvait face à elle, ses mains appuyées sur le bord de la piscine. Mélissa sentait les avant-bras qui touchaient ses épaules et elle craignait qu'il devine le désir qu'elle éprouvait.

— Tu t'ennuies de Maxime? questionna-t-il encore.

— Non.

— C'est ton travail, alors?

— Non. Mais laisse-moi tranquille, à la fin! lança-t-elle en haussant le ton.

— Hé! fit le jeune homme avec surprise. Calme-toi.

— Excuse-moi, reprit aussitôt Mélissa d'une voix plus pondérée. Je ne voulais pas crier après toi.

— Ce n'est pas grave. Mais dis-moi juste une chose. Est-ce que j'ai dit ou fait quelque chose qui t'a déplu?

— Pourquoi penses-tu cela? demanda-t-elle avec hésitation.

— Parce que si ce n'est ni ta famille, ni Maxime, ni ton travail qui te rend triste, c'est normal que je pense que je pourrais y être pour quelque chose. Alors? Est-ce que je suis concerné?

Mélissa baissa les yeux et ne répondit pas. Que pouvait-elle bien lui dire? Il avait su en venir à une déduction logique qu'il lui serait difficile de nier. Matthew prit son menton entre ses doigts et l'obligea à relever la tête. Mélissa évitait de le regarder.

— Regarde-moi, Mel. Je t'en prie. À présent, je suis certain d'être concerné et tu dois me dire ce qui te rend triste.

— Je ne peux plus rester ton amie, Matthew, finit-elle par dire.

— Pourquoi?

— Parce que j'ai bien peur d'avoir dépassé le stade de la simple amitié.

Matthew la regarda et lui sourit tristement.

— Alors, je ne m'étais pas trompé, reprit-il d'un ton compatissant.

— Tu avais deviné?

— Disons que je commençais à me poser des questions. Depuis les dernières semaines, surtout. Je sentais que quelque chose avait changé dans ton attitude, mais je ne savais pas quoi. Il m'est venu à l'idée que tes sentiments envers moi avaient changé, mais je me suis dit que c'était mon imagination qui me jouait des mauvais tours.

— Ce n'était pas ton imagination, confirma-t-elle avec une certaine gêne.

— Mel, commença-t-il en posant ses mains sur ses épaules. Je ne suis pas prêt. Ça fait juste cinq mois que j'ai perdu Julia et je pense encore souvent à elle. C'est peut-être bête à dire, mais je me sentirais coupable d'être avec une autre femme après si peu de temps. Ce serait comme l'avoir oubliée trop rapidement. Tu comprends?

— Pas vraiment, non. Quand c'est fini, c'est fini! Il faudra bien que tu passes à autre chose tôt ou tard. À moins que tu ne veuilles rester seul pour le reste de tes jours.

— N'essaie pas de me blesser, Mélissa. Je veux bien comprendre que tu n'approuves pas ma façon de penser, mais essaie au moins de la respecter.

— Excuse-moi, dit-elle encore. Décidément, je fais tout pour que tu me détestes. Ce serait peut-être mieux, finalement. Comme ça, j'arriverais à t'oublier plus vite.

— Tu ne veux plus me voir?

— Ce n'est pas que je ne veuille plus. C'est simplement que ce serait plus raisonnable si je veux avoir mal moins longtemps.

— J'aurais dû m'ouvrir les yeux avant et garder mes distances, déclara-t-il d'un air désolé.

— Ça va, Matthew. J'en ai assez entendu. Je me sens tellement rejetée que je n'arrive plus à te regarder en face.

— Je ne te rejette pas, Mel.

— Non, mais tu es bien loin de m'ouvrir les bras!
Allez, reprit-elle aussitôt. Laisse-moi passer, s'il te plaît,
acheva-t-elle en tentant de se soustraire à son emprise.

Matthew fit un geste pour ramener ses bras le long
de son corps, mais il s'arrêta à mi-chemin et toucha la
taille de la jeune femme. Elle eut un sursaut et il referma
ses bras sur elle.

— Laisse-moi du temps, Mel. Tu veux bien?
— Du temps pour quoi? questionna-t-elle d'une voix
remplie d'émotion, en sentant leurs deux corps se toucher de si près qu'elle pouvait sentir les effets du désir
qu'elle éveillait chez le jeune homme.
— Du temps pour faire le ménage dans ma tête et
dans mon cœur. Du temps pour faire mon deuil et me
sentir à nouveau libre.
— Et tu crois que tu pourrais m'aimer, alors?
— Peut-être bien, oui. Jusqu'à présent, j'ai tenu à ce
que nos relations soient purement amicales parce que je
ne me sentais pas prêt à autre chose. Je ne voulais même
pas y penser, à vrai dire. Je sais que j'ai envie de toi,
présentement, mais je ne voudrais pas t'embarquer dans
une aventure qui pourrait te faire du mal. Tu as déjà
assez souffert à cause d'un homme et je ne voudrais pas
que tu me détestes jusqu'à la fin de tes jours. On a eu
trop de moments agréables, toi et moi, pour que ça se
termine comme ça.
— C'est difficile de t'entendre dire que je t'attire et
que tu ne veux pas aller plus loin.
— C'est difficile pour moi aussi. Mais je te l'ai dit,
c'est une affaire que je dois régler avec moi-même. Quand
je me sentirai parfaitement bien dans ma peau, je pourrai
à nouveau penser à l'avenir. Mais, tu sais, si tu ne veux pas
attendre, je comprendrai très bien. Après tout, je n'ai pas
le droit de te demander cela. C'est égoïste.

— Je veux bien attendre, dit-elle après un moment de réflexion. De toute façon, il n'y a personne dans ma vie actuellement. Et je crois bien que ça va me prendre encore un bout de temps avant de m'attacher à quelqu'un, si ce n'est pas toi.

— Je suis désolé, Mel. Vraiment.

— Moi aussi, Matthew. Mais j'apprécie tout de même ta franchise. Le pire, c'est que ça amplifie mes sentiments à ton égard. Tu es trop parfait!

— Oh non! Je ne suis pas parfait! Loin de là! Je crois bien que l'amour t'aveugle un peu, ajouta-t-il en lui souriant tristement.

— Je m'en vais, à présent, reprit-elle en se défaisant de lui avec regret.

— Déjà?

— Il vaut mieux que je parte, oui. Je me sens bouleversée.

— Moi aussi, à vrai dire. Je crois que tu as raison, ajouta-t-il en lui cédant le passage.

Mélissa sortit de la piscine et disparut bientôt derrière la porte vitrée. Matthew demeura dans l'eau encore un moment, trop perturbé pour faire le moindre geste. Certes, il devait bien se rendre à l'évidence et admettre qu'il avait eu envie de la jeune femme, un moment plus tôt. Mais la pensée de Julia le hantait et l'empêchait d'aller de l'avant.

❧

Le lendemain, n'en pouvant plus d'être seule et de ressasser les mêmes pensées, Mélissa retourna à Sainte-Adèle pour voir Éric. Il lui fallait parler à quelqu'un qui connaissait bien Matthew. Éric ne fut pas réellement surpris d'apprendre où en étaient rendues les relations entre les jeunes gens. Après tout, Matthew lui racontait certaines anecdotes dans lesquelles le nom de Mélissa revenait souvent. Par contre, il prévint sa nièce que le jeune avocat parlait encore régulièrement de Julia. Peut-être un peu moins, depuis un certain temps, mais un fait demeurait certain: Matthew n'en avait pas encore fait son deuil.

— On dirait que j'ai le don de m'embarquer dans des histoires d'amour impossibles, dit-elle sur le seuil de la porte, alors qu'elle se préparait à rentrer chez elle.

— Rien n'est impossible, mon petit, la rassura Éric. Mais il ne faut pas que tu espères trop fort car ça pourrait te faire du mal, une fois de plus.

— Je sais, admit-elle avant de l'embrasser et d'en faire autant pour sa mère qui avait suivi leur conversation sans trop s'y mêler, consciente que la personne la mieux placée pour lui parler de ce jeune avocat n'était nulle autre qu'Éric.

— Prends soin de toi! dit Amélie avant que sa fille ne sorte. J'espère qu'elle ne sera pas encore une fois déçue, reprit-elle en se tournant vers Éric.

— Ça va s'arranger, la rassura-t-il. Ça finit toujours par s'arranger. Regarde-nous.

— Eh bien, j'espère pour elle que ça ne prendra pas quinze ans!

— Moi aussi, approuva-t-il en la prenant dans ses bras.

※

Danny quitta la glace après une dure séance d'entraînement et pénétra dans le vestiaire. Comme la plupart de ses confrères, il se laissa tomber sur son banc et prit un temps de repos.

— Elle était pas facile, celle-là! lança un joueur encore essoufflé.

— Il nous fait payer pour les deux derniers matchs qu'on a perdus, dit un autre en parlant de l'entraîneur.

— C'est vrai qu'on a joué comme des pieds, déclara le capitaine. Et en pleines séries éliminatoires, en plus! Si on ne se reprend pas à la prochaine partie, il va nous rester seulement à accrocher nos patins.

— On va se reprendre! assura Danny. On est capables de passer le Colorado, quand même!

— On est capables si on se grouille le cul! reprit le capitaine.

— On va faire mieux demain soir! affirma l'un des assistants.

— Surtout si certains lâchent un peu les femmes, reprit le capitaine.

— Je ne me sens pas concerné! rétorqua Sammy Brown.

— Alors, pourquoi tu répliques? demanda son capitaine, du tac au tac. Tu n'as plus de jambes, Brown. Tu passes tes nuits à sauter les filles. Comment veux-tu être en forme!

— Ça, c'est ma vie privée, répliqua Brown.

— Eh bien, ta vie privée, elle nuit à l'équipe! Tu gagnes deux millions par année pour jouer au hockey, Brown. Pas pour faire le coq!

— Tu vas me faire croire que tu ne couches pas avec ta femme pendant les séries, toi?

— C'est différent. Ma femme, elle est à la maison. Je n'ai pas besoin de courir les bars jusqu'à deux heures du matin pour décrocher une fille et m'envoyer en l'air en plein milieu de la nuit!

— Bon! Ça va, Robertson! lança Brown d'un air impatient. Je vais essayer de prendre ça relaxe.

Danny profita du silence qui s'ensuivit pour aller sous la douche. Il y resta un long moment, puis revint vers son banc pour s'habiller. Il quitta ensuite les lieux et se dirigea vers les bureaux de l'entreprise familiale. Une fois là, comme à son habitude, il passa saluer son père avant de se rendre au bureau de Karen. Elle était en train de mettre de l'ordre sur sa table de travail quand il pénétra dans la pièce.

— Toi? fit-elle avec surprise. Je ne t'attendais pas aujourd'hui.

— Je sors de ma séance d'entraînement et j'avais envie de te voir, déclara-t-il avant de lui donner un baiser. Je t'emmène souper au restaurant.

— C'est que je ne peux pas, déclara-t-elle avec hésitation.

— Pourquoi?

— Parce que je suis déjà occupée, ce soir.

— Ah! fit-il d'un air déçu. Que fais-tu?

— Je vais souper avec une amie. Tu comprends, je ne savais pas que tu allais venir me voir, alors j'ai accepté son invitation.

— Tu ne peux pas remettre cela? Je joue demain soir et je pars pour le Colorado, après-demain. On va passer quelques jours sans se voir et j'aurais aimé être avec toi.

— Alors, Karen! lança la voix d'un jeune homme qui venait d'apparaître sur le seuil de la porte. Tu viens?

Danny jeta un regard vers lui et se tourna à nouveau vers la jeune fille, sans comprendre.

— Attends-moi dans le hall d'entrée, répondit-elle d'un air coupable. Je descends dans un instant.

— D'accord, dit simplement l'autre avant de disparaître.

— C'est ça, TON AMIE? demanda Danny d'un air contrarié.

— Je ne voulais pas te dire que c'était un gars car tu

l'aurais mal pris, expliqua Karen d'une voix embarrassée.

— Et c'est pour lui que tu me laisses tomber, ce soir!

— Je ne te laisse pas tomber! Je ne savais pas que tu allais venir.

— C'est qui, ce gars-là?

— C'est un de mes confrères de travail.

— Et il t'invite souvent à souper?

— Non. C'est la première fois.

— Alors, envoie-le promener!

— Je ne peux pas faire ça. Il est correct avec moi.

— Et moi, je ne le suis pas?

— Mais oui, tu l'es! Mais j'ai le droit d'avoir des loisirs, moi aussi. Tu passes la moitié de ton temps en dehors de la ville.

— C'est mon travail, Karen. Tu ne peux pas m'en vouloir pour ça.

— Je ne t'en veux pas. Je cherche à me distraire, c'est tout.

— En sortant avec un autre gars! C'est rassurant pour moi, ça!

— Oh! Danny! J'en ai assez de ta crise de jalousie, à la fin!

— Mais comment veux-tu que je réagisse? Je viens t'inviter à passer la soirée avec moi avant de partir pour quelques jours et tout ce que tu trouves à faire, c'est de me planter là pour sortir avec un autre gars. Tu pourrais choisir un autre soir, non?

— Non, répondit-elle avec assurance. J'ai promis à Yves de l'accompagner et je vais tenir ma parole. Et ta façon de me traiter m'encourage à le faire.

— Ah oui? Eh bien, vas-y et ne perds plus ton temps avec moi.

— Oh! Danny Martin! Tu es vraiment détestable parfois. Tu agis comme un enfant gâté.

— Ça fait seulement deux mois qu'on sort ensemble

et tu arrives à me dire ça, constata le jeune homme d'un air attristé. Dis-moi, Karen, est-ce que tu m'aimes vraiment?

— Je t'aime, oui, mais...

— Mais quoi?

— Mais je me sens un peu attirée par Yves, avoua-t-elle avec hésitation. C'est probablement juste une question physique, mais je dois en être certaine. C'est pour ça que je veux aller souper avec lui. Pour me rassurer quant à mes sentiments envers toi.

— Seigneur! lança Danny d'un air complètement dérouté. Mais te rends-tu compte de ce que tu es en train de me dire?

— Je suis franche envers toi, Danny. Tu ne peux pas m'en vouloir pour ça. Je sais que c'est difficile pour toi d'entendre ça, mais essaie de comprendre. Je veux juste voir si Yves m'attire vraiment ou si je me trompe.

— Et moi, je fais quoi en attendant? questionna-t-il avec colère. J'attends que tu me téléphones pour me dire lequel de nous deux a gagné?

— Ce n'est pas ça du tout! Je n'ai pas l'intention de le comparer avec toi. Mais il tourne autour de moi depuis un bon moment et ça ne me laisse plus tout à fait indifférente. Alors, je veux en avoir le cœur net. Ça ne veut pas dire que je ne t'aime plus, ça!

— Eh bien, tu ferais mieux de ne plus m'aimer, Karen. Parce que, vois-tu, tu viens de me refroidir au point où je n'ai plus du tout envie de sortir avec toi.

— Tu veux me laisser? demanda-t-elle en s'affolant.

— Non seulement je le veux, mais c'est exactement ce que je vais faire.

— Tu ne peux pas faire ça, Danny, dit-elle en réalisant que le fait d'entendre ces paroles la rendait plus malheureuse qu'elle ne l'aurait cru. Je ne vais pas aller souper avec Yves, d'accord? Je reste avec toi.

— Merci pour la charité! lança le jeune homme avec

contrariété. Je suis capable de trouver une fille qui va m'aimer réellement, sans regarder ailleurs pour voir si elle pourrait avoir mieux!

— C'est faux, ce que tu dis là! Je n'ai jamais cherché à trouver mieux. C'est le hasard qui a mis Yves sur mon chemin. Mais je sais que je ne veux pas te perdre, à présent. Il fallait peut-être que tu veuilles me laisser pour que je comprenne que je tiens à toi.

— Trop tard, Karen! Je n'attendrai pas que le hasard en place un autre dans ton champ de vision.

— Laisse-moi une chance, Danny. O.K.?

— Non. Je t'en ai déjà laissé une et on voit ce que tu en as fait. Va retrouver ton hasard, dans le hall d'entrée. Il va finir par s'impatienter.

— Je m'en fous! lança-t-elle avec impatience. Qu'il aille au diable! C'est ça que tu veux entendre?

— À vrai dire, je ne veux plus rien entendre, déclara-t-il en quittant la pièce.

Karen le rappela mais il ne se retourna pas. Elle resta un moment dans son bureau et s'en voulut pour le gâchis qu'elle venait de faire. Elle réalisait, après coup, qu'elle n'avait pas suffisamment réfléchi avant de tout avouer à Danny. Il était normal qu'il réagisse de cette façon et elle le comprenait, à présent. Mais c'était trop tard et Karen savait qu'elle aurait du mal à se faire pardonner de tels agissements. Si pardon, il y avait, bien entendu. Elle décida donc, malgré le bouleversement qu'elle éprouvait, d'aller tout de même souper avec Yves. Il arriverait peut-être à lui changer les idées, finalement.

❧

— Est-ce qu'Alexandra est là? demanda Yannick à la femme de ménage.

— Elle est dans sa chambre. Vous voulez que j'aille lui dire que vous êtes là?

— Non, merci. Je vais monter.

Yannick traversa le hall d'entrée et s'engagea dans le large escalier menant au premier étage de la résidence Martin. Il suivit le corridor et s'arrêta devant la porte conduisant à la chambre d'Alexandra. Il hésita un moment, puis frappa. La porte s'ouvrit bientôt sur la jeune fille qui ne cacha pas sa surprise.

— Yannick! fit-elle en le regardant de ses yeux arrondis.

— Bonsoir, Alex, dit-il en lui souriant.

— Ne reste pas là, reprit-elle, une fois la surprise passée. Entre.

— Comment vas-tu? demanda Yannick alors qu'elle refermait la porte derrière lui.

— J'ai hâte que ça soit passé. Je commence à en avoir assez de manquer de souffle en montant les escaliers.

— Tu as tout de même l'air en forme.

— Ma santé est bonne. En tout cas, c'est ce que dit mon médecin.

— Tu es belle! déclara-t-il d'une voix douce en la regardant de la tête aux pieds.

— Merci, fit-elle simplement.

— Sais-tu si ce sera une fille ou un garçon?

— Aucune idée!

— Si c'est une fille, j'espère qu'elle te ressemblera.

— Yannick, reprit-elle d'une voix troublée, cesse de tourner autour du pot et dis-moi pourquoi tu es ici, O.K.? Ça me fait souffrir de ne pas savoir. Tu es venu pour rester ou pour me dire que tout est bien fini?

— Veux-tu encore de moi? demanda-t-il d'une voix incertaine.

— C'est plutôt moi qui devrais poser cette question.

— C'est que je ne sais plus si tu m'aimes encore. Ça fait presque quatre mois que je suis parti et tes sentiments à mon égard ont peut-être changé.

— Ils n'ont pas changé, Yannick. Il n'y a pas une journée où je n'ai pas pensé à toi. Mais toi? continua-t-elle en s'impatientant un peu.

— Moi, je suis certain de ce que je veux, à présent. Je sais que ça m'a pris du temps, mais je voulais passer un bon moment sans te voir pour me mettre à l'épreuve. Mes parents m'avaient donné ce conseil afin que je ne revienne pas au bout de deux semaines pour repartir aussitôt. Ils ne voulaient pas que je te fasse du mal, tu comprends.

— Je comprends, oui. Mais tu ne m'as toujours pas dit ce que tu as décidé.

— C'est clair, non? Je veux rester avec toi et le bébé. Tu m'as manqué, Alex, avoua-t-il en la prenant dans ses bras. Terriblement!

— Tu m'as manqué aussi, Yannick! Mais j'ai peur que tu me quittes à nouveau.

— Ça n'arrivera pas, Alex. J'ai longuement réfléchi, je te l'ai dit. Je sais ce que je veux à présent.

— Tu n'as plus peur de l'avenir?

— J'ai confiance en nous deux. Je sais que ce ne sera pas toujours facile, mais on va prendre nos responsabilités.

— Et les études?

— On va les continuer. Pas juste moi, toi aussi. Et j'ai trouvé un travail dans un restaurant. Je vais faire de la plonge la fin de semaine, alors on aura un peu d'argent à nous.

— Mes parents vont sûrement nous aider, sur ce plan.

— Je ne veux pas tout devoir à tes parents. Je veux subvenir aux besoins du bébé.

— Je t'aiderai.

— Je n'arrive plus à te coller, remarqua-t-il en baissant les yeux sur son ventre alors qu'il tentait de se rapprocher d'elle.

— Il reste trois semaines avant que l'on voie sa frimousse.

— Je t'aime, dit le jeune homme en posant ses lèvres sur les siennes.

Alexandra se laissa embrasser en se demandant si elle rêvait. Elle avait tant souhaité ce moment et se sentait si heureuse qu'il soit enfin arrivé. Yannick se montrait tendre envers elle et il semblait la regarder d'une façon différente. Alexandra le sentait plus sûr de lui et plus amoureux aussi. Au bout d'un moment, elle demanda à Yannick de rencontrer Benoît. Elle voulait que le jeune homme vienne s'installer chez elle et, pour cela, il lui fallait la permission de son père. Ils descendirent donc au salon mais Benoît n'était pas là. Ils le trouvèrent dans la bibliothèque, penché sur une revue, un ballon de cognac à la main. Il se montra surpris de voir Yannick et accepta de lui serrer la main quand le jeune homme tendit la sienne. Ils se saluèrent et discutèrent un moment de tout et de rien avant qu'Alexandra n'en vienne à l'objet de ses préoccupations.

— Papa, commença-t-elle avec appréhension, j'ai quelque chose à te demander.

— De quoi s'agit-il? demanda Benoît d'un air aimable.

— Yannick et moi, on voudrait rester ensemble.

— Ah oui? Es-tu certain de vouloir cela? demanda-t-il à l'intention du jeune homme.

— Oui, monsieur, répondit Yannick d'un air quelque peu embarrassé.

— Et tu crois que ça durera?

— Je l'espère, en tout cas. Et j'ai l'intention de faire tout mon possible pour que ça marche bien.

— Tu sembles avoir de bonnes intentions. Tu comprends, je ne voudrais pas qu'Alex souffre à nouveau.

— Je comprends, monsieur Martin. Mais rassurez-vous, je n'ai pas l'intention de la faire souffrir.

— Tu reviens pour elle ou pour l'enfant?

— Pour les deux, j'imagine, répondit Yannick, surpris par cette question.

— Tu n'y as pas songé?

— Pas vraiment, avoua le jeune homme. Je sais que j'aime Alex et que je vais aimer le bébé aussi, mais je ne me suis jamais demandé si je revenais pour l'un plus que pour l'autre.

— Je vais t'aider un peu, mon garçon. Imagine qu'Alexandra ait perdu le bébé. Serais-tu revenu, alors?

— Papa! fit la jeune fille d'un air contrarié. Pourquoi demandes-tu cela? Tu veux vraiment mettre Yannick mal à l'aise?

— Laisse-le répondre, Alex, demanda son père de sa voix calme.

— Je crois que je serais revenu quand même, finit par dire Yannick.

— Tu crois?

— Papa!

— Je serais revenu, monsieur, reprit le jeune homme d'une voix plus assurée. J'aime Alex.

— Bien! Tu me vois un peu rassuré.

— Alors, papa? reprit Alexandra. Que penses-tu de notre intention de nous installer ensemble?

— Et de quoi allez-vous vivre?

— Je pensais que tu pourrais nous donner un coup de main.

— Ah! Bon! fit Benoît en souriant. Je me doutais bien, aussi! Tu veux que je vous paie un appartement et tout le reste.

— Non, non! fit la jeune fille. Tu n'as rien compris. Je veux que Yannick vienne demeurer ici.

— Ici? répéta son père avec surprise. Tu veux vraiment rester ici?

— Oui, papa, avec Yannick et le bébé.

— Ah! fit Benoît d'un air satisfait, en se disant qu'il était en train de gagner une autre manche sur la partie qu'il disputait avec son frère Éric.

— Alors? reprit aussitôt sa fille. C'est oui ou c'est non?

— C'est oui, voyons! Je ne te mettrai quand même pas à la porte. Je te connais assez pour savoir que tu t'en irais de toi-même si je te disais non.

— Tu me connais assez bien, oui, avoua Alexandra en ébauchant un sourire complice.

— Eh bien, reprit Benoît à l'intention de Yannick, il semble que je n'aie plus qu'à te souhaiter la bienvenue sous mon toit!

— Merci, monsieur Martin. J'apprécie votre compréhension.

— Prends bien soin de ma fille! lança Benoît d'un air plus sérieux.

— Je vous le promets, déclara Yannick en souriant.

— Ah oui, reprit aussitôt Benoît à l'intention de sa fille, avec votre histoire, j'allais oublier de te dire que j'ai réservé les services d'une infirmière.

— Une infirmière?

— Oui. Elle viendra demeurer ici, après l'accouchement. Elle va s'occuper de toi et du bébé. Tu vas avoir besoin d'aide.

— Mais, commença-t-elle avec hésitation, maman m'avait offert d'aller demeurer chez elle pendant quelques semaines.

— Elle doit se sentir obligée de s'occuper de toi. Laisse-la vivre sa vie, Alex. C'est ce qu'elle veut, après tout! Et puis, Yannick n'était pas encore revenu dans le décor, quand ta mère t'a offert cela. Ça va sûrement les déranger, elle et Éric, d'avoir trois personnes qui vont venir briser leur intimité.

— Maman n'est pas comme cela, voyons!

— Ta mère a changé, Alex. Crois-moi. Reste ici avec Yannick et le bébé. L'infirmière vous donnera toute l'assistance dont vous aurez besoin. Et rien ne t'empêche de rendre visite à ta mère, de temps en temps.

— Tu crois?

— J'en suis certain. Et puis, vous aurez plus de place ici. Vous pourrez prendre l'ancienne chambre d'Éric et celle d'à côté pour le petit. Et on pourra même faire défoncer un mur de votre chambre pour communiquer avec une autre pièce que vous pourrez transformer en petit salon. Comme ça, vous aurez votre intimité.

— Vraiment? Ce serait super!

— Je téléphone à un entrepreneur dès demain, promit Benoît en souriant. Ça vous va?

— C'est parfait! dit sa fille. Merci, papa! ajouta-t-elle en l'embrassant.

Benoît leur sourit une dernière fois et quitta la bibliothèque, satisfait. Il venait de remporter une belle victoire sur Amélie et son amant...

❧

Yannick vint s'installer chez les Martin dès le lendemain. Ses parents l'accompagnèrent afin de rencontrer Benoît et le remercier de sa générosité. Ce dernier accepta les remerciements avec plaisir. Enfin, il avait le beau rôle! Alexandra accoucha deux jours plus tard. Le travail dura plusieurs heures et la jeune fille trouva l'expérience bien difficile. Toutefois, la présence de Yannick près d'elle lui donna du courage. Janie Martin-Dumont vint au monde en fin de soirée, entourée de ses parents qui la regardaient avec admiration. La petite était toute menue et avait les traits délicats de sa mère. Alexandra fut reconduite à sa chambre où Amélie l'attendait. Quant à Benoît, il était venu à l'hôpital à l'heure du souper, mais était reparti presque aussitôt, contrarié par la présence de son ex-épouse en ces lieux. Ils s'étaient contentés d'échanger un regard chargé de rancune, conscients l'un et l'autre que l'endroit était mal choisi pour se lancer dans une conversation qui aurait risqué de mal tourner. Amélie s'était montrée déçue quand elle avait appris que sa fille ne viendrait pas chez elle après l'accouchement. Mais après réflexion, elle avait convenu avec Alexandra que sa nouvelle petite famille serait mieux installée au domaine des Martin. Elle ne pouvait certes pas lui offrir tout l'espace que Benoît avait fait aménager pour eux.

❧

— Alors, tu m'accompagnes? demanda à nouveau François.

— Tu veux vraiment que j'aille avec toi chez ton oncle? questionna Braddley, perplexe.

— Ce n'est pas chez mon oncle. C'est la maison paternelle. Elle appartient à mes trois oncles et à moi-même, précisa François. Je possède le quart de cette propriété, Brad. Mon père m'a légué sa part, à son décès.

— Tu me l'as déjà dit, oui. Mais je ne voudrais pas que ton oncle Benoît s'en prenne à toi, encore une fois.

— S'il le fait, je vais le remettre à sa place, affirma François d'un air décidé.

— C'est fou ce que tu prends de l'assurance, toi!

— C'est grâce à toi, déclara François en lui souriant. Alors, tu viens?

— D'accord.

— Je prends le cadeau et on y va, dit François avant de se rendre dans sa chambre pour chercher les boîtes qui contenaient le panda de peluche et le petit pyjama destinés au dernier-né de la famille Martin.

François et Braddley arrivèrent à Sainte-Adèle en début d'après-midi. Ils furent reçus par Daniel et Cindy qui prenaient le café au salon. Ces derniers se montrèrent heureux de revoir Brad qu'ils n'avaient pas vu depuis la période de convalescence de Danny.

— Salut! fit Alexandra en entrant dans le salon après qu'on l'eut informé de la visite de son cousin.

— Bonjour, Alex, répondit François en l'embrassant. Tu as l'air en pleine forme?

— Ça va, oui. Avec l'infirmière qui s'occupe du bébé pour les boires de nuit, j'arrive à bien me reposer. Et toi?

— Ça va très bien, moi aussi. Je crois que tu ne connais pas Brad? demanda-t-il en se tournant vers celui-ci.

— Non, pas personnellement, répondit-elle en serrant la main du hockeyeur.

— Ça me fait plaisir de te connaître, Alexandra, dit Braddley en souriant.

— Moi aussi. Alors, tu es venu voir la dernière descendante du clan Martin? ajouta-t-elle à l'adresse de son cousin.

— C'est ça, oui. Et on lui a apporté des cadeaux.

— Ah oui! On se croirait à Noël! Je n'arrête pas d'ouvrir des paquets!

Sans plus attendre, elle se mit à défaire les emballages. Elle eut un coup de cœur pour le panda et se montra ravie du joli pyjama imprimé de petites fleurs roses. Une fois les remerciements faits, elle proposa à ses deux invités de monter. Ils marchèrent sur la pointe des pieds pour ne pas réveiller la petite qui dormait à poings liés. François se mit à sourire devant cette petite fille qui semblait si fragile alors que le regard de Braddley, bien que personne ne le remarquât, se chargea de tristesse pendant un court moment. Ils passèrent quelques minutes à admirer le bébé avant de redescendre au salon.

— Yannick n'est pas ici? s'informa François en s'asseyant.

— Non. Il est allé faire des courses. On manquait de couches, précisa-t-elle d'un air amusé. Ça doit être lui qui arrive, ajouta-t-elle alors que la porte d'entrée s'ouvrait.

— Bonjour, tout le monde! lança soudain Danny en s'arrêtant devant les portes du salon, une jolie brunette à son bras.

— Salut, Dan! fit Braddley en jetant un rapide regard vers la jeune femme.

— Je vous présente Sandra, dit Danny en pénétrant dans la pièce.

Danny présenta la nouvelle venue aux membres de sa famille et ils se dirigèrent sans plus attendre vers la chambre du jeune homme.

— Encore une nouvelle! lança Daniel d'un air contrarié.

— Laisse-le faire sa jeunesse, le calma Cindy. Il a toujours été plus sérieux que son âge.

— On en reparlera, reprit simplement son mari.

— Ah! fit soudain Alexandra en entendant la porte d'entrée s'ouvrir à nouveau. Là, ça doit être Yannick.

Encore une fois, elle se trompait. Benoît fit son entrée dans la pièce en souriant. À la vue des deux jeunes hommes, son sourire se figea pendant un moment, puis sa physionomie se transforma radicalement.

— Bonjour, oncle Benoît! dit simplement son neveu en attendant sa réplique.

— Tu le fais exprès pour me provoquer? demanda le nouveau venu d'un air contrarié.

— Te provoquer? répéta François avec surprise. Je t'ai simplement salué, il me semble.

— Tu sais très bien ce que je veux dire!

— Je m'en doute un peu, oui. Mais si quelque chose te déplaît, tu peux très bien changer de pièce. Il y en a au moins vingt-cinq, ici, je pense.

Braddley se tourna vers son ami et le regarda avec surprise. Décidément, il prenait de plus en plus sa place! Cindy et Daniel se montrèrent également étonnés par cette assurance qu'ils ne connaissaient pas à leur neveu.

— Je suis chez moi, ici, reprit Benoît d'un air insulté.

— Moi aussi, affirma François en gardant son calme.

— Je suis prêt à racheter tes parts du domaine.

— Je n'ai pas besoin d'argent, mon oncle. J'en ai plus que je ne peux en dépenser.

— Si ton père te voyait et t'entendait! Tu as vraiment changé, François. Et pas pour le mieux, je t'assure.

— Ce que tu penses de moi m'est tout à fait égal, tu sais. J'aurais bien aimé que nos relations continuent d'être ce qu'elles étaient, mais comme cela semble trop difficile pour toi...

— Ça suffit! s'exclama Daniel alors que son frère allait répliquer. François et Brad sont les bienvenus ici, et si ça ne te convient pas, Ben, tu peux toujours suivre le conseil de François et changer de pièce.

— Tu prends pour eux, toi aussi? Mais comment pouvez-vous accepter leur façon répugnante de vivre?

— Papa! lança Alexandra d'un air offusqué. Tu vas trop loin!

— Ne te mêle pas de ça, ma fille. Tu es trop jeune pour comprendre.

— Tout ce que je comprends, papa, c'est que tu n'es pas correct avec François et Braddley.

— Toi aussi! fit son père en hochant la tête. Tu es de leur côté, toi aussi!

— Ça suffit! lança à nouveau Daniel. J'en ai assez, Ben!

— Non, mais tu veux que je me taise, dans ma propre maison! Je ne veux pas le voir ici, ajouta-t-il en pointant Braddley du doigt. C'est clair, non?

— Mais que se passe-t-il ici? demanda Danny en faisant irruption dans le salon. Je vous entends de ma chambre.

— Tu aurais mieux fait d'y rester! lança son oncle qui sentait sa colère augmenter alors que tous se liguaient contre lui. Tu n'es pas concerné.

— Qu'est-ce qu'il a, lui? reprit le jeune homme en s'adressant à son père.

— Il n'accepte pas la présence de Braddley, ici, répondit simplement Daniel.

— Non, mais pour qui tu te prends, toi? demanda Danny à Benoît.

— Je t'ai dit de ne pas te mêler de ça! Retourne trouver ta centième conquête de la semaine et amuse-toi.

Insulté, Danny prit Benoît par le collet et le regarda d'un air menaçant. Daniel se dirigea aussitôt vers lui et l'obligea à lâcher son emprise. Danny jeta un regard hargneux à son oncle et quitta la pièce en coup de vent.

— Maintenant, tu vas te calmer, ordonna Daniel à son frère.

— Laisse tomber, Dan, dit François en se levant. On va s'en aller. Mais pas parce qu'il le veut, ajouta-t-il en jetant un regard mauvais en direction de Benoît. On va s'en aller parce que je ne peux plus voir sa tête. Tu me donnes le goût de vomir, Benoît Martin!

— Petit vaurien! lança son oncle en se précipitant sur lui.

François resta bien droit, sans bouger, pendant que Benoît portait sa main à sa gorge. Braddley se leva d'un bond et vint à la rescousse de son ami en ne se gênant pas pour pousser Benoît de côté.

— Hé! Grand-père! fit-il d'un air menaçant. Tu vas la fermer ta grande gueule, O.K.?

Benoît se tut aussitôt. Il sentait bien que le colosse n'hésiterait pas à le frapper s'il faisait la moindre remarque. François regarda son ami et le pria de le suivre hors de ces lieux. Braddley hésita un moment, refrénant sa tentation d'administrer une bonne raclée à cet être répugnant qu'il avait devant lui. Pourtant, il se ressaisit et se dirigea vers la porte. François le suivait de près.

— Tu n'es même pas assez homme pour te défendre seul! lança Benoît alors que son neveu atteignait le seuil de la porte. Ton père te renierait s'il voyait le dégonflé qu'il a engendré.

Insulté au plus haut point par cette dernière remarque, François revint sur ses pas d'un air décidé et mit son poing à la figure de Benoît, qui se mit à vaciller et tomba assis sur un divan. Il porta sa main à sa bouche et essuya le sang qui y coulait.

— Ça faisait longtemps que j'en rêvais, dit simplement François d'un air soulagé.

Puis, n'en pouvant plus de se trouver dans la même pièce que cet oncle qu'il détestait, il se retourna et se dirigea vers Braddley qui, les yeux arrondis, n'en revenait pas de ce qu'il venait de voir. Ils quittèrent les lieux aussitôt et un lourd silence s'abattit sur la pièce. Tous les regards étaient dirigés vers Benoît qui fulminait en tenant sa main sur la commissure de ses lèvres.

⁂

Étendus sur le dos dans leur lit, François et Braddley n'arrivaient pas à s'endormir. Ils étaient couchés depuis plus d'une heure et ressassaient les événements de la journée. Chacun de leur côté savait que l'autre ne dormait pas, mais ils demeuraient silencieux. François fit un mouvement de côté, espérant trouver le sommeil en changeant de position.

— Tu n'arrives pas à dormir? demanda son ami.

— Toi non plus? rétorqua-t-il en se tournant à nouveau sur le dos.

— Je te revois en train de le frapper, déclara Braddley en souriant dans le noir. Tu avais déjà frappé quelqu'un, avant?

— Jamais. Mais je ne le regrette pas.

— J'espère bien! Je t'ai trouvé plutôt patient, à vrai dire.

— Moi aussi, déclara François en se tournant vers lui.

Braddley tourna la tête et chercha à le voir dans l'obscurité. Il demeura silencieux pendant un moment, alors que ses pensées revenaient vers la petite fille qu'il avait vue au cours de l'après-midi. Ce bébé aux joues roses et à l'air tranquille le hantait.

— Frank, commença-t-il doucement, tu aimerais avoir des enfants, toi?

— Quoi? fit François avec surprise. Quelle drôle de question!

— Je ne vois rien de drôle là-dedans. On peut être gai et aimer les enfants, non?

— Bien sûr! Mais de là à en avoir!

— Et si je te disais que j'en ai un...

Estomaqué, François tendit le bras vers la lampe de sa table de chevet et alluma.

— Tu es sérieux? demanda-t-il en regardant Braddley droit dans les yeux.

— Très sérieux, Frank. Tu es le premier à qui je le dis. Personne n'est au courant de cela, sauf la mère, bien entendu.

— Tu as un enfant! reprit François qui n'en croyait pas ses oreilles. Mais où est-il?

— Je ne sais pas, répondit Braddley d'un air attristé. Je ne l'ai jamais vu.

— Mais comment c'est arrivé?

— J'ai couché avec sa mère, déclara Brad avec un sourire moqueur.

— Oh! Cesse de dire des conneries, je t'en prie. C'est trop sérieux, ce que tu m'apprends là.

— J'avais vingt-deux ans, à l'époque, commença Braddley d'un air grave. Je savais depuis longtemps que j'étais gai, mais je n'arrivais pas à l'accepter. J'ai connu Tanya lors d'un voyage au Mexique. Elle était seule et moi aussi. Un soir, alors qu'on avait pris pas mal de tequila, on s'est retrouvés dans ma chambre. C'était la première fois que j'avais une relation sexuelle avec une fille. Je ne peux pas dire que je n'ai pas aimé cela, mais ça me transportait moins qu'avec un gars. J'en étais parfaitement conscient et, pourtant, j'ai continué de la voir. J'essayais de me convaincre que je pourrais m'habituer, tu comprends. Je me disais qu'à la longue, j'oublierais ce que j'étais réellement et que j'arriverais à vivre une relation que la société décrit comme étant normale. Je voulais entrer dans le moule. Je ne voulais plus risquer de perdre mon job, ma réputation, ma famille, mes amis... Mais ça n'a pas marché. Après le voyage, on est revenus au Canada, Tanya et moi. Elle demeurait à Ottawa et moi à Toronto. Elle voulait tout abandonner et venir vivre avec moi, mais j'ai refusé. Je ne pouvais pas lui demander de tout laisser tomber alors que je n'étais pas certain que ça pourrait durer entre elle et moi. On s'est vus aussi souvent que cela a été possible. Au bout de trois mois, je n'en pouvais plus de me mentir à moi-même et je lui ai tout avoué. Je me souviens de la crise de larmes qu'elle a faite, comme si c'était hier, continua-t-il en baissant les yeux un moment. Je me trouvais tellement dégueulasse de lui avoir fait cela. Après qu'elle eut cessé de pleurer, on s'est parlé longuement et c'est là qu'elle m'a appris qu'elle était enceinte. J'étais bouleversé. Puis, elle s'est mise à me frapper avec rage. Je n'ai pas bougé et je l'ai laissée se défouler. J'avais l'impression de mériter cette punition. Quand elle a été calmée, on a pu se reparler. Je lui ai offert mon aide pour l'enfant, mais elle n'a rien voulu entendre. On s'est quittés, ce soir-là, et je ne l'ai jamais revue. Elle a changé d'appartement et je n'ai pas réussi à la retrouver. Mais je sais que, quelque part, il y a un enfant de cinq ans qui me ressemble peut-être...

— Et ça te fait du mal? demanda doucement François en se rapprochant pour poser une main sur son torse.

— Quand j'y pense, oui. Aujourd'hui, quand j'ai vu la petite fille de ta cousine, ça m'a troublé.

— Tu penses encore à retrouver cette femme?

— Elle s'appelle Tanya, Frank. Ne l'appelle pas «cette femme» comme si le fait de prononcer son nom avait quelque chose de répugnant.

— Je m'excuse, reprit François d'un air désolé.

— Elle n'est pas une menace pour toi, déclara Braddley en lui faisant un sourire rassurant. Et je ne chercherai pas à la revoir. Mais ça ne m'empêche pas d'avoir le goût de connaître mon enfant. Pour le moment, j'arrive encore à vivre avec cela, mais je ne sais pas si je pourrai le faire tout le temps.

— Si ça devient trop difficile pour toi, je te laisserai partir à sa recherche, Brad.

— Tu ferais cela? Vraiment?

— Vraiment. Mais je prierais le ciel pour que ce soit seulement l'enfant qui t'intéresse et non la mère.

— C'est clair dans ma tête, ça, Frank, déclara Braddley en passant son bras autour de lui. Ne l'oublie jamais, d'accord?

— O.K., fit simplement François en posant sa tête sur sa poitrine.

— Maintenant, on va essayer de dormir, reprit Braddley avant de pousser un grand soupir. Je joue demain soir et j'ai besoin de repos.

❦

Le silence était lourd dans le vestiaire des joueurs au moment où l'entraîneur y pénétra. Son regard était chargé de colère. Son équipe venait de perdre une autre partie, en quart de finale des séries éliminatoires, et se retrouvait dans une bien mauvaise position. L'équipe adverse menait trois à un et risquait d'éliminer Montréal à la prochaine partie. L'entraîneur sermonna plusieurs joueurs avant de se planter devant Danny, qui, assis sur son banc, s'attendait à recevoir sa part de reproches.

— Toi, Martin, commença Jim Novak en haussant le ton, tu vas te grouiller le cul! Ton indiscipline nous a coûté deux buts, ce soir. Tu te traînes les fesses depuis le début des séries.

— Je sais, l'interrompit le jeune homme d'un air impatienté.

— Eh bien, si tu le sais, fais-le voir! cria l'autre en le pointant de son doigt d'un air menaçant. Je t'avertis, Martin, à la première gaffe, je te sors de la glace et tu vas te rhabiller. Tu ne nous feras pas perdre le prochain match, je te le jure!

— Bon! Ça va! rouspéta le hockeyeur.

— Ta gueule! trancha l'autre. Je n'ai pas encore terminé. On joue après-demain et si j'entends dire d'ici là que tu n'as pas respecté le couvre-feu et que tu as revu une fille, je ne te fais même pas embarquer sur la glace. Mieux que cela, continua-t-il d'un air grave, je ne te permets même pas d'assister au match. Tu regarderas tes coéquipiers se fendre le cœur à partir de ton téléviseur. C'est clair?

— Très clair, répondit simplement Danny.

— Je veux une victoire, après-demain! lança l'entraîneur à tout le groupe avant de sortir du vestiaire en claquant la porte.

— Hé! Les gars! reprit le capitaine avec assurance, une fois que l'équipe se retrouva seule. On va gagner, après-demain. On va leur montrer ce qu'on est capables de faire.

— On va leur faire voir qu'on est pas des «loosers», renchérit un autre joueur.

Danny se déshabilla et se rendit à la douche pendant que ses coéquipiers continuaient de s'encourager. Il se mit le visage sous le jet d'eau et repoussa ses cheveux vers l'arrière. Braddley vint le rejoindre et lui tapa l'épaule en passant.

— Ça va aller, dit-il simplement.

— Je ne sais plus où je m'en vais, avoua son ami en le regardant alors que l'eau coulait sur son visage rembruni.

— Tu as de la peine à cause de Karen, mais ça va passer.

— Ce n'est pas de la peine que j'éprouve, Brad. C'est de la rage! Elle m'a traité comme du poisson pourri.

— Prends sur toi, Danny. Tu te fais du mal et ça ne t'avance à rien. Au contraire! Tu n'arrives plus à te concentrer sur le jeu et tu accumules les gaffes.

— Je sais, reprit le jeune homme d'un air dépité. C'est la première fois que ça m'arrive.

— La prochaine partie sera cruciale, mon vieux. Il faut que tu arrives à jouer comme avant, sinon tu vas accrocher tes patins et tu te sentiras coupable. Je te connais assez pour être certain de cela. Tu es un «winner», Martin!

— Je vais me reprendre, Brad. Au prochain match, je vais m'imaginer que c'est elle que je tiens au bout de mon bâton, et je te jure qu'elle va faire un bout vite.

— Tu deviens violent! lança Braddley en riant. En tout cas, pense à ce que tu veux en maniant la rondelle, en autant qu'elle entre dans le but adverse.

— Elle va rentrer, Brad. Fie-toi sur moi.

◈

Danny s'habilla et quitta l'amphithéâtre avec la ferme intention de redevenir le joueur de hockey qu'il était avant sa rupture avec Karen. Il repensait à leur dernière conversation et en éprouvait une grande colère. Elle l'avait humilié et il lui en voulait terriblement pour cela. Jamais une fille ne l'avait traité de cette façon et lui-même ne s'était jamais permis de jouer avec les sentiments d'autrui. Il n'arrivait donc pas à comprendre que l'on puisse manquer de respect à ce point, à l'égard de quelqu'un. Ses sentiments pour Karen avaient changé du tout au tout après l'incident de leur dernière rencontre. Il ne l'aimait plus. Plus du tout! Il avait vu son vrai visage et n'avait pas apprécié. Si bien qu'il s'était promis de ne plus donner sa confiance si facilement. Il avait cherché à mettre un baume sur la plaie en entraînant dans son lit toutes les filles qui voulaient bien s'y trouver. Chaque soir, que ce soit à domicile ou lors d'une joute à l'étranger, il avait usé de son charme envers le sexe opposé et s'était occupé de son corps pour oublier son esprit préoccupé. Mais cela lui ressemblait si peu qu'il commençait déjà à se lasser de ces aventures d'une nuit. Elles lui apportaient tout au plus de la satisfaction physique, mais étaient loin de le combler. Le lendemain, Danny passa une partie de la journée à faire du conditionnement physique et mental. Pendant tout le temps qu'il mit à soulever des poids et à nager dans la piscine, il analysa ses sentiments et la situation dans laquelle il se trouvait. Si bien qu'en fin de soirée, quand il se mit au lit, il avait retrouvé sa motivation et avait hâte de se retrouver sur la glace le lendemain soir. La partie se déroula très bien pour son équipe et pour lui-même. Danny marqua deux buts et eut deux mentions d'assistance. Ses coéquipiers et même l'entraîneur l'encouragèrent en remarquant avec plaisir la forme qu'il avait retrouvée. Le jeune homme quitta l'aréna, ce soir-là, confiant de battre l'équipe adverse à la prochaine partie et de se retrouver ainsi à égalité avec elle. Il était déjà parti quand Braddley fut demandé dans la loge des dirigeants de l'équipe. Aussi, ne fut-il pas mis au courant de la convocation reçue par son ami. Le président demanda lui-même au défenseur de se présenter à son bureau le lendemain matin. Braddley tenta de savoir pourquoi mais son patron refusa d'en dire plus. Ce fut donc dans un état d'anxiété que Braddley rentra chez lui. Il téléphona aussitôt à son agent afin que celui-ci l'accompagne au rendez-vous du lendemain. La nuit lui parut des plus longues car il ne dormit que quelques heures après que le soleil fut levé. François ne ferma pas les yeux, lui non plus. Quand Braddley quitta l'appartement, il tenta de l'encourager de son mieux, mais ne trouva pas les mots pour le rassurer.

Les deux hommes arrivèrent au bureau du président à l'heure fixée. Ce dernier était accompagné de l'un des dirigeants de l'équipe. Ils semblaient calmes et se montrèrent courtois en invitant le joueur et son agent à s'asseoir.

— Je n'irai pas par quatre chemins, commença le président en portant son regard sur Braddley. Nous n'avons pas apprécié te revoir dans le journal, hier, avec ton copain.

— Moi non plus, déclara Brad en se remémorant l'article qui confirmait sa relation avec François. L'auteur disait tirer ses renseignements d'une source sûre.

— Vous vous immiscez dans la vie privée de mon client, fit remarquer l'agent de Brad.

— Je sais, reprit le président avec calme. Mais je pense à l'image de l'équipe, avant tout. Je ne veux pas de cette publicité néfaste.

— Ça ne vous a pas nui tant que ça, reprit l'agent avec assurance. Le Centre Molson était plein à craquer, hier soir.

— Là n'est pas la question. Je veux une équipe propre, vous comprenez? Je ne veux pas avoir à gérer de scandales.

— Vous voulez m'échanger? C'est ça? demanda Braddley en haussant le ton.

— Pas si tu suis mon conseil.

— Et vous me conseillez quoi? reprit le joueur avec appréhension.

— Ne t'affiche pas avec ce type.

— Écoutez, monsieur, reprit Braddley sur la défensive. On est plutôt discrets sur nos relations, Frank et moi, mais on ne peut pas toujours se cacher de ces vautours de photographes qui nous courent après.

— Eh bien, faites encore plus attention à l'avenir. On a eu assez d'histoires, cet hiver, avec Brown qui s'est fait accuser de détournement de mineure et avec Lussier qui a couché avec la mère de Johnson. Je ne veux plus de ces saletés dans les journaux. C'est clair?

— Très clair, répondit Braddley. Mais je ne peux pas vous promettre que l'on ne parlera plus de moi dans les journaux. Je voudrais bien, mais malheureusement, je n'ai pas le contrôle là-dessus. Je peux simplement vous dire que je vais faire encore plus attention et que je ne ferai rien de compromettant avec Frank, quand nous serons en public. Qu'en penses-tu, toi? continua-t-il à l'intention de son agent.

— Ça me paraît raisonnable, déclara ce dernier. Et ça devrait vous satisfaire, ajouta-t-il en tournant son regard vers le président de l'équipe.

— Ça me satisfait, oui. Et je compte sur toi pour tenir ta parole, Cooper. Tu es un excellent défenseur et ton départ nuirait à l'équipe.

— C'est une menace? demanda Braddley.

— Non. Une constatation, sans plus.

— Je préfère cela, reprit Brad. Parce que, vous savez, le fait de jouer avec une épée de Damoclès au-dessus de la tête ne me plairait pas du tout.

— Tu n'es pas en mauvaise situation, Cooper. Je t'ai convoqué ici, ce matin, pour te donner un conseil. Ça s'arrête là pour le moment. Même si plusieurs partisans n'apprécient pas les gars comme toi, ils ne peuvent pas renier ton talent. Cependant, je ne veux pas que tu leur donnes de matière à scandale. Et surtout, reste calme devant les journalistes. Il paraît que tu voulais te jeter sur celui d'hier et ça, c'est mauvais.

— Ils ont exagéré les faits. Je lui ai simplement dit d'aller se faire voir.

— C'est encore trop, Cooper. Ferme-la et continue ton chemin quand tu les vois.

— Je vais essayer. Mais ils posent parfois des questions embarrassantes.

— Laisse-les faire. Garde ton calme, Cooper, quand ça arrive. Ils vont finir par se lasser de ne rien pouvoir tirer de toi.

— Je vous remercie, dit Braddley après un moment de silence. Je pensais bien, en venant ici, que j'allais voir ce bureau pour la dernière fois.

— Je préférerais tout de même que tu n'y viennes pas trop souvent. À présent, vous allez m'excuser, messieurs, mais j'ai un autre rendez-vous hors d'ici dans une demi-heure.

Braddley et son agent serrèrent la main des deux autres hommes et quittèrent les lieux, soulagés. Le jeune homme entendit à peine l'autre lui dire que les dirigeants de l'équipe en auraient eu pour leur argent s'ils avaient tenté de le mettre à la porte à cause de son orientation sexuelle. Braddley était trop heureux pour s'attarder à ces propos. Il pensait plutôt à François qui l'attendait et au bonheur qu'il ressentait à pouvoir continuer à jouer avec son équipe.

Chapitre 10

Matthew enleva ses lunettes et les déposa sur sa table de travail avant de refermer le dossier sur lequel il travaillait. Puis il s'étira longuement avant de quitter son fauteuil pour se rendre au salon. Jérémie dormait depuis un bon moment déjà et le silence régnait dans l'appartement. Matthew se sentit soudainement très seul. Il ouvrit la porte-fenêtre menant sur son balcon et constata que la température n'avait pas changé. Le soleil se couchait lentement alors que ses rayons avaient réchauffé l'atmosphère pendant toute la journée. C'était, en fait, la première journée de l'été et ce serait sûrement l'une des plus chaudes puisque le record battu serait difficile à égaler. Matthew rentra à nouveau dans l'appartement et se dirigea vers la douche. Il s'assit au fond de la cabine et laissa couler l'eau sur lui. Puis, rafraîchi, il revint à sa chambre pour passer des vêtements propres et légers. Assis sur son lit, il regardait la pièce et la trouvait triste et froide. Il se sentait tellement seul qu'il avait l'impression d'étouffer. Son regard se porta soudain sur le téléphone et il lui vint l'idée d'appeler une gardienne afin de pouvoir prendre l'air. Une longue randonnée pédestre par cette température des plus clémentes lui ferait le plus grand bien. Il saisit le combiné et mit son projet à exécution. Quinze minutes plus tard, la gardienne sonnait à la porte.

Matthew marchait depuis plus d'une heure quand il se décida à entrer. C'était finalement aussi triste de marcher seul que d'être chez lui. Il monta les marches conduisant au deuxième étage et s'arrêta devant sa porte. Il n'avait décidément pas le goût de rentrer mais se demandait quoi faire d'autre. Il s'appuya sur le mur et se tourna vers l'appartement de Mélissa. Elle lui manquait. Leur dernière conversation, au bord de la piscine, remontait à plus d'un mois. Il revoyait ses grands yeux tristes et avait soudain le goût de la prendre dans ses bras. Il y avait songé à plusieurs reprises au cours des derniers jours et était même allé jusqu'à frapper à sa porte à deux occasions. Mais, chaque fois, il n'avait eu aucune réponse. Matthew sentait que le souvenir de Julia se faisait de plus en plus lointain. Il conserverait toujours dans sa mémoire les bons moments qu'il avait vécu avec elle, mais il devait passer à autre chose à présent. Julia n'était plus, mais lui, par contre, devait redonner un sens à sa vie. Il avait besoin de se distraire, de rire, de partager ses joies et ses peines, de recevoir de l'attention et de l'affection. Il avait besoin de Mélissa. Aussi, se mit-il à avancer lentement vers la porte de la jeune femme, en espérant que, cette fois-là, elle serait chez elle. Il retint un soupir de soulagement quand elle vint lui ouvrir. Mélissa le regarda et se contenta de lui sourire. Matthew n'attendit pas qu'elle l'invite à entrer et la poussa doucement vers l'intérieur avant de refermer la porte. Il se posta ensuite devant elle et mit ses mains de chaque côté de son visage pour la regarder de plus près. Ce qu'il y lisait le rassurait. La jeune femme ouvrait sur lui des yeux à la fois chargés de surprise et de désir. Il se pencha un peu et posa ses lèvres sur les siennes, doucement puis plus fermement au bout d'un moment. Mélissa avait l'impression de rêver tout en se collant à lui pour lui rendre ses caresses.

— Je n'arrive plus à vivre sans toi, déclara le jeune homme en continuant de la couvrir de baisers.
— Je t'aime, Matthew.

— Moi aussi, je t'aime, Mélissa Martin, avoua-t-il en la regardant d'un air passionné.

Puis, ne pouvant plus réprimer son désir plus longuement, il la prit dans ses bras et la porta jusqu'à sa chambre avant de la déposer près du lit. Il l'embrassa encore une fois et passa ses mains sous le chandail de la jeune femme. Il la caressa doucement puis, fit passer le vêtement par-dessus sa tête. Mélissa tremblait de désir alors qu'il posait sa bouche sur son cou. Il l'embrassa, laissant ses lèvres se diriger vers le buste dissimulé sous le sous-vêtement de dentelle blanche qu'il enleva d'un geste tendre. Mélissa eut un nouveau frisson en sentant les caresses dont il la couvrait de sa bouche et de ses mains. Elle mourait d'envie de sentir son corps toucher le sien et fit un mouvement pour retirer le chandail que portait Matthew. Ils se retrouvèrent à moitié nus, collés l'un à l'autre comme s'ils n'étaient plus qu'un. Ils s'embrassèrent encore et encore, jusqu'à ce qu'ils se départissent du reste de leurs vêtements et s'allongent sur le lit. Matthew se pencha alors sur la jeune femme et la couvrit de baisers, sa bouche allant doucement de la tête jusqu'à ses pieds. Il remonta bientôt vers son visage et le regarda un moment. Elle lui souriait et semblait dans un état d'extase. Elle l'embrassa à son tour et fit un mouvement afin de le renverser et se retrouver sur lui. Là, ce fut à son tour d'explorer ce corps qu'elle avait si souvent désiré. Quand, un peu plus tard, elle sentit Matthew entrer en elle, son cœur se mit à battre à tout rompre et elle ferma les yeux pour profiter pleinement de ces moments sublimes.

— J'ai oublié le champagne! lança soudain François

en sortant les vivres qu'il venait de rapporter de l'épicerie et qu'il déposait sur le comptoir de la cuisine.

— Tu veux que j'y aille? demanda Braddley.

— Non. Je vais y aller moi-même, reprit François. J'ai également oublié de passer prendre le gâteau chez le pâtissier.

— Décidément, commença Braddley en riant, vous perdez la tête, monsieur l'écrivain.

— Ça se peut bien, oui, dit François en sortant de l'appartement.

Braddley le regarda sortir et se mit à sourire. Il n'avait encore jamais vu son ami aussi heureux. La veille, il avait en effet appris que son roman serait édité avant la fin de l'année. Pour le jeune homme, cela représentait l'aboutissement rêvé pour son grand projet, ainsi que la reconnaissance de son talent. François avait téléphoné à sa mère et celle-ci s'était montrée ravie. C'était d'ailleurs elle qui avait pensé à organiser cette petite soirée en l'honneur de son fils. François avait trouvé l'idée bonne mais avait décidé de faire la réception chez lui. Il avait donc téléphoné à tous les membres de sa famille, à l'exception de son oncle Benoît, bien entendu. Bien que tous se montrèrent intéressés, seulement quelques-uns étaient disponibles ce soir-là, les autres étant retenus par des engagements dont ils ne pouvaient se soustraire. Il y aurait donc Danny, Mélissa et Matthew, ainsi qu'Éric et Amélie, à la réception. Marie-France sonna bientôt à la porte et Braddley vint lui ouvrir. Il lui apprit que son fils était allé faire des courses et lui offrit de s'asseoir au salon pendant qu'il continuait à préparer les amuse-gueules. Marie-France s'installa confortablement et changea soudain d'idée. Elle se leva et se rendit à la cuisine où Braddley déposait des crevettes sur des biscottes. Sans en être réellement consciente, elle se mit à sourire. Braddley le remarqua aussitôt.

— Ça ne te va pas très bien! lança-t-elle d'un air amusé.

— Vous trouvez? lança Braddley en souriant à son tour.

— On dirait que les crevettes sont des victimes dans tes grandes mains.

— C'est vrai que je n'ai pas vraiment le style pour faire ce genre de choses, admit Braddley. Mais je réussis quand même. Vous voulez goûter?

— Je ne risque pas de m'empoisonner? le taquina Marie-France en prenant le canapé qu'il lui tendait.

— J'espère bien que non! Frank me le ferait payer trop cher.

Marie-France se rembrunit en entendant ce commentaire qui lui rappelait les relations que son fils entretenait avec cet homme.

— Vous ne m'aimez pas beaucoup, n'est-ce pas, madame Martin? demanda Braddley en déposant la biscotte qu'il tenait entre ses doigts.

— Pourquoi dis-tu cela?

— Parce que je le sens. Chaque fois que l'on se voit, vous semblez mal à l'aise et vous me parlez à peine. J'étais même surpris, tout à l'heure, que vous veniez me retrouver ici.

— Je n'ai rien contre toi, Brad. Mais c'est vrai que je suis mal à l'aise quand je me retrouve en ta présence. C'est difficile, pour une mère, de voir son fils avec un autre homme.

— Je sais, oui. Ma mère a eu du mal à le prendre, elle aussi.

— Tu me comprends, alors?

— Je vous comprends, oui. Mais essayez d'en faire autant pour nous. J'aime François, madame Martin. Comme vous aimiez votre mari, je suppose.

— Ça ne peut pas être pareil, Brad. C'est impossible.

— Et pourquoi pas? Quand vous regardiez votre mari, est-ce que vous vous disiez:

«Je l'aime parce que c'est un homme?»

— Je ne vois pas le rapport.

— Il y en a un pourtant. Quand je regarde François, moi, je me dis que je l'aime parce qu'il est lui, avec ses qualités et ses défauts. Ce n'est pas juste une question de sexe, madame Martin. Si ce n'était que cela, je coucherais avec n'importe qui et je n'aurais pas besoin de rester avec quelqu'un et de faire des concessions pour que notre vie soit agréable. Quand je vois François, je vois la personne avec qui j'ai le goût de me retrouver, exactement comme vous quand vous regardiez votre mari. Je ne me dis pas à ce moment-là que c'est un homme. Je me dis tout simplement que je suis bien avec lui.

— C'est tout de même difficile à comprendre pour moi. Le père de François était tellement viril que je n'arrivais pas à penser qu'il puisse être autre chose quand je le regardais.

— Je n'ai pas l'air viril, moi? demanda Braddley un peu surpris.

— Oui, bien sûr, se reprit Marie-France. À vrai dire, tu n'as vraiment pas l'air de ce que tu es.

— Vous voulez dire que je ne représente pas le stéréotype que l'on se fait des gais.

— C'est ça, oui. Et François non plus, d'ailleurs. C'est probablement pour cela que j'ai été si surprise d'apprendre son homosexualité. Vois-tu, Brad, je crois que ça m'énerverait terriblement si vous vous mettiez à avoir de petites manières.

— Ça ne risque pas d'arriver, dit Brad en éclatant de rire. Je suis un homme, et bien que je n'aie absolument rien contre les femmes, je n'ai pas du tout envie de leur ressembler. Et puis, confidence pour confidence, ça m'énerve aussi les gars qui ont les petits doigts en l'air.

— Vraiment? demanda Marie-France avec surprise.

— Vraiment. Voyez-vous, pour moi, le fait d'être un homme et d'être gai sont deux choses différentes. L'orientation sexuelle et l'appartenance à son sexe sont deux entités. Je peux être attiré par un homme et demeurer moi-même un homme. Vous comprenez ce que je veux dire?

— Je crois que oui, mais c'est une chose à laquelle je n'avais jamais pensé.

— Madame Martin, enchaîna Braddley sur un ton plus intime, François serait beaucoup plus malheureux s'il vivait avec une femme, juste pour plaire aux autres, plutôt que de vivre avec quelqu'un qu'il aime. Et ça, même si ça doit lui causer quelques problèmes face à la société.

— C'est une façon de voir les choses.

— C'est la meilleure façon, je crois. Sinon, il nous reste à accepter d'exister plutôt que de vivre.

— Je ne te pensais pas comme cela, Brad. Je ne pensais pas que tu pouvais avoir des sentiments aussi profonds et que tu puisses être aussi réfléchi.

— Ça me fait plaisir que vous me disiez cela, madame Martin, dit le jeune homme en lui souriant.

— Tu peux m'appeler Marie-France, reprit-elle en lui rendant son sourire.

Braddley la regarda en continuant de lui sourire. Marie-France pouvait lire la reconnaissance dans ses yeux. Elle s'approcha du jeune homme et lui donna un baiser sur la joue.

— Ne lui fais pas de mal, d'accord? demanda-t-elle alors qu'elle retenait ses larmes.

Braddley fit signe que non et l'embrassa à son tour.

— Vous voulez m'aider à faire ces canapés? demanda-t-il pour égayer l'atmosphère. J'en ai assez de torturer les crevettes.

— Je veux bien, oui, répondit Marie-France en se dirigeant vers le lavabo pour se laver les mains.

— Marie-France! fit à nouveau Braddley en se tournant vers elle. Je me demandais de qui François tenait son côté tolérant et compréhensif. À présent, je le sais.

Marie-France lui sourit et vint se poster près de lui pour l'aider à garnir les canapés. Quand François revint, il remarqua le changement d'attitude chez Braddley et sa mère, mais il se retint d'en parler. Ce ne fut que tard, ce soir-là, alors qu'il se retrouva seul avec son ami, qu'il fut mis au courant de la conversation. François ne pouvait qu'en être satisfait et aimer sa mère davantage.

Épilogue

À la demande de son éditeur, François monta sur l'estrade et se plaça devant le micro. Il se sentait nerveux et excité à l'idée de présenter enfin son roman au public. Il s'adressa aux six cents personnes qui étaient devant lui, leur relatant ses débuts en tant qu'écrivain et faisant un court résumé du livre qu'il leur présentait. Il le tenait entre ses doigts et avait l'impression de toucher l'une des choses les plus précieuses au monde. Quand il eut terminé son petit discours, tous se levèrent et l'applaudirent. Puis, ce fut le temps de la séance de dédicace. Les gens faisaient la file pour faire écrire un petit mot personnel dans leur copie. François parlait à chacun qui se présentait devant lui, touché par les félicitations et les encouragements dont on le couvrait.

Un peu plus loin, Matthew et Mélissa buvaient leur champagne en s'entretenant avec des amis de la famille. Le jeune couple semblait rayonnant et quand leurs regards se croisaient, l'on ne pouvait douter des sentiments réciproques qui les unissaient. Ils étaient ensemble depuis bientôt six mois et se proposaient d'acheter une maison dès le printemps. Pour le moment, ils vivaient dans l'appartement de Matthew et s'y trouvaient très heureux. Le jeune avocat consacrait un peu moins de temps à son travail et se montrait très attentionné envers Mélissa qui, d'ailleurs, le lui rendait bien. Ils avaient, somme toute, une vie bien organisée où les divertissements ne manquaient pas. Quant à Jérémie, il se trouvait heureux d'avoir à nouveau deux parents.

Derrière eux, Éric et Amélie discutaient avec les parents de cette dernière. Éric tenait Amélie par la taille et posait sur elle son regard tendre quand elle parlait.

Elle avait retrouvé son calme et sa joie de vivre d'antan. Le sourire qu'elle affichait de plus en plus souvent faisait plaisir à voir. Plus rien ne l'angoissait à présent que Benoît avait annoncé, de façon inopinée, son intention de faire le tour du monde. Il y avait trois mois de cela déjà, et la famille avait reçu des nouvelles de lui, deux ou trois fois seulement. Mais personne ne s'en plaignait réellement. Tous espéraient simplement que ce voyage serait bénéfique et que Benoît reviendrait avec de meilleurs sentiments. Alexandra vint soudain trouver ses parents et grands-parents. Yannick la tenait par la main. Eux aussi semblaient heureux. Ils vivaient toujours au domaine Martin mais visitaient régulièrement Amélie et Éric, lesquels étaient en admiration devant leur petite-fille et s'offraient souvent à la garder quand ses jeunes parents voulaient sortir.

Pas très loin de la table où François signait les dédicaces, Danny et Braddley discutaient ensemble. Une nouvelle saison de hockey avait débuté pour eux depuis quelques mois et tout allait bien pour leur équipe. Danny ne s'était pas lié sentimentalement depuis sa rupture avec Karen, mais ne semblait pas malheureux de son statut de célibataire. Quant à Braddley, sa relation avec François le comblait toujours. Leur communication franche et transparente tissait entre eux des liens très forts. Les journalistes ne s'occupaient plus d'eux, depuis un moment déjà. Ils étaient passés à autre chose et cela aidait les deux hommes à vivre dans le calme.

Daniel et Cindy s'avancèrent vers le petit groupe autour d'Amélie et Éric. Daniel souriait à sa femme, qui venait de passer un commentaire amusant, et la regardait avec amour. Elle avait maintenant retrouvé toute sa forme et n'avait jamais été aussi jolie. Daniel remerciait le ciel chaque jour de l'avoir encore auprès de lui. Non seulement Cindy avait retrouvé sa santé, mais elle avait depuis peu repris les activités de bénévolat qui lui changeaient les idées. Daniel et elle formaient un couple solide et serein. Un couple dont l'amour et le respect réciproque ne pouvaient passer inaperçus.

La surprise de la soirée, bien que cela fût involontaire, fut certes l'arrivée de Marie-France, un peu avant que son fils ne monte sur l'estrade. Elle était accompagnée d'un homme à l'allure très distinguée dans son smoking noir. Ses cheveux noirs et les tempes poivre et sel étaient parfaitement coiffés et bien coupés. Son visage sympathique aux traits réguliers s'harmonisait très bien avec celui de Marie-France qui ne pouvait dissimuler l'admiration qu'elle lui portait quand son regard se tournait vers lui. Elle le présenta à sa belle-famille comme étant son ami. Il fut accueilli avec chaleur et gentillesse. Il y avait si longtemps que Marie-France était seule, que tous se réjouissaient enfin que quelqu'un la couvre d'affection.

Le lendemain, tout ce beau monde se retrouvait chez Éric et Amélie pour une réception plus intime à l'intention de François. Éric regardait autour de lui et appréciait le moment présent. Il se revoyait, l'année précédente, alors qu'il était revenu à Sainte-Adèle pour le mariage de sa filleule, et pensait que jamais, dans ses rêves les plus fous, il n'aurait imaginé un tel dénouement.

Fin

DISTRIBUTEURS EXCLUSIFS

Distributeur pour le Canada et les États-Unis
LES MESSAGERIES ADP
MONTRÉAL (Canada)
Téléphone: (514) 523-1182 ou 1 800 361-4806
Télécopieur: (514) 521-4434

Distributeur pour la France et les autres pays
HISTOIRE ET DOCUMENTS
CHENNEVIÈRES-SUR-MARNE (France)
Téléphone: (01) 45 76 77 41
Télécopieur: (01) 45 93 34 70

Distributeur pour la Suisse
TRANSAT S.A.
GENÈVE
Téléphone: 022/342 77 40
Télécopieur: 022/343 46 46

Dépôts légaux
1er trimestre 1998
Bibliothèque nationale du Québec
Bibliothèque nationale du Canada

 IMPRIMÉ AU CANADA